搜神記

干 寶 著
陳 勇 譯注

前言

　　《搜神記》是晉代干寶搜集撰寫的記錄神仙鬼怪的著作，是魏晉南北朝時期，志怪小說的代表。

　　《搜神記》僅存輯本，共分二十卷，主要是搜集各種民間關於鬼怪、奇跡、神異以及神仙方士的傳說，也有採自正史記載的祥瑞、異變等情況，其中不乏情節重複的故事，每個故事的敘述非常簡短，文學水平也不是非常出色，但對中國後世的傳奇小說發展影響很大，以後很多傳奇小說如唐人傳奇、《聊齋志異》等的寫作方法均和《搜神記》相似。胡震亨在《搜神記引》稱：「余得《搜神記》及《搜神後記》讀之，乃知晉德不勝怪而底於亡也。」意思是指干寶認為司馬氏是以陰謀取天下，得位不正。今天我們雖然把《搜神記》當作中國志怪小說的鼻祖，但在當時，干寶以史家的態度認真來寫，讀者以讀史書的態度認真來看，誰也不覺得這只是打發時間的鬼怪小說。

　　《搜神記》久佚，其篇名已不可得知，可考者有〈神化〉、〈感應〉、〈妖怪〉、〈變化〉四篇，李劍國《新輯搜神記》中，認為或許還有〈更生〉一篇。

　　如果以十分正式的小說概念來看《搜神記》所記載的故事，這些都只是一些不成熟的雛型。然而這些故事對於未來唐人傳奇及元代的戲曲都有很深的啟發。

　　《搜神記》記載的部分志怪，有的被後來發揚、演變成戲劇、小說等的題材，如《三國演義》中的「左慈戲曹操」、「孫策殺于吉」，部分「廿四孝」的故事，關於彭祖長壽，葛永成仙，南海鮫人，神農架野人，相思樹的故事，成語「含沙射影」的由來，「黃粱一夢」的故事，皆源自於《搜神記》。魯迅所寫的《故事新編》中的眉間尺和嫦娥奔月基本上也受到《搜神記》的影響。干寶原撰《搜神記》有 30 卷，流傳至今只有輯本 20 卷，464 篇故事。

干寶（282-351），字令升，河南新蔡人。

東晉時期的史學家，文學家，志異鬼怪小說的創始人。干寶學識淵博，著述宏豐，橫跨經、史、子、集四部，堪稱魏晉堅的全才才子。

干寶官至晉朝散騎常侍。據記載年輕時父親去世，其母善妒，在埋葬他父親時趁機將他父親的妾推入棺材一起活埋。過了十年，他母親去世，和他父親合葬，開棺後發現他父親的妾伏在他父親屍體上，尚有體溫，救回家後又活了數年。另外據說他兄長也是死了「氣絕數日」又活過來了。因此引起他對鬼神事的興趣，寫了這部《搜神記》。

目　錄

前言……………………… 二

卷一

神農鞭百草………………… 一六

雨師赤松子………………… 一六

赤將子輿…………………… 一七

寧封子自焚………………… 一八

彭祖七百歲………………… 一九

師門使火…………………… 二〇

葛由乘木羊………………… 二〇

崔文子學仙………………… 二一

冠先釣魚…………………… 二二

琴高取龍子………………… 二三

陶安公騎赤龍……………… 二三

焦山老君…………………… 二四

魯少千應門………………… 二五

淮南八公…………………… 二五

劉根召鬼…………………… 二六

王喬飛鳥…………………… 二八

薊子訓長壽………………… 二九

漢陰生乞市………………… 三〇

平常生復生………………… 三一

左慈顯神通………………… 三一

于吉請雨…………………… 三四

介琰變化隱形……………… 三五

徐光種瓜…………………… 三七

葛玄使法術………………… 三八

吳猛止風…………………… 三九

園客養蠶…………………… 四〇

董永與織女………………… 四一

鉤弋夫人之死……………… 四三

杜蘭香與張傳……………… 四三

弦超與神女………………… 四五

卷二

壽光侯劾鬼………………… 五〇

樊英滅火…………………… 五一

徐登與趙昺………………… 五一

趙昺渡河…………………… 五二

趙徐清儉…………………… 五三

東海君遺陳節……………… 五三

邊洪發狂…………………… 五四

鞠道龍說黃公事…………… 五五

謝糺作膾…………………… 五六

天竺胡人法術……………… 五六

范尋養虎…………………… 五八

賈佩蘭說宮內事⋯⋯⋯⋯ 五九
李少翁致神⋯⋯⋯⋯⋯⋯ 六〇
營陵道人令見死人⋯⋯⋯ 六一
白頭鵝試覡⋯⋯⋯⋯⋯⋯ 六二
石子岡朱主墓⋯⋯⋯⋯⋯ 六三
夏侯弘見鬼⋯⋯⋯⋯⋯⋯ 六四

卷三

鍾離意修孔廟⋯⋯⋯⋯⋯ 六八
段翳封簡書⋯⋯⋯⋯⋯⋯ 六九
臧仲英遇怪⋯⋯⋯⋯⋯⋯ 七〇
喬玄見白光⋯⋯⋯⋯⋯⋯ 七一
管輅論怪⋯⋯⋯⋯⋯⋯⋯ 七三
管輅教顏超增壽⋯⋯⋯⋯ 七五
管輅筮郭恩⋯⋯⋯⋯⋯⋯ 七七
淳于智治鼠⋯⋯⋯⋯⋯⋯ 七八
淳于智卜宅居⋯⋯⋯⋯⋯ 七八
淳于智卜免禍⋯⋯⋯⋯⋯ 七九
淳于智筮病⋯⋯⋯⋯⋯⋯ 八〇
郭璞撒豆成兵⋯⋯⋯⋯⋯ 八一
郭璞救死馬⋯⋯⋯⋯⋯⋯ 八二
郭璞筮病⋯⋯⋯⋯⋯⋯⋯ 八二
郭璞以白牛治病⋯⋯⋯⋯ 八四
費孝先之卦⋯⋯⋯⋯⋯⋯ 八四
隗炤藏金⋯⋯⋯⋯⋯⋯⋯ 八六
韓友驅魅⋯⋯⋯⋯⋯⋯⋯ 八八

嚴卿禳災⋯⋯⋯⋯⋯⋯⋯ 八九
華佗治瘡⋯⋯⋯⋯⋯⋯⋯ 九〇
華佗醫喉病⋯⋯⋯⋯⋯⋯ 九一

卷四

風伯雨師⋯⋯⋯⋯⋯⋯⋯ 九四
張寬說女宿⋯⋯⋯⋯⋯⋯ 九四
灌壇令太公望⋯⋯⋯⋯⋯ 九五
胡母班傳書⋯⋯⋯⋯⋯⋯ 九六
馮夷為河伯⋯⋯⋯⋯⋯⋯ 九九
河伯招婿⋯⋯⋯⋯⋯⋯⋯ 一〇〇
華山使者⋯⋯⋯⋯⋯⋯⋯ 一〇二
張璞投女⋯⋯⋯⋯⋯⋯⋯ 一〇三
建康小吏⋯⋯⋯⋯⋯⋯⋯ 一〇四
宮亭湖孤石廟二女⋯⋯⋯ 一〇五
宮亭湖廟神⋯⋯⋯⋯⋯⋯ 一〇六
郭璞卜驢鼠⋯⋯⋯⋯⋯⋯ 一〇六
青洪君婢⋯⋯⋯⋯⋯⋯⋯ 一〇七
黃石公祠⋯⋯⋯⋯⋯⋯⋯ 一〇八
樊道基顯神⋯⋯⋯⋯⋯⋯ 一〇九
戴文謀疑神⋯⋯⋯⋯⋯⋯ 一一〇
麋竺逢天使⋯⋯⋯⋯⋯⋯ 一一一
陰子方祀灶⋯⋯⋯⋯⋯⋯ 一一二
張成見蠶神⋯⋯⋯⋯⋯⋯ 一一二
戴侯祠⋯⋯⋯⋯⋯⋯⋯⋯ 一一三
劉玘死為神⋯⋯⋯⋯⋯⋯ 一一四

卷五

蔣子文成神⋯⋯⋯⋯⋯一一六

蔣侯召劉赤父⋯⋯⋯⋯一一七

蔣山廟戲婚⋯⋯⋯⋯⋯一一八

蔣侯與吳望子⋯⋯⋯⋯一一九

蔣侯助殺虎⋯⋯⋯⋯⋯一二〇

丁姑渡江⋯⋯⋯⋯⋯⋯一二二

趙公明府參佐⋯⋯⋯⋯一二四

周式逢鬼吏⋯⋯⋯⋯⋯一二七

張助斫李樹⋯⋯⋯⋯⋯一二八

卷六

論妖怪⋯⋯⋯⋯⋯⋯⋯一三二

論山徙⋯⋯⋯⋯⋯⋯⋯一三二

龜毛兔角⋯⋯⋯⋯⋯⋯一三四

馬化狐⋯⋯⋯⋯⋯⋯⋯一三四

地暴長⋯⋯⋯⋯⋯⋯⋯一三五

一婦四十子⋯⋯⋯⋯⋯一三五

御人產龍⋯⋯⋯⋯⋯⋯一三六

彭生為豕禍⋯⋯⋯⋯⋯一三六

蛇鬥國門⋯⋯⋯⋯⋯⋯一三七

龍　鬥⋯⋯⋯⋯⋯⋯⋯一三八

九蛇繞柱⋯⋯⋯⋯⋯⋯一三八

馬生人⋯⋯⋯⋯⋯⋯⋯一三九

女子化為丈夫⋯⋯⋯⋯一三九

五足牛⋯⋯⋯⋯⋯⋯⋯一四〇

臨洮大人⋯⋯⋯⋯⋯⋯一四一

龍現井中⋯⋯⋯⋯⋯⋯一四一

馬生角⋯⋯⋯⋯⋯⋯⋯一四二

狗生角⋯⋯⋯⋯⋯⋯⋯一四二

人生角⋯⋯⋯⋯⋯⋯⋯一四三

狗與彘交⋯⋯⋯⋯⋯⋯一四四

白黑烏鬥⋯⋯⋯⋯⋯⋯一四五

牛足出背⋯⋯⋯⋯⋯⋯一四六

內外蛇鬥⋯⋯⋯⋯⋯⋯一四七

鼠舞門⋯⋯⋯⋯⋯⋯⋯一四八

石自立⋯⋯⋯⋯⋯⋯⋯一四八

蟲葉成文⋯⋯⋯⋯⋯⋯一四九

狗　冠⋯⋯⋯⋯⋯⋯⋯一四九

雌雞化雄⋯⋯⋯⋯⋯⋯一五〇

范延壽斷訟⋯⋯⋯⋯⋯一五一

天雨草⋯⋯⋯⋯⋯⋯⋯一五二

斷槐復立⋯⋯⋯⋯⋯⋯一五二

鼠　巢⋯⋯⋯⋯⋯⋯⋯一五三

犬禍室中⋯⋯⋯⋯⋯⋯一五四

鳥焚巢⋯⋯⋯⋯⋯⋯⋯一五五

信都雨魚⋯⋯⋯⋯⋯⋯一五五

木生人狀⋯⋯⋯⋯⋯⋯一五六

大廄馬生角⋯⋯⋯⋯⋯一五七

燕生雀⋯⋯⋯⋯⋯⋯⋯一五八

牡馬生三足駒⋯⋯⋯⋯一五八

僵樹自立……………………一五九
兒啼腹中……………………一六〇
西王母傳書…………………一六〇
男子化女……………………一六一
人死復生……………………一六二
人生兩頭……………………一六二
三足烏………………………一六三
德陽殿蛇……………………一六四
北地雨肉……………………一六五
梁冀妻怪妝…………………一六五
牛生雞………………………一六六
赤厄三七……………………一六六
長短衣裾……………………一六八
夫婦相食……………………一六九
寺壁黃人……………………一六九
木不曲直……………………一七〇
雌雞欲化雄…………………一七一
洛陽生兒兩頭………………一七二
梁伯夏後……………………一七二
草作人狀……………………一七三
生男兩頭共身………………一七四
懷陵萬雀鬥殺………………一七四
傀櫑輓歌……………………一七五
京師童謠……………………一七六
桓氏復生……………………一七六
建安人妖……………………一七七

荊州童謠……………………一七八
樹出血………………………一七九
鷹生燕巢中…………………一七九
河出妖馬……………………一八〇
燕生巨鷇……………………一八一
譙周書柱……………………一八一
孫權死徵……………………一八二
孫亮草妖……………………一八三
大石自立……………………一八三
陳焦死而復生………………一八四

卷七

開石文字……………………一八六
西晉禍徵……………………一八七
翟器翟食……………………一八八
蟚蚑化鼠……………………一八九
太康二龍……………………一八九
兩足虎………………………一九〇
死牛頭語……………………一九一
武庫飛魚……………………一九一
男女之屨……………………一九二
擷子髻………………………一九三
晉世寧舞……………………一九三
以氈為服……………………一九四
折楊柳歌……………………一九五
遼東馬生角…………………一九五

婦人飾兵⋯⋯⋯⋯⋯⋯一九六
六鐘出涕⋯⋯⋯⋯⋯⋯一九七
一身二體⋯⋯⋯⋯⋯⋯一九七
安豐女子化男⋯⋯⋯⋯一九八
臨淄大蛇入祠⋯⋯⋯⋯一九八
呂縣流血⋯⋯⋯⋯⋯⋯一九九
霹靂破高禖石⋯⋯⋯⋯一九九
烏杖柱掖⋯⋯⋯⋯⋯⋯二〇〇
貴遊倮身⋯⋯⋯⋯⋯⋯二〇一
大石浮水登岸⋯⋯⋯⋯二〇一
賤人入禁庭⋯⋯⋯⋯⋯二〇二
牛 能 言⋯⋯⋯⋯⋯⋯二〇三
敗屨聚道⋯⋯⋯⋯⋯⋯二〇四
戟鋒火光⋯⋯⋯⋯⋯⋯二〇五
萬詳婢生怪子⋯⋯⋯⋯二〇六
人生他物⋯⋯⋯⋯⋯⋯二〇六
狗作人言⋯⋯⋯⋯⋯⋯二〇七
鼫鼠出延陵⋯⋯⋯⋯⋯二〇七
辛螫之木⋯⋯⋯⋯⋯⋯二〇八
豕生人兩頭⋯⋯⋯⋯⋯二〇九
生箋單衣⋯⋯⋯⋯⋯⋯二〇九
無 顏 帢⋯⋯⋯⋯⋯⋯二一〇
呂會不學⋯⋯⋯⋯⋯⋯二一一
淳于伯冤死⋯⋯⋯⋯⋯二一二
牛生犢兩頭⋯⋯⋯⋯⋯二一三
地震湧水⋯⋯⋯⋯⋯⋯二一四

牛生怪胎⋯⋯⋯⋯⋯⋯二一四
馬生駒兩頭⋯⋯⋯⋯⋯二一五
太興初女子⋯⋯⋯⋯⋯二一五
武昌火災⋯⋯⋯⋯⋯⋯二一六
絳囊縛紒⋯⋯⋯⋯⋯⋯二一六
儀仗生花⋯⋯⋯⋯⋯⋯二一七
羽扇長柄⋯⋯⋯⋯⋯⋯二一八
大蛇居神祠空樹⋯⋯⋯二一九

卷八

舜得玉曆⋯⋯⋯⋯⋯⋯二二二
湯禱桑林⋯⋯⋯⋯⋯⋯二二二
呂望釣於渭陽⋯⋯⋯⋯二二三
武王平風波⋯⋯⋯⋯⋯二二四
孔子夜夢⋯⋯⋯⋯⋯⋯二二四
赤虹化玉⋯⋯⋯⋯⋯⋯二二六
陳 寶 祠⋯⋯⋯⋯⋯⋯二二六
邢史子臣說天道⋯⋯⋯二二七
熒惑星預言⋯⋯⋯⋯⋯二二八
戴洋夢神⋯⋯⋯⋯⋯⋯二三〇

卷九

應嫗見神光⋯⋯⋯⋯⋯二三二
馮緄綬笥有蛇⋯⋯⋯⋯二三二
張顥得金印⋯⋯⋯⋯⋯二三三
張氏傳鉤⋯⋯⋯⋯⋯⋯二三四

何比干得符策…………二三五

魏舒詣野王…………二三五

賈誼《鵬鳥賦》…………二三六

狗齧鵝群…………二三七

公孫淵家數怪…………二三八

諸葛恪被殺…………二三八

鄧喜射人頭…………二三九

府公斥賈充…………二四〇

庾亮廁中見怪…………二四一

劉寵軍敗…………二四二

卷十

鄧皇后夢登天…………二四四

孫堅夫人夢…………二四四

夢取樑上穗…………二四五

周擥嚙夢…………二四五

夢入蟻穴…………二四七

火浣單衫…………二四七

劉雅腹痛…………二四八

張奐妻之夢…………二四八

靈帝夢…………二四九

呂石夢…………二四九

謝郭二人同夢…………二五〇

徐泰夢中祈請…………二五一

卷十一

熊渠子射虎…………二五四

由基更贏善射…………二五四

古冶子殺黿…………二五五

三王墓…………二五六

賈雍無頭…………二五八

斷頭而語…………二五九

血化為碧…………二五九

東方朔灌酒消患…………二六〇

諒輔以身祈雨…………二六一

何敞消災…………二六二

蝗蟲避徐栩…………二六三

白虎墓…………二六三

葛祚去民累…………二六四

曾子孝感萬里…………二六五

周暢立義冢…………二六五

王祥剖冰孝母…………二六六

王延叩凌…………二六七

楚僚臥冰…………二六七

蟒蟵炙…………二六八

顏含尋蛇膽…………二六九

郭巨埋兒得金…………二七〇

劉殷居喪…………二七一

玉田…………二七二

衡農夢虎齧足…………二七三

羅威為母溫席⋯⋯⋯⋯二七三　　大青小青⋯⋯⋯⋯⋯⋯三〇一

王裒泣墓⋯⋯⋯⋯⋯⋯二七四　　裸身山都⋯⋯⋯⋯⋯⋯三〇二

白鳩郎⋯⋯⋯⋯⋯⋯⋯二七四　　蜮含沙射人⋯⋯⋯⋯⋯三〇二

東海孝婦⋯⋯⋯⋯⋯⋯二七五　　鬼　彈⋯⋯⋯⋯⋯⋯⋯三〇三

犍為孝女⋯⋯⋯⋯⋯⋯二七六　　蘘荷根攻蠱⋯⋯⋯⋯⋯三〇四

樂羊子妻⋯⋯⋯⋯⋯⋯二七七　　趙壽犬蠱⋯⋯⋯⋯⋯⋯三〇四

庾袞侍兄⋯⋯⋯⋯⋯⋯二七八　　廖姓蛇蠱⋯⋯⋯⋯⋯⋯三〇五

相思樹⋯⋯⋯⋯⋯⋯⋯二七九

望夫岡⋯⋯⋯⋯⋯⋯⋯二八一

鄧元義妻改嫁⋯⋯⋯⋯二八一　　泰山澧泉⋯⋯⋯⋯⋯⋯三〇八

嚴遵破案⋯⋯⋯⋯⋯⋯二八三　　巨靈劈華山⋯⋯⋯⋯⋯三〇八

山陽死友傳⋯⋯⋯⋯⋯二八三　　霍山鑊⋯⋯⋯⋯⋯⋯⋯三〇九

　　　　　　　　　　　　　　樊山致雨⋯⋯⋯⋯⋯⋯三一〇

五氣變化論⋯⋯⋯⋯⋯二八八　　湘穴甕水⋯⋯⋯⋯⋯⋯三一一

穿井得羊⋯⋯⋯⋯⋯⋯二九一　　龜化城⋯⋯⋯⋯⋯⋯⋯三一一

掘地得犬⋯⋯⋯⋯⋯⋯二九二　　城淪為湖⋯⋯⋯⋯⋯⋯三一二

山精倮囊⋯⋯⋯⋯⋯⋯二九三　　馬　邑⋯⋯⋯⋯⋯⋯⋯三一二

池陽小人景⋯⋯⋯⋯⋯二九四　　天地劫灰⋯⋯⋯⋯⋯⋯三一三

霹靂落地⋯⋯⋯⋯⋯⋯二九五　　丹砂井⋯⋯⋯⋯⋯⋯⋯三一四

落頭民⋯⋯⋯⋯⋯⋯⋯二九五　　江東餘腹⋯⋯⋯⋯⋯⋯三一四

貙人化虎⋯⋯⋯⋯⋯⋯二九七　　蟛蚏⋯⋯⋯⋯⋯⋯⋯⋯三一五

猳國馬化⋯⋯⋯⋯⋯⋯二九八　　青　蚨⋯⋯⋯⋯⋯⋯⋯三一五

刀勞鬼⋯⋯⋯⋯⋯⋯⋯二九九　　蜾　蠃⋯⋯⋯⋯⋯⋯⋯三一六

越地冶鳥⋯⋯⋯⋯⋯⋯三〇〇　　木　蠹⋯⋯⋯⋯⋯⋯⋯三一七

南海鮫人⋯⋯⋯⋯⋯⋯三〇一　　刺　蝟⋯⋯⋯⋯⋯⋯⋯三一七

卷十二

卷十三

火浣布⋯⋯⋯⋯⋯⋯⋯三一八
金 燧⋯⋯⋯⋯⋯⋯⋯三一九
焦尾琴⋯⋯⋯⋯⋯⋯⋯三一九
柯亭笛⋯⋯⋯⋯⋯⋯⋯三二〇

卷十四

蒙雙氏⋯⋯⋯⋯⋯⋯⋯三二二
盤瓠子孫⋯⋯⋯⋯⋯⋯三二二
夫餘王⋯⋯⋯⋯⋯⋯⋯三二四
鶬蒼銜卵⋯⋯⋯⋯⋯⋯三二五
谷烏菟⋯⋯⋯⋯⋯⋯⋯三二六
齊頃公無野⋯⋯⋯⋯⋯三二七
羌豪袁釦⋯⋯⋯⋯⋯⋯三二七
竇氏蛇⋯⋯⋯⋯⋯⋯⋯三二八
金龍池⋯⋯⋯⋯⋯⋯⋯三二九
羽衣人⋯⋯⋯⋯⋯⋯⋯三二九
馬皮蠶女⋯⋯⋯⋯⋯⋯三三〇
嫦娥奔月⋯⋯⋯⋯⋯⋯三三二
蘭岩雙鶴⋯⋯⋯⋯⋯⋯三三三
羽衣女⋯⋯⋯⋯⋯⋯⋯三三四
黃母化黿⋯⋯⋯⋯⋯⋯三三四
宋母化鱉⋯⋯⋯⋯⋯⋯三三五
宣母化黿⋯⋯⋯⋯⋯⋯三三六
老翁作怪⋯⋯⋯⋯⋯⋯三三六

卷十五

王道平妻⋯⋯⋯⋯⋯⋯三四〇
河間郡男女⋯⋯⋯⋯⋯三四二
賈文合娶妻⋯⋯⋯⋯⋯三四三
李 娥⋯⋯⋯⋯⋯⋯⋯三四五
史姁神行⋯⋯⋯⋯⋯⋯三四八
社公賀瑀⋯⋯⋯⋯⋯⋯三四九
戴洋復生⋯⋯⋯⋯⋯⋯三五〇
柳榮張悌⋯⋯⋯⋯⋯⋯三五一
馬勢婦蔣氏⋯⋯⋯⋯⋯三五一
顏畿託夢⋯⋯⋯⋯⋯⋯三五二
羊 祜⋯⋯⋯⋯⋯⋯⋯三五四
西漢宮人⋯⋯⋯⋯⋯⋯三五五
棺中活婦⋯⋯⋯⋯⋯⋯三五五
婢埋尚生⋯⋯⋯⋯⋯⋯三五六
馮貴人⋯⋯⋯⋯⋯⋯⋯三五六
廣陵大冢⋯⋯⋯⋯⋯⋯三五七
欒書冢⋯⋯⋯⋯⋯⋯⋯三五八

卷十六

三疫鬼⋯⋯⋯⋯⋯⋯⋯三六〇
輓 歌⋯⋯⋯⋯⋯⋯⋯三六〇
阮瞻見鬼客⋯⋯⋯⋯⋯三六一
黑衣白袷鬼⋯⋯⋯⋯⋯三六一
蔣濟亡兒⋯⋯⋯⋯⋯⋯三六二

孤竹君棺⋯⋯⋯⋯⋯三六四
溫序死節⋯⋯⋯⋯⋯三六五
文穎移棺⋯⋯⋯⋯⋯三六六
鵠奔亭女鬼⋯⋯⋯⋯三六七
曹公載妓船⋯⋯⋯⋯三六九
苟奴見鬼⋯⋯⋯⋯⋯三七〇
產亡點面⋯⋯⋯⋯⋯三七一
弓弩射鬼⋯⋯⋯⋯⋯三七一
鬼鼓琵琶⋯⋯⋯⋯⋯三七二
秦巨伯鬥鬼⋯⋯⋯⋯三七三
三鬼醉酒⋯⋯⋯⋯⋯三七四
錢小小⋯⋯⋯⋯⋯⋯三七五
宋定伯賣鬼⋯⋯⋯⋯三七五
紫玉韓重⋯⋯⋯⋯⋯三七七
駙馬都尉⋯⋯⋯⋯⋯三七九
談生妻鬼⋯⋯⋯⋯⋯三八一
盧充幽婚⋯⋯⋯⋯⋯三八三
西門亭鬼魅⋯⋯⋯⋯三八七

卷十七

鬼怪扮人⋯⋯⋯⋯⋯三九〇
貞節先生⋯⋯⋯⋯⋯三九一
費季居楚⋯⋯⋯⋯⋯三九二
鬼扮虞定國⋯⋯⋯⋯三九三
朱誕給使⋯⋯⋯⋯⋯三九四
倪彥思家魅⋯⋯⋯⋯三九五

頓丘魅物⋯⋯⋯⋯⋯三九七
廟神度朔君⋯⋯⋯⋯三九八
筋竹長人⋯⋯⋯⋯⋯四〇〇
釜中白頭公⋯⋯⋯⋯四〇一
服留鳥⋯⋯⋯⋯⋯⋯四〇二
南康甘子⋯⋯⋯⋯⋯四〇三

卷十八

飯雷怪⋯⋯⋯⋯⋯⋯四〇六
何文除宅妖⋯⋯⋯⋯四〇六
秦公鬥樹神⋯⋯⋯⋯四〇八
樹神黃祖⋯⋯⋯⋯⋯四〇九
張遼除樹怪⋯⋯⋯⋯四一〇
陸敬叔烹怪⋯⋯⋯⋯四一一
船自飛下水⋯⋯⋯⋯四一二
老狸詣董仲舒⋯⋯⋯四一二
張華智擒狐魅⋯⋯⋯四一三
吳興老狐⋯⋯⋯⋯⋯四一六
句容狐婢⋯⋯⋯⋯⋯四一七
劉伯祖與狐神⋯⋯⋯四一八
山魅阿紫⋯⋯⋯⋯⋯四一九
宋大賢殺狐⋯⋯⋯⋯四二〇
郅伯夷擊魅⋯⋯⋯⋯四二一
狐博士⋯⋯⋯⋯⋯⋯四二三
謝鯤擒鹿怪⋯⋯⋯⋯四二三
豬臂金鈴⋯⋯⋯⋯⋯四二四

高山君⋯⋯⋯⋯⋯⋯四二五
田琰殺狗魅⋯⋯⋯⋯⋯四二六
酒家老狗妖⋯⋯⋯⋯⋯四二七
白衣吏⋯⋯⋯⋯⋯⋯四二八
李叔堅見怪不怪⋯⋯⋯四二八
蒼獺鬼物⋯⋯⋯⋯⋯⋯四二九
王周南克鼠怪⋯⋯⋯⋯四三〇
安陽亭三怪⋯⋯⋯⋯⋯四三一
湯應誅二怪⋯⋯⋯⋯⋯四三三

卷十九

李寄斬蛇⋯⋯⋯⋯⋯⋯四三六
司徒府大蛇⋯⋯⋯⋯⋯四三八
揚州蛇翁⋯⋯⋯⋯⋯⋯四三八
野水鼉婦⋯⋯⋯⋯⋯⋯四三九
謝非除廟妖⋯⋯⋯⋯⋯四四〇
孔子論五酉⋯⋯⋯⋯⋯四四一
鼠婦⋯⋯⋯⋯⋯⋯⋯四四二
狄希千日酒⋯⋯⋯⋯⋯四四三
陳仲舉相命⋯⋯⋯⋯⋯四四四

卷二十

病龍求醫⋯⋯⋯⋯⋯⋯四四八
蘇易為虎接生⋯⋯⋯⋯四四八
玄鶴報恩⋯⋯⋯⋯⋯⋯四四九
黃雀報恩⋯⋯⋯⋯⋯⋯四五〇

隋侯珠⋯⋯⋯⋯⋯⋯⋯四五一
孔愉放龜⋯⋯⋯⋯⋯⋯四五一
古巢老姥⋯⋯⋯⋯⋯⋯四五二
蟻王報恩⋯⋯⋯⋯⋯⋯四五三
義犬墓⋯⋯⋯⋯⋯⋯⋯四五四
華隆家犬⋯⋯⋯⋯⋯⋯四五六
螻蛄神⋯⋯⋯⋯⋯⋯⋯四五七
猿母哀子⋯⋯⋯⋯⋯⋯四五八
虞蕩射塵⋯⋯⋯⋯⋯⋯四五八
華亭大蛇⋯⋯⋯⋯⋯⋯四五九
邛都老姥⋯⋯⋯⋯⋯⋯四六〇
建業城婦人⋯⋯⋯⋯⋯四六一

卷
一

神農鞭百草

搜神記

【原文】

　　神農以赭鞭鞭百草①，盡知其平毒寒溫之性②，臭味所主③。以播百谷，故天下號神農也。

【注釋】

① 神農：又稱神農氏，相傳為農業和醫藥的發明者，曾嘗遍百草來識別藥草特性。另一說為炎帝。赭（音者）鞭：相傳為神農檢驗藥草特性的赤色鞭子。

② 平毒寒溫之性：指藥草無毒、有毒及寒溫的特徵。

③ 臭（音秀）味所主：藥草氣味所主治的症候。

【譯文】

　　神農氏用赤色的鞭子抽打各種植物，全面瞭解它們的毒性大小和寒溫特徵，藥味所主治的症候。因為播種各類農作物，所以人們又稱其為「神農」。

雨師赤松子①

【原文】

　　赤松子者，神農時雨師也，服冰玉散②，以教神農。能入火不燒。至崑崙山③，常入西王母石室中，隨風雨上下。炎帝少女追之，亦得仙，俱去。至高辛④時，復為雨師，遊人間。今之雨師本⑤是焉。

【注釋】

① 赤松子：又名赤誦子，號左聖南極南嶽真人、左仙太虛真人，秦漢傳
　說中的上古仙人。

② 冰玉散：傳說中一種長生不老的仙藥。

③ 崑崙山：傳說中神仙居住的西方仙山。

④ 高辛：帝嚳（音酷），姓姬，為上古五帝之一。黃帝的曾孫。

⑤ 本：使動用法，以之為本。

【譯文】

　　赤松子是神農時掌管雨的神仙，他服下冰玉散這種長生仙藥，並讓神農一起服下，他能身處火中而不被燒到。他常去崑崙山西王母住的石屋內，能隨風雨上天下地。炎帝神農的小女兒追隨他學道，也成為神仙，一起升天。到帝嚳高辛氏時，他又擔任雨師，漫遊人間。今天的雨師都把他當作始祖。

赤將子輿

【原文】

　　赤將子輿①者，黃帝時人也。不食五穀②，而啖百草華③。至堯時，為木工。能隨風雨上下。時於市門中賣繳④，故亦謂之「繳父」。

【注釋】

① 赤將子輿：黃帝時人，至唐堯時，為唐八仙之一。

② 五穀：五種農作物，一般有兩種觀點，一說為稻、黍、稷、麥、菽。
　　另一說為麻、黍、稷、麥、菽。

③ 啖（音淡）：吃。華：通「花」。

④ 繳：繫在箭上用來射鳥以便回收的生絲繩。

【譯文】

　　赤將子輿，是黃帝時候的人。他不吃五穀，卻吃各種草木的花。到唐堯時，他做了木工，能隨風雨上下來去。有時候他在集市門口賣繳，所以人們也叫他「繳父」。

寧封子自焚

【原文】

　　寧封子，黃帝時人也。世傳為黃帝陶正[①]。有異人過之[②]，為其掌火。能出入五色煙。久則以教封子。封子積火自燒，而隨煙氣上下。視其灰燼，猶有其骨。時人共葬之寧北山中，故謂之「寧封子」。

【注釋】

①陶正：古代官名，掌製造陶器之事。

②異人：奇人，神人。過：拜訪。

【譯文】

　　寧封子，是黃帝時候的人，世人傳說他是黃帝的陶正官。有個神人來拜訪他，為他掌管燒冶陶器的火候，能在五色的煙火中進出。時間長了，神人就把這法術教給封子。封子堆起柴火焚燒自己，卻只能隨煙火上下飄動。人們仔細察看那堆灰燼，裡面還有他的骨頭。當時的人就一起把他埋葬在寧北山中，所以稱他為「寧封子」。

彭祖七百歲

【原文】

　　彭祖①者，殷時大夫也②。姓籛，名鏗。帝顓頊③之孫，陸終氏④之中子。歷夏而至商末，號七百歲。常食桂芝。歷陽有彭祖仙室。前世云：禱請風雨，莫不輒⑤應。常有兩虎在祠左右。今日祠之訖，地則有兩虎跡。

【注釋】

① 彭祖：自堯帝起，歷經夏、商，擅長養生和烹飪，相傳活了七百多歲。
② 殷：商代盤庚遷殷後，史稱殷商，或殷。大夫：古代官職名。
③ 顓頊（音專旭）：上古五帝之一。相傳是黃帝之孫，昌意之子，居帝邱（今河南省濮陽東南），號高陽氏。
④ 陸終氏：顓頊後裔。
⑤ 輒：總是。

【譯文】

　　彭祖，是殷商的大夫。姓籛（音堅），名鏗，顓頊帝的孫子，陸終氏的第二個兒子。他經歷過夏朝，一直活到商朝末年，號稱活了七百歲。他常常吃桂花和靈芝草。安徽歷陽山有彭祖的仙室。前代的人都說：在那仙室中祈求風雨，沒有不立刻應驗的。經常有兩隻老虎守在祠堂左右。現在祠堂已經沒有了，但地上仍有兩隻老虎留下的足跡。

師門使火

【原文】

　　師門者，嘯父①弟子也。能使火。食桃葩②。為孔甲龍師③。孔甲不能修④其心意，殺而埋之外野。一旦，風雨迎之。山木皆燔⑤。孔甲祠而禱之，未還而死。

【注釋】

① 嘯父：傳說中的仙人，冀州人。

② 葩（音趴）：花。

③ 孔甲：姒姓，夏朝帝王。龍師：即御龍師，駕馭龍的人員。

④ 修：遵循、順從。

⑤ 燔（音煩）：焚燒。

【譯文】

　　師門是嘯父的弟子，能夠掌控火，以桃花為食。他擔任夏帝孔甲的御龍師。孔甲因為師門不能遵循自己的意願做事，就把他殺死，然後埋在荒郊野外。有一天，風雨來迎接他升天。山上的草木都熊熊燃燒起來。孔甲給他建立神祠並對他禱告，但最後還是死在了外面沒能回來。

葛由乘木羊

【原文】

　　前周①葛由，蜀羌人也。周成王②時，好刻木作羊賣之。一旦，乘木羊入蜀中，蜀中王侯貴人追之，上綏山。綏山多桃，在峨眉山西南，高無極也。隨之者不復還，皆得仙道。

故里諺曰：「得綏山一桃，雖不能仙，亦足以豪。」山下立祠數十處。

【注釋】

① 前周：周以平王東遷為界，分為西周、東周。此處前周意為西周。

② 周成王：周代帝王，姬姓，名誦。武王的兒子。

【譯文】

　　西周時的葛由，是蜀地羌族人。周成王時，他喜歡把木頭雕刻成羊賣掉。有一天，葛由騎了木羊進入蜀國之中，蜀國的王侯貴族都追隨著他，一起上了綏山。綏山長滿桃樹，位於峨眉山西南，高得沒有盡頭。跟隨他去的人沒有再回來，都得了仙道。所以鄉間的諺語說：「得到綏山上的一只蟠桃，即使不能成仙，也令人自豪。」山下幾十個地方都為葛由建起了祠廟。

崔文子學仙

【原文】

　　崔文子者，泰山人也。學仙於王子喬①。子喬化為白蜺②，而持藥與文子。文子驚怪，引戈擊蜺，中之，因墮其藥。俯而視之，王子喬之履也。置之室中，覆以敝筐。須臾③，化為大鳥。開而視之，翻然飛去。

【注釋】

① 王子喬：相傳為周靈王太子，名晉，字子喬。

② 蜺（音尼）：通「霓」，虹的外環，又稱副虹。

③ 須臾：一會兒。

【譯文】

　　崔文子是泰山人。他跟王子喬學仙道。王子喬變為白霓，帶著仙藥要送給崔文子，崔文子覺得很奇怪，舉起戈投向白霓，擊中了它，帶的藥就掉了下來。崔文子俯身去看，原來是王子喬的鞋子。他把鞋子放在屋裡，用破筐子蓋住。一會兒，鞋子化為大鳥。他打開筐子一看，大鳥揮動翅膀飛走了。

冠先釣魚

【原文】

　　冠先，宋人也。釣魚為業，居睢水旁百餘年。得魚，或放，或賣，或自食①之。常冠帶，好種荔，食其葩②實焉。宋景公問其道，不告，即殺之。後數十年，踞③宋城門上，鼓琴，數十日乃去。宋人家家奉祠④之。

【注釋】

① 食：飼養，餵養。
② 葩：花。
③ 踞：蹲坐。
④ 奉祠：祭祀。

【譯文】

　　冠先，是宋國人。他把釣魚當作職業，住在睢（音雖）水邊上已經一百多年了。他釣到了魚，有的放生，有的賣掉，有的自己飼養著。他經常戴著帽子，繫著衣帶。他喜歡種荔枝，吃它的花和果實。宋景公曾向他詢問道法，他不肯說，於是宋景公就把他殺了。之後過了幾十年，他竟然蹲坐在宋國的城門上彈琴，彈了幾十天才離開。於是宋國的百姓家家都祭祀他。

琴高取龍子

【原文】

　　琴高，趙人也。能鼓琴。為宋康王舍人[1]。行涓、彭之術[2]，浮游冀州、涿郡間二百餘年。後辭入涿水中，取龍子，與諸弟子期之，曰：「明日皆潔齋，候於水旁，設祠屋。」果乘赤鯉魚出，來坐祠中。且有萬人觀之。留一月，乃復入水去。

【注釋】

① 舍人：官名，是王公貴族的左右親近屬官。
② 涓、彭之術：指神仙之術。涓：涓子。彭：彭祖。

【譯文】

　　琴高是戰國時趙國人。善於彈琴。擔任過宋康王的舍人。他修練涓子、彭祖的仙術，在冀州、涿郡一帶漫遊了二百多年。後來辭別塵世潛入水中，取得龍子。他和弟子們相約說：「明天你們都沐浴齋戒，在水邊等候，設立神祠祭祀。」第二天，他果然騎著紅鯉魚浮出水來，到神祠中坐定。而且有一萬來人朝拜他。他坐了一個月，才又潛入水裡去。

陶安公騎赤龍

【原文】

　　陶安公者，六安鑄冶師也。數行火。火一朝散上，紫色衝天。公伏冶下求哀。須臾，朱雀[1]止冶上，曰：「安公！安公！冶與天通。七月七日，迎汝以赤龍。」至時，安公騎之，從東南去。城邑數萬人，豫祖安送之[2]，皆辭訣。

【注釋】

① 朱雀：傳說中的祥瑞動物，「四靈」之一，主南方。

② 豫：預先、提前。祖：祭祀路神，意為踐行。

【譯文】

　　陶安公，是六安的冶鑄師。他多次點火冶煉金屬。有一天，火焰突然發散上去，紫色的火光直衝天空。陶安公跪伏在爐前懇求哀憐寬赦。過了一會兒，一隻朱雀停在冶煉爐上，對他說：「安公！安公！你的冶煉爐與天相通。七月七日，迎接你的是條赤龍。」到了約定的時間，安公騎著那條龍，從東南方離去。城內幾萬人，事先為安公祭祀路神，餞行送別，陶安公都一一辭別。

焦山老君

【原文】

　　有人入焦山①七年，老君②與之木鑽，使穿一盤石③，石厚五尺，曰：「此石穿，當得道。」積四十年，石穿，遂得神仙丹訣④。

【注釋】

① 焦山：在江蘇丹徒縣東，孤立大江中，和金山對峙。

② 老君：中國道教對老子的神化稱呼，又稱「太上老君」。

③ 盤石：指極為堅硬而緻密的石頭。

④ 神仙丹訣：道家煉丹修道成仙的法訣。

【譯文】

　　有個人進入焦山，學道七年，太上老君給他一個木鑽，讓他去鑽穿一塊大石頭，這石頭有五尺厚。太上老君說：「這塊石頭鑽穿了，你就

會得道成仙。」這人一共鑽了四十年，石頭終於被鑽穿了，於是就得到了煉丹成仙的秘訣。

魯少千應門

【原文】

　　魯少千者，山陽人也。漢文帝嘗微服懷金過之^①，欲問其道。少千拄金杖，執象牙扇，出應門^②。

【注釋】

①嘗：曾經。微服：指帝王或高官為隱蔽身分而改穿平民便服。
②應門：候門，出門迎接。

【譯文】

　　魯少千，是山陽縣人。漢文帝曾經穿著百姓的服裝，帶了黃金去拜訪他，想向他詢問道術。魯少千拄著黃金枴杖，拿著象牙扇子，走出家門來迎接他。

淮南八公

【原文】

　　淮南王安，好道術。設廚宰以候賓客。正月上辛^①，有八老公詣門^②求見。門吏白王，王使吏自以意難之，曰：「吾王好長生，先生無駐衰^③之術，未敢以聞。」公知不見，乃更形為八童子，色如桃花。王便見之，盛禮設樂，以享^④八公。援琴而絃歌曰：「明明上天，照四海兮。知我好道，公

來下兮。公將與余，生羽毛兮。升騰青雲，蹈梁甫兮。觀見三光⑤，遇北斗兮。驅乘風雲，使玉女兮。」今所謂《淮南操》⑥是也。

【譯文】

淮南王劉安，喜好道術。專門讓廚宰預備膳食來迎候賓客。正月上旬辛日那一天，有八位老公公登門求見。門吏稟報淮南王，淮南王叫門吏隨意為難他們，門吏說：「我們大王喜歡長生不老，先生們並無防止衰老的法術，我不能把你們引見給他。」八位老公公知道淮南王不願意接見，於是搖身變成八個童子，臉色如桃花一般紅潤。淮南王便接見了他們，並用隆重的禮節和歌舞來款待八公。淮南王撫琴而歌：「朗朗上天，普照四海。知我喜歡道術，八公從天而降。八公將和我一起羽化登仙。駕著青雲在梁甫山上漫遊。看見日月星光，遇上北斗七星。駕著清風彩雲，使喚天上玉女。」這支歌就是如今所說的《淮南操》。

劉根召鬼

【原文】

劉根字君安，京兆①長安人也。漢成帝時，入嵩山學道。遇異人授以秘訣，遂得仙。能召鬼。潁川太守史祈以為

妖,遣人召根,欲戮之。至府,語曰:「君能使人見鬼,可使形見。不者,加戮。」根曰:「甚易。借府君前筆硯書符」。因以叩几。須臾,忽見五六鬼,縛二囚於祈前。祈熟視②,乃父母也。向根叩頭曰:「小兒無狀③,分當萬死。」叱祈曰:「汝子孫不能光榮先祖,何得罪神仙,乃累親如此。」祈哀驚悲泣,頓首請罪。根默然忽去,不知所之④。

【注釋】

① 京兆:古都長安及其近邊地區。

② 熟視:仔細觀看。

③ 無狀:行為失檢,不懂禮貌。

④ 所之:去了哪裡。

【譯文】

　　劉根,字君安,是京兆長安人。漢成帝的時候,到嵩山學習道術。遇見一個神異的人,傳授給他升仙的秘訣,於是他得了仙道。能召見鬼。潁川太守史祈認為他是妖孽,派人召見劉根,想殺死他。劉根到了太守府,史祈便對他說:「您能讓人見到鬼,那就讓他們現出形來,否則就殺了你!」劉根說:「這很容易。請借一下您面前的筆墨讓我寫一道符籙。」他寫好後將這符籙敲了一下桌子。一會兒,忽然看見五六個鬼綁著兩個囚犯來到史祈眼前。史祈仔細一瞧,竟是自己的父母。他的父母親向劉根磕著頭說:「我兒子無禮,罪該萬死。」又責罵史祈說:「你這做子孫的不能光宗耀祖,為什麼還要得罪神仙,連累雙親到這個地步!」史祈驚恐萬狀,悲哀地哭泣著,向劉根磕頭請罪。劉根一聲不響地忽然離去了,不知去了哪裡。

王喬飛鳬

【原文】

　　漢明帝時，尚書郎河東王喬為鄴令。喬有神術，每月朔①，嘗②自縣詣台。帝怪其來數③而不見車騎；密令太史候望之。言其臨至時，輒有雙鳬④，從東南飛來。因伏伺，見鳬，舉羅張之，但得一雙舃⑤。使尚書⑥識視，四年中所賜尚書官屬履也。

【注釋】

①朔：農曆每月初一。

②嘗：通「常」。

③數：多次，頻繁。

④鳬（音服）：水鳥，俗稱「野鴨」。

⑤舃（音夕）：鞋子。

⑥尚書：或作「尚方」。尚方即古代製造帝王所用器物的官署。

【譯文】

　　漢明帝的時候，尚書郎河東人王喬任鄴縣令。王喬有神仙之術，每月初一，經常從縣裡到朝廷。漢明帝奇怪他來得頻繁，卻不見他有乘車騎馬；便密令太史暗中監視他。太史報告說，王喬快到的時候，就有一對野鴨子從東南飛來。於是明帝派人埋伏守候，看到那對野鴨子飛來，就用網捕捉，結果只得到一雙鞋子。讓尚書識別卻是明帝永平四年時賜予尚書官屬的鞋子。

薊子訓長壽

【原文】

　　薊子訓，不知所從來。東漢時，到洛陽見公卿數十處，皆持斗酒片脯①候之。曰：「遠來無所有，示致微意。」坐上數百人，飲啖②終日不盡。去後，皆見白雲起，從旦至暮。時有百歲公說：「小兒時見訓賣藥會稽市，顏色如此。」訓不樂住洛，遂遁去。正始中，有人於長安東霸城，見與一老公共摩挲③銅人，相謂曰：「適見鑄此，已近五百歲矣。」見者呼之曰：「薊先生小住。」並行應之。視若遲徐，而走馬不及。

【注釋】

① 脯：肉乾。
② 啖：吃。
③ 摩挲：撫摸。

【譯文】

　　薊子訓，不知是從哪裡來的人。東漢時，他來到洛陽，在幾十個地方接待朝廷官員，每次拜見時都拿一杯酒和一片肉乾招待他們，並說：「我遠道而來，沒帶什麼東西，借此微表心意。」宴席幾百人一天都沒有吃完喝盡。離開後，大家都看見有白雲升起，從早晨一直縈繞到傍晚。當時有個百歲老人說：「我小時候，見過薊子訓在會稽集市上賣藥，面容就像這樣。」薊子訓不喜歡住在洛陽，就悄悄離開了。到魏齊王正始年間，有人在長安東面的霸城，看見他與一位老頭一起在撫摸銅像，並對老人說：「正巧看見鑄造這尊銅像的時候，已經快五百年了。」看到他的人喊道：「薊先生等一等。」他一邊走一邊答應著，看起來走得很遲緩，但奔跑著的馬也追不上。

漢陰生乞市

【原文】

　　漢陰生者，長安渭橋下乞小兒也。常於市中丐，市中厭苦，以糞灑之。旋①復在市中乞，衣不見污如故。長吏知之，械②收繫，著桎梏③，而續在市乞。又械欲殺之，乃去。灑之者家，屋室自壞，殺十數人。長安中謠言曰：「見乞兒與美酒，以免破屋之咎④。」

【注釋】

①旋：隨即，很快。

②械：拘押、拘繫。

③桎梏：古代的刑具，腳鐐和手銬。

④咎：災禍。

【譯文】

　　漢代有個叫陰生的人，是長安渭橋下行乞的小孩。常常在集市中行乞，集市上的人都很厭惡他，把糞水灑在他的身上。很快，他又在集市上乞討，衣服上像先前一樣沒有了糞水的污跡。縣吏知道了這件事，就把他收押關進了牢房，戴上腳鐐手銬，但他很快又在集市上行乞。縣吏又把他拘禁了起來，並想要殺他，他這才逃走了。當時拿糞水灑他的人，家中的房屋突然自行坍塌，壓死了十多人。長安城裡流傳著這樣的歌謠：「見乞丐，給美酒，免得遭受房屋坍塌的災禍。」

平常生復生

【原文】

谷城鄉平常生，不知何所人也。數死而復生，時人為不然[1]。後大水出，所害非一，而平輒[2]在缺門山上大呼，言：「平常生在此。」云：「復[3]雨，水五日必止。」止，則上山求祠[4]之，但見平衣杖革帶。後數十年，復為華陰市門卒[5]。

【注釋】

① 然：以為……對，同意。
② 輒（音則）：就。
③ 復：返，回去。
④ 祠：祭祀。
⑤ 門卒：看守城門的人。

【譯文】

谷城鄉有個叫平常生的，不知道是什麼地方的人。他幾次死而復生，當時的人都不相信。後來洪水暴發，遭災的地方不止一處，而他就在缺門山上大喊，說：「平常生在這裡。」又說：「收回大雨，洪水五天內必須停止。」洪水退後，人們就上山請求能建造祠堂祭祀他，卻只看到他的衣服、栯杖和皮帶。過了幾十年，他又當了華陰縣城的守門人。

左慈顯神通

【原文】

左慈，字元放，廬江人也。少有神通。嘗在曹公座，公

笑顧眾賓曰：「今日高會，珍羞①略備。所少者，吳松江鱸魚為膾②。」放曰：「此易得耳。」因求銅盤，貯水，以竹竿餌釣於盤中，須臾，引一鱸魚出。公大拊掌，會者皆驚。公曰：「一魚不周坐客，得兩為佳。」放乃復餌釣之。須臾，引出，皆三尺餘，生鮮可愛。公便自前膾之，周賜座席。公曰：「今既得鱸，恨無蜀中生薑耳。」放曰：「亦可得也。」公恐其近道買，因曰：「吾昔使人至蜀買錦，可敕人告吾使，使增市二端③。」人去，須臾還，得生薑。又云：「於錦肆下見公使，已敕增市二端。」後經歲餘，公使還，果增二端。問之，云：「昔某月某日，見人於肆下，以公敕敕之。」後公出近郊，士人從者百數，放乃齎酒一甖④、脯一片，手自傾甖，行酒百官，百官莫不醉飽。公怪，使尋其故。行視沽酒家，昨悉亡其酒脯矣。公怒，陰欲殺放。放在公座，將收之，卻入壁中，霍然⑤不見。乃募取之。或見於市，欲捕之，而市人皆放同形，莫知誰是。後人遇放於陽城山頭，因復逐之。遂走入羊群。公知不可得，乃令就羊中告之，曰：「曹公不復相殺，本試君術耳。今既驗，但欲與相見。」忽有一老羝⑥，屈前兩膝，人立而言曰：「遽如許。」人即云：「此羊是。」競往赴之。而群羊數百，皆變為羝，並屈前膝，人立，云：「遽如許。」於是遂莫知所取焉。老子曰：「吾之所以為大患者，以吾有身也；及吾無身，吾有何患哉。」若老子之儔⑦，可謂能無身矣。豈不遠哉也。

【注釋】

①珍羞：亦作「珍饈」。珍美的肴饌。

②膾：細切的魚或肉。

③端：古代計量布帛的長度單位。一端約合兩丈。

④齎（音基）：持、帶。甖：小口大腹的容器。

⑤ 霍然：突然、迅速地。

⑥ 羝（音滴）：公羊。

⑦ 儔（音愁）：原指伴侶、同輩，本文意為之類的。

【譯文】

　　左慈，字元放，廬江人。少年時就有神通。曾是曹操的座上客，曹操笑著對眾賓客說：「今天高朋盛會，山珍海味也準備得差不多了，只是缺少吳松江的鱸魚來切做細魚片。」元放說：「鱸魚很容易得到。」於是他要了一個銅盤，盛滿水，用竹竿掛上魚餌，一會兒，就從盤中釣出一條鱸魚來。曹操拍手稱讚，眾賓客感到很驚奇。曹操又說：「一條魚不夠招待大家，有兩條就好了。」於是元放再用竹竿掛上魚餌在盤中垂釣，一會兒，又釣出一條魚來。兩條魚都有三尺多長，鮮活可愛。曹操準備親自下廚烹製，一一賞賜在座賓客。曹操說：「現在鱸魚有了，可惜沒有蜀地的生薑作調料。」元放說：「這也容易得到。」曹操擔心他去附近購買，因此說：「我先前派人到蜀地買彩錦，你傳我的命令讓人告訴使臣，叫他多買四丈。」元放去了，一會兒就帶回生薑。還對曹操說：「在蜀錦市場見到了你的使臣，已告訴他多買四丈彩錦。」然後過了一年，使臣回來，果然多買了四丈。曹操問他，他說：「去年某月某日，我在市場見到一個人，把你的命令傳達給了我。」後來曹操到近郊遊玩，隨從的官員有一百多人，元放拿著一罈酒，一片肉乾，親自為官員們倒酒，一百多個官員都酒醉肉飽。曹操覺得很奇怪，派人查找原因。走到一家酒店，得知昨晚這家酒店的酒肉全都不見了。曹操發怒了，暗想要殺掉元放。元放在宴會上，曹操想捉拿他，他卻隱入牆壁之中，忽然不見了。於是曹操就懸賞捉拿元放。有人曾在集市上見到元放，想要捉拿他，而大街上的路人都和元放一個模樣，不知道哪一個才是他。後來有人在陽城山頭遇見元放，因而再次命令捉拿他。元放於是混入羊群。曹操知道捉拿不住元放，就叫人對羊群說：「主公不再殺你，本來只是想試一試你的道術，如今已經證實了，只想與你見面。」忽然有一隻老公羊，向前彎下兩條前腿，像人一樣站起說道：「驚慌成這個樣子。」那個人立刻說：「這隻羊就是元放。」那些人紛紛撲向這隻羊。而幾百隻羊都變成了公羊也都彎曲著兩條前腿，像人一樣站立著

說：「驚慌成這個樣子。」於是不知道該捉哪隻才是。老子說：「我之所以有憂患，是因為我有形體。如果我無形體，我還有什麼憂患呢？」像老子之類的人，可以說能夠做到沒形體了。難道不應該敬而遠之嗎？

于吉請雨

【原文】

　　孫策[1]欲渡江襲許，與于吉俱行，時大旱。所在熇厲[2]，策催諸將士，使速引船，或身自早出督切，見將吏多在吉許。策因此激怒，言：「我為不如吉耶？而先趨附之。」便使收吉至，呵問之曰：「天旱不雨，道路艱澀，不時[3]得過。故自早出，而卿不同憂慼[4]，安坐船中，作鬼物態，敗吾部伍。今當相除。」令人縛置地上暴[5]之，使請雨若能感天，日中雨者，當原赦；不爾，行誅。俄而雲氣上蒸，膚寸而合[6]；比至日中，大雨總至，溪澗盈溢。將士喜悅，以為吉必見原，並往慶慰。策遂殺之。將士哀惜，藏其屍。天夜，忽更興雲覆之。明旦往視，不知所在。策既殺吉，每獨坐，彷彿見吉在左右。意深惡之，頗有失常。後治瘡方差[7]，而引鏡自照，見吉在鏡中，顧而弗見。如是再三。撲鏡大叫，瘡皆崩裂，須臾而死。

【注釋】

①孫策：字伯符，吳郡富春人，三國時東吳政權的創立者，孫權之兄。
②熇（音喝）厲：炎熱。
③不時：不能按時。
④憂慼（音戚）：憂愁煩惱。
⑤暴：暴曬。

⑥膚寸而合：指雲氣逐漸集合。

⑦差：通「瘥」，癒合，治癒。

【譯文】

　　孫策想渡過長江攻打許地，帶著道士于吉一起行軍。當時天氣大旱，部隊所到的地方非常炎熱，孫策就催促眾將士，火速拉船渡江。有一天一大早，他親自起來督促將士，看到將士大多在于吉那裡。孫策因此很氣惱，說：「我做的比不上于吉嗎？你們竟然先去依附他！」於是便派人把于吉抓了過來，責問他說：「天氣乾旱久不下雨，道路艱澀不便行走，不能按時渡江，所以我一早親自出來督促將士，然而你卻不能同我一起憂慮，安然地坐在船中，裝神弄鬼，敗壞我的部隊。今天應該把你除掉！」於是就令人把于吉綁了扔在地上，讓太陽暴曬他，叫他祈求上天降雨。若他能感動上天，中午就下雨的話，就寬大赦免他；否則，就除掉他。　過了一會兒，雲氣開始向上蒸騰，逐漸聚合。快到正午的時候，大雨驟然降臨，小溪和山澗都漲滿了水。將士們很喜悅，以為于吉肯定會被孫策赦免，大家一起去慶賀慰問他，孫策卻在這時把于吉殺了。官兵們都很悲痛惋惜，就把他的屍體藏了起來。那天夜裡，忽然又興起一團烏雲覆蓋住了于吉的屍體。第二天一大早跑去一看，屍體不見了。

　　孫策殺了于吉以後，每當一個人坐著，就彷彿看見于吉在他的旁邊。他心裡非常厭惡于吉，精神也有點失常了。後來他治療傷口剛剛痊癒，便拿起鏡子來照自己，卻看見于吉在鏡子中，回過頭來卻看不到他。像這樣照了好幾次，他突然摔掉鏡子大叫大嚷，傷口便又都潰裂開來，一會兒就死了。

介琰變化隱形

【原文】

　　介琰者，不知何許人也。住建安方山①，從其師白羊公

杜受玄一無為之道。能變化隱形。嘗往來東海[2]，暫過秣陵[3]，與吳主相聞。吳主留琰，乃為琰架宮廟，一日之中，數遣人往問起居。琰或為童子，或為老翁，無所食啖，不受餉遺[4]。吳主欲學其術，琰以吳主多內御[5]，積月不教。吳主怒，敕縛琰，著甲士引弩射之。弩發，而繩縛猶存，不知琰之所之。

【注釋】

① 建安：古郡名。郡治在今福建建甌。方山：山名，因山頂方平而得名。

② 東海：古郡名。秦置。楚漢之際也稱郯郡。治所在郯（今山東郯城北）。西漢轄境相當於今山東費縣、臨沂、江蘇贛榆以南，山東棗莊、江蘇邳縣以東和江蘇宿遷、灌南以北地區。

③ 秣陵：古縣名。秦始皇改金陵邑而置。在今江蘇南京。

④ 餉遺：餽贈。

⑤ 內御：內侍之官或侍女，此處指嬪妃。

【譯文】

　　介琰不知是哪裡人。住在建安方山，跟他的老師白羊公杜學習玄一無為的道家法術。能變化形體和隱身。他曾經到東海郡去，回來時暫時停留在秣陵，和吳國君主孫權有來往。孫權留介琰住下來，為他修建了宮廟，一天之內，多次派人問候他的飲食起居。介琰有時變為兒童，有時變為老頭兒，不吃不喝，不接受餽贈。孫權想跟介琰學法術，介琰認為孫權的妃嬪太多，幾個月都不教他。孫權生氣了，下令把介琰綁起來，讓士兵拿弓箭射他。弓箭齊發，介琰身上綁的繩子還在，人卻不知到哪兒去了。

徐光種瓜

【原文】

　　吳時有徐光者，嘗行術於市裡。從人乞瓜，其主勿與，便從索瓣①，杖地種之。俄而瓜生蔓延，生花成實。乃取食之，因賜觀者。鬻②者反視所出賣，皆亡耗矣。凡言水旱甚驗。過大將軍孫綝③門，褰④衣而趨，左右垂唾。或問其故，答曰：「流血臭腥不可耐。」綝聞，惡而殺之。斬其首，無血。及綝廢幼帝⑤，更立景帝，將拜陵，上車，有大風蕩綝車，車為之傾。見光在松樹上拊手指揮，嗤笑之。問侍從，皆無見者。俄而景帝⑥誅綝。

【注釋】

① 瓣：指瓜子。

② 鬻（音玉）：賣。

③ 孫綝（音林）：字子通，東吳貴戚。把持朝政，後被景帝誅殺。

④ 褰（音牽）：撩起、用手提起。

⑤ 幼帝：即孫權少子孫亮，在位七年，被孫廢黜為會稽王，後自殺。

⑥ 景帝：孫權第六子孫休，在位六年。

【譯文】

　　三國東吳時有個人叫徐光，曾在街坊上施行法術。他向賣瓜的人乞要瓜吃，賣瓜者不給他，然後他便向其要了瓜子，然後用枴杖掘開地面種了下去。一會兒瓜子發芽，瓜蔓延伸，開花結瓜。於是就把瓜摘下來吃，並送給旁邊觀看的人。賣瓜的回頭看看他的瓜，都不見了。徐光每次預言水旱災害都很靈驗。他經過大將軍孫綝的門口，撩起衣服就跑過去，然後鄙棄地向兩邊吐唾沫並用腳踐踏著。有人問他這樣做的原因，他回答說：「那裡流血的腥氣，實在讓人不能忍受。」孫綝聽見了這

話，十分憎恨他，就把他殺了。砍去他的頭，卻沒有血。到後來孫綝廢除幼帝孫亮，改立孫休為景帝，將要拜謁皇陵讓景帝登基，剛上車，忽然有大風搖盪著孫綝的車子，車子被大風颳倒了。孫綝只見徐光在松樹上指手畫腳地譏笑他，孫問隨從人員看見徐光沒有，大家都說沒看見。不久，景帝就把孫綝殺了。

葛玄使法術

【原文】

　　葛玄，字孝先，從左元放受《九丹液仙經》①。與客對食，言及變化之事。客曰：「事畢，先生作一事特戲者。」玄曰：「君得無即欲有所見乎？」乃嗽口中飯，盡變大蜂數百，皆集客身，亦不螫人。久之，玄乃張口，蜂皆飛入，玄嚼食之，是故飯也。又指蝦蟆及諸行蟲燕雀之屬，使舞，應節如人。冬為客設生瓜棗，夏致冰雪。又以數十錢使人散投井中，玄以一器於井上呼之，錢一一飛從井出。為客設酒，無人傳杯，杯自至前，如或不盡，杯不去也。嘗與吳主坐樓上，見作請雨土人，帝曰：「百姓思雨，寧可得乎？」玄曰：「雨易得耳！」乃書符著社中，頃刻間，天地晦冥②，大雨流淹。帝曰：「水中有魚乎？」玄覆書符擲水中，須臾，有大魚數百頭。使人治之。

【注釋】
①《九丹液仙經》：據傳為道家煉金丹的秘籍。
②晦冥：昏暗。

【譯文】

葛玄，字孝先，從左慈那裡學習《九丹液仙經》。他與客人吃飯時，談到法術變化的事情，客人說：「吃完飯，先生表演一個法術娛樂一下吧。」葛玄說：「您是不是想立即就能看到呢？」於是，他從口中吐出飯粒，全變成了幾百隻大蜜蜂，都集結在客人的身上，也不螫人。過了好久，葛玄張開大嘴，蜜蜂紛紛飛進他口中，葛玄嚼著吃，還是原來的飯粒。他又指揮蝦蟆及各種爬蟲燕雀之類跳舞，它們就像人一樣聽得懂指揮。葛玄冬天為客人準備鮮瓜鮮棗，夏天又為客人送去冰塊雪花。又讓人把幾十枚錢散投在井中，葛玄拿著一個盤子在井上，隨著葛玄的呼喚，銅錢一一從井裡飛出來。他為客人擺酒，沒有人傳遞酒杯，杯子會自己送到客人面前。如果客人沒有喝乾酒杯裡的酒，酒杯不會自己離開。葛玄曾和吳王坐在樓上，看見百姓在做祈雨的泥人，吳王說：「老百姓盼望下雨，可以求得雨嗎？」葛玄說：「求雨很容易！」於是葛玄畫了一道符放在神廟裡，一會兒，天昏地暗，大雨傾盆，雨水四處流淌。吳王說：「水裡有魚嗎？」葛玄又畫了一道符，投入水中，一會兒，水裡出現幾百條大魚。他叫人去捉。

吳猛止風

【原文】

吳猛，濮陽人。仕吳，為西安[①]令，因家分寧[②]。性至孝。遇至人丁義，授以神方；又得秘法神符，道術大行。嘗見大風，書符擲屋上，有青鳥銜去。風即止。或問其故。曰：「南湖有舟，遇此風，道士求救。」驗之果然。西安令干慶死，已三日，猛曰：「數未盡，當訴之於天。」遂臥屍旁。數日，與令俱起。後將弟子回豫章[③]，江水大急，人不得渡；猛乃以手中白羽扇畫江水，橫流，遂成陸路，徐行而過，過訖[④]，水復。觀者駭異。嘗守潯陽，參軍周家有狂風

暴起，猛即書符擲屋上，須臾風靜。

【注釋】

① 西安：三國時吳國所置縣名，縣治在今江西武寧西。

② 分寧：古地名。曾屬武寧縣，唐貞元十五年（799）從武寧縣析出置縣。其地在今江西修水。

③ 豫章：古郡名。郡治在今江西南昌。

④ 訖：都、盡，完畢。

【譯文】

　　吳猛是濮陽人。在東吳任西安縣令，因此在分寧居住下來。天性非常孝順。他遇到神人丁義，教給他成仙祕訣；後來又得到祕法神符，道術非常高明。有一次遇到大風，他畫一道符，投到屋頂上，有一隻青鳥銜去。大風立刻停止了。有人問是什麼緣故。他說：「南湖裡有一條船，遭遇大風，有道士向我求救。」去驗證情況，果然如此。西安縣令干慶，已經死了三天，吳猛說：「他的氣數還沒有到盡頭，應當告訴上天。」於是他睡在屍體旁。過了幾天，他與縣令一道坐了起來。後來他帶著弟子回豫章，江水太急，人過不去；吳猛用手中的白羽扇一劃，江水改道橫流，出現一條陸路，他們慢慢走過去，走完後，江水又恢復原狀。看的人感到十分驚異。吳猛曾經駐守潯陽，參軍周家有狂風吹起，他畫一道符，投到屋頂上，一會兒風就停止了。

園客養蠶

【原文】

　　園客者，濟陰①人也。貌美，邑人多欲妻之，客終不娶。嘗種五色香草，積數十年，服食其實。忽有五色神娥，止香草之上，客收而薦②之以布，生桑蠶焉。至蠶時，有神

女夜至，助客養蠶，亦以香草食蠶。得繭百二十頭，大如甕，每一繭繰③六七日乃盡。繰訖，女與客俱仙去，莫知所如。

【注釋】

① 濟陰：古郡名。郡治在今山東定陶。

② 薦：鋪陳。

③ 繰（音稍）：從熱水浸泡的蠶繭中抽出絲來。

【譯文】

　　園客是濟陰人。他相貌俊美，當地人大多想把女兒嫁給他，但園客始終不娶妻。他曾經種植五色香草，連續種了數十年，吃它的果實。忽然有一隻五色神蛾，停在了香草上面，園客把神蛾收養下來，給它鋪上了布，神蛾生下了許多蠶，到了養蠶季節，有神女晚上來，幫助園客養蠶，他們也用香草餵蠶。最終獲得了一百二十個蠶繭，大得像甕，每一個繭繰絲要六七天才抽完。繰絲完畢後，神女和園客一同升仙而去，沒有人知道他們到了哪裡。

董永與織女

【原文】

　　漢董永，千乘①人。少偏孤②，與父居。肆力③田畝，鹿車④載自隨。父亡，無以葬，乃自賣為奴，以供喪事。主人知其賢，與錢一萬，遣之。永行三年喪畢，欲還主人，供其奴職。道逢一婦人曰：「願為子妻。」遂與之俱。主人謂永曰：「以錢與君矣。」永曰：「蒙君之惠，父喪收藏，永雖小人，必欲服勤致力，以報厚德。」主曰：「婦人何能？」永曰：「能織。」主曰：「必爾⑤者，但令君婦為我織縑⑥百匹。」

於是永妻為主人家織，十日而畢。女出門，謂永曰：「我，天之織女也。緣君至孝，天帝令我助君償債耳。」語畢，凌空而去，不知所在。

【注釋】

① 千乘：古地名。在今山東博興、高青一帶。博興的陳戶鎮有董家村，相傳為董永家鄉。

② 偏孤：年幼時死了母親。

③ 肆力：儘力，極力。

④ 鹿車：古代的一種小車，因車身狹小僅可容一鹿，故名鹿車。

⑤ 爾：這樣，如此。

⑥ 縑（音謙）：雙絲織的淺黃色細絹。

【譯文】

漢朝的董永，是千乘縣人。小時候就死了母親，和父親一起生活，他儘力種田，用小車拉著父親。父親死了，沒有錢埋葬，他就把自己賣給人家當奴僕，用得到的錢來辦理喪事。買主知道他賢能孝順，就給了他一萬錢，遣他回家去守喪。

董永守完了三年孝，想要回到主人那裡去盡做奴僕的職責。在路上碰到一個女子，對他說：「我願意做你的妻子。」於是董永和她一起到了主人家。主人對董永說：「那錢我送給你了。」董永說：「承蒙您的恩德，我父親死了才能得到安葬，我雖然是個卑微的人，也一定要盡心竭力來報答您的大恩。」主人說：「你的妻子會幹什麼呢？」董永說：「會織布。」主人說：「一定要這樣的話，就讓你的妻子給我織一百匹雙絲細絹。」於是董永的妻子為主人家紡織，十天就織完了。女子出門後對董永說：「我是天上的織女。因為你極其孝順，天帝命令我來幫您償還欠債。」說完，就凌空飛去，不知到了哪裡。

鉤弋夫人之死

【原文】

　　初，鉤弋夫人有罪，以譴死。既殯①，屍不臭，而香聞十餘里。因葬雲陵，上哀悼之。又疑其非常人，乃發冢②開視，棺空無屍，惟雙履存。一云，昭帝即位，改葬之，棺空無屍，獨絲履存焉。

【注釋】

① 殯：把靈柩送到墓地去。
② 冢：墳墓。

【譯文】

　　當初，鉤弋夫人犯下罪，被賜死，出殯以後，屍體不發臭，而有香氣飄到十多里外。於是把她安葬在雲陵，漢武帝哀悼她。又懷疑她不是普通的人，就掘墓開棺來看，棺裡是空的，沒有屍體，只留下一雙鞋子。另一種說法，漢昭帝即位後，重新安葬鉤弋夫人，棺是空的，沒有屍體，僅留下一雙絲織的鞋子。

杜蘭香與張傳

【原文】

　　漢時有杜蘭香者，自稱南康人氏。以建興四年春，數詣張傳。傳年十七，望見其車在門外，婢通言：「阿母所生，遣授配君，可不敬從？」傳，先改名碩，碩呼女前，視，可十六七，說事邈然久遠。有婢子二人：大者萱支，小者松支。鈿車青牛①，上飲食皆備。作詩曰：「阿母處靈岳，時遊

雲霄際。眾女侍羽儀，不出墉宮②外。飄輪送我來，豈復恥塵穢③？從我與福俱，嫌我與禍會。」至其年八月旦，復來，作詩曰：「逍遙雲漢間，呼吸發九嶷④。流汝不稽路，弱水⑤何不之？」出薯蕷⑥子三枚，大如雞子，云：「食此，令君不畏風波，辟寒溫。」碩食二枚，欲留一，不肯，令碩食盡。言：「本為君作妻，情無曠遠，以年命未合，其小乖，太歲東方卯，當還求君。」蘭香降時，碩問：「禱祀何如？」香曰：「消魔自可愈疾，淫⑦祀無益。」香以藥為消魔。

【注釋】

① 鈿車：用金玉寶石嵌飾的車子。青牛：仙人所騎之牛。

② 墉宮：即墉城。相傳為西王母的居所。

③ 塵穢：污穢，指人間。

④ 九嶷（音疑）：山名。在湖南寧遠南。相傳舜葬於此。

⑤ 弱水：古水名。相傳弱水環繞崑崙仙境，水不能載舟，只有得道之人能過去。

⑥ 薯蕷（音預）：山藥。

⑦ 淫：過多。

【譯文】

　　漢朝時有個人叫杜蘭香，自稱是南康人氏。在晉愍帝建興四年春天，她屢次去張傳那裡。張傳當時十七歲，望見她的車子停在門外，婢女來通報說：「母親生下了我，讓我嫁給您，我哪能不遵從她的命令呢？」張傳曾經把名字改成了張碩，張碩便叫這女子走上前來，打量了一番，大約十六七歲，而她談到的卻都是十分久遠的事。她有兩個婢女：大的叫萱支，小的叫松支。乘坐的是青牛拉的金車，車上飲食都齊備。她作詩道：「母親住在神山上，經常遊覽九重天。羽毛儀仗婢女持，不到仙境墉宮外。飄飄車輪送我來，難道再羞住人間？與我共處福壽多，嫌我禍患在面前。」那年八月的一天，她又來了，作詩道：「自

由往來天河間，呼吸散發九嶷山。你流連於飄忽不定的人間，為什麼不渡弱水而成仙？」她拿出三個山藥果，像雞蛋一樣大，對張碩說：「把這吃了，讓你不怕風浪，不受冷暖的影響。」張碩吃了兩個，想留一個，她不肯，讓張碩吃光。她又對張碩說：「我本來要給你做妻子，感情不會疏遠。因為年命不相合，怕其中稍微有點不協調。等到太歲位於東方卯次的時候，我會回來找你的。」杜蘭香降臨時，張碩問：「祈禱祭祀的事怎麼樣？」杜蘭香說：「消魔本來就能治好疾病，祭祀太多並沒有好處。」杜蘭香把藥稱為「消魔」。

弦超與神女

【原文】

　　魏濟北郡從事掾弦超[①]，字義起。以嘉平[②]中夜獨宿，夢有神女來從之。自稱天上玉女，東郡人，姓成公，字知瓊，早失父母，天帝哀其孤苦，遣令下嫁從夫。超當其夢也，精爽感悟，嘉其美異，非常人之容。覺寤欽想，若存若亡，如此三四夕。一旦，顯然來游，駕輜駢[③]車，從八婢，服綾羅綺繡之衣，姿顏容體，狀若飛仙。自言年七十，視之如十五六女。車上有壺、榼[④]、青白琉璃五具。飲啖奇異，饌具醴酒[⑤]，與超共飲食。謂超曰：「我，天上玉女，見遣下嫁，故來從君，不謂君德。宿時感運，宜為夫婦。不能有益，亦不能為損。然往來常可得駕輕車，乘肥馬，飲食常可得遠味異膳，繒素常可得充用不乏。然我神人，不為君生子，亦無妒忌之性，不害君婚姻之義。」遂為夫婦。贈詩一篇，其文曰：「飄浮勃逢[⑥]，敷曹雲石滋。芝英不須潤，至德與時期。神仙豈虛感，應運來相之。納我榮五族，逆我致禍災。」此其詩之大較，其文二百餘言，不能盡錄。兼注《易》七卷，

有卦，有像，以彖為屬。故其文言既有義理，又可以占吉凶，猶揚子之太玄，薛氏之中經也。超皆能通其旨意，用之占候。

作夫婦經七八年，父母為超娶婦之後，分日而燕，分夕而寢，夜來晨去，倏忽若飛，唯超見之，他人不見。雖居暗室[7]，輒聞人聲，常見蹤跡，然不睹其形。後人怪問，漏洩其事。玉女遂求去。云：「我，神人也。雖與君交，不願人知，而君性疏漏，我今本末已露，不復與君通接。積年交結，恩義不輕；一旦分別，豈不悵恨？勢不得不爾，各自努力！」又呼侍御下酒飲啖。發篋[8]，取織成裙衫兩副遺超。又贈詩一首，把臂告辭，涕泣流離，肅然升車，去若飛迅。超憂感積日，殆至委頓。

去後五年，超奉郡使至洛，到濟北魚山下陌上。西行，遙望曲道頭有一馬車，似知瓊。驅馳至前，果是也。遂披帷相見，悲喜交切。控左援綏[9]，同乘至洛。遂為室家，克復舊好。至太康中猶在。但不日日往來，每於三月三日、五月五日、七月七日、九月九日、旦、十五日輒下往來，經宿而去。張茂先[10]為之作《神女賦》。

【注釋】

①濟北郡：古郡名。郡治在今山東長清南。從事掾：職官名。郡守的僚屬。

②嘉平：魏齊王曹芳的年號。

③輜騈（音姿駢）：輜車和騈車的並稱。後泛指有屏障的車子。

④榼（音喝）：古代盛酒或盛水的容器。亦泛指盒類容器。

⑤醴（音禮）酒：甜酒。

⑥飄（音搖）颻：即飄搖。勃逢：指渤海的蓬萊仙境。勃：通「渤」。逢：通「蓬」。

⑦暗室：幽暗的內室。

⑧簏（音鹿）：竹編的容器。

⑨左：左驂，一車三馬，左邊的馬叫左驂。綏：登車時手拉的繩子。

⑩張茂先：即張華，字茂先，晉代文學家，著有《博物誌》等。

【譯文】

　　三國曹魏時，濟北郡從事掾弦超，字義起。在魏齊王嘉平年間，有一天半夜獨睡時夢見神女來陪伴他。神女自稱是天上玉女，原來是東郡人，姓成公，字知瓊，小時候父母死了，天帝可憐她孤苦，派她下凡出嫁跟隨丈夫。弦超做夢的時候，精神爽快，感覺清楚，他讚賞知瓊美貌，不是常人可比，醒來後思念不已，知瓊的容貌若隱若現，這樣過了三四個晚上。有一天，知瓊現身來玩，乘坐華貴的小車，隨從有八個婢女，穿著綾羅錦繡的衣服，姿態容貌身材像仙女一樣，她說自己有七十歲，看上去只有十五六歲。車子上有壺、榼、青白色的琉璃器具，飲食奇異。她準備了美酒，與弦超一起飲食。她對弦超說：「我是天上的玉女，被派下來出嫁給你。想不到你有德行，是前世緣分，我們宜做夫妻。不能說有什麼好處，也不會有什麼害處。我們經常往來，可以坐輕車，騎肥馬，吃山珍海味，絲綢絹緞不會缺乏。但我是神人，不能為你生兒育女，也沒有妒忌之心，不妨礙你的婚姻之事。」於是他們結為夫妻。知瓊送給弦超一首詩：「我在蓬萊仙境飄遊，雲板石磬發出樂聲。靈芝不用雨水滋潤，至高德行等待機遇。神仙哪是憑空感應，順從天意來幫助你。容我將會五族榮耀，違我就會招來災禍。」這是她詩的大意，詩文有兩百多個字，不能完全記錄下來。知瓊還註釋《易經》七卷，有卦辭，有像辭，用象辭作為統屬。所以其中的文字，既有意義道理，又可以用來占卜吉凶，像揚雄的《太玄》和薛氏的《中經》一樣。弦超都能理解其中的意思，用它來預測吉凶。

　　他們做了七八年夫妻，弦超父母為弦超娶了妻子以後，知瓊和弦超隔一天一起吃，隔一天一起睡，知瓊晚上來，早上去，快得像飛一樣，只有弦超看得見她，別人看不見。雖然在閨房裡，常常聽到她的聲音，見到她的影子，但是看不見她的形體。後來有人奇怪，問弦超，弦超洩露了他們的事。知瓊於是要求離去，說：「我是神人，雖然與你交往，

不願被人知道。而你粗心大意，我已經徹底暴露了身分，不能再與你交往了，多年往來，情義不輕；一旦分別，怎不傷心？情勢所迫，不得不離開你。我們好自為之吧。」她又叫婢女來備酒飲食，打開箱子，取出兩套彩絲金縷的衣服，留給弦超。又贈詩一首，挽著胳膊告辭，痛哭流涕，她淒然地登上車，像飛一樣離去。弦超憂傷了很多天，幾乎萎靡不振了。

知瓊走後五年，弦超奉州郡差使去洛陽，來到濟北魚山下小道上。往西走，遠遠望去，彎道盡頭有一馬車，像是知瓊。弦超驅馬上前去看，果然是知瓊。於是揭開帷幕相見，兩人悲喜交集。催趕左邊驂馬，拉著車繩，一同乘車到洛陽。於是又結為夫妻，重歸於好。至晉武帝太康年間，他們還生活在一起。但不是天天往來，每當三月初三、五月初五、七月初七、九月初九和每月初一、十五，知瓊就降臨，過一夜就離去。張茂先為她寫了《神女賦》。

卷二

壽光侯劾鬼

【原文】

　　壽光侯者，漢章帝時人也。能劾①百鬼眾魅，令自縛見形。其鄉人有婦為魅所病，侯為劾之，得大蛇數丈，死於門外，婦因以安。又有大樹，樹有精，人止其下者死，鳥過之亦墜。侯劾之，樹盛夏枯落，有大蛇，長七八丈，懸死樹間。章帝聞之，徵問。對曰：「有之。」帝曰：「殿下有怪，夜半後，常有數人，絳衣，披髮，持火相隨。豈能劾之？」侯曰：「此小怪，易消耳。」帝偽使三人為之。侯乃設法，三人登時仆地，無氣。帝驚曰：「非魅也，朕相試耳。」即使解之。

【注釋】

① 劾：審理，判決。

【譯文】

　　壽光侯是漢章帝時人。他能降伏各種鬼魅，命令它們自己捆綁顯出原形。他同鄉的妻子被鬼魅所害而生病，他施法，抓到了一條數丈長的大蛇，死在門外，同鄉人的妻子因此而平安了。又有一棵大樹，樹上有精怪，在樹下停留的人會死掉，飛過的鳥也會墜落下來。壽光侯施法降伏它，樹葉在盛夏時節枯萎掉落，有一條大蛇，長七八丈，吊死在樹杈間。漢章帝聽說了這件事，把壽光侯召來詢問，壽光侯回答說：「有這件事。」漢章帝說：「宮殿裡有鬼怪，半夜後，常有幾個人，穿著大紅色衣服，披散著頭髮，拿著火把一個跟著一個。怎麼能降伏它們呢？」壽光侯回答說：「這些是小妖怪，容易消除。」章帝派三個人偽裝成鬼怪。壽光侯設法，三個人頓時撲倒在地，沒了氣息。章帝吃驚地說：「他們不是鬼怪，我試試你的法術罷了。」趕緊讓壽光侯解救了他們。

樊英滅火

【原文】

　　樊英隱於壺山[1]。嘗有暴風從西南起，英謂學者曰：「成都市火甚盛。」因含水嗽[2]之，乃命計其時日。後有從蜀來者，云：「是日大火，有雲從東起，須臾大雨，火遂滅。」

【注釋】

① 樊英：東漢南陽魯陽（今河南魯山）人。習京氏《易》，通五經，善推災異。壺山：因山形如壺而得名，在河南魯山南。

② 嗽：本義為咳嗽，此處引申為「噴」。

【譯文】

　　樊英在壺山隱居。曾經在西南方颳起了暴風，樊英對跟他學道的人說：「成都街市上的火勢很大。」於是他含了口水噴了出去，又叫人記下當時的日期。後來有個從蜀地來的人，他說：「那一天火勢很大，有雲從東方升起，過了一會兒下起了大雨，火就滅了。」

徐登與趙昺

【原文】

　　閩中[1]有徐登者，女子化為丈夫。與東陽趙昺，並善方術。時遭兵亂，相遇於溪，各矜其所能。登先禁溪水為不流，昺次禁楊柳為生稊[2]。二人相視而笑。登年長，昺師事之。後登身故，昺東入章安，百姓未知。昺乃升茅屋，據鼎而爨。主人驚怪，昺笑而不應，屋亦不損。

【注釋】

①閩中：古郡名。秦置，治所在東冶，即今福建福州。秦末廢，後以「閩中」指福建一帶。

②稊（音提）：植物的嫩芽。特指楊柳的新生枝葉。

【譯文】

　　閩中有個叫徐登的人，由女人變成了男人。他和東陽的趙昺（音丙）都擅長道術。當時正逢兵亂，他們在一條小溪邊相遇，各自誇耀他們的本領。徐登先施法讓溪水停止流淌，趙昺再施法讓楊柳生出嫩芽。兩人相視而笑。徐登年紀大，趙昺把他當作老師來侍奉。後來徐登死了，趙昺往東來到了章安縣，百姓都不瞭解他。趙昺於是爬上茅屋，用大鼎生火做飯。主人驚訝奇怪，趙昺笑笑沒有回應，茅屋也沒有損壞。

趙昺渡河

【原文】

　　趙昺①嘗臨水求渡，船人不許。乃張帷蓋②，坐其中，長嘯呼風，亂流而濟③。於是百姓敬服，從者如歸。長安令惡其惑④眾，收殺之。民為立祠於永康，至今蚊蚋不能入。

【注釋】

①趙昺：人名。

②帷蓋：車的帷幕和篷蓋。

③亂流：指橫渡江河。濟：渡，過河。

④惑：使迷亂。

【譯文】

　　趙昺曾到河邊請求渡河，撐船的人不同意。趙昺就張開車上的帷幔

和頂蓋，坐在裡邊，長吼一聲，呼來一陣風，就橫渡過去了。於是百姓都欽佩他，跟從他的人也都依附他。章安縣令討厭他迷惑百姓，就把他抓住給殺了。百姓給他在永康縣建造了祠堂，直到現在，蚊子也都不敢飛進去。

趙徐清儉

卷二

【原文】

　　徐登、趙昺，貴①尚清儉，祀神以東流水，削桑皮以為脯②。

【注釋】

①貴：重視。
②脯：肉乾。

【譯文】

　　徐登、趙昺，崇尚清廉儉樸，他們用向東流動的水來祭神，把桑樹皮削下來當作祭神的乾肉。

東海君遺陳節

【原文】

　　陳節訪諸神，東海君以織成青襦一領遺之①。

【注釋】

①青襦：青色短襖。遺：給予，饋贈。

【譯文】

　　陳節去拜訪各位神仙，東海龍王把一件用名貴絲織品做成的青色短襖送給了他。

邊洪發狂

【原文】

　　宣城①邊洪，為廣陽領校②，母喪歸家。韓友往投之③，時日已暮，出告從者：「速裝束，吾當夜去。」從者曰：「今日已暝，數十里草行，何急復去？」友曰：「此間血覆地，寧可復往。」苦留之，不得。其夜，洪欻④發狂，絞殺兩子，並殺婦。又斫⑤父婢二人，皆被創，因走亡。數日，乃於宅前林中得之，已自經死。

【注釋】

①宣城：古郡名。郡治在今安徽宣城。
②廣陽：漢朝至西晉期間幽州刺史部下的一個郡國，其地在今北京。領校：郡的軍事長官。
③韓友：字景先，晉廬江舒（今安徽廬江西南）人。曾任光武將軍，史書載其「善占卜，能圖宅相冢」。
④欻（音忽）：忽然。
⑤斫（音卓）：用斧砍。

【譯文】

　　宣城人邊洪，任廣陽領校，母親去世後回家。韓友去拜訪他，當時天色已晚，他從邊洪家出來時告訴隨從：「趕緊收拾行李，我們要連夜離開這裡。」隨從說：「現在已經是晚上了，今天走了幾十里草地，怎麼又急忙離開？」韓友說：「這裡將血流滿地，怎麼可以再住下去。」

搜神記

五四

邊洪苦苦挽留，韓友沒有同意。這一天夜裡，邊洪忽然發瘋，絞殺了兩個兒子，還殺了妻子。又用斧砍傷了父親的兩個婢女。然後他就逃跑了。幾天後，才在宅院前面的樹林中找到他，已經上吊死了。

鞠道龍說黃公事

【原文】

鞠道龍，善為幻術①。嘗云：「東海人黃公，善為幻，制蛇，御虎。常佩赤金②刀。及衰老，飲酒過度。秦末，有白虎見於東海，詔遣黃公以赤刀往厭之③。術既不行，遂為虎所殺。」

【注釋】

① 幻術：古時稱魔術。

② 赤金：指銅。

③ 詔：皇帝下達命令。厭：泛指壓制，抑制。此指以法術御虎。

【譯文】

鞠道龍，擅長變魔術。他曾說：「有個東海郡人黃公，擅長變魔術，能制伏毒蛇，駕馭老虎。常常佩帶著銅刀。等他衰老了，喝酒喝得太多。秦朝末年，有只白虎出現在東海郡，皇帝下詔派黃公用銅刀去鎮壓它。但他的魔術已經沒用了，於是就被老虎咬死了。」

謝糺作膾

【原文】

謝糺[1]，嘗食客，以朱書符[2]投井中，有一雙鯉魚跳出，即命作膾[3]。一坐皆得遍。

【注釋】

① 謝糺（音糾）：人名。
② 符：符籙，舊時道士用來驅鬼召神或治病延年的神祕文書。
③ 膾：把魚、肉切成薄片。

【譯文】

謝糺有次請客人吃飯，用硃砂寫了個符籙丟進井裡，就有一對鯉魚跳出來，他就叫人做成魚片，宴席上的人都吃到了。

天竺胡人法術

【原文】

晉永嘉[1]中，有天竺[2]胡人來渡江南。其人有數術：能斷舌復續，吐火。所在人士聚觀。將斷時，先以舌吐示賓客，然後刀截，血流覆地，乃取置器中，傳以示人。視之，舌頭半舌猶在。既而還取含續之。坐有頃，坐人見舌則如故，不知其實斷否。其續斷，取絹布，與人各執一頭，對剪，中斷之。已而取兩斷合，視絹布還連續，無異故體。時人多疑以為幻，陰乃試之，真斷絹也。其吐火，先有藥在器中，取火一片，與黍[3]合之，再三吹呼，已而張口，火滿口中，因就

爇④取以炊，則火也。又取書紙及繩縷之屬，投火中，眾共視之，見其燒爇了盡；乃撥灰中，舉而出之，故向物也。

【注釋】

① 永嘉：晉懷帝司馬熾的年號。

② 天竺：古代對印度的稱呼。

③ 黍糖：用黍米製成的糖。

④ 爇（音若）：火。

【譯文】

　　西晉懷帝永嘉年間，有個天竺國的人經過江南。這人會法術：能把舌頭截斷再接起來，能吐火。所到之處，都有很多人圍觀。他在要割斷舌頭的時候，先吐出舌頭給觀眾看，然後用刀截斷，血流滿地。他於是把割下來的舌頭放在器皿中，傳給大家看。再看他的舌頭，半截還在嘴裡。然後他把器皿中的半截舌頭取出，放進嘴裡連接。坐了一會兒，坐席上的觀眾看他的舌頭完好如故，竟看不出那舌頭是否真的斷過。他還會表演斷物續接，他先拿一塊絹布，和別人各握住一頭，把絹布從中間剪斷，接著拿了兩個斷頭一合，大家一看，絹布又連接在一起，和原來的沒有什麼區別。當時很多人都很懷疑，就暗地裡去試探了一下，真的是把絹布剪斷了。他表演吐火的時候，先拿出一個裝有火藥的器皿，取出一片，和黍糖攪和在一起放入口中，反覆吹氣，接著張開口，滿嘴都是火，接著他又從嘴裡引火來燒飯，真的是火。接著他又拿來書本、紙張以及粗繩細線之類投入火中，大家一起查看，只見它們都燒光了；於是這個天竺國的人撥開灰爐，拿出來後卻仍然是原來的東西。

范尋養虎

【原文】

扶南[1]王范尋養虎於山，有犯罪者，投與虎，不噬[2]，乃宥[3]之。故山名大蟲，亦名大靈。又養鱷魚十頭，若犯罪者，投與鱷魚，不噬，乃赦之。無罪者皆不噬，故有鱷魚池。又嘗煮水令沸，以金指環投湯中，然後以手探湯。其直者，手不爛，有罪者，入湯即焦。

【注釋】

①扶南：中南半島古國，又稱夫南、跋南。轄境約當今柬埔寨以及老撾南部、越南南部和泰國東南部一帶。范尋原為扶南國將領，因其國王子孫不紹，范尋遂乘王位，世王扶南。

②噬：咬。

③宥：寬容，赦免。

【譯文】

扶南王范尋在山中養老虎，有犯罪的人，就把他丟給老虎吃，老虎不咬的，就赦免他。所以這座山被叫作大蟲山，又叫作大靈山。他又養了十頭鱷魚，如果有犯罪的人，就把他投給鱷魚吃，鱷魚不咬他的，就加以赦免。無罪的人，鱷魚都不咬。所以有一個鱷魚池。范尋還曾經把水燒開，把金戒指投進開水中，然後讓人把手伸進開水裡取金戒指。那些正直而無罪的人，手不會燙爛；有罪的人，手一伸進開水就被燙焦了。

賈佩蘭說宮內事

【原文】

　　戚夫人[1]侍兒賈佩蘭，後出為扶風人段儒妻，說：「在宮內時，嘗以絃管歌舞相歡娛，競為妖服以趨良時。十月十五日，共入靈女廟，以豚黍樂神，吹笛擊筑[2]，歌《上靈之曲》。既而相與連臂，踏地為節，歌《赤鳳皇來》，乃巫俗也。至七月七日，臨百子池，作于闐[3]樂。樂畢，以五色縷相羈，謂之『相連綬』。八月四日，出雕房[4]北戶，竹下圍棋。勝者，終年有福；負者，終年疾病。取絲縷，就北辰星求長命，乃免。九月，佩茱萸，食蓬餌[5]，飲菊花酒，令人長命。菊花舒時，並採莖葉，雜黍米釀之，至來年九月九日始熟，就飲焉，故謂之『菊花酒』。正月上辰，出池邊盥濯[6]，食蓬餌，以祓妖邪。三月上巳，張樂於流水。如此終歲焉。」

【注釋】

① 戚夫人：漢高祖劉邦的寵妃。漢高祖死後，她被呂后挖去眼睛，砍斷手足，投入豬圈，被稱為「人彘（音治）」。

② 筑：古代的一種絃樂器。有五弦、十三弦、二十一弦三種說法。其形似箏，頸細而肩圓，弦下設柱。演奏時，左手按弦的一端，右手執竹尺擊弦發音。

③ 于闐：古西域國名。在今新疆和田一帶。

④ 雕房：華美的內室。這裡指閨房。

⑤ 蓬餌：一種在重陽節時吃的用米粉做成的糕。

⑥ 盥（音灌）濯：洗滌。

【譯文】

戚夫人有個婢女賈佩蘭，後來出宮嫁給扶風郡人氏段儒做妻子，她說：「在皇宮裡的時候，曾經用絃管伴奏歌舞來取樂，大家爭著穿各種妖冶的服裝來歡度那美好的時光。十月十五下元節，大家一起到靈女廟，用豬肉、黍酒等祭享神仙，吹笛擊筑，唱《上靈之曲》。接著大家互相挽著手臂，用腳在地上打著節拍，唱《赤鳳皇來》。這是當時的巫俗。到了七月初七乞巧節，大家來到百子池，演奏于闐國的音樂，音樂奏過後，就用五彩絲線互相絷頭髮，稱它為『相連綬』。八月初四，大家走出閨房北門，在竹林中下圍棋，贏的人就整年有福氣，輸的人就整年生病。只有拿一些絲線，對著北極星祈求長壽，疾病才可以免除。九月，佩戴茱萸，吃蓬蒿做的餅，喝菊花酒，可使人長壽。菊花盛開的時候，連莖和葉子一起摘下來，把它和黍米拌勻後釀酒，到第二年九月初九酒才能釀成，取來飲用，所以，人們稱它為『菊花酒』。正月上辰日，出門到池塘邊洗手，吃蓬蒿做的餅，來驅除妖怪邪魅。三月上巳日，在流水邊設歌舞。皇宮裡就是這樣度過一年的。」

李少翁致神

【原文】

漢武帝時，幸李夫人。夫人卒後，帝思念不已。方士齊人李少翁，言能致其神。乃夜施帷帳，明燈燭，而令帝居他帳遙望之。見美女居帳中，如李夫人之狀，還幄坐而步，又不得就視。帝愈益悲感，為作詩曰：「是耶？非耶？立而望之，偏①娜娜，何冉冉其來遲！」令樂府諸音家絃歌之②。

【注釋】

① 偏：通「翩」，翩躚。
② 樂府：古代朝廷主管音樂的機構。絃歌：依琴瑟而詠歌。

【譯文】

　　漢武帝在位時非常寵愛李夫人。李夫人死後，漢武帝對她思念不已。齊地的方士李少翁，自稱能招來她的鬼魂。於是他就在夜裡設置了帷帳，點亮了燈燭，讓漢武帝坐在其他的帷帳裡，遠遠地觀看。漢武帝看見一個美女坐在那帷帳中，很像李夫人的樣子，環繞著帷帳坐下或行走，卻不能走近細看，漢武帝更加感傷了，為此寫了首詩說：「是她嗎？不是她嗎？站在那裡遠遠望去，她翩翩然婀娜多姿！她為什麼慢慢地走，來得這樣遲？」於是傳令樂府中的樂人配樂歌詠李夫人。

營陵道人令見死人

【原文】

　　漢北海營陵有道人[①]，能令人與已死人相見。其同郡人婦死已數年，聞而往見之，曰：「願令我一見亡婦，死不恨矣。」道人曰：「卿可往見之，若聞鼓聲，即出勿留。」乃語其相見之術。俄而得見之，於是與婦言語，悲喜恩情如生。良久，聞鼓聲悢悢[②]，不能得住。當出戶時，忽掩其衣裾戶間[③]，掣[④]絕而去。至後歲餘，此人身亡。家葬之，開冢，見婦棺蓋下有衣裾。

【注釋】

①北海：古郡名。漢景帝時分齊郡所置，郡治在營陵，今山東樂昌。
②悢悢（音亮）：悲傷。
③戶間：門縫。
④掣：拉，拽。

【譯文】

　　漢代北海郡營陵縣有一個道人，能夠讓人與死去的人相見。有一個

和他同郡的人，他的妻子死了已經好幾年了，聽說後就來求見他，說：「希望您能讓我見一下死去的妻子，那麼我到死也沒有什麼遺憾了。」這道士說：「你可以去見你妻子。可是，如果聽到鼓聲，就馬上出來，千萬別再逗留。」於是這道士就告訴他相見的法術。一會兒這人就見到了妻子，於是和妻子談話。悲喜、恩愛就像妻子生前一樣。過了好久，他聽見鼓聲，十分惆悵，但不能多加停留。當他出門的時候，忽然他的衣襟被夾在門縫裡，他拽斷衣襟就離開了。過了一年多，這個人死了。家人把他和他的妻子合葬，掘開他妻子的墳墓時，發現棺材蓋底下有他那片被扯斷的衣襟。

白頭鵝試覡

【原文】

　　吳孫休有疾，求覡①視者，得一人，欲試之。乃殺鵝而埋於苑②中，架小屋，施床几，以婦人屐履服物著其上。使覡視之，告曰：「若能說此冢中鬼婦人形狀者，當加厚賞，而即信矣。」竟日無言。帝推問之急，乃曰：「實不見有鬼，但見一白頭鵝立墓上。所以不即白之，疑是鬼神變化作此相，當候其真形而定。不復移易，不知何故，敢以實上。」

【注釋】

① 覡（音巫）：為人禱祝鬼神的男巫。後泛指巫師。
② 苑：花園。

【譯文】

　　東吳景帝孫休生病，招求男巫來治病，找到一個男巫，想先試試他。於是殺了一隻鵝埋在花園裡，搭建了一間小屋，擺上坐榻和桌子，把女人的鞋子、衣服放在上面。讓男巫看這些東西，並告訴他說：「如

果你能說出這座墳墓裡死的女子的樣子，就重重地賞賜你，而且就相信你了。」男巫一整天沒有說話。景帝問得急了，他才說道：「我確實沒有看見鬼，只看見一隻白頭鵝站在墳墓的上面，之所以沒有立刻說明，是我懷疑那可能是鬼神變化成鵝的樣子，想等到它現出真形再確定，但是它沒有改變，不知是什麼緣故，冒昧以實情相告。」

石子岡朱主墓

【原文】

　　吳孫峻殺朱主①，埋於石子岡②。歸命③即位，將欲改葬之，冢墓相亞，不可識別，而宮人頗識主亡時所著衣服。乃使兩巫各住一處，以伺其靈。使察戰④監之，不得相近。久時，二人俱白見一女人，年可三十餘，上著青錦束頭，紫白袷⑤裳，丹綈⑥絲履，從石子岡上，半岡而以手抑膝長太息⑦，小住須臾，更進一冢上，便止，徘徊良久，奄然⑧不見。二人之言，不謀而合。於是開冢，衣服如之。

【注釋】

①孫峻：三國時吳國大將軍，封為富春侯。朱主：孫權的女兒，公主魯育，左將軍朱據之妻。

②石子岡：地名。在今江蘇江寧南。

③歸命：吳末帝孫皓。後降晉稱臣，封為歸命侯。

④察戰：三國時吳國設置的負責監視吏民的職官。

⑤袷（音夾）：袷衣。

⑥綈（音提）：厚實平滑而有光澤的絲織物。

⑦太息：嘆息，嘆氣。

⑧奄然：突然，忽然。

【譯文】

　　吳國的孫峻殺了孫權的女兒朱主，把她埋在石子岡。吳末帝即位，準備把她改葬，但許多墳墓排列在一起，不能辨別哪一個是朱主的墳，只有宮人還記得朱主死亡時所穿的衣服。於是就讓兩個巫婆各自待在一個地方，等待她的靈魂。吳末帝派察戰監督她們，不准兩個人接近。過了很長一段時間，兩個巫婆都報告說看見一個女人，年齡大約三十多歲，頭上用青色的絲巾包著，穿著紫白色的袷衣與紅色的厚綢緞鞋子，從石子岡上山。走到半山時，她用手撐在膝蓋上，長長地嘆氣。稍微停了一會兒，她又向前走到一個墳上便停了下來，在那墳邊徘徊了很長時間，忽然不見了。」兩個巫婆的話，不謀而合，於是掘開墳墓，那女屍穿的衣服正像巫婆說的那樣。

夏侯弘見鬼

【原文】

　　夏侯弘自云見鬼，與其言語。鎮西謝尚[①]所乘馬忽死，憂惱甚至。謝曰：「卿若能令此馬生者，卿真為見鬼也。」弘去良久，還曰：「廟神樂君馬，故取之。今當活。」尚對死馬坐。須臾，馬忽自門外走還，至馬屍間，便滅。應時能動，起行。謝曰：「我無嗣[②]，是我一身之罰。」弘經時無所告。曰：「頃所見，小鬼耳，必不能辨此源由。」後忽逢一鬼，乘新車，從十許人，著青絲布袍。弘前提牛鼻，車中人謂弘曰：「何以見阻？」弘曰：「欲有所問。鎮西將軍謝尚無兒，此君風流令望，不可使之絕祀。」車中人動容曰：「君所道正是僕[③]兒。年少時，與家中婢通，誓約不再婚，而違約。今此婢死，在天訴之，是故無兒。」弘具以告。謝曰：「吾少時誠有此事。」弘於江陵，見一大鬼，提矛戟，有隨從小鬼數人。弘畏懼，下路避之。大鬼過後，捉得一小鬼，

問：「此何物？」曰：「殺人以此矛戟，若中心腹者，無不輒死。」弘曰：「治此病有方否？」鬼曰：「以烏雞薄④之，即差⑤。」弘曰：「今欲何行？」鬼曰：「當至荊、揚二州。」爾時比日行心腹病，無有不死者，弘乃教人殺烏雞以薄之，十不失八九。今治中惡⑥輒用烏雞薄之者，弘之由也。

【注釋】

① 謝尚：字仁祖，東晉陽夏（今河南太康）人。

② 嗣：後代。

③ 僕：我，我的。

④ 薄：通「敷」，塗抹。

⑤ 差：病癒。

⑥ 中惡：中醫病名。因冒犯不正之氣所引起，俗稱中邪。

【譯文】

　　夏侯弘自稱見過鬼，與鬼說過話。鎮西將軍謝尚騎的馬突然死了，他非常憂愁、煩惱。謝尚說：「夏侯弘，你如果能讓這匹馬死而復生，你真的是見過鬼了。」夏侯弘去了很久，回來說道：「廟神喜歡您的馬，所以要了它去。現在就要活過來了。」謝尚對著死馬坐下，過一會兒，馬忽然從門外跑進來，來到死馬處便消失不見了，隨即死馬動了一下，站起來行走。謝尚說：「我沒有兒子，這是對我一輩子的懲罰。」夏侯弘過了很長一段時間，沒有說任何話。他說：「近來見到的都是些小鬼，一定不能弄清楚這事的緣由。」後來夏侯弘突然遇見一個鬼，乘著一輛新車，隨從有十多個人，穿著青色絲綢布袍。夏侯弘走上前提起車上的牛鼻繩，車中的鬼對夏侯弘說：「你為什麼阻攔我？」夏侯弘說：「我想請問你一件事。鎮西將軍謝尚沒有兒子。但他英俊風流，聲望很好，不能讓他斷絕後代。」車中的鬼感動地說：「你所說的人，正是我的兒子。年輕時，他與家中的婢女私通，並發誓說從此不再結婚，後來卻違背了誓約。現在婢女死了，在陰間申訴，所以他就沒有了兒子。」夏侯弘把這些情況告訴謝尚。謝尚說：「我年輕時確實做過這件事。」

夏侯弘在江陵見到一個大鬼，提著矛戟，有幾個小鬼跟隨。夏侯弘害怕，走下路邊躲避。大鬼走後，他捉住一個小鬼，問：「這是什麼東西？」小鬼說：「用這把矛戟殺人，如果刺中心腹，沒有不馬上死的。」夏侯弘說：「有辦法治這種病嗎？」小鬼說：「用烏雞製成藥，敷在心腹處，立即痊癒。」夏侯弘問：「你們現在打算去哪兒？」小鬼說：「要到荊州、揚州去。」當時正流行心腹病，得病的人沒有不死的。夏侯弘於是教人殺烏雞來敷心腹處，十之八九都好了。現在治療中邪，總是用烏雞敷塗的方法，正是夏侯弘傳下來的。

卷

三

鍾離意修孔廟

【原文】

漢永平①中，會稽②鍾離意，字子阿，為魯相。到官，出私錢萬三千文，付戶曹③孔訢，修夫子④車。身入廟，拭几席⑤劍履。男子張伯除堂下草，土中得玉璧七枚。伯懷其一，以六枚白意。意令主簿安置几前。孔子教授堂下床首有懸甕，意召孔訢，問：「此何甕也？」對曰：「夫子甕也。背有丹書⑥，人莫敢發也。」意曰：「夫子，聖人。所以遺甕，欲以懸示後賢。」因發之，中得素書，文曰：「後世修吾書，董仲舒。護吾車、拭吾履、發吾笥⑦，會稽鍾離意。璧有七，張伯藏其一。」意即召問：「璧有七，何藏一耶？」伯叩頭出之。

【注釋】

① 永平：東漢明帝劉莊的年號。
② 會稽：古郡名。秦置，故地在今江蘇省東部及浙江省西部。
③ 戶曹：掌管民戶、祠祀、農桑的官署。
④ 夫子：對孔子的尊稱。
⑤ 幾几席：幾和席，古人憑依、坐臥的器具。
⑥ 丹書：硃筆書寫的文字。
⑦ 笥（音寺）：盛衣物或飯食等的方形竹器。這裡即指懸甕。

【譯文】

東漢永平年間，會稽人鍾離意，字子阿，擔任魯國的相。上任後，他拿出自己的一萬三千文錢，交給戶曹孔訢（音欣），讓他修理孔子的車子。鍾離意還親自到孔廟，揩拭桌子、坐席、佩劍、鞋子。有個男子張伯，在堂下清除雜草時，從泥土裡撿到了七塊玉璧。張伯把一塊藏在

懷裡，把另外六塊交給鍾離意。鍾離意命令主簿把玉璧放在桌子前面，孔子傳授學業的講堂前的床頭懸掛著一個甕，鍾離意召來孔訢，問他：「這是什麼甕？」孔訢回答說：「是孔夫子的甕。背後有丹書，人們沒敢打開它。」鍾離意說：「孔夫子是聖人。他之所以留下這甕，是想用它來啟示後代的賢人。」於是把它打開，從裡面得到一塊帛書，上面寫著：「後世研究我著作的是董仲舒。保護我車子、揩拭我鞋子、打開我甕的人，是會稽人鍾離意。玉璧共有七塊，張伯暗藏了其中的一塊。」鍾離意立即召來張伯，責問他說：「玉璧有七塊，你為什麼藏了一塊？」張伯磕頭求饒，馬上交出了那塊玉璧。

段翳封簡書

【原文】

　　段翳字元章，廣漢新都人也①。習《易經》，明風角②。有一生來學，積年，自謂略究要術，辭歸鄉里。翳為合膏藥，並以簡書③封於筒中，告生曰：「有急，發視之。」生到葭萌④，與吏爭度津。吏撾⑤破從者頭。生開筒得書，言：「到葭萌，與吏鬥，頭破者，以此膏裹之。」生用其言，創者即愈。

【注釋】

① 廣漢：即廣漢郡，其地在今四川廣漢。新都：即新都縣，為廣漢郡轄縣，其地屬今四川成都。

② 風角：古代占卜之法。以五音占四方之風而定吉凶。

③ 簡書：用於告誡、策命、盟誓、徵召等事的文書。亦指一般文牘。

④ 葭萌（音佳盟）：古為苴侯國，漢代時改為葭萌縣，其地在今四川昭化東南。

⑤ 撾（音抓）：敲打。

【譯文】

　　段翳，字元章，是廣漢郡新都縣人。他精通《易經》，善於根據五音與四方之風聲來占卜。有一個學生來求學，學了幾年，自以為已經掌握了基本的道術，就要辭別師傅回故鄉去。段翳給他配了一貼膏藥，並寫了一封文書封在竹筒裡，告訴這學生說：「碰到急事，就打開這竹筒看看。」這學生來到葭萌縣，與官吏搶著渡河。官吏打破了他隨從的頭。學生打開竹筒看到了文書，上面寫著：「到葭萌縣，和官吏爭鬥，頭被打破的，就用這膏藥敷在傷口上。」學生按照這話做了，受傷的人馬上就痊癒了。

臧仲英遇怪

【原文】

　　右扶風①臧仲英，為侍御史②。家人作食，設案，有不清塵土投之。炊臨熟，不知釜處。兵弩自行。火從篋簏③中起，衣物盡燒，而篋簏故完。婦女婢使，一旦盡失其鏡；數日，從堂下擲庭中，有人聲言：「還汝鏡。」女孫年三四歲，亡之，求，不知處；兩三日，乃於圊④中糞下啼。若此非一。汝南許季山者，素善卜卦，卜之，曰：「家當有老青狗物，內中侍御者名益喜，與共為之。誠欲絕，殺此狗，遣益喜歸鄉里。」仲英從之，怪遂絕。後徙為太尉長史⑤，遷魯相。

【注釋】

①右扶風：官吏名。亦指被任命為右扶風的官吏所管轄的政區名。

②侍御史：官吏名。在御史大夫下。

③篋簏（音妾鹿）：竹箱。

④圊（音青）：廁所。

⑤太尉長史：官吏名。太尉的屬官。

【譯文】

　　右扶風的臧仲英，任侍御史。他的家僕做了飯菜，擺上桌子，卻有不乾淨的塵土掉進去把飯菜給弄髒了。飯馬上要熟了，卻不知鍋哪裡去了。家裡的兵器、弓箭自己會動。竹箱著火，箱子裡的衣服物品全都燒光了，而箱子卻仍像原來的樣子完好無損。妻子、女兒、婢女，有一天都丟了鏡子；過了幾天，鏡子從堂屋被扔到院子裡，還有人聲說：「還你們鏡子。」臧仲英的孫女只有三四歲，忽然不見了，到處都找不到。過了兩三天，卻在廁所中的糞坑裡啼哭。像這樣的事情發生了不止一次。汝南郡人許季山，平素善於占卦，他為此占了卜，說：「你家裡有一條老黑狗，內庭有個僕人名叫益喜，是他們一起在作怪。如果你真要杜絕這種事的發生，就要殺掉這條狗，打發益喜回老家去。」臧仲英按他說的做了，怪事就不再發生。後來臧仲英調任太尉長史，又陞遷為魯國宰相。

喬玄見白光

【原文】

　　太尉[①]喬玄，字公祖，梁國人也。初為司徒長史[②]，五月末，於中門臥。夜半後，見東壁正白，如開門明。呼問左右，左右莫見。因起自往手捫摸之，壁自如故。還床，復見。心大怖恐。其友應劭[③]適往候之，語次相告。劭曰：「鄉人有董彥興者，即許季山外孫也。其探賾索隱，窮神知化，雖眭孟、京房[④]，無以過也。然天性褊狹[⑤]，羞於卜筮者。」間來候師王叔茂[⑥]，請往迎之。須臾，便與俱來。公祖虛禮盛饌，下席行觴。彥興自陳：「下土諸生，無他異分。幣重言甘，誠有踧踖[⑦]。頗能別者，願得從事。」公祖辭讓再三，爾乃聽之，曰：「府君當有怪，白光如門明者，然不為害也。六月上旬，雞明時，聞南家哭，即吉。到秋節，遷北

行，郡以金為名。位至將軍三公。」公祖曰：「怪異如此，救族不暇，何能致望於所不圖？此相饒耳。」至六月九日，未明。太尉楊秉暴薨。七月七日，拜鉅鹿太守，鉅邊有金。後為度遼將軍，歷登三事。

【注釋】

① 太尉：官名。秦至西漢設置，為全國軍政首腦，與丞相、御史大夫並稱「三公」。

② 司徒長史：官名。司徒的屬官。

③ 應劭：東漢學者，曾任泰山太守，著有《風俗通》。

④ 眭（音雖）孟：字弘，西漢人，精通《公羊春秋》，可預知後事。京房：字君明，西漢人，習《易》，善說災變，創京氏易學。

⑤ 褊狹：指心胸、氣量、見識等狹隘。

⑥ 王叔茂：名暢，王粲的祖父。

⑦ 踧踖（音促及）：恭敬而不安的樣子。

【譯文】

太尉喬玄，字公祖，是梁國人。起初，他擔任司徒長史，五月底，喬玄睡在大門中間，半夜以後，看見東面的牆壁很白，就像開了門一樣明亮。他叫左右的人來詢問，但是沒有人看見。於是他就起來親自上前，用手撫摸牆壁，牆壁還是原來的樣子。但當他回到床上，又看見牆壁雪白，因而心裡非常恐懼。他的朋友應劭正好去看望他，喬玄便把這事告訴了應劭。應劭說：「我同鄉中有個叫董彥興的人，是許季山的外孫。他善於探索幽奧隱微，瞭解神妙變化，即使眭孟、京房也未必可以超過他。但他天性褊狹，認為占卜是羞恥的事。」近來他正好要來看望他的老師王叔茂，喬玄請他前去迎接。一會兒，董彥興便與應劭一起來了。喬玄謙恭地以禮款待董彥興，準備了豐盛的食物，還走下座親自向他敬酒。董彥興自己表示：「我只是一個鄉下的儒生，沒有什麼與眾不同的天賦，您現在以如此隆重的禮節招待我，說話客氣，這讓我實在有點忐忑不安。我稍稍能識別吉凶，願意為您效勞。」喬玄推讓了好幾

次，然後才把這事講給他聽。董彥興便對他說：「您府上正發生了奇怪的事情，所以看見牆上的白光像開了門一樣明亮。但這不會給您造成什麼危害。到了六月上旬早晨雞啼的時候，聽見南邊有人在哭，就吉利了。到了秋季，您將調到北邊的郡府任職，那郡府的名字中有『金』字。之後您的官職會升到將軍、三公。」喬玄說：「碰到這樣奇怪的事，連搶救家族都來不及，哪能指望這想都不敢想的事情呢？您這只是在寬我的心罷了。」到了六月初九日，太尉楊秉突然死了。七月初七，喬玄被任命為鉅鹿太守，「鉅」字的偏旁中有「金」字。後來喬玄又做了度遼將軍，升任三公要職。

管輅論怪

【原文】

　　管輅，字公明，平原①人也。善《易》卜。安平太守東萊王基②，字伯興，家數有怪，使輅筮之。卦成，輅曰：「君之卦，當有賤婦人，生一男，墮地便走，入灶中死。又，床上當有一大蛇，銜筆，大小共視，須臾便去。又，烏來入室中，與燕共鬥，燕死，烏去。有此三卦。」基大驚曰：「精義之致，乃至於此，幸為占其吉凶。」輅曰：「非有他禍，直客舍久遠，魑魅罔兩③，共為怪耳。兒生便走，非能自走，直宋無忌④之妖將其入灶也。大蛇銜筆者，直老書佐⑤耳。烏與燕鬥者，直老鈴下⑥耳。夫神明之正，非妖能害也；萬物之變，非道所止也。久遠之浮精，必能之定數也。今卦中見象，而不見其凶，故知假托之數，非妖咎之徵，自無所憂也。昔高宗之鼎，非雉所雊⑦；太戊之階，非桑所生。然而野鳥一雊，武丁為高宗；桑穀暫生，太戊以興。焉知三事不為吉祥？願府君安身養德，從容光大，勿以神奸，

污累天真。」後卒無他。遷安南將軍。後輅鄉里劉原，問輅：「君往者為王府君論怪云：『老書佐為蛇，老鈴下為烏』，此本皆人，何化之微賤乎？為見於爻象出君意乎？」輅言：「苟非性與天道，何由背爻象而任心胸者乎？夫萬物之化，無有常形；人之變異，無有定體。或大為小，或小為大，固無優劣。萬物之化，一例之道也。是以夏鯀，天子之父，趙王如意，漢高之子，而鯀為黃熊，意為蒼狗，斯亦至尊之位，而為黔喙⑧之類也。況蛇者協辰巳之位⑨，烏者棲太陽之精，此乃騰黑之明象，白日之流景。如書佐、鈴下，各以微軀，化為蛇烏，不亦過乎？」

【注釋】

① 平原：古郡名。郡治在今山東平原。

② 安平：古郡名。在今山東益都西北。東萊：古地名。今山東北膠河以東地區。

③ 魑魅（音吃妹）罔兩：鬼怪的統稱。也作「魑魅魍魎」。

④ 宋無忌：傳說中火精名叫宋無忌。

⑤ 書佐：主辦文書的佐吏。

⑥ 鈴下：指侍衛、門卒或僕役。

⑦ 雊（音夠）：雉鳴，野雞叫。

⑧ 黔喙（音會）：黑嘴。借指牲畜野獸之類。

⑨ 辰巳之位：以十二地支支配十二生肖，蛇為辰巳之位，用以指代方位，則指東南方。

【譯文】

管輅（音路），字公明，是平原人。他善於用《易經》占卜。安平太守東萊人王基，字伯輿，家裡多次發生怪事，叫管輅給他占卜。卜出卦，管輅說：「你的卦，是有一個卑賤的婦人，生了一個男孩，才一落地就跑，掉到灶炕就死了。又有一條大蛇在床上，銜著筆，大家都能看

見，一會兒它就爬走了。還有一隻烏鴉飛進屋子，與燕子爭鬥，這隻燕子死了，烏鴉就飛走了。有這樣三個卦象。」王基十分驚奇地說：「卦象居然能精確到這種程度，請為我占卜它的吉凶。」管輅說：「沒有其他的災禍，只是因為客舍時代久遠，那些妖魔鬼怪一起作怪罷了。小兒生下來就能跑，不是他自己能夠跑，而是火的精靈把他引進灶裡。大蛇銜筆，只是老書佐而已。烏鴉與燕子爭鬥，不過是老鈴下而已。精神純正，不是妖怪能傷害的。萬物變化，不是人的道術能阻止的。久遠的妖怪，一定會出現這種情況。現在卦中看到的徵象，不現凶兆，所以知道是妖怪依託，而不是妖怪造成災禍的徵兆，自然不用憂慮。從前殷高宗武丁祭祀的大鼎，不是野雞鳴叫的地方；殷中宗太戊的庭階，不是桑穀生長的地方。但是，野雞一叫，武丁就成為賢明的高宗；桑穀一生長，太戊就興盛了。怎麼知道這三件事不是祥瑞的徵兆呢？希望你安身養德，從容光大，不要因為神怪而玷污了你天真的本性。」後來就沒再發生這類事情。王基升任安南將軍。後來管輅的同鄉人劉原，問管輅：「你過去和王基談論妖怪說：『老書佐變為大蛇，老鈴下變為烏鴉，』他們本來都是人，怎麼就變成卑賤的動物了呢？是從爻象顯示出來的，還是出於你的想像？」管輅說：「如果不是事物的本性和天意如此，怎麼能背離爻象而隨心所欲呢？萬物的變化，沒有固定的形狀；人的變化，沒有固定的形體。或者大的變小，或者小的變大，本來就沒有好壞之分。萬物的變化，是有一定規律的。因此，夏鯀是天子的父親，趙王如意是漢高祖的兒子，可是夏鯀變成了黃熊，如意變成了蒼狗，這是從最高貴的身分，變成了野獸一類。何況蛇配於辰巳之位，烏鴉是棲於太陽的精靈，這種現象就像黑暗中的光明，白日下的亮彩一樣明白。像書佐、鈴下，各自以卑微的身軀，化身為蛇和烏鴉，不也說得過去的嗎？」

管輅教顏超增壽

【原文】

　　管輅至平原，見顏超貌主夭亡①。顏父乃求輅延命。輅

曰：「子歸，覓清酒一榼^②、鹿脯一斤，卯日，刈^③麥地南大桑樹下，有二人圍棋次。但酌酒置脯，飲盡更斟，以盡為度。若問汝，汝但拜之，勿言。必合有人救汝。」顏依言而往，果見二人圍棋。顏置脯斟酒於前。其人貪戲，但飲酒食脯，不顧。數巡，北邊坐者忽見顏在，叱曰：「何故在此？」顏唯拜之。南邊坐者語曰：「適來飲他酒脯，寧無情乎？」北坐者曰：「文書已定。」南坐者曰：「借文書看之。」見超壽止可十九歲，乃取筆挑上，語曰：「救汝至九十年活。」顏拜而回。管語顏曰：「大助子，且喜得增壽。北邊坐人是北斗，南邊坐人是南斗。南斗注生，北斗注死。凡人受胎，皆從南斗過北斗；所有祈求，皆向北斗。」

【注釋】

① 夭亡：早亡。

② 榼（音克）：古代盛酒、貯水的器具。

③ 刈（音易）：割。

【譯文】

　　管輅來到平原郡，看見顏超的面相預示著他即將夭亡。顏超的父親就請求管輅延長顏超的壽命。管輅說：「你回家去，準備好一壺好酒，一斤乾鹿肉。在卯日那一天，在割過麥子的田地南邊的大桑樹下，有兩個人在那裡下圍棋，你只管給他們斟酒，並把肉乾端上去，他們喝完了酒，你就再給他們斟上，直到把酒喝完、肉吃盡為止。如果他們問你，你只用向他們磕頭作揖，不要說話。這樣，一定會有人來救你。」顏超按照管輅的話去做了，果然看見兩個人在那裡下圍棋。顏超擺好肉乾，斟了酒放在他們面前。那兩個人貪圖下棋，只管喝酒吃肉，也不回頭看一眼。酒斟了好幾次，坐在北邊的人忽然看見顏超在場，就呵斥他：「你為什麼在這兒？」顏超只管向他磕頭作揖。坐在南邊的人說道：「剛才喝了他的酒、吃了他的肉，難道沒有一點人情嗎？」坐在北邊的

人說：「他的壽命在文書上已經寫定了。」坐在南邊的人說：「把你的文書借給我看一看。」他看見文書上記載著顏超的壽命只有十九年，於是拿起筆來把「九」字勾到「十」字之上，對顏超說：「我救你活到九十歲。」顏超拜謝後就回家去了。管輅對顏超說：「他們太幫助你了，我也很高興你能增加壽命。坐在北邊的人是北斗，坐在南邊的人是南斗。南斗主管人的生，北斗主管人的死。凡人只要成了人，都要從南斗到北斗，人所有的祈求都要向北斗提出來。」

管輅筮郭恩

【原文】

利漕民郭恩，字義博。兄弟三人，皆得躄^①疾。使輅筮其所由。輅曰：「卦中有君本墓，墓中有女鬼，非君伯母，當叔母也。昔饑荒之世，當有利其數升米者，排著井中，噴噴有聲，推一大石下，破其頭，孤魂冤痛，自訴於天耳。」

【注釋】

① 躄（音避）：跛腳。

【譯文】

利漕口有個平民叫郭恩，字義博。他家兄弟三人，都得了跛腳的毛病。因此就讓管輅幫他算一下這是什麼原因。管輅說：「卦象中顯示您親人的墳墓，這墳墓中有一個女鬼，不是您的伯母，就是您的叔母。過去鬧饑荒的時候，應該有一個送給她幾升米的人，被她推到了井裡，她還噴噴地不停誇獎自己，還推了一塊大石頭下去，把這個人的頭都砸破了。現在這孤獨的鬼魂受此冤屈非常悲痛，就去向老天控訴，所以才讓你們得了這惡病。」

淳于智治鼠

【原文】

　　淳于智，字叔平，濟北盧人也。性深沉，有思義。少為書生，能《易》筮，善厭勝之術。高平劉柔，夜臥，鼠齧[1]其左手中指，意甚惡之。以問智。智為筮之，曰：「鼠本欲殺君而不能，當為使其反死。」乃以朱書手腕橫文後三寸，為田字，可方一寸二分，使夜露手以臥。有大鼠伏死於前。

【注釋】

①齧（音涅）：咬。

【譯文】

　　淳于智，字叔平，是濟北郡盧縣人。他性格深沉持重，很講義氣。淳于智年輕的時候是個書生，能用《易經》占人，擅長用詛咒來制勝的道術。高平縣人劉柔，晚上睡覺的時候，有隻老鼠咬他左手的中指，他非常厭惡這件事，就去問淳于智，淳于智給他算了個卦，說：「老鼠本來是想咬死你的，但沒能得逞，我幫你想個辦法讓它反而自己死去。」於是淳于智就用丹砂在劉柔的手腕橫紋後面三寸的地方寫了一個田字，大小約一寸二分，又叫劉柔夜裡把手露在外面睡覺，結果便有一隻大老鼠趴伏著死在他的前面。

淳于智卜宅居

【原文】

　　上黨鮑瑗，家多喪病，貧苦，淳于智卜之，曰：「君居宅不利，故令君困爾。君舍東北有大桑樹。君徑至市，入門

數十步，當有一人賣新鞭者，便就買還，以懸此樹。三年，當暴得財。」瑗承言詣市，果得馬鞭，懸之。三年，浚①井，得錢數十萬，銅鐵器復二萬餘，於是業用既展，病者亦無恙。

【注釋】

① 浚：挖掘，疏通。

【譯文】

　　上黨郡的鮑瑗，家裡的人多死亡、生病，窮苦難當，淳于智為他占卜，說：「您住的宅子不吉利，所以使您困頓。您家的東北方向有一棵大桑樹。您徑直趕到城裡，進城門幾十步遠，會有一個賣新鞭子的人，您就去把他的鞭子買回來，把鞭子掛在這棵桑樹上。三年後，您一定會猛然大發橫財。」鮑瑗按照他的話到城裡去，果然買到了馬鞭，他就把鞭子掛在那桑樹上。過了三年，他疏通家裡的井，得到錢幾十萬，還有二萬多件銅器、鐵器。於是不但家裡的費用不再緊缺，家裡的病人也好了。

淳于智卜免禍

【原文】

　　譙人夏侯藻，母病困，將詣智卜，忽有一狐當門向之嗥①叫。藻大愕懼，遂馳詣智。智曰：「其禍甚急。君速歸，在狐嗥處，拊心啼哭，令家人驚怪，大小畢出，一人不出，啼哭勿休。然其禍僅可免也。」藻還如其言，母亦扶病而出。家人既集，堂屋五間拉然而崩。

【注釋】

①嗥（音豪）：獸類的吼叫。

【譯文】

　　譙郡人夏侯藻，母親病重，請淳于智為其占卜。忽然，有一隻狐狸衝著門對他吼叫。夏侯藻非常吃驚害怕，急忙跑到淳于智那裡告訴他。淳于智說：「這個災禍很緊急。你趕快回家去，在狐狸吼叫的地方，按著胸口痛哭，使家裡人驚奇古怪，一家大大小小都出門來。但凡有一個人沒有出來，你就要啼哭不止。這樣，這個災禍就可以免除了。」夏侯藻按照他的話趕回家，大聲啼哭，連生病的母親也扶著出來了。全家人集中在門外，五間房屋像被拉倒一樣崩塌了。

淳于智筮病

【原文】

　　護軍張劭，母病篤。智筮之，使西出市沐猴繫母臂。令傍人搥拍，恆使作聲，三日放去。劭從之，其猴出門，即為犬所咋①死，母病遂差②。

【注釋】

①咋：咬。
②差：病癒。

【譯文】

　　護軍張劭的母親病得很重。淳于智為他算了個卦，讓他到西邊的集市上買一隻獼猴，把它繫在母親的手臂上。又叫旁邊的人拍打它，使它叫個不停，三天後再將它放掉。張劭按照他的話做了，那獼猴一出門，就被狗咬死了，他母親的病就好起來了。

郭璞撒豆成兵

【原文】

　　郭璞字景純，行至廬江，勸太守胡孟康急回南渡，康不從。璞將促裝去之，愛其婢，無由得，乃取小豆三斗，繞主人宅散之。主人晨起，見赤衣人數千圍其家，就①視則滅。甚惡之，請璞為卦。璞曰：「君家不宜畜此婢，可於東南二十里賣之，慎勿爭價，則此妖可除也。」璞陰令人賤買此婢，復為投符於井中，數千赤衣人一一自投於井。主人大悅。璞攜婢去。後數旬而廬江陷。

【注釋】

① 就：靠近。

【譯文】

　　郭璞，字景純，他走到廬江郡，勸太守胡孟康趕緊渡江回到南方去，胡孟康不聽勸告。郭璞收拾行裝準備離去，他喜歡主人家的婢女，但是沒有辦法得到，於是找來三斗小豆子，繞著主人家的宅院周圍撒下去。主人早晨起來，看見有幾千個穿紅衣服的人包圍著他家，走近去看，就全都消失了。他的心裡非常厭惡，請郭璞來卜卦。郭璞說：「你家不宜收養這個婢女，可以在東南面二十里的地方賣掉她，注意不要爭價錢，那麼這些妖怪就可以消除了。」郭璞暗中派人用低價買下了這個婢女，又為主人往他家井裡投了一道符，幾千個紅衣人一個個自己跳進井裡去了。主人十分高興。郭璞也就帶著這個婢女離開了，幾十天以後，廬江就沉陷了。

郭璞救死馬

搜神記

【原文】

　　趙固所乘馬忽死，甚悲惜之，以問郭璞。璞曰：「可遣數十人持竹竿，東行三十里，有山林陵樹，便攪打之。當有一物出，急宜持歸。」於是如言，果得一物，似猿。持歸，入門，見死馬，跳樑走往死馬頭，噓吸①其鼻。頃之，馬即能起。奮迅嘶鳴，飲食如常。亦不復見向物。固奇之，厚加資給。

【注釋】

① 噓吸：吐納呼吸。

【譯文】

　　趙固騎的馬忽然死了，他十分難過惋惜，就去請教郭璞。郭璞說：「你可以派幾十個人拿著竹竿，向東走三十里，看見陵園樹木，就亂打一氣。這時會有一個怪物出現，趕緊把它逮住拿回家。」於是，趙固按照郭璞的話去做了，果然得了一個怪物，長得像猿。他就把它帶回家中，這怪物一進門，看見死馬，就跑到死馬的頭前，對著死馬的鼻子又是吹氣又是吸氣。不一會兒，這匹馬就能站起來了，精神抖擻，高聲嘶鳴，飲食也同平常一樣。只是不再看見原來那怪物了。趙固認為郭璞是個奇才，就給了他很多報酬。

郭璞筮病

【原文】

　　揚州別駕①顧球姊，生十年，便病，至年五十餘，令郭

璞筮，得「大過」之「升」[2]。其辭曰：「『大過』卦者義不嘉。冢墓枯楊無英華，振動游魂見龍車。身被重累嬰妖邪，法由斬祀殺靈蛇。非己之咎先人瑕[3]，案卦論之可奈何。」球乃跡訪其家事。先世曾伐大樹，得大蛇，殺之，女便病。病後，有群鳥數千，迴翔屋上，人皆怪之，不知何故。有縣農行過舍邊，仰視，見龍牽車，五色晃爛，其大非常，有頃遂滅。

【注釋】

① 別駕：官名。刺史的左吏，總管眾務。
② 「大過」之「升」：「大過」、「升」均是卦名。
③ 瑕：犯錯，過失。

【譯文】

　　揚州別駕顧球的姐姐，生下來十年就生病了，一直到五十多歲，讓郭璞來給她卜卦，得「大過」與「升」的卦。郭璞誦卦道：「『大過』這卦的意思不好，墳墓上的枯楊不開花。震動的游魂讓龍車出現，身患重病而又遭遇妖邪的原因是斷了祭祀，殺了神蛇，這不是你自己的錯誤而是你先人的過失。這是卦象上的說法，可有什麼辦法呢？」顧球於是就尋訪他家先輩的事，原來是先輩曾砍伐過一棵大樹，發現一條大蛇，把它打死了，自此女兒便得了病。女兒生病後，有一群幾千隻的鳥，在屋上盤旋飛翔，人們都覺得奇怪，但不知道是什麼緣故。有個當地的農民經過他家，抬頭一看，望見龍拉著車，五彩斑斕，閃爍耀眼，車子很大，非同尋常，過了一會兒就消失了。

郭璞以白牛治病

【原文】

　　義興方叔保得傷寒，垂死，令璞占之，不吉。令求白牛厭之，求之不得。唯羊子玄有一白牛，不肯借。璞為致[①]之，即日[②]有大白牛從西來，徑[③]往。臨[④]，叔保驚惶，病即愈。

【注釋】

①致：招致，招引。

②即日：當日。

③徑：徑直，直接。

④臨：靠近，逼近。

【譯文】

　　義興郡人方叔保得了傷寒病，快死了，叫郭璞給他占卜，結果很不吉利。郭璞就叫他找一頭白牛來壓制病氣，但方叔保找不到白牛。只有羊子玄有一頭白牛，但他不肯借。郭璞就幫他招引白牛，當天就有一頭大白牛從西邊走來，徑直往家裡走。到了跟前，方叔保大吃一驚，病就好了。

費孝先之卦

【原文】

　　西川費孝先善軌革，世皆知名。有大若人王旻，因貨殖[①]至成都，求為卦。孝先曰：「教住莫住，教洗莫洗。一石穀搗得三斗米。遇明即活，遇暗即死。」再三戒之，令誦此言

足矣。旻志之。及行，途中遇大雨，憩一屋下，路人盈塞，乃思曰：「教住莫住，得非此耶？」遂冒雨行，未幾，屋遂顛覆，獨得免焉。旻之妻已私鄰比，欲媾②終身之好，俟旋歸，將致毒謀。旻既至，妻約其私人曰：「今夕新沐者，乃夫也。」將哺，呼旻洗沐，重易巾。旻悟曰：「教洗莫洗，得非此耶？」堅不從。妻怒，不省，自沐。夜半反被害。既覺，驚呼鄰里共視，皆莫測其由。遂被囚繫考訊。獄就，不能自辨。郡守錄狀，旻泣言，「死即死矣，但孝先所言，終無驗耳」。左右以是語上達。郡守命未得行法呼旻問曰：「汝鄰比何人也？」曰：「康七。」遂遣人捕之。「殺汝妻者，必此人也。」已而果然。因謂僚佐曰：「一石穀擣得三斗米，非康七乎。」由是辨雪，誠遇明即活之效。

【注釋】

① 貨殖：經營商利。

② 媾：結合。

【譯文】

　　西川人費孝先精通軌革、占卜之術，當時的人都知道他的名字。有一個信教的人叫王旻，因為做生意來到成都，請費孝先為其占卜。費孝先說：「叫你停你不要停，叫你洗你不要洗。一石穀能舂得三斗米。遇上明白人你就能活，遇上糊塗人你就得死。」再三告誡王旻，記住這幾句話就行了。王旻記下了這幾句話。等到他走了以後，回家途中遇上了大雨，在一棟房子下面休息，房子裡擠滿了過路的人。王旻想：「叫你停你不要停，豈不是指這種情況嗎？」於是冒雨上路。不一會，那棟房子就倒塌了。唯獨王旻一個人免受此災。王旻的妻子已經跟鄰居私通，他們想要結為夫婦，等王旻回來，計劃用毒計害死他。王旻回來後，他妻子對和她私通的人說：「今天晚上在洗澡的，就是我丈夫。」天快黑了，妻子叫王旻洗澡，重新換掉頭巾手帕。王旻想：「叫你洗你不要

洗，豈不是指這種情況？」他堅決不洗澡。妻子生氣了，沒有多加考慮，自己就去洗澡，半夜反被殺害了。天亮後，王旻發現妻子被殺，大聲驚叫，鄉鄰一齊來看，都不知道是什麼緣故。於是王旻被官府逮捕審問拷打。官府按殺人給他定罪，無法申辯。郡守要錄供詞，王旻哭泣說：「死了就死了。只是費孝先的預言最終沒有應驗。」左右的人把王旻的話報告上去，郡守下令先不要執行死刑，傳王旻來。問：「你的鄰居是誰？」王旻回答：「康七。」郡守就派人把康七逮捕抓來，說：「殺你妻子的一定是這個人。」審訊結果還真是這樣。郡守於是對僚佐說：「一石穀舂得三斗米，不就是康（糠）七（斗）嗎？」由此弄清了這個案子，「遇上明白人就能活」這句話應驗了。

隗炤藏金

【原文】

隗炤，汝陰鴻壽亭民也①。善《易》。臨終書板，授其妻曰：「吾亡後，當大荒。雖爾，而慎莫賣宅也。到後五年春，當有詔使來頓此亭②，姓龔。此人負吾金，即以此板往責之。勿負言也。」亡後，果大困，欲賣宅者數矣，憶夫言，輒止。至期，有龔使者，果止亭中，妻遂齎板責之。使者執板，不知所言，曰：「我平生不負錢，此何緣爾邪？」妻曰：「夫臨亡，手書板見命如此，不敢妄也。」使者沉吟良久而悟，乃命取蓍筮之。卦成，抵掌③嘆曰：「妙哉隗生！含明隱跡而莫之聞，可謂鏡窮達而洞吉凶者也。」於是告其妻曰：「吾不負金，賢夫自有金。乃知亡後當暫窮，故藏金以待太平。所以不告兒婦者，恐金盡而困無已也。知吾善《易》，故書板以寄意耳。金五百斤，盛以青甖④，覆以銅⑤，埋在堂屋東頭，去地一丈，入地九尺。」妻還掘之，果得金，皆如所卜。

【注釋】

① 汝陰：古郡名。郡治在今安徽阜陽。亭：秦漢時期鄉以下、裡以上的
　　行政機構。

② 詔使：皇帝派出的特使。頓：停留。

③ 抵掌：拍手，擊掌。

④ 罍：古代盛酒或水的瓦器，小口大腹，較缶為大。亦有木製者。

⑤ 柈（音盤）：盤子。

【譯文】

　　隗炤（音偉照），是汝陰郡鴻壽亭人，精通《易》。他臨死時寫了
一塊木板，交給他的妻子，說：「我死之後，會有嚴重的災荒。儘管這
樣，你千萬別把宅院賣了。到五年後的春天，會有一位使者來鴻壽亭停
宿，他姓龔。這人欠著我的錢，你就用這塊木板向他討債，千萬別違背
了我的話！」他死後，果然遇到了大災荒，他的妻子好幾次想賣掉房
產，但回想起丈夫的話，就打消了賣房的念頭。到了隗炤說的日期，果
然有一個龔姓使者在鴻壽亭停宿，他的妻子就把這塊木板給了龔使者並
向他討債。龔使者拿著這塊木板不明白是怎麼回事，就說：「我從來不
欠人家的錢，這究竟是怎麼回事呢？」隗炤的妻子說：「我丈夫臨死的
時候，親手寫下這塊木板，他吩咐過讓我這樣做，我可不敢亂來。」龔
使者沉思著，想了很長時間才明白，於是叫人拿著蓍草占了個卦。卦占好
後，他拍著手讚歎說：「好啊，隗炤！你不暴露自己的明智，隱蔽起自
己的形蹤，不讓別人知道你，你還真是一個明察窮達、洞悉吉禍的人
啊！」於是他就告訴隗炤的妻子說：「我不欠他黃金，你賢能的丈夫自
己就有黃金。他知道他死後你們會遭遇短暫的貧困，所以他藏起黃金等
待太平。他之所以不告訴妻子、兒女，是怕黃金用完了貧窮的日子又沒
有盡頭。他知道我精通《易經》，所以寫了這塊木板來達成他的心願。
五百斤的黃金，他用青罌裝著，用銅盤蓋著，埋在堂屋的東頭，離牆壁
一丈，深挖九尺。」隗炤的妻子回去挖掘，果然得到了黃金，一切都跟
卜卦所說的一樣。

韓友驅魅

【原文】

　　韓友字景先，廬江舒人也。善占卜，亦行京房厭勝之術①。劉世則女病魅，積年，巫為攻禱②，伐空冢故城間，得狸鼉③數十，病猶不差④。友筮之，命作布囊，俟女發時，張囊著窗牖⑤間。友閉戶作氣，若有所驅。須臾間，見囊大脹，如吹，因決敗之。女仍大發。友乃更作皮囊二枚沓張之，施張如前，囊復脹滿，因急縛囊口，懸著樹。二十許日，漸消。開視，有二斤狐毛。女病遂差。

【注釋】

①厭勝之術：一種巫術。一般以詛咒制勝，能壓制人或事物。

②攻禱：禱祝的一種。舉行某種禱祝儀式以驅邪除怪。

③鼉（音駝）：揚子鱷。爬行動物。穴居於江南河岸和湖沼底部。其皮可以製鼓。

④差：病癒。

⑤牖（音友）：窗戶。

【譯文】

　　韓友，字景先，是廬江郡舒縣人。他擅長占卜，也會施行京房的厭勝之術。劉世則的女兒被鬼魅作祟得病多年，巫醫給她治療禱告，又到舊城荒塚裡去討伐，捕到狐狸、鼉幾十隻，但病還是沒好。韓友占卜，讓人做了一只布袋，等女孩發病時，在窗戶上張開布袋。韓友關上門發氣，似乎在驅趕什麼東西。一會兒工夫，只見布袋脹得很大，在吹氣似的，最後終於脹破了。女孩病得還是很厲害。韓友於是又做了兩只皮袋，疊在一起，在窗戶上張開，像先前一樣發氣驅趕，口袋又脹滿了。於是他急忙捆緊袋口，把它懸掛在樹上。二十多天後，袋子漸漸消了下去。打開一看，裡面有兩斤狐狸毛。女孩的病就好了。

嚴卿禳災

【原文】

　　會稽嚴卿善卜筮。鄉人魏序欲東行，荒年多抄盜，令卿筮之。卿曰：「君慎不可東行，必遭暴害，而非劫也。」序不信。卿曰：「既必不停，宜有以禳①之。可索西郭外獨母家白雄狗，繫著船前。」求索，止得駁狗，無白者。卿曰：「駁者亦足，然猶恨其色不純，當餘小毒，止及六畜輩耳，無所復憂。」序行半路，狗忽然作聲，甚急，有如人打之者。比視，已死，吐黑血斗餘。其夕，序墅上白鵝數頭，無故自死。序家無恙。

【注釋】

①禳：祭名。祈禱消除災殃。

【譯文】

　　會稽郡的嚴卿擅長占卜。他的同鄉魏序打算到東邊去，因為荒年，強盜經常出沒搶劫，所以讓嚴卿幫他算個卦。嚴卿說：「你要小心些千萬別去東邊。會有災難，但不是搶劫。」魏序不相信，嚴卿就說：「既然一定要去，最好想個辦法消除這災禍。你可以到西城外孤老太太家索要白公狗，把它繫在船的前面。」魏序依言去找狗，只找到一條花狗，沒有純白色的。嚴卿說：「花狗也可以，但遺憾它的毛色不純，恐怕到時候會留下一點點毒，不過最多只會危害到六畜之類罷了。你不用擔憂。」魏序走到半路，狗忽然叫得很厲害，就像有人在打它一樣。等到魏序過去察看時，狗已經死了，吐出一斗多黑色的血。那天晚上，魏序田莊裡的幾隻白鵝，也無緣無故地死了，魏序家裡的人倒平安無事。

華佗治瘡

搜神記

【原文】

沛國華佗[1]，字元化，一名旉。琅邪劉勳，為河內太守，有女年幾二十，苦腳左膝裡有瘡，癢而不痛，瘡愈數十日復發，如此七八年。迎佗使視。佗曰：「是易治之。當得稻糠黃色犬一頭，好馬二匹。」以繩繫犬頸，使走馬牽犬，馬極輒易。計馬走三十餘里，犬不能行，復令步人拖曳，計向五十里。乃以藥飲女，女即安臥不知人。因取大刀斷犬腹近後腳之前，以所斷之處向瘡口，令去二三寸停之。須臾，有若蛇者，從瘡中出。便以鐵椎橫貫蛇頭，蛇在皮中動搖良久，須臾不動，乃牽出，長三尺許，純是蛇，但有眼處而無童子，又逆鱗耳。以膏散著瘡中，七日愈。

【注釋】

①華佗：又名旉（音夫）。東漢末年名醫，後因不從曹操徵召被殺。

【譯文】

沛國人華佗，字元化，又名旉。琅邪郡人劉勳，任河內郡太守，他有個女兒年近二十，苦於左腿膝關節生瘡，瘡很癢卻不痛，結疤好了，幾十天後又復發，像這樣有七八年了。劉勳請華佗去診視。華佗說：「這瘡容易治療。要準備稻糠色黃毛狗一條，好馬兩匹。」他用繩索套住狗脖子，讓馬拉著狗跑，馬疲憊了就換另一匹，馬跑了三十多里路，狗跑不動了，又叫人步行拖著狗走，共走了大約五十里，於是華佗拿藥水給劉勳的女兒喝。他女兒就安靜地躺下不省人事，華佗用一把大刀切開狗肚靠後腳的前面位置，把切開的地方對著瘡口，讓它在距離瘡口二三寸的地方停下來。過了一會兒，有一條像蛇一樣的東西從瘡裡出來，華佗就用鐵椎橫穿蛇頭。蛇在人的皮肉裡擺動了很久，突然不動了，這

才把它拉出來。有三尺來長，完全是蛇，只是有眼窩卻沒有眼珠，鱗片又是倒著生的。然後用膏藥粉撒在瘡口上，七天後瘡就好了。

華佗醫喉病

【原文】

佗嘗行道，見一人病咽，嗜食不得下，家人車載，欲往就醫。佗聞其呻吟聲，駐車往視，語之曰：「向來道邊，有賣餅家蒜齏大酢①，從取三升飲之，病自當去。」即如佗言，立吐蛇一枚。

【注釋】

①齏（音基）：作調味用的姜、蒜、蔥等菜的碎末。酢：醋的本字。

【譯文】

華佗曾經走在路上，看見有個人喉嚨裡生了病，很想吃東西，卻嚥不下。他的家人用車載著他，想去看醫生。華佗聽見他呻吟的聲音，就停下車去看，對他說：「你剛才經過的路旁，一家賣餅的人家有蒜泥大醋，你從他那裡取來三升喝了，病自然就會好了。」這人按照華佗的話去做了，立刻吐出一條蛇來。

卷四

風伯雨師

【原文】

　　風伯、雨師,星也。風伯者,箕星也;雨師者,畢星也。鄭玄謂司中、司命①,文昌③第五、第四星也。雨師一曰屏翳,一曰屏號,一曰玄冥。

【注釋】

①鄭玄:東漢經學家,遍注群經,是漢代經學的集大成者。司中、司命:均為星名。

②文昌:星座名。共六星,在斗魁之前,形成半月形狀。又稱文昌宮。

【譯文】

　　風伯、雨師,都是星宿。風伯,是箕宿。雨師,是畢宿。鄭玄說:司中、司命分別是文昌第五星和第四星。雨師又叫屏翳,又叫屏號,又叫玄冥。

張寬說女宿

【原文】

　　蜀郡張寬,字叔文。漢武帝時為侍中,從祀甘泉,至渭橋,有女子浴於渭水,乳長七尺。上怪其異,遣問之。女曰:「帝後第七車者知我所來。」時寬在第七車。對曰:「天星,主祭祀者。齋戒不潔,則女人①見。」

【注釋】

①女人:即女宿。二十八星宿中北方玄武七星之第三宿。

【譯文】

　　蜀郡的張寬，字叔文，漢武帝的時候曾在皇宮裡做侍中。他跟隨漢武帝到甘泉祭祀，經過渭橋，看見有一個婦女在渭水中洗澡，她的乳房有七尺長。武帝感到奇怪，就派人去問她，這位婦女說：「皇帝後面第七輛車中的人知道我從什麼地方來。」當時張寬坐在第七輛車中，他回答說：「這是天上掌管祭祀的星宿。祭祀時齋戒不潔，那麼這女宿就出現了。」

灌壇令太公望

【原文】

　　文王以太公望為灌壇令①。期年②，風不鳴條③。文王夢一婦人，甚麗，當道而哭。問其故，曰：「吾泰山之女，嫁為西海婦，欲歸④，今為灌壇令當道有德，廢我行；我行必有大風疾雨，大風疾雨，是毀其德也。」文王覺，召太公問之。是日果有疾雨暴風，從太公邑外而過。文王乃拜太公為大司馬⑤。

【注釋】

①太公望：即姜尚，字尚父，人稱姜太公或太公望。輔佐文王、武王滅
　紂後被封於齊國。灌壇：地名。應是周國的一個小邑。
②期年：滿一年。
③風不鳴條：和風輕拂，樹枝不發出聲響。古人認為這是賢者在位，天
　下大治時出現的一種自然景象。
④歸：指女子出嫁。
⑤大司馬：官名。周代六卿之一，主掌軍旅之事。

【譯文】

　　周文王任命太公望做灌壇縣令，一年來，風調雨順。文王夢見一個女人，長得很美麗，在道路中間啼哭，問她為什麼哭。她說：「我是泰山神的女兒，嫁給西海神做妻子。現在要出嫁了，但是因為灌壇令當政而又有德行，使我不能過去；我走過必定有狂風暴雨，狂風暴雨必定會損壞他的德政。」文王夢醒，召太公望詢問這件事。這一天果然有狂風暴雨從太公望的灌壇城外經過。文王於是拜太公為大司馬。

胡母班傳書

【原文】

　　胡母班字季友，泰山人也。曾至泰山之側，忽於樹間逢一絳衣騶①，呼班云：「泰山府君②召。」班驚愕，逡巡③未答。復有一騶出，呼之。遂隨行數十步，騶請班暫瞑④。少頃，便見宮室，威儀甚嚴。班乃入閣拜謁。主為設食，語班曰：「欲見君，無他，欲附書與女婿耳。」班問：「女郎何在？」曰：「女為河伯婦。」班曰：「輒當奉書，不知緣何得達？」答曰：「今適河中流，便扣舟呼『青衣⑤』，當自有取書者。」班乃辭出。昔騶復令閉目，有頃，忽如故道。

　　遂西行，如神言而呼「青衣」。須臾，果有一女僕出，取書而沒⑥。少頃，復出，云：「河伯欲暫見君。」婢亦請瞑目。遂拜謁河伯。河伯乃大設酒食，詞旨殷勤。臨去，謂班曰：「感君遠為致書，無物相奉。」於是命左右：「取吾青絲履來！」以貽⑦班。班出，瞑然忽得還舟。

　　遂於長安經年而還。至泰山側，不敢潛⑧過，遂扣樹，自稱姓名：「從長安還，欲啟消息。」須臾，昔騶出，引班如向法而進，因致書焉。府君請曰：「當別再報。」班語訖，

如廁，忽見其父著械徒作，此輩數百人。班進拜流涕問：「大人何因及此？」父云：「吾死不幸，見譴三年，今已二年矣，困苦不可處。知汝今為明府所識，可為吾陳之，乞免此役，便欲得社公耳。」班乃依教，叩頭陳乞。府君曰：「生死異路，不可相近，身無所惜。」班苦請，方許之。於是辭出，還家。

　　歲餘，兒子死亡略盡。班惶懼，復詣泰山，扣樹求見。昔騶遂迎之而見。班乃自說：「昔辭曠拙，及還家，兒死亡略盡。今恐禍故未已，輒來啟白，幸蒙哀救。」府君拊掌大笑曰：「昔語君『死生異路，不可相近』故也。」即敕外召班父。須臾，至庭中，問之：「昔求還里社，當為門戶作福，而孫息死亡略盡，何也？」答云：「久別鄉里，自欣得還，又遇酒食充足，實念諸孫，召之。」於是代之。父涕泣而出。班遂還。後有兒皆無恙。

【注釋】

① 騶（音周）：古代給貴族騎馬駕車的侍從。

② 泰山府君：傳說中的大神，天帝的孫子，被封為東嶽大帝。掌管人間的生死，招人魂魄。

③ 逡巡：遲疑，猶豫。

④ 瞑：閉眼。

⑤ 青衣：指穿著青衣或黑衣的人。多指侍女或婢女。

⑥ 沒：淹沒，消失。

⑦ 貽：贈送。

⑧ 潛：悄悄地。

【譯文】

　　胡母班，字季友，是泰山人。他曾經到過泰山邊上，忽然在樹林間遇到一個穿深紅色衣服的騎士，對他招呼說：「泰山府君召見你。」胡

母班感到十分驚奇，遲疑著沒有回答。又有一個騎士出來召喚他。他就跟著他們走了幾十步路，騎士請胡母班暫時閉上眼睛，過了一會兒，睜開眼就看見一座宮殿，儀仗威嚴。胡母班於是進宮拜見主人，主人為他擺上宴席，對他說：「我見你，沒有別的意思，只是想讓你給我女婿捎封信罷了。」胡母班問：「您女兒在哪裡？」泰山府君說：「我女兒是河伯的妻子。」胡母班說：「我馬上就去送信，不知怎樣才能送到？」泰山府君說：「今天你乘船到黃河的中央，敲船喊『青衣』，自然會有人來取信。」胡母班於是告辭出來。先前的騎士叫他又閉上眼睛，一會兒他就回到了原路上。

於是，胡母班往西走，按照泰山神的話乘船到黃河的中央喊「青衣」。一會兒，果然有一個女僕從水中出來，取了信就淹沒在水中了。過了一會兒，她又出來說：「河伯想見一見你。」女僕也請胡母班閉上眼睛。胡母班就去拜見了河伯。河伯於是大設酒席款待他，說話十分熱情。臨別時，河伯對胡母班說：「我很感謝你遠道來給我送信，沒有什麼東西送給你。」於是命令左右的人：「把我的青絲鞋取來。」把鞋送給了胡母班。胡母班出來，閉上眼睛，忽然就回到了船上。

胡母班於是到長安，一年後才回家。他來到泰山邊上，不敢悄悄地經過，於是就敲著樹幹，自報姓名說：「我從長安回來，想通報消息。」不一會兒，先前那個騎士出來了，按原先的方法引著胡母班進宮殿。胡母班敘述了送信的經過。泰山府君道謝說：「我會另外再報答你。」胡母班說完話，去上廁所，突然看見他的父親戴著刑具正在服勞役，這樣的人有幾百個。胡母班上前拜見父親，流淚問：「您老人家怎麼到這裡來了？」他父親說：「我不幸死亡，被罰罪三年，現在已經過了兩年，這裡困苦得實在難以忍受。我知道你和泰山府君結識，可以替我向他陳情，免掉這個勞役，並且我想回鄉里做當地的土地神。」胡母班就依照父親說的，向泰山府君叩頭陳述請求。府君說：「生死不同路，不能互相接近，我不能可憐他。」胡母班苦苦哀求，府君這才答應了。胡母班於是告辭出來回家。

一年多後，胡母班的兒子一個一個都死光了。胡母班驚慌害怕，又一次來到泰山敲樹求見。原先的騎士於是迎接他去見泰山府君。胡母班說：「過去我言辭太粗疏失當，回家以後兒子都死了，我擔心災禍還沒

有結束，就前來稟報，希望得到您的憐憫和拯救。」府君拍手大笑說：「這就是先前我告訴你『生死不同路，不能互相接近』的原因。」他立即傳令讓人召來胡母班的父親。不一會兒，胡母班的父親來到庭院。府君問他：「過去你請求回鄉里，就應當為家裡造福，但是你的孫子都死光了，這是什麼原因？」胡母班的父親回答說：「離開家鄉很久了，我很高興能夠回去，又遇到酒食充足，實在想念孫子們，就把他們都召來了。」於是泰山府君派人替代了他。胡母班的父親哭著走了。胡母班就回家了。後來他又有了兒孫，都平安無事。

馮夷為河伯

【原文】

宋時，弘農馮夷，華陰潼鄉堤首人也。以八月上庚日渡河，溺死。天帝署①為河伯。又《五行書》曰：「河伯以庚辰日死，不可治船遠行，溺沒不返。」

【注釋】

①署：任命。

【譯文】

宋朝時，弘農郡的馮夷，是華陰縣潼鄉河河堤邊上人。他在八月上旬的庚日那天渡河，結果淹死了。天帝任命他為河伯。另外《五行書》上說：「河伯在庚辰日的時候死。這一天不可以開船到遠處去，如果去，就會溺亡回不來。」

河伯招婿

【原文】

　　吳餘杭縣南有上湖，湖中央作塘。有一人乘馬看戲，將三四人，至岑村飲酒，小醉，暮還。時炎熱，因下馬入水中，枕石眠。馬斷走歸，從人悉追馬，至暮不返。眠覺，日已向晡①，不見人馬。見一婦來，年可十六七，云：「女郎再拜，日既向暮，此間大可畏，君作何計？」因問：「女郎何姓？那得忽相聞？」復有一少年，年十三四，甚了了，乘新車，車後二十人。至，呼上車，云：「大人暫欲相見。」因回車而去。道中繹絡把火，見城郭邑居。既入城，進廳事②，上有信幡，題云「河伯信」俄見一人，年三十許，顏色如畫，侍衛繁多。相對欣然，敕③行酒漿。，云：「僕有小女，頗聰明，欲以給君箕帚④。」此人知神，不敢拒逆。便敕備辦，會就郎中婚。承白已辦。遂以絲布單衣及紗袷、絹裙、紗衫褲⑤、履屐，皆精好。又給十小吏、青衣數十人。婦年可十八九，姿容婉媚，便成。三日，經大會客，拜閣。四日，云：「禮既有限，發遣去。」婦以金甌⑥、麝香囊與婿別，涕泣而分。又與錢十萬、藥方三卷，云：「可以施功布德。」復云：「十年當相迎。」此人歸家，遂不肯別婚，辭親出家作道人。所得三卷方：一卷脈經，一卷湯方，一卷丸方。周行救療，皆致神驗。後母老，兄喪，因還婚宦。

【注釋】

① 晡：傍晚。

② 廳事：官署視事問案的廳堂。

③ 敕：下令。

④箕帚：借指妻妾。

⑤褌（音坤）：褲子。

⑥甌：盆盂一類的器皿。

【譯文】

　　吳地餘杭縣的南邊有一個上湖，湖中間築有堤岸。有一個人騎馬去看戲，領著三四個人，到岑村喝酒，有點醉了，傍晚才回去。當時天氣炎熱，於是他下馬進到水中，枕著一塊石頭睡覺。馬韁繩斷了，馬跑回家，跟隨的人都去追馬，到天黑也沒有回來。這個人睡醒來，天已經晚了，看不到隨從和馬。他看見一個女子走了過來，年紀十六七歲，這個女子說：「小女子再次向您施禮。天色已晚了，這裡很可怕，你有什麼打算？」這個人就問：「你姓什麼？我們怎麼會突然相遇？」又來了一個少年，年紀十三四歲，非常聰明伶俐，坐著新車，車後跟著二十個人。來到後，就叫這個人上車，說：「我父親想見你。」於是轉車往回走。途中火把一個接一個，照見城市裡的房屋。進城以後，來到官府辦公的地方，那裡掛著一面旗幟，上面寫著「河伯信」。不久，他看見一個人，年紀有三十多歲，臉色像畫上的一樣，侍衛眾多。那個人見到他很高興，下令擺上酒肉款待，他說：「我有一個女兒，很聰明，想要給你做妻子。」這個人知道他是河神，不敢拒絕他。河伯就命令準備各種東西，馬上舉行婚禮。於是就拿絲布單衣和紗袷衣、絹裙、紗衫褲、鞋子給這個人，都是些精美絕倫的東西。又撥給他十個僕人、幾十個婢女。他的妻子十八九歲，相貌十分漂亮，他們就成了婚。婚後三天，設宴大會賓客回門。第四天，河伯說：「婚禮既然有規定，就打發他回家去。」告別的時候，妻子拿金盆、麝香囊給丈夫，哭著分別。又給丈夫銅錢十萬、藥方三卷，說：「你可以用這些東西施功布德。」又說：「我十年後會去接你。」這個人於是回了家，不肯再結婚，告別家人，出家做了道人。他得到的三卷藥方是脈經一卷、湯方一卷、丸方一卷。他到處給人治病，藥方都很靈驗。後來他的母親年老，哥哥又死了，於是他就還俗結婚了。

華山使者

【原文】

秦始皇三十六年，使者鄭容從關東來，將入函關。西至華陰①，望見素車②白馬，從華山上下。疑其非人，道住止而待之。遂至，問鄭容曰：「安之？」答曰：「之咸陽。」車上人曰：「吾華山使也。願托一牘書，致鎬池③君所。子之咸陽，道過鎬池，見一大梓，下有文石，取款梓④，當有應者。即以書與之。」容如其言，以石款梓樹，果有人來取書。明年，祖龍⑤死。

【注釋】

①陰：山的北面。

②素車：白車。

③鎬池：古池名。故地在今陝西西安西。

④款：叩，敲擊。梓：一種樹名。

⑤祖龍：指秦始皇。

【譯文】

秦始皇三十六年，使者鄭容從關東回來，將要進入函谷關，他向西走到華山北面，遠遠望見白車白馬從華山上下來。他懷疑那車中坐的不是人，就在路上停下來等待，白車白馬過來了，裡面的人問鄭容：「你要到哪裡去？」鄭容回答說：「我要到咸陽去。」車上的人說：「我是華山神的使者。我想托你幫忙帶一封信，送到鎬池君那裡。您去咸陽，將路過鎬池，在那裡你會看見一棵大梓樹，樹下有一塊帶有花紋的石頭，你拿起石頭敲梓樹，應當有人出來接應，你就把信交給他。」鄭容按照他說的話，用石頭敲那棵梓樹，果然有人來拿信。第二年，秦始皇便死了。

張璞投女

【原文】

　　張璞字公直，不知何許人也。為吳郡①太守，徵還，道由廬山。子女觀於祠室，婢使指像人以戲曰：「以此配汝。」其夜，璞妻夢廬君致聘曰：「鄙男不肖，感垂採擇，用致微意。」妻覺，怪之。婢言其情。於是妻懼，催璞速發。中流，舟不為行，闔②船震恐。乃皆投物於水，船猶不行。或曰：「投女。」則船為進。皆曰：「神意已可知也。以一女而滅一門，奈何？」璞曰：「吾不忍見之。」乃上飛廬臥，使妻沉女於水。妻因以璞亡兄孤女代之。置席水中，女坐其上，船乃得去。璞見女之在也，怒曰：「吾何面目於當世也。」乃復投己女。及得渡，遙見二女在下。有吏立於岸側，曰：「吾廬君主簿③也。廬君謝④君？知鬼神非匹，又敬君之義，故悉還二女。」後問女，言：「但見好屋吏卒，不覺在水中也。」

【注釋】

①吳郡：古郡名。郡治在今江蘇蘇州。

②闔：全，整個。

③主簿：官名。漢代中央及郡縣官署多置之。其職責為主管文書，辦理事務。

④謝：道歉。

【譯文】

　　張璞，字公直，不知道是什麼地方的人。任吳郡太守，朝廷徵召他回京城，經過廬山。他的女兒到廬山神廟遊玩，婢女指著其中一個神開玩笑說：「拿這個做你的丈夫。」那天夜裡，張璞的妻子夢見廬山神送

來訂婚的聘書，說：「我的兒子不成材，感謝你們選擇他做女婿，送上這點聘禮表達我微薄的心意。」張璞的妻子醒來，覺得很奇怪。婢女就把情由告訴了她，她害怕起來，催促張璞趕快開船出發。到了河中央，船走不動了，全船的人都非常震驚害怕，於是都往水裡投東西，但是船還是不往前行。有人說：「把女兒投進水裡，船就能走了。」眾人都說：「神的意思已經很明白了，為了一個女兒害死全家人，為什麼？」張璞說：「我不忍心看見女兒投水。」於是他就爬到船艙上的小樓裡躺下，吩咐妻子把自己的女兒投進水裡。他妻子就拿他死去的哥哥的女兒代替自己的女兒，在水面上放一張蓆子，讓那女孩坐在蓆子上面。船這才能夠開動。張璞起來看見自己的女兒還在，生氣地說：「我還有什麼臉面活在這個世上！」於是又把自己的女兒投進水裡。等過了河，他們遠遠望見兩個女孩在渡口下面。有一個官員站在岸邊，說：「我是盧山神的主簿。盧山神向你致歉，他知道鬼神與人不能婚配，又敬佩你的仁義，所以送還兩個女孩。」後來詢問女兒，她們說：「只看見漂亮的房子和官吏士卒，不覺得那是在水裡面。」

建康小吏

【原文】

　　建康小吏曹著，為盧山使所迎，配以女婉。著形意①不安，屢屢求請退。婉潸然②垂涕，賦詩序③別，並贈織成褌④衫。

【注釋】

①形意：指內心。
②潸（音珊）然：流淚的樣子。
③序：古代指送別贈言的文字。
④褌：指褲子。

【譯文】

　　建康郡的小吏曹著，被廬山神的使者接了去，廬山神把名叫婉的女兒許配給他。曹著內心很不安，多次請求退婚下山。婉淚流滿面，做了一首詩和他告別，並送給他一套用絲織成的褲子衣衫。

宮亭湖孤石廟二女

【原文】

　　宮亭湖^①孤石廟，嘗有估客^②至都，經其廟下，見二女子，云：「可為買兩量絲履，自相厚報。」估客至都，市好絲履，並箱盛之。自市書刀^③，亦內箱中。既還，以箱及香置廟中而去，忘取書刀。至河中流，忽有鯉魚跳入船內，破魚腹，得書刀焉。

【注釋】

① 宮亭湖：鄱陽湖的古名。
② 估客：商人。
③ 書刀：在竹木簡上刻字或削改的刀。

【譯文】

　　宮亭湖邊有座孤石廟，曾經有一個商人到都城去，經過這廟下的時候，看見兩位姑娘對他說：「希望您能給我們買兩雙絲鞋來，我們一定會重重報答您。」這商人到了都城，買了好看的絲鞋，都裝在一隻箱子裡，他自己買的一把寫字時用來削改竹簡的書刀也放在箱子裡。回到廟後，他把箱子和香放在廟裡就走了，卻忘了取走書刀。他的船剛行到河中央，忽然有一條鯉魚跳進他的船裡。他把魚肚子剖開，竟從裡面得到了書刀。

宮亭湖廟神

【原文】

　　南州人有遣吏獻犀簪於孫權者，舟過宮亭廟而乞靈焉。神忽下教曰：「須汝犀簪。」吏惶遽不敢應。俄而①犀簪已前列矣。神復下教曰：「俟汝至石頭城，返汝簪。」吏不得已，遂行，自分失簪，且得死罪。比達石頭，忽有大鯉魚，長三尺，躍入舟。剖之，得簪。

【注釋】

①俄而：一會兒。

【譯文】

　　南州有個人派小吏給孫權進獻犀牛角製成的簪子，船經過宮亭廟，這小吏就到宮亭廟中祈求神靈保佑。可那神靈忽然傳話說：「我要你的犀牛角簪子。」這小吏驚恐萬分，不敢答應神靈。過了一會兒，他把犀牛角簪子放到了神像的前面。那神靈又傳話說：「等你到了石頭城，我就把簪子還給你。」這小吏也無可奈何，就走了。他自知丟了這簪子，將會被判為死罪。哪裡知道等他的船到了石頭城，忽然有一條大鯉魚，長三尺，跳進他的船裡。他把魚肚剖開，復又得到了簪子。

郭璞卜鼺鼠

【原文】

　　郭璞過江，宣城太守殷佑引為參軍①。時有一物，大如水牛，灰色，卑腳，腳類象，胸前尾上皆白，大力而遲鈍，來到城下。眾咸怪焉。佑使人伏而取之。令璞作卦，遇「遯」

之「蠱」，名曰「驢鼠」。卜適了，伏者以戟刺，深尺餘。郡綱紀②上祠請殺之。巫云：「廟神不悅。此是宮亭廬山君使。至荊山，暫來過我，不須觸之。」遂去，不復見。

【注釋】
① 參軍：官名。
② 綱紀：古代公府及州郡主簿。

【譯文】

　　郭璞過了長江，宣城郡太守殷佑推薦他當了參軍。當時有一個怪物，有水牛那麼大，灰顏色，矮腳，腳的樣子像大象，胸前和尾巴都是白色的，力氣很大，但行動遲鈍，來到宣城郡城下。眾人看見這怪物都覺得很奇怪。殷佑派人埋伏下來把它逮住了，讓郭璞算卦，得到的是「遯（音遁）」卦與「蠱（音古）」卦，原來這怪物叫作「驢鼠」。卦剛卜完，埋伏的人就用戟刺這怪物，刺進去有一尺多深。宣城郡的綱紀到神祠裡請求把它殺了。神祠的巫婆說：「神祠裡的神靈對你們的做法很惱火。這是宮亭湖畔廬山神的使者，要到荊山去，臨時經過我們這裡。你們不要去驚擾它。」於是讓這怪物走了，從此再也沒有出現。

青洪君婢

【原文】

　　廬陵歐明，從賈客①，道經彭澤湖，每以舟中所有，多少投湖中，云：「以為禮。」積數年後，復過，忽見湖中有大道，上多風塵。有數吏，乘車馬來候明，云：「是青洪君使要。」須臾②達，見有府舍，門下吏卒。明甚怖。吏曰：「無可怖！青洪君感君前後有禮，故要③君，必有重遺君者。君勿取，獨求『如願』耳。」明既見青洪君，乃求「如願」，

使逐明去。如願者，青洪君婢也。明將歸，所願輒得，數年，大富。

【注釋】

① 賈客：商人。

② 須臾：一會兒，即刻。

③ 要：通「邀」，邀請。

【譯文】

　　廬陵郡人歐明，跟隨商人做生意，路過彭澤湖，每次總是把船裡的東西或多或少地丟一點到湖裡，說：「作為我的禮物吧。」幾年後，他又一次經過彭澤湖，忽然看見湖中有一條大路，路上有很多與人世間一樣的景象。有幾個小吏駕著馬車來迎接歐明，說是青洪君派他們來邀請他的。一會兒歐明便到了那裡，只看見有官府房屋，門口還有差役把守，歐明很害怕。那小吏說：「沒有什麼可害怕的。青洪君感謝您始終有禮，所以邀請您。他肯定會有貴重的物品送給您，可您別拿，只要求個『如願』就行了。」歐明見了青洪君後，就向他要「如願」，青洪君就讓如願跟著歐明走了。如願，是青洪君的婢女。歐明帶著她回家，自此，他的願望總能實現，幾年過後，他就極其富裕了。

黃石公祠

【原文】

　　益州之西，雲南之東，有神祠，山石為室，下有神，奉祠之，自稱黃公。因言此神，張良所受黃石公之靈也①。清淨不宰殺。諸祈禱者，持一百錢、一雙筆、一丸墨，置石室中，前請乞。先聞石室中有聲，須臾，問：「來人何欲？」既言，便具語吉凶，不見其形。至今如此。

【注釋】

① 張良：字子房，漢初傑出的謀略家、政治家。黃石公：秦末漢初的隱
　　士。

【譯文】

　　益州的西面，雲南的東面，有一座神祠。開鑿山石作為廟室，室內
有神，百姓敬奉祭祀他，他自稱黃公，於是人們就說這是指點張良的黃
石公的神靈，神祠清靜素潔，不主張殺生。凡是祈禱的人，只要拿一百
文錢、兩支筆、一塊墨放在那石室中，便可以走上前去乞求了。先聽見
石室中有聲音，過了一會兒，裡邊就問：「來祈禱的人有什麼要求？」
祈禱的人說完，他就一一說明吉凶，但不顯現他的形體。這情況直到今
天還是這樣。

樊道基顯神

【原文】

　　永嘉中，有神見①兗州，自稱樊道基。有嫗②，號成夫
人。夫人好音樂，能彈箜篌③，聞人絃歌，輒便起舞。

【注釋】

① 見：通「現」，顯現，出現。
② 嫗：老婦人。
③ 箜篌（音空侯）：古代一種撥絃樂器。

【譯文】

　　永嘉年間，有個神仙在兗州顯現，自稱是樊道基。有個老婦人，叫
成夫人。成夫人喜歡音樂，會彈箜篌，她聽見別人奏樂歌唱，馬上就跳
起舞來。

戴文謀疑神

【原文】

　　沛國戴文謀，隱居陽城山中。曾於客堂食際，忽聞有神呼曰：「我天帝使者，欲下憑君，可乎？」文聞甚驚。又曰：「君疑我也？」文乃跪曰：「居貧，恐不足降下耳。」既而灑掃設位，朝夕進食，甚謹。後於室內竊言之。婦曰：「此恐是妖魅憑依耳。」文曰：「我亦疑之。」及祠饗①之時，神乃言曰：「吾相從方欲相利，不意有疑心異議。」文辭謝之際，忽堂上如數十人呼聲，出視之，見一大鳥五色，白鳩②數十隨之，東北入雲而去，遂不見。

【注釋】

①祠饗：祠神時祭獻食物。
②鳩：鳥的一種。

【譯文】

　　沛國人戴文謀，在陽城山中隱居。有一次在客堂吃飯的時候，忽然聽見有神說：「我是天帝的使者，想降下來依憑於你，可以嗎？」戴文謀聽了非常吃驚。神又說：「你懷疑我嗎？」戴文謀於是跪下說：「我家境貧寒，恐怕不值得你降臨。」隨後他打掃屋子，設立神位，早晚祭獻食品，十分恭謹。後來，他和妻子在內室悄悄議論這件事。妻子說：「這恐怕是妖怪來依附。」戴文謀說：「我也懷疑它。」到了祭獻食物的時候，神就說：「我來依附你，正準備讓你受益，沒想到你們存有疑心。」戴文謀連忙謝罪，忽然客堂屋上好像有幾十個人的呼喊聲。他出來一看，只見一隻五彩的大鳥，有幾十隻白鳩跟隨著，往東北方向飛去，鑽進雲裡，最後消失不見。

糜竺逢天使

【原文】

　　糜竺，字子仲，東海胊①人也。祖世貨殖，家資巨萬②。常從洛歸，未至家數十里，見路次有一好新婦，從竺求寄載。行可二十餘里，新婦謝去，謂竺曰：「我天使也，當往燒東海糜竺家。感君見載，故以相語。」竺因私請之。婦曰：「不可得不燒。如此，君可快去，我當緩行。日中必火發。」竺乃急行歸，達家，便移出財物。日中而火大發。

【注釋】

①胊（音渠）：縣名。在今江蘇連雲港西南。
②巨萬：形容數量很大。

【譯文】

　　糜竺，字子仲，東海郡胊縣人。他祖祖輩輩經商，家中財產數以萬計。有一次他從洛陽回家，離家還有幾十里，在路上碰到一個漂亮的媳婦，向他請求搭車。糜竺讓她上車後，走了大約二十多里，媳婦向他道謝告別，她對糜竺說：「我是天帝的使者。要去燒掉東海郡糜竺的家，感謝你讓我搭了車，所以把這個消息告訴你。」糜竺聽了後就私下向她求情。那媳婦說：「不燒是不可能的。這樣吧，既然是你家，你就趕快回去。我慢慢地走，但到中午一定會起火。」糜竺就急忙趕回家，到家後，便把所有的財物都搬了出來。到了中午，大火就熊熊地燃燒起來了。

陰子方祀灶

【原文】

漢宣帝時，南陽陰子方者，性至孝，積恩好施，喜祀灶。臘日，晨炊，而灶神形見。子方再拜受慶，家有黃羊，因以祀之。自是已後，暴至巨富。田七百餘頃，輿①馬僕隸，比於邦君。子方嘗言：我子孫必將強大，至識三世，而遂繁昌。家凡四侯，牧守數十。故後子孫嘗以臘日祀灶，而薦黃羊焉。

【注釋】

①輿：車。

【譯文】

漢宣帝的時候，南陽郡有個叫陰子方的人，非常孝順，常常樂善好施、積累功德。他喜歡祭灶。臘日那天，他早上做飯，灶神顯形。陰子方再三拜謝慶賀，他家裡有一頭黃羊，於是就拿它來祭祀灶神。從此以後，他家很快變得非常富有。有田七百多頃，車馬奴僕多得能比得上地方長官。陰子方曾經說：「我的子孫必將興旺發達。」到第三代孫陰識的時候，他家就繁茂昌盛了。他家有四個人封侯，有幾十個人做了州郡長官。因此後來他的子孫經常在臘日那天祭灶，供奉黃羊。

張成見蠶神

【原文】

吳縣張成，夜起，忽見一婦人立於宅南角，舉手招成曰：「此是君家之蠶室，我即此地之神。明年正月十五，宜

作白粥，泛膏①於上。」以後年年大得蠶。今之作膏糜②像此。

卷四

【注釋】

① 膏：脂油。

② 糜：粥。

【譯文】

　　吳縣人張成，有一天晚上起床，忽然看見一個女子站在他房間的南邊角，揮著手招呼張成說：「這是你家的養蠶房，我就是這裡的神仙。明年正月十五，你要煮點白米粥，在上面放一層油脂。」以後張成每年都得到很多的蠶。現在人們也像這樣做油脂白粥。

戴 侯 祠

【原文】

　　豫章有戴氏女，久病不差①。見一小石，形像偶人②，女謂曰：「爾有人形，豈神？能差我宿疾者，吾將重③汝。」其夜，夢有人告之：「吾將佑汝。」自後疾漸差。遂為立祠山下，戴氏為巫，故名戴侯祠。

【注釋】

① 差：病癒。

② 偶人：用土木陶瓷等製成的人像。

③ 重：尊重。這裡指作為神祭祀。

【譯文】

　　豫章郡有一個姓戴的女子，得了病很久也不見好。一次她看見一塊

小石頭，形狀像個小人。這女子就對它說：「你有人的形狀，難道是個神仙？你如果能治好我的老毛病，我一定會將你作為神供奉。」那天夜裡，這女子夢見有人告訴她：「我將保佑你。」從此以後，她的病就漸漸好了。於是她就在山下為這石人建造了一座神廟，這姓戴的女子做了裡面的女巫，所以這廟取名為戴侯祠。

劉玘死為神

【原文】

漢陽羨長劉玘嘗言：「我死當為神。」一夕①飲醉，無病而卒。風雨，失其樞②。夜聞荊山有數千人喊聲。鄉民往視之，則棺已成冢③。遂改為君山，因④立祠祀之。

【注釋】

① 夕：指晚上。

② 樞：裝有屍體的棺材。

③ 冢：墳墓。

④ 因：於是，就。

【譯文】

漢朝陽羨縣長官劉玘（音起）曾經說：「我死了會成仙。」一天晚上他喝醉了，沒生病就死了。當天風雨很大，把他的棺材刮走了。晚上人們聽見荊山上有幾千個人的呼喊聲。鄉里的百姓趕去那裡看，發現棺材已經埋在墳墓裡了。於是人們把荊山改稱為君山，同時建造了祠堂祭祀他。

卷

五

蔣子文成神

【原文】

蔣子文者，廣陵①人也。嗜酒好色，挑撻②無度。常自謂己骨清，死當為神。漢末，為秣陵③尉，逐賊至鍾山④下，賊擊傷額，因解綬⑤縛之，有頃遂死。及吳先主之初，其故吏見文於道，乘白馬，執白羽，侍從如平生。見者驚走，文追之，謂曰：「我當為此土地神，以福爾下民。爾可宣告百姓，為我立祠。不爾，將有大咎。」是歲夏，大疫，百姓竊相恐動，頗有竊祠之者矣。文又下巫祝：「吾將大啟佑孫氏，宜為我立祠；不爾，將使蟲入人耳為災。」俄而小蟲如塵虻⑥，入耳皆死，醫不能治。百姓愈恐，孫主未之信也。又下巫祝：「若不祀我，將又以大火為災。」是歲，火災大發，一日數十處。火及公宮。議者以為鬼有所歸，乃不為厲⑦，宜有以撫之。於是使使者封子文為中都侯，次弟子緒為長水校尉，皆加印綬。為立廟堂。轉號鍾山為蔣山，今建康⑧東北蔣山是也。自是災厲止息，百姓遂大事之。

【注釋】

① 廣陵：古郡名。郡治在今江蘇揚州。
② 挑撻：輕薄放蕩。
③ 秣陵：古縣名。在今江蘇南京附近。
④ 鍾山：今江蘇南京紫金山。
⑤ 綬：衣帶。
⑥ 塵虻：一種比蚊子小的飛蟲。
⑦ 厲：惡。
⑧ 建康：地名。今江蘇南京。

【譯文】

　　蔣子文，是廣陵郡人。他喜歡喝酒，喜愛女色，輕薄放蕩，不拘禮法。子文常常說自己：「我的骨相清高，死了會做神仙。」漢朝末年，子文當了秣陵縣尉，有一次追趕賊寇來到鍾山腳下，賊寇打傷了他的前額，解下衣帶把他綁了，過了一會兒他就死了。到孫權建立吳國的時候，蔣子文原來的部下在路上碰見了他，看見他騎著白馬，拿著白羽扇，就像他活著的時候那樣有隨從跟著。看見的人大吃一驚，嚇得轉身就逃。蔣子文緊追上來，對他說：「我就要做這裡的土地神了，來為這裡的百姓造福。你可以告訴百姓，讓他們為我建立祠廟。否則，就會有大災難降臨。」這年夏天，瘟疫流行，老百姓都暗自驚懼，於是就有了偷偷為他立祠供奉的人。蔣子文又傳旨給巫祝：「我將大大地保佑孫氏，所以應該給我建立祠廟；不然，我將讓蟲子鑽進人的耳朵裡造成災難。」不久，就有像蚊子那樣的小蟲，一鑽進人的耳朵裡，人就死了，無藥可治。老百姓更加恐慌。孫權仍然不相信這件事。蔣子文又傳言巫祝說：「如果不祭我，我又將用大火讓你們遭殃。」這一年，火災嚴重，一天就有幾十個地方被燒掉，大火還燒到了王宮。議論的人認為鬼有了歸宿，就不會再製造災難了，所以應該採取一些措施安撫他。於是孫權便派了使者去封蔣子文為中都侯，封他的二弟蔣子緒為長水校尉，都加贈印綬。並給他們建立廟堂。改鍾山為蔣山，就是現在建康東北的蔣山。此次以後，災難不再發生，老百姓就大肆供奉祭祀蔣侯了。

蔣侯召劉赤父

【原文】

　　劉赤父者，夢蔣侯召為主簿。期日促①，乃往廟陳請：「母老子弱，情事過切②，乞蒙放恕③。會稽魏過，多材藝，善事神。請舉過自代。」因叩頭流血。廟祝④曰：「特願相屈⑤。魏過何人，而有斯舉？」赤父固請，終不許。尋⑥而赤父死焉。

【注釋】

①期日：約定的時間。促：近，時間緊迫。

②切：緊急。

③乞蒙放恕：求您多多寬恕。蒙：受。

④廟祝：廟宇中管香火的人。

⑤特願相屈：只希望你能屈就。特：只。

⑥尋：頃刻，不久。

【譯文】

　　有個叫劉赤父的人，夢見蔣侯召他當主簿。限定的日期很緊迫，於是他就到蔣山廟裡陳述請求道：「我母親年邁，兒子幼弱，這件事過於急切，求您多多寬恕。會稽郡的魏過，多才多藝，善於侍奉神仙。請您提拔魏過來替代我。」接著拚命磕頭，流了血。廟裡主管香火的人說：「只是委屈你擔任這個職務。魏過是什麼人，你這樣推舉他？」劉赤父堅決請求，但始終沒有被允許。不久，劉赤父就死了。

蔣山廟戲婚

【原文】

　　咸、寧中①，太常卿韓伯子某，會稽內史王蘊子某，光祿大夫劉耽子某，同遊蔣山廟。廟有數婦人像，甚端正。某等醉，各指像以戲，自相配匹。即以其夕，三人同夢蔣侯遣傳教相聞，曰：「家子女並醜陋，而猥垂榮顧。輒刻某日，悉相奉迎。」某等以其夢指適異常，試往相問，而果各得此夢，符協如一。於是大懼，備三牲，詣廟謝罪乞哀。又俱夢蔣侯親來降已，曰：「君等既已顧之，實貪會對，剋期垂及，豈容方更中悔？」經少時並亡。

【注釋】

①咸、寧中：咸安、寧康年間。

【譯文】

　　咸安、寧康年間，太常卿韓伯的兒子韓某、會稽內史王蘊的兒子王某、光祿大夫劉耽的兒子劉某，一起遊覽蔣山廟。廟裡有幾尊婦女的神像，容貌十分端正。他們三個人喝醉了，指著這些婦女的神像開起玩笑來，說和自己結成夫妻。就在當天晚上，三個人一同夢見蔣侯派人傳達旨意，說：「我家的閨女都生得很醜，承蒙你們看得起。我就定好日子，把你們都接了來吧。」這三個人因為自己的夢不同平常，所以試探著互相詢問，果然各人都做了同一個夢，夢見的事一模一樣。他們十分恐懼，於是準備了牛、羊、豬等祭品，到蔣山廟謝罪，乞求蔣侯饒恕。晚上他們又都夢見蔣侯親自來對他們說：「你們既然已經眷念我的女兒，實際上是貪戀馬上見面的。約定的日期快到了，哪能作更改、中途變卦呢？」過了不久，這三個人都死了。

蔣侯與吳望子

【原文】

　　會稽鄮①縣東野有女子，姓吳，字望子，年十六，姿容可愛。其鄉里有解鼓舞神者，要之，便往。緣塘行，半路忽見一貴人，端正非常。貴人乘船，挺力②十餘，皆整頓。令人問望子：「欲何之？」具以事對。貴人云：「今正欲往彼，便可入船共去。」望子辭不敢。忽然不見。望子既拜神座，見向船中貴人，儼然③端坐，即蔣侯像也。問望子：「來何遲？」因擲兩橘與之。數數形見，遂隆情好。心有所欲，輒空中下之。嘗思啖④鯉，一雙鮮鯉隨心而至。望子芳香⑤，流聞數里，頗有神驗，一邑共事奉。經三年，望子忽生外意，

神便絕往來。

【注釋】

①鄮（音貿）：古縣名。秦置，漢屬會稽郡，在今浙江鄞縣東。

②挺力：出力，用力。這裡指用力划船的人。

③儼然：莊重嚴肅的樣子。

④啖：吃。

⑤芳香：這裡指望子神異的名聲。

【譯文】

　　會稽郡鄮縣東郊，有一個女子，姓吳，字望子，年方十六歲，長得十分漂亮可愛。她的鄉鄰有人要去擊鼓跳舞娛樂神，邀請她，她就一起去了。他們沿著堤岸走，半路忽然遇到一個貴人，相貌非常英俊。貴人乘的船，有十多個划船的僕人，個個穿戴得整齊端正。貴人叫人去問望子：「要到哪裡去？」望子一一回答了。貴人說：「我現在正要去那裡，你可以上船一起走。」望子推辭不敢上船。船忽然不見了。後來望子到廟裡拜神，看見剛才在船上的貴人，正端坐在廟裡，就是蔣侯的神像。蔣侯問望子：「怎麼來得這麼晚？」於是拋了兩個橘子給她。蔣侯多次顯形相見，於是和望子感情增長，十分相愛。望子心裡想什麼，就會從天上降下什麼。她曾經想吃鯉魚，一對鮮鯉魚緊接著就出現了。望子神異的名聲在附近數里的範圍到處流傳，她很靈驗。全縣的人都來供奉她。過了三年，望子忽然起了外心，蔣侯神就跟她斷絕了往來。

蔣侯助殺虎

【原文】

　　陳郡謝玉為琅邪內史，在京城。所在虎暴，殺人甚眾。有一人，以小船載年少婦，以大刀插著船，挾暮來至邏所。

將出語云：「此間頃來甚多草穢①，君載細小②，作此輕行，大為不易。可止邏宿也。」相問訊既畢，邏將適還去。其婦上岸，便為虎將去。其夫拔刀大喚，欲逐之。先奉事蔣侯，乃喚求助。如此當行十里，忽如有一黑衣為之導，其人隨之，當復二十里，見大樹。既至一穴，虎子聞行聲，謂其母至，皆走出，其人即其所殺之。便拔刀隱樹側，住良久，虎方至，便下婦著地，倒牽入穴。其人以刀當腰斫斷之。虎既死，其婦故活。向曉能語。問之，云：「虎初取，便負著背上，臨至而後下之。四體無他，止為草木傷耳。」扶歸還船。明夜，夢一人語之曰：「蔣侯使助汝，知否？」至家，殺豬祠焉。

【注釋】

① 草穢：代指老虎。

② 細小：指家眷。

【譯文】

　　陳郡人謝玉，任琅邪郡內史，住在京城，那一帶老虎橫行，吃了很多人。有一個人，用小船載著他年輕的妻子，把大刀插在船上，趕在天黑前來到巡邏地帶。巡邏的將官出來告訴他說：「這裡近來常有老虎，您帶著家眷，做這樣輕率的行動，是非常不適當的。你可以在哨所過夜。」他們互相問詢行禮後，巡邏的將官就回去了。他妻子剛上岸，就被老虎抓走了；她丈夫拔刀大喊，想追上去。先前他曾供奉過蔣侯，所以就呼喚著蔣子文的名字祈求幫助。像這樣大約走了十來里，忽然有一個身穿黑衣服的人來給他引路。他緊跟著這個黑衣人，大概又走了二十里，看見一棵大樹。然後來到一個洞穴口，洞穴裡的小老虎聽見聲音，以為是它們的母親回來了，就都跑了出來。那人便走上前把它們都殺了，接著又拔刀隱蔽在樹旁。過了很長一段時間，那母老虎才到，便把他妻子扔在地上，倒退著拉往洞中。那人用刀把老虎攔腰砍斷。老虎已

經死了，他的妻子還活著，到拂曉的時候就能講話了。他問妻子，妻子回答說：「老虎剛抓住我，便把我背在背上。到了這兒才把我放了下來。我的四肢沒什麼損傷，只是被草木刮傷了一點罷了。」那人就扶著妻子回到船上。第二天晚上，他夢見一個人對他說：「蔣侯派我來幫助你，你知道嗎？」這個人回到家裡，就殺了豬來祭祀蔣子文。

丁姑渡江

【原文】

　　淮南全椒①縣有丁新婦者，本丹陽丁氏女，年十六，適全椒謝家。其姑嚴酷，使役有程，不如限者，仍便笞捶不可堪。九月九日，乃自經②死。遂有靈響，聞於民間。發言於巫祝曰：「念人家婦女，作息不倦，使避九月九日，勿用做事。」見形，著縹衣③，戴青蓋，從一婢，至牛渚津④，求渡。有兩男子共乘船捕魚，仍呼求載。兩男子笑共調弄之，言：「聽我為婦，當相渡也。」丁嫗曰：「謂汝是佳人，而無所知。汝是人，當使汝入泥死；是鬼，使汝入水。」便卻入草中。須臾，有一老翁乘船載葦。嫗從索渡。翁曰：「船上無裝，豈可露渡？恐不中載耳。」嫗言無苦。翁因出葦半許，安處著船中，徑渡之。至南岸，臨去，語翁曰：「吾是鬼神，非人也，自能得過。然宜使民間粗相聞知。翁之厚意，出葦相渡，深有慚感，當有以相謝者。若翁速還去，必有所見，亦當有所得也。」翁曰：「恐燥濕不至，何敢蒙謝。」翁還西岸，見兩男子覆水中。進前數里，有魚千數跳躍水邊，風吹至岸上。翁遂棄葦，載魚以歸。於是丁嫗遂還丹陽。江南人皆呼為丁姑。九月九日，不用做事，咸以為息日也。今所在祠之。

【注釋】

① 全椒：縣名。魏晉時屬淮南郡，即今安徽滁州全椒縣。
② 自經：自殺。
③ 縹衣：淡青色的衣服。
④ 牛渚津：長江渡口名。在安徽當塗西北牛渚山下。

【譯文】

　　淮南郡全椒縣有一個姓丁的媳婦，她本來是丹陽縣丁家的女兒，十六歲嫁到全椒縣謝家。她的婆婆嚴厲凶狠，役使勞作規定很多，做不到限額，便用鞭子抽她，打得她不能忍受。九月九日那天，她就上吊死了。於是就有了神靈顯應，在老百姓當中流傳。丁婦通過巫祝發話說：「給人家做媳婦的，每天勞作得不到休息，讓她們九月九日這一天免掉勞作。」丁婦顯形，身穿淡青色的衣服，頭戴黑色的頭巾，帶著一個婢女，來到牛渚渡口找船渡江。有兩個男人，駕著一條船在捕魚，丁婦就喊他們，請求載她們過江。兩個男人嬉笑著調戲丁婦，說：「給我做老婆，我就渡你過江。」丁婦說：「以為你們是好人，居然一點道理也不懂。你們如果是人，會讓你們死在泥土裡；如果是鬼，會讓你們死在水裡。」說完就退到草叢中去了。一會兒，有一個老翁駕著船載著蘆葦來了，丁婦上前請求老翁載她渡河。老翁說：「船上沒有篷蓋，怎麼可以露天渡江？恐怕你坐著會不舒服。」丁婦說不要緊。老翁於是從船上卸下了一些蘆葦，安置她們坐在船中，送她們渡到對岸。到了南岸，丁婦臨別時對老翁說：「我是鬼神，不是凡人，我自己能夠渡江。但應該讓老百姓稍微聽說我的事情。老人家情深義厚，卸下蘆葦來幫我渡江，我十分感激，我會有東西來報答您。如果您很快回去，必定能看到什麼，也會得到什麼。」老翁說：「我唯恐對你照顧不周，怎麼還敢接受你的答謝？」老翁回到西岸，看到兩個男人果然淹死在水裡。往前走了幾里，有成千條魚在水邊跳躍，風把它們吹到岸上。老翁於是就扔掉蘆葦，裝上魚回家了。於是丁婦就回到丹陽。江南的人都稱她為丁姑。每年九月九日那天，不用做事情，大家都休息。至今那裡還在祭祀她。

趙公明府參佐

【原文】

　　散騎侍郎①王祐，疾困，與母辭訣。既而聞有通賓者，曰：「某郡某裡某人，嘗為別駕②。」祐亦雅聞其姓字。有頃，奄然③來至，曰：「與卿士類，有自然之分，又州里，情便款然。今年國家有大事，出三將軍，分佈徵發。吾等十餘人，為趙公明府參佐④。至此倉卒，見卿有高門大屋，故來投。與卿相得，大不可言。」祐知其鬼神，曰：「不幸疾篤，死在旦夕。遭卿，以性命相乞。」答曰：「人生有死，此必然之事。死者不繫生時貴賤。吾今見領兵三千，須卿，得度簿相付。如此地難得，不宜辭之。」祐曰：「老母年高，兄弟無有，一旦死亡，前無供養。」遂欷歔⑤不能自勝。其人愴然曰：「卿位為常伯⑥，而家無餘財。向聞與尊夫人辭訣，言辭哀苦。然則卿國士也，如何可令死。吾當相為。」因起去：「明日更來。」其明日又來。祐曰：「卿許活吾，當卒恩否？」答曰：「大老子⑦業已許卿，當復相欺耶？」見其從者數百人，皆長二尺許，烏衣軍服，赤油為志。祐家擊鼓禱祀，諸鬼聞鼓聲，皆應節起舞，振袖，颯颯有聲。祐將為設酒食，辭曰：「不須。」因復起去，謂祐曰：「病在人體中，如火，當以水解之。」因取一杯水，發被灌之。又曰：「為卿留赤筆十餘枝，在薦⑧下，可與人，使簪之，出入辟惡災，舉事皆無恙。」因道曰：「王甲、李乙，吾皆與之。」遂執祐手與辭。

　　時祐得安眠，夜中忽覺，乃呼左右，令開被：「神以水灌我，將大沾濡。」開被而信有水，在上被之下，下被之上，不浸，如露之在荷。量之，得三升七合⑨。於是疾三分

愈二，數日大除。凡其所道當取者，皆死亡，唯王文英半年後乃亡。所道與赤筆人，皆經疾病及兵亂，皆亦無恙。初有妖書云：「上帝以三將軍趙公明、鍾士季各督數鬼下取人。」莫知所在。祐病差⑩，見此書，與所道趙公明合焉。

【注釋】

① 散騎侍郎：官名。即散騎常侍。在皇帝左右規諫過失，以備顧問。

② 別駕：即別駕從事史，亦稱別駕從事。漢置，為州刺史的佐吏。

③ 奄然：忽然。

④ 趙公明：魏晉時是勾人鬼魂的瘟神，後世又被奉為財神。參佐：部下，僚屬。

⑤ 欷歔（音希虛）：嘆息聲。

⑥ 常伯：周代官名。君主左右管理民事的大臣。

⑦ 大老子：魏晉時老年男人自傲的稱呼。

⑧ 薦：墊席，墊褥。

⑨ 合：量詞，一升的十分之一。

⑩ 差：病癒。

【譯文】

　　散騎侍郎王祐病得很厲害，和母親訣別。過了一會兒，他聽見通報有客人來，說：「某某郡某某鄉的某某人，曾做過別駕。」王祐平時也曾聽說過他的姓名。一會兒，客人忽然就來了，說：「我和你都是讀書人，很有緣分，又是同鄉，感情就應更加融洽。今年國家有大事，如今派出三位將軍，分佈到全國去徵集民間的人力和物資。我們這一批十幾個人，是趙公明的參佐，倉促來到這裡，看見您有高門大屋，所以前來投奔您。和您關係融洽，實在太好了。」王祐知道他們是鬼神，就說：「我不幸病重，很快就要死了。現在遇見您，我就求您救我一命。」那人回答說：「人生而有死，這是必然的事。死人和在世時的貴賤沒有關係。我現在領兵三千，需要您，如果您答應，我就把簿冊之類的事交給您。像這樣的機會實在難得，您不該推辭。」王祐說：「我老母親年事

已高，又沒有兄弟，一旦我死了，母親的身邊就沒人供養了。」說到這兒便情不自禁地哭了。那人悲哀地說：「您擔任常伯這樣的官，家裡卻沒有多餘的財物。剛才聽見您與母親訣別，說的話十分可憐。不過，您是國士，怎麼可以讓您死呢？我一定盡力幫您。」說著便起身走了，說：「我明天再來。」第二天，那人又來了。王祐說：「您答應讓我繼續活下去，真的會給我這樣的恩惠嗎？」那人回答說：「既然我已經答應了您，難道還會欺騙您？」只見他的隨從有幾百個，都身高二尺多，穿著黑色的軍裝，用紅油做標誌。王祐家擊鼓祈禱祭祀。那些鬼聽見鼓聲，都隨著鼓的節奏跳起舞來，他們揮動著衣袖，發出颯颯的響聲。王祐準備給他們置辦酒宴，那人拒絕說：「不必了。」便又起身要走，對王祐說：「你的毛病在身體中，像火一樣，應該用水來消除它。」於是他就拿來一杯水，掀開被褥澆在上面。又對王祐說：「我給您留下十幾支紅筆，放在蓆子底下，可以送給別人，讓他們當作簪子插在頭上，進進出出能避過災禍，做什麼事都能順順噹噹。」隨後他又說道：「王甲、李乙，我都給過他們了。」於是拉著王祐的手向王祐告別。

當時王祐正安然睡著，半夜忽然醒來，便招呼身邊的人，讓他們掀開被子，說：「鬼神用水澆我，我的被子肯定濕透了。」邊上的人掀開被子一看，果真有水，但這水在上面一條被子的下面，在下面一條被子的上面，就像露水在荷葉上一樣，並沒有滲到被子裡面。量一下這些水，共三升七合。這時王祐的病好了三分之二，又過了幾天就痊癒了。凡是那人說過要帶走的人，都死了，只有王文英半年後才死去。按他的說法而給了筆的人，即使經歷了疾病和戰亂，也都太平無事。起初，有妖書說：「上帝派趙公明、鍾士季等三個將軍，各自率領多個鬼下來捉人。」當時沒有人知道這些鬼在哪裡。王祐病癒後，看到這妖書，與他所碰到的那個人所說的趙公明的事完全吻合。

周式逢鬼吏

卷
五

【原文】

漢下邳周式，嘗至東海，道逢一吏，持一卷書，求寄載。行十餘里，謂式曰：「吾暫有所過，留書寄君船中，慎勿發①之。」去後，式盜②發視書，皆諸死人錄，下條有式名。須臾③，吏還，式猶視書。吏怒曰：「故以相告，而忽視之。」式叩頭流血。良久，吏曰：「感卿④遠相載，此書不可除卿名。今日已去，還家，三年勿出門，可得度也。勿道見吾書。」式還，不出，已二年餘，家皆怪之。鄰人卒亡，父怒，使往吊之。式不得已，適⑤出門，便見此吏。吏曰：「吾令汝三年勿出，而今出門，知復奈何？吾求不見，連累為鞭杖。今已見汝，無可奈何。後三日日中，當相取也。」式還，涕泣具道如此。父故不信，母晝夜與相守。至三日日中時，果見來取，便死。

【注釋】

① 發：打開。
② 盜：偷偷地，暗中地。
③ 須臾：片刻，短時間。
④ 卿：古代對人的敬稱。
⑤ 適：剛巧。

【譯文】

漢代下邳縣人周式，曾經到東海郡去，在路上碰上一個小吏，拿著一卷書，請求搭船。船行了十多里，他對周式說：「我暫時要去拜訪一個人，留下這本書寄存在您的船裡，千萬別打開。」這小吏走了以後，周式偷偷地翻開那本書，都是各個死人的名錄，下面的條目中有周式的

名字。過了一會兒，小吏回來了，周式還在看書。小吏生氣地說：「剛才我已經告誡過你，你卻忽略了我的話。」周式連忙磕頭求饒，磕得血都流出來了。過了很久，小吏說：「我雖然感激你老遠地讓我搭船，但這書上不能除去你的名字。今天你離開我以後，趕快回家，三年不要出門，這樣就可以度過難關了。千萬別說看見過我的書。」周式回家後一直不出門，已經兩年多了，家裡人都感到很奇怪。他的鄰居忽然死去，他父親很生氣，讓他去鄰居家弔唁。周式不得不去，剛出家門，就看到那個小吏。小吏說：「我叫你三年別出門，你今天卻出門了，我知道了又有什麼辦法呢？我如果說沒看見你，就會受連累遭到鞭打。現在已經看見你了，我也沒有辦法了。三天以後的中午，我會來捉你。」周式回家，痛哭流涕地把這些話都告訴了家裡人。他父親堅決不相信，他母親日日夜夜守著他。到第三天中午，果然看見那個小吏來捉他，他就死了。

張助斫李樹

【原文】

　　南頓①張助於田中種禾，見李核，欲持去，顧見空桑②，中有土，因植種，以餘漿灌溉。後人見桑中反覆生李，轉相告語。有病目痛者，息陰下，言：「李君令我目愈，謝以一豚。」目痛小疾，亦行自愈。眾犬吠聲③，盲者得視，遠近翕赫④。其下車騎常數千百，酒肉滂沱⑤。間一歲餘，張助遠出來還，見之，驚云：「此有何神，乃我所種耳。」因就斫⑥之。

【注釋】

①南頓：古縣名。在今河南項城西。

②空桑：根部枯空的桑樹。

③ 眾犬吠聲：本意為一隻狗叫，許多狗也會跟著叫起來。比喻眾人盲目
　　附和。
④ 翕（音夕）赫：盛大，顯赫，轟動。
⑤ 滂沱：本意指雨下得很大，此處指李樹旁擺滿了酒肉。
⑥ 就斫（音卓）：跑去砍了。就：接近。斫：砍。

【譯文】

　　南頓縣人張助在田裡種莊稼，看到了一顆李子核，想把它帶回去，
回頭又看見一株根部枯空的桑樹裡有土，於是他就把李子核種在了裡
面，用剩下的水澆灌。後來有人看見桑樹中反覆長出李子，就奔走相告
這件事。有一個得了眼病的人，在樹陰下休息，說：「李樹讓我的眼病
好了，我要用小豬來酬謝。」眼睛疼的小毛病，自己也就慢慢好了。大
家盲目附和，說是失明的人重見了光明，遠近轟動。李樹下常有數千車
馬前來祭祀，樹旁擺滿了酒肉。隔了一年多，張助遠行回來，看到了這
樣的場面，吃驚地說：「這裡有什麼神啊，不過是我種下的李樹而
已。」於是跑去砍了李樹。

卷六

論妖怪

【原文】

　　妖怪者，蓋精氣之依物者也。氣亂於中，物變於外。形神氣質，表裡之用也。本於五行①，通於五事②，雖消息升降，化動萬端，其於休咎之徵，皆可得域而論矣。

【注釋】

①五行：指水、火、木、金、土構成物質的五種元素，古人常以此說明宇宙萬物的起源和變化。

②五事：指貌、言、視、聽、思。

【譯文】

　　妖怪，大概是精氣依附到物體上形成的。精氣在物體內紊亂了，物體的外部就會發生改變。物體的形神和氣質，是物體內在和外在的表現。它源於水、火、木、金、土五行，通行於貌、言、視、聽、思五事，即使是消長升降，變化多端，但它在禍福的徵兆上，都可以在一定範圍內加以論述。

論山徙

【原文】

　　夏桀之時厲山①亡，秦始皇之時三山②亡，周顯王三十二年宋大丘社亡③，漢昭帝之末，陳留、昌邑社亡。京房《易傳》曰：「山默然自移，天下兵亂，社稷亡也。」故會稽山陰琅邪中有怪山，世傳本琅邪東武海中山也。時天夜，風雨晦冥，旦而見武山在焉。百姓怪之，因名曰怪山。時東武縣

山，亦一夕自亡去，識其形者，乃知其移來。今怪山下見有東武裡，蓋記山所自來，以為名也。又交州山移至青州胸縣。凡山徙，皆不極④之異也。此二事未詳其世。《尚書‧金縢》曰：「山徙者，人君不用道士，賢者不興；或祿去公室，賞罰不由君，私門成群。不救，當為易世變號。」

【注釋】

① 厲山：在湖北隨縣北。

② 三山：傳說中海上的三座神山，即蓬萊、方丈、瀛洲。

③ 周顯王三十二年：公元前337年。大丘：古地名，亦作「太丘」、「泰丘」，在今河南永城西北。

④ 不極：不正，不符合中正的準則。

【譯文】

　　夏桀時厲山消失了，秦始皇時三山消失了，周顯王三十二年，宋國的大丘社消失了，漢昭帝末年，陳留縣、昌邑縣的神社消失了。京房《易傳》中說：「山悄悄地自行移動，天下戰亂，國家滅亡。」從前會稽山陰縣琅邪山中有座怪山，傳說本來是琅邪郡東武縣海中的山，當時黑天，又颳風下雨，一片昏暗，早晨就看見武山在那裡了。百姓覺得很奇怪，因而叫它怪山。當時東武縣的山，也在一個晚上自行消失了，認識它的外形的人，才知道它移到了這裡。現在怪山腳下有個東武裡，可能是記錄這座山的來歷，才把它作為地名。另外，交州的山移到了青州胸縣。凡是山遷徙，都是不正常的怪異現象。沒有詳細的記載記錄這兩件事發生的年代。《尚書‧金縢》說：「山遷移，是因為國君不任用有道之士，賢人不被舉薦；或是祿位不掌於公室，賞罰不出於國君，權貴之家門客成群。如果不加以救治，就會改朝換代變更年號。」

龜毛兔角

【原文】

　　商紂之時，大龜生毛，兔生角，兵甲將興①之象也。

【注釋】

①兵甲將興：指戰爭即將發生。

【譯文】

　　商紂王時，有一隻大烏龜身上長毛，一隻兔子頭上長角，這是戰爭將要發生的徵兆。

馬 化 狐

【原文】

　　周宣王三十三年①，幽王②生。是歲，有馬化為狐。

【注釋】

①周宣王三十三年：公元前795年。
②幽王：周宣王之子，西周的最後一位天子。

【譯文】

　　周宣王三十三年，幽王出生。這一年，有一匹馬變成了狐狸。

地暴長

【原文】

　　周隱王二年①四月，齊地暴長，長丈餘，高一尺五寸。京房《易妖》②曰：「地四時暴長占：春、夏多吉，秋、冬多凶。」歷陽之郡，一夕淪入地中而為水澤，今麻湖是也。不知何時。《運斗樞》③曰：「邑之淪，陰吞陽，下相屠焉。」

【注釋】

① 周隱王二年：即周赧王，在位59年。周赧王二年，即公元前313年。
② 《易妖》：書名。全稱為《周易妖占》，漢代京房撰，其書已佚。
③ 《運斗樞》：書名。《春秋緯》的一種，其書已佚。

【譯文】

　　周隱王二年四月，齊國有個地方猛長，有一丈多長，一尺五寸高。京房《易妖》說：「土地四季猛長，占卜為：此事發生在春夏季多有吉事，發生在秋冬季則多有凶事。」歷陽郡城，一個晚上陷入地下成為水澤，就是現在的麻湖。不知道這是什麼時候發生的事。《運斗樞》說：「城邑的淪陷，是陰吞陽的意思，天下人將互相殘殺。」

一婦四十子

【原文】

　　周哀王八年，鄭有一婦人，生四十子。其二十人為人，二十人死。其九年，晉有豕①生人。吳赤烏七年，有婦人一生三子。

【注釋】

① 豕（音史）：豬。

【譯文】

　　周哀王八年，鄭國有一個婦女，生了四十個孩子。其中二十個長大成人，二十個死了。周哀王九年，晉國有頭豬生了個人。吳國赤烏七年，有個婦女，一胎生了三個孩子。

御人產龍

【原文】

　　周烈王六年，林碧陽君之御人①產二龍。

【注釋】

① 御人：指侍女。

【譯文】

　　周烈王六年，林碧陽君的侍女生了兩條龍。

彭生為豕禍

【原文】

　　魯嚴公八年，齊襄公田①於貝丘，見豕，從者曰：「公子彭生也。」公怒射之，豕人立而唬，公懼墜車，傷足，喪屨②。劉向以為近豕禍也。

【注釋】

① 田：打獵。

② 屨（音具）：故時用的麻、葛製成的鞋。

【譯文】

　　魯莊公八年，齊襄公在貝丘打獵，看見一頭豬，跟隨的人說：「這是公子彭生。」齊襄公發怒了，拿箭射它。那頭豬竟像人一樣站起來嘶叫。齊襄公十分驚恐，從車上摔落跌傷了腳，丟了鞋子。劉向認為這是豬製造的禍患。

蛇鬥國門

【原文】

　　魯嚴公時，有內蛇與外蛇鬥鄭南門中，內蛇死。劉向以為近蛇孽也。京房《易傳》曰：「立嗣子疑，厥①妖蛇居國門鬥。」

【注釋】

① 厥：代詞，其，它的。

【譯文】

　　魯嚴公時，鄭國城內有蛇與城外的蛇在南門搏鬥，城內的蛇死了。劉向認為是蛇在造孽。京房《易傳》說：「立嗣子有問題，它的徵兆就是妖蛇在國門處搏鬥。」

龍 鬥

搜神記

【原文】

魯昭公十九年，龍鬥於鄭時門之外洧淵[1]。劉向以為近龍孽也。京房《易傳》曰：「眾心不安，厥妖龍鬥其邑中也。」

【注釋】

[1] 時門：鄭國城門名。洧（音委）：水名。即今河南雙洎河。

【譯文】

魯昭公十九年，兩條龍在鄭國時門外洧水的深淵裡打鬥。劉向認為這是龍在作孽。京房《易傳》說：「民心不安定，所以龍在城邑中打鬥。」

九蛇繞柱

【原文】

魯定公元年，有九蛇繞柱，占以為九世廟不祀，乃立煬宮[1]。

【注釋】

[1] 煬宮：祭祀魯煬公的廟。魯煬公是魯國的第二代國君，周公之孫，伯禽之子。

【譯文】

魯定公元年，有九條蛇纏繞在柱子上，占卜認為是九世祖廟沒人祭

祀，於是建立了煬宮。

馬生人

【原文】

　　秦孝公二十一年，有馬生人。昭王二十年，牡馬^①生子
而死。劉向以為皆馬禍也。京房《易傳》曰：「方伯分威，
厥^②牧馬生子。上無天子，諸侯相伐，厥妖馬生人。」

【注釋】

① 牡馬：公馬。
② 厥：代詞，其，它的。

【譯文】

　　秦孝公二十一年，有匹馬生下一個人。秦昭王二十年，有匹公馬生
下小馬就死了。劉向認為這都是馬惹的禍。京房《易傳》說：「諸侯侵
犯天子的權威，它的徵兆就是公馬生小馬。國家沒有天子，諸侯互相征
伐，它的徵兆就是馬生下人。」

女子化為丈夫

【原文】

　　魏襄王十三年，有女子化為丈夫，與妻生子。京房《易
傳》曰：「女子化為丈夫，茲謂陰昌，賤人為王。丈夫化為
女子，茲謂陰勝陽，厥咎^①亡。」一曰：「男化為女宮刑濫，
女化為男婦政行也。」

【注釋】

① 咎：災禍。

【譯文】

　　魏襄王十三年，有一個女人變成了男人，並且娶妻生子。京房《易傳》說：「女人變成男人，這叫作陰氣昌盛，下賤的人稱王。男人變成女人，這叫作陰勝過陽，它的災禍就是國家滅亡。」另一種說法是：「男人變成女人，是濫施宮刑的結果；女人變成男人，是婦人當政的結果。」

五 足 牛

【原文】

　　秦惠文王五年，游朐衍①，有獻五足牛。時秦世大用民力，天下叛之。京房《易傳》曰：「興繇役②，奪民時，厥③妖牛生五足。」

【注釋】

① 朐（音渠）衍：戰國時北方少數民族，也用來指其所生活的地方。
② 繇役：即徭役。
③ 厥：代詞，其，它的。

【譯文】

　　秦惠文王五年，巡遊朐衍，有人進獻五隻腳的牛。當時秦國大肆徵用民力，天下的人都反對他。京房《易傳》說：「大興徭役，搶奪農時，它的徵兆就是牛生出五隻腳。」

臨洮大人

【原文】

秦始皇二十六年，有大人長五丈，足履六尺，皆夷狄服。凡十二人，見於臨洮①，乃作金人十二，以象之。

【注釋】

① 臨洮：古縣名。在今甘肅岷縣。

【譯文】

秦始皇二十六年，有巨人身高五丈，腳上的鞋子長六尺，他們都穿著外族的服飾，一共十二個人，出現在臨洮縣，人們於是照他們的樣子鑄造了十二個金人。

龍現井中

【原文】

漢惠帝二年正月癸酉旦，有兩龍現於蘭陵①廷東里溫陵井中，至乙亥夜去。京房《易傳》曰：「有德遭害，厥妖龍見井中。」又曰：「行刑暴惡，黑龍從井出。」

【注釋】

① 蘭陵：古縣名。縣治在今山東蒼山西南蘭陵鎮。

【譯文】

漢惠帝二年正月癸酉那一天早晨，有兩條龍出現在蘭陵縣廷東里溫陵井中，到了乙亥那一天的夜裡才離去。京房《易傳》說：「有德行的

人被迫害，它的徵兆就是龍出現在井中。」還有一種說法是：「施行刑法殘暴，黑龍就從井中出來。」

馬生角

【原文】

漢文帝十二年，吳地有馬生角，在耳前，上向，右角長三寸，左角長二寸，皆大二寸。劉向以為馬不當生角，猶吳不當舉兵向上也，吳將反之變云。京房《易傳》曰：「臣易[①]上，政不順，厥[②]妖馬生角。茲謂賢士不足。」又曰：「天子親伐，馬生角。」

【注釋】

① 易：取代。
② 厥：代詞，其，它的。

【譯文】

漢文帝十二年，吳地有匹馬長出了角，在耳朵前，向上豎起，右角長三寸，左角長二寸，兩隻角都有兩寸粗細。劉向認為馬不應該長角，就像吳王不應該興兵背叛天子，這是吳王準備叛亂的徵兆。京房《易傳》說：「臣子要取代君主，政令不順暢，它的預兆是馬長出角。這是說賢能的人太少了。」還有人說：「天子親自征伐，馬就長出角。」

狗生角

【原文】

文帝後元五年六月，齊雍城門外有狗生角。京房《易傳》

曰：「執政失，下將害之，厥妖狗生角①。」

【注釋】

① 厥：它的。妖：指不祥的預兆。

【譯文】

　　漢文帝後元五年六月，齊國雍城門外有條狗長了角。京房《易傳》中說：「執政的人有過失，臣下將要危害他，它的不祥預兆是狗長角。」

人生角

【原文】

　　漢景帝元年九月，膠東下密人年七十餘①，生角，角有毛。京房《易傳》曰：「冢宰②專政，厥妖人生角。」《五行志》③以為人不當生角，猶諸侯不敢舉兵以向京師也。其後遂有七國之難。至晉武帝泰始五年，元城④人，年七十，生角。殆趙王倫⑤篡亂之應也。

【注釋】

① 膠東：漢置封國，是漢景帝時參加叛亂的七國之一。下密：膠東屬縣，在今山東昌邑東南。
② 冢宰：周代官名。為六卿之首，又稱太宰。後世也用來指稱宰相。
③ 《五行志》：指《漢書·五行志》。
④ 元城：縣名。在今河北大名東。
⑤ 趙王倫：即司馬倫，司馬懿的第九子，封為趙王。永康元年（300）起兵殺賈後，又廢惠帝自立，後被齊王司馬冏、成都王司馬穎所殺。最終釀成「八王之亂」。

【譯文】

漢景帝元年九月，膠東國下密縣有個七十多歲的老人，頭上長出了角，角上還有毛。京房《易傳》說：「宰相執掌國政，它的預兆就是人長出角。」《五行志》認為人不應當長角，就像諸侯不敢發兵攻打京師一樣。後來就發生了七國之亂。到晉武帝泰始五年，元城縣有個人，年紀七十，也長出了角，這大概是趙王司馬倫篡權作亂的徵兆。

狗與彘交

【原文】

漢景帝三年，邯鄲有狗與彘[1]交。是時趙王悖亂[2]，遂與六國反，外結匈奴以為援。《五行志》以為：犬，兵革失眾之占[3]；豕，北方匈奴之象。逆言失聽，交於異類，以生害也。京房《易傳》曰：「夫婦不嚴[4]，厥妖狗與豕交。茲謂反德，國有兵革。」

【注釋】

①彘（音治）：豬。

②悖亂：叛亂。

③失眾：指失去民心。占：徵兆。

④嚴：嚴謹。

【譯文】

漢景帝三年，邯鄲出現了狗和豬交配的情況。這時趙王叛亂，就和六國一起造反，對外勾結匈奴作為後援。《五行志》中認為狗是戰事中失去民心的徵兆，豬是北方匈奴的象徵。逆耳的話聽不進去，和異族匈奴結交，因而生出災禍。京房《易傳》中說：「男女關係不謹慎，它不祥的預兆是狗和豬交配。這是違反道德的，國家將有戰爭。」

白黑烏鬥

【原文】

　　景帝三年十一月，有白頸烏與黑烏群鬥楚國呂縣。白頸不勝，墮泗水中死者數千。劉向以為近白黑祥也。時楚王戊①暴逆無道，刑辱申公②，與吳謀反。烏群鬥者，師戰之象也；白頸者小，明小者敗也；墮於水者，將死水地。王戊不悟，遂舉兵應吳，與漢大戰，兵敗而走，至於丹徒，為越人所斬，墮泗水之效也。京房《易傳》曰：「逆親親，厥妖白黑烏鬥於國中。」燕王旦③之謀反也，又有一烏一鵲鬥於燕宮中池上，烏墮池死。《五行志》以為楚、燕皆骨肉藩臣，驕恣而謀不義，俱有烏鵲鬥死之祥。行同而占合，此天人之明表也。燕陰謀未發，獨王自殺於宮，故一烏而水色者死；楚炕陽④舉兵，軍師大敗於野，故烏眾而金色者死：天道精微之效也。京房《易傳》曰：「顓征劫殺，厥妖烏鵲鬥。」

【注釋】

① 楚王戊：劉戊，漢高祖劉邦的孫子，封楚王。後與吳王等反，兵敗而死。

② 申公：魯人，名培，漢文帝時博士。為《詩》作傳，被稱為「魯詩」。

③ 燕王旦：劉旦，漢武帝的第四子。

④ 炕陽：乾涸，枯涸。指陽氣極盛。比喻統治者殘暴專橫。

【譯文】

　　漢景帝三年十一月，有一群白脖子烏鴉和黑烏鴉在楚國呂縣相鬥。白脖子烏鴉鬥敗了，墜入泗水死了幾千隻。劉向認為這是白黑的徵兆。當時楚王劉戊殘暴無道，用刑罰侮辱申公，還與吳王一起謀反。烏鴉群

鬥是軍隊作戰的徵兆。白脖子的烏鴉形體小，表示勢力小的失敗。墜落水中，表示將死在有水的地方。楚王劉戊不懂得這個道理，於是起兵響應吳王，與漢朝廷大戰，兵敗逃走，在丹徒縣被越人殺死。這就是烏鴉墜入泗水的應驗。京房《易傳》說：「背叛親戚，它的徵兆就是白脖子烏鴉和黑烏鴉在國中爭鬥。」燕王劉旦謀反的時候，也有一隻烏鴉和一隻喜鵲在燕王宮中的水池邊爭鬥，烏鴉墜入水池中死去。《五行志》認為：楚王、燕王都是漢帝王的骨肉、拱衛王室的諸侯，卻驕橫恣肆，意圖不軌，都出現了烏鴉喜鵲爭鬥而死的徵兆。他們的行為相同並且與占卜相契合，這是天道人事明顯的表現。燕國的陰謀尚未發動，只有燕王在宮中自殺，所以一隻水色的烏鴉死亡；楚國殘暴民眾起兵，軍隊在野外大敗，所以許多金色的烏鴉死了。這是天道精微的效應。京房《易傳》說：「專擅征戰劫殺，它的徵兆是烏鴉和喜鵲相鬥。」

牛足出背

【原文】

　　景帝十六年①，梁孝王田②北山，有獻牛足上出背上者。劉向以為近牛禍③。內則思慮亂④，外則土功過制，故牛禍作。足而出於背，下奸⑤上之象也。

【注釋】

①景帝十六年：《漢書·五行志》作「中六年」，即中元六年。

②田：打獵。

③牛禍：發生於牛身上的怪異現象。古時認為象徵將有災禍。

④霿亂：黑暗紛亂。

⑤奸：冒犯。

【譯文】

　　漢景帝中元六年，梁孝王在北山打獵，有人獻上一頭牛，它的腳從背脊上長出來。劉向認為這和牛禍相近。在內思想黑暗昏亂，在外大興土木超過了規定，所以牛禍就發生了。腳長在背脊上，這是下級冒犯上級的徵兆。

內外蛇鬥

【原文】

　　漢武帝太始四年七月，趙有蛇從郭①外入，與邑中蛇鬥孝文廟下。邑中蛇死。後二年秋，有衛太子②事，自趙人江充起。

【注釋】

①郭：古代在城的外圍加築的一道城牆。

②衛太子：漢武帝的長子劉據。趙人江充誣告衛太子宮中埋木人以巫蠱武帝，太子懼，殺江充。武帝追捕太子，太子兵敗自殺。史稱「巫蠱之禍」。

【譯文】

　　漢武帝太始四年七月，趙國有蛇從城外進來，它們和城中的蛇在孝文帝廟下搏鬥。城中的蛇死了。過後兩年的秋天，發生了衛太子的「巫蠱之禍」，是由趙國人江充引起的。

鼠舞門

【原文】

　　漢昭帝元鳳元年九月，燕有黃鼠，銜其尾，舞王宮端門[①]中。王往視之，鼠舞如故。王使吏以酒脯祠鼠，舞不休，一日一夜死。時燕王旦謀反，將死之象也。京房《易傳》曰：「誅不原情，厥妖鼠舞門。」

【注釋】

①端門：宮殿的正南門。

【譯文】

　　漢昭帝元鳳元年九月，燕國有隻黃色老鼠咬著它的尾巴在王宮的端門中跳舞。燕王過去看，那隻黃鼠還像原來一樣跳。燕王派官吏用酒肉祭祀黃鼠，它也沒有停下來，終於在一天一夜後死了。當時燕王劉旦謀反，這就是他將要死的徵兆。京房《易傳》說：「殺人不追究情源，它的徵兆就是黃鼠在門口跳舞。」

石自立

【原文】

　　昭帝元鳳三年正月，泰山[①]蕪萊山南，洶洶有數千人聲。民往視之，有大石自立，高丈五尺，大四十八圍，入地深八尺，三石為足。石立後，有白烏數千集其旁。宣帝中興之瑞也。

【注釋】

①泰山：郡名。郡治在今山東泰安東北。

【譯文】

　　漢昭帝元鳳三年正月，泰山郡蕪萊山南面，鬧烘烘的好像有幾千個人的聲音。人們前去觀看，只見有塊大石頭自己聳立起來。高一丈五尺，大四十八圍，埋入地下的部分有八尺，有三隻石頭腳。這大石頭聳立起來後，有幾千隻白烏鴉聚集在它的周圍。這是漢宣帝中興的吉兆。

蟲葉成文

【原文】

　　昭帝時，上林苑中大柳樹斷，仆地。一朝起立，生枝葉。有蟲食其葉，成文字，曰「公孫病已立」。

【注釋】

　　漢昭帝時，上林苑中一棵大柳樹折斷，倒在地上。有一天它又直立起來，長出了樹枝樹葉。有條蟲子吃它的葉子，咬成文字的圖案，這文字是「公孫病癒將立」。

狗　　冠

【原文】

　　昭帝時，昌邑王賀見大白狗冠方山冠而無尾①。至熹平中，省內冠狗帶綬以為笑樂。有一狗突出，走入司空府門，或見之者，莫不驚怪。京房《易傳》曰：「君不正，臣欲篡，厥妖狗冠出朝門。」

【注釋】

① 昌邑王：漢武帝之孫劉賀。方山冠：漢代宗廟祭祀時樂人戴的帽子。

【譯文】

漢昭帝時，昌邑王劉賀看見一條大白狗，戴著方山冠卻沒有尾巴。到了漢靈帝熹平年間，宮裡有人給狗戴上帽子，繫上印綬帶用來開玩笑逗樂。其中一條狗突然跑出朝門，跑進司空府裡。人們看見這條狗這樣打扮，沒有不感覺奇怪的。京房《易傳》說：「君主不正，臣下想要篡位，它的徵兆就是狗戴著帽子跑出了朝門。」

雌雞化雄

【原文】

漢宣帝黃龍元年，未央殿輅軨中雌雞化為雄[1]，毛衣變化，而不鳴，不將，無距[2]。元帝初元元年，丞相府史家雌雞伏子，漸化為雄，冠距鳴將。至永光中，有獻雄雞生角者。《五行志》以為王氏之應。京房《易傳》曰：「賢者居明夷[3]之世，知時而傷，或眾在位，厥妖雞生角。」又曰：「婦人專政，國不靜，牝雞雄鳴，主不榮。」

【注釋】

① 未央殿：即未央宮。故址在今陝西西安市漢長安故城內西南隅。輅軨（音路鈴）：漢代廄名。雌雞化雄：古時認為是不祥之兆，預示國家將滅亡。

② 距：雄雞、雉等的腿後面突出像腳趾的部分。

③ 明夷：《周易》卦名，即離下坤上。比喻昏君當政，賢人遭遇艱難或不得志。

【譯文】

　　漢宣帝黃龍元年，未央宮的輅廄裡的一隻雌雞變成了雄雞，毛色都變了，但不打鳴，不領雞群爭鬥，也沒有一般公雞那樣的雞距。漢元帝初元元年，丞相府史家有一隻母雞孵蛋時，卻慢慢變成了公雞，長出了公雞的雞冠、雞距，打鳴，健壯好鬥。到永光年間，有人獻上一隻長角的雄雞。《五行志》認為這是外戚王氏篡權的徵兆。京房《易傳》說：「賢能的人處在政治混亂的朝代，識時務反而會遭到傷害，或者平庸的人占據了高位，它的徵兆就是雞長角。」還有人說：「婦女專政，國家不得安寧，雌雞像雄雞一樣打鳴，主人不會興旺。」

范延壽斷訟

【原文】

　　宣帝之世，燕、岱之間，有三男共取一婦，生四子。及至將分妻子而不可均，乃致爭訟。廷尉[①]范延壽斷之曰：「此非人類，當以禽獸，從母不從父也。請戮三男，以兒還母。」宣帝嗟嘆曰：「事何必古？若此，則可謂當於理而厭人情也。」延壽蓋見人事而知用刑矣，未知論人妖將來之驗也。

【注釋】

①廷尉：官名。九卿之一，主管邢獄。

【譯文】

　　漢宣帝的時候，在燕、岱兩地之間，有三個男人合娶了一個老婆，生了四個孩子。等到要分家的時候，孩子便無法平均了，以致於打起了官司。廷尉范延壽斷案說：「這不是人類，應像禽獸一樣，孩子跟母親而不跟父親。請求殺了這三個男的，把孩子還給母親。」漢宣帝嘆息道：「斷案的事情為什麼一定要依照古人？若是這樣，那就是符合道理

卻壓抑了人之常情。」范延壽大概是觀察了人情世故才這麼判刑的，他還不懂得考慮人妖將來的應驗。

天雨草

【原文】

漢元帝永光二年八月，天雨草，而葉相繆結^①，大如彈丸。至平帝元始三年正月，天雨草，狀如永光時。京房《易傳》曰：「君吝於祿^②，信衰，賢去，厥妖天雨草。」

【注釋】

①繆（音糾）結：糾結，纏繞。
②吝：吝嗇，小氣。祿：俸祿。

【譯文】

漢元帝永光二年八月，天像下雨一樣降下草來，草的葉子互相絞結，有彈丸般大。到漢平帝元始三年正月，天上又降下草，草的樣子就像永光年間降下的那樣。京房《易傳》說：「君主吝嗇俸祿，信用衰減，賢能的人遠去，它的徵兆就是天上降下草。」

斷槐復立

【原文】

元帝建昭五年，兗州刺史浩賞，禁民私所自立社。山陽橐茅鄉社有大槐樹^①，吏伐斷之，其夜樹復立故處。說曰：「凡枯斷復起，皆廢而復興之象也。」是世祖之應耳。

【注釋】

① 山陽：郡名，治所在昌邑。橐茅鄉：古地名。

【譯文】

　　漢元帝建昭五年，兗州刺史浩賞禁止老百姓私自設立神社。山陽縣橐茅鄉的神社內有一棵大槐樹，官吏把它砍斷了，那天夜裡，槐樹又在原來的地方聳立起來。有人解說道：「凡是枯樹、斷樹復活，都是衰敗荒廢後又再興盛的象徵。」這是世祖光武帝中興的吉兆。

鼠　巢

【原文】

　　漢成帝建始四年九月，長安城南有鼠銜黃蒿、柏葉，上民冢柏及榆樹上為巢。桐柏①為多。巢中無子，皆有乾鼠矢數升。時議臣以為恐有水災。鼠盜竊小蟲，夜出晝匿，今正晝去穴而登木，像賤人將居貴顯之占。桐柏，衛思后②園所在也，其後趙后③自微賤登至尊，與衛后同類。趙后終無子，而為害。明年，有鳶④焚巢殺子之象云。京房《易傳》曰：「臣私祿罔干，厥妖鼠巢。」

【注釋】

① 桐柏：地名。在長安城南。

② 衛思后：漢武帝的皇后。初為平陽公主家歌女，後入宮，生衛太子。巫蠱之禍後被廢自殺。

③ 趙后：即趙飛燕，初為歌女，漢成帝時入宮，後被立為皇后。平帝即位後被廢為庶人，自殺。

④ 鳶：老鷹。

【譯文】

　　漢成帝建始四年九月，長安城南有老鼠叼著黃色的稻麥稈和柏樹葉，爬上百姓墓地的柏樹和榆樹上做窩，這件事桐柏地區發生的比較多。窩裡沒有小老鼠，卻都有幾升的乾老鼠屎。當時議論的大臣認為恐怕要發生水災。老鼠是偷東西的小動物，晚上出來白天躲藏。如今反而是白天離開鼠穴而爬上樹去，這是地位卑賤的人將要顯貴的預兆。桐柏是衛皇后花園所在地，那件事以後趙皇后從卑賤的地位登上了最尊貴的位置，與衛皇后一樣。趙皇后沒有子女而最終被殺害。第二年，說有老鷹焚燒鳥巢而殺死小鷹的兆象。京房《易傳》說：「臣下把俸祿視為私有，妄自侵占，它的徵兆是老鼠爬到樹上做窩。」

犬禍室中

【原文】

　　成帝河平元年，長安男子石良、劉音相與同居。有如人狀，在其室中，擊之，為狗，走出。去後，有數人披甲持弓弩至良家。良等格擊^①，或死，或傷，皆狗也。自二月至六月乃止。其於《洪範》，皆犬禍，言不從之咎^②也。

【注釋】

① 格擊：格鬥，搏鬥。
② 咎：過失，罪過。

【譯文】

　　漢成帝河平元年，長安的男子石良、劉音住在一起。他們看見有個像人一樣的怪物出現在房間裡，打它，就變成狗跑出去了。它出去以後，有幾個人穿著盔甲、拿著弓箭來到石良家。石良等人與他們搏鬥，他們有的死，有的傷，原來都是狗。這種情況從二月開始，一直到六月

才結束。這在《洪範》中，都說是狗的災禍，指的是不聽從忠言的過錯。

鳥焚巢

　　成帝河平元年二月庚子，泰山山桑谷①有鳶焚其巢。男子孫通等聞山中群鳥鳶鵲聲，往視之，見巢燃盡，墮池中，有三鳶鷇②燒死。樹大四圍，巢去地五丈五尺。《易》曰：「鳥焚其巢，旅人先笑後號③。」後卒成易世之禍云。

①山桑谷：泰山中的山谷名。
②鷇（音扣）：由母哺食的幼鳥。
③號咷（音逃）：呼號哭泣。

　　帝河平元年二月庚子這一天，泰山山桑谷裡有老鷹燒了它的鳥巢。男子孫通等人聽見山裡老鷹喜鵲群鳥的聲音，前去觀看，只見鳥巢燃燒完落進水池，有三隻小鷹被燒死。那有鳥巢的樹粗達四圍，鳥巢距離地面有五丈五尺高。《易經》說：「鳥燒掉巢，旅人剛開始快樂得哈哈笑，家園被毀後便大哭號啕。」後來最終出現了改朝換代的禍事。

信都雨魚

　　成帝鴻嘉四年秋，雨魚於信都，長五寸以下。至永始元

年春，北海①出大魚，長六丈，高一丈，四枚。哀帝建平三年，東萊平度出大魚，長八丈，高一丈一尺，七枚，皆死。靈帝熹平二年，東萊海出大魚二枚，長八九丈，高二丈餘。京房《易傳》曰：「海數見巨魚，邪人進，賢人疏。」

【注釋】

①北海：古代稱北部的大湖。

【譯文】

　　漢成帝鴻嘉四年秋季，信都的魚像雨一樣從天上降落下來，長度不超過五寸。到永始元年春天，北部海裡出現大魚，長六丈，高一丈，共有四條。漢哀帝建平三年，東萊郡平度縣出現大魚，長八丈，高一丈一尺，共有七條，都死了。漢靈帝熹平二年，東萊郡海中出現兩條大魚，長八九丈，高兩丈多。京房《易傳》中說：「海中屢次出現大魚，是預示邪惡的人被提拔，賢能的人被疏遠。」

木生人狀

【原文】

　　成帝永始元年二月，河南街郵楰樹生枝如人頭①，眉目須皆具，亡髮耳。至哀帝建平三年十月，汝南西平遂陽鄉有材仆地生枝，如人形，身青黃色，面白，頭有髭髮②，稍長大，凡長六寸一分。京房《易傳》曰：「王德衰，下人將起，則有木生為人狀。」其後有王莽之篡。

【注釋】

①街郵：古亭名。楰（音輪）樹：即「臭椿」。

② 髭髮：嘴上邊的鬍子。

【譯文】

　　漢成帝永始元年二月，河南郡街郵亭的一棵樗樹長出的枝條像人頭，眉毛、眼睛、鬍鬚都有，只是沒有頭髮罷了。到漢哀帝建平三年十月，汝南郡西平縣遂陽鄉有樹木倒在地上，長出枝條，這棵樹也像人的樣子，身體青黃色，面孔雪白，頭上有鬍鬚、頭髮，後來逐漸長大，共長六寸一分。京房《易傳》說：「君王德行衰微，地位卑賤的人就會興起，就將有樹木長成人的樣子。」那以後就發生了王莽篡權的事。

大廄馬生角

【原文】

　　成帝綏和二年二月，大廄①馬生角，在左耳前，圍長②各二寸。是時王莽為大司馬，害上之萌③，自此始矣。

【注釋】

① 大廄：指皇上的馬廄。
② 圍長：指周長和高度。
③ 萌：比喻事情剛剛顯露的發展趨勢或情況，開端。

【譯文】

　　漢成帝綏和二年二月，天子馬廄裡有匹馬長了角，在左耳的前面，周長和高度都是兩寸。這時王莽任大司馬，他殘害皇上的念頭，就是從這個時候開始的。

燕生雀

【原文】

　　成帝綏和二年三月，天水平襄有燕生雀，哺食至大，俱飛去。京房《易傳》曰：「賊臣在國，厥咎燕生雀，諸侯銷①。」又曰：「生非其類，子不嗣②世。」

【注釋】

①銷：通「消」，消滅。
②嗣：接續，繼承。

【譯文】

　　漢成帝綏和二年三月，天水郡平襄縣有燕子生出了麻雀，它們被燕子餵養到大，就都飛走了。京房《易傳》中說：「叛亂的臣子在國內，它的凶兆是燕子生麻雀，諸侯將會被消滅。」又說：「生下來不是自己的同類，兒子就不能繼承父親的事業。」

牡馬生三足駒

【原文】

　　漢哀帝建平三年，定襄有牡馬①生駒，三足，隨群飲食。《五行志》以為：馬，國之武用；三足，不任用之象也。

【注釋】

①牡馬：公馬。

【譯文】

　　漢哀帝建平三年，定襄郡有匹公馬生了小馬，只有三條腿，跟著群馬一起吃喝。《五行志》認為：馬，是國家打仗時使用的；馬生三條腿，是不任用人才的徵兆。

僵樹自立

【原文】

　　哀帝建平三年，零陵有樹僵地，圍一丈六尺，長十丈七尺。民斷其本，長九尺餘，皆枯。三月，樹卒自立故處。京房《易傳》曰：「棄正，作淫，厥妖木斷自屬。妃后有顓[①]，木仆反立，斷枯復生。」

【注釋】

①　顓：通「專」，專擅。

【譯文】

　　漢哀帝建平三年，零陵郡有一棵樹倒在地上，粗一丈六尺，長十丈七尺。老百姓砍斷它的樹根，長九尺多，都乾枯了。三月，這棵樹自己又立在了原來的地方。京房《易傳》說：「拋棄正直，實行淫亂，它的徵兆就是斷了的樹自己立起來。妃子皇后專權，樹倒了就會再立起來，砍斷的枯樹重新長活。」

兒啼腹中

【原文】

　　哀帝建平四年四月，山陽方與①女子田無嗇生子。未生二月前，兒啼腹中，及生，不舉，葬之陌上。後三日，有人過，聞兒啼聲，母因掘收養之。

【注釋】

①方與：古縣名，縣治在今山東魚台北。

【譯文】

　　漢哀帝建平四年四月，山陽郡方與縣女子田無嗇生了個兒子。產前兩個月的時候，這孩子就在母親的腹中啼哭，等生下來，田無嗇便不撫養他，而是把他埋葬在田野裡。過了三天，有個人經過那裡，竟然聽見孩子的哭聲。於是他的母親把他掘出來收養了他。

西王母傳書

【原文】

　　哀帝建平四年夏，京師郡國民聚會裡巷阡陌①，設張博具②歌舞，祠西王母。又傳書曰：「母告百姓：佩此書者，不死。不信我言，視門樞③下，當有白髮。」至秋乃止。

【注釋】

①阡陌：指田間小路。
②博具：博戲用具。
③樞：門的轉軸。

【譯文】

　　漢哀帝建平四年夏天，京城以及郡國的百姓在裡巷街道上聚會，陳設博戲棋具，準備歌舞，來祭祀西王母。又傳佈文書說：「西王母告示百姓：佩帶這文書的，不會死去。如果不相信我的話，看看門的轉軸下，有白頭髮可以證明。」這種活動到秋天才結束。

男子化女

【原文】

　　哀帝建平中，豫章有男子化為女子，嫁為人婦，生一子。長安陳鳳曰：「陽變為陰，將亡繼嗣①，自相生之象。」一曰：「嫁為人婦，生一子者，將復一世，乃絕。」故後哀帝崩，平帝沒，而王莽篡焉。

【注釋】

①嗣：子孫。

【譯文】

　　漢哀帝建平年間，豫章郡有個男人變成了女人，而且嫁人作了妻子，生了一個孩子。長安人陳鳳說：「陽變為陰，將沒有子孫，這是自行相生的象徵。」另一種說法是：「嫁給別人作媳婦，生了一個孩子，再過一世就將絕代。」所以後來漢哀帝逝世，漢平帝也死了，王莽篡奪了帝位。

人死復生

【原文】

漢平帝元始元年二月，朔方廣牧女子趙春病死。既棺殮，積七日，出在棺外，自言見夫死父，曰：「年二十七，汝不當死。」太守譚①以聞。說曰：「至陰為陽，下人為上。厥妖人死復生。」其後王莽篡位。

【注釋】

①譚：通「談」。

【譯文】

漢平帝元始元年二月，朔方郡廣牧縣的女子趙春病死了，已經殮入棺中，過了七天，她卻出現在棺材外。她自稱見到了死去的公公，對她說：「你年紀才二十七歲，不應該死。」這是朔方太守談話時說出來的。有人解說道：「極陰轉變為陽，卑賤的人變成高貴的人，它的徵兆是人死而復生。」那以後就發生了王莽篡奪皇位的事。

人生兩頭

【原文】

漢平帝元始元年六月，長安有女子生兒：兩頭兩頸，面俱相向，四臂共胸，俱前向，尻上有目，長二寸所。京房《易傳》曰：「『睽孤①，見豕負涂。』厥妖人生兩頭。下相攘善，妖亦同。人若六畜，首目在下，茲謂亡上，政將變更。厥妖之作，以譴失正，各像其類。兩頸，下不一也；手多，所任邪也；足少，下不勝任，或不任下也。凡下體生於

上，不敬也；上體生於下，瀆②也。生非其類，淫亂也；人生而大，上速成也；生而能言，好虛也。群妖推此類。不改，乃成凶也。」

【注釋】

① 暌（音癸）孤：指離家在外的孤兒。

② 媟（音洩）瀆：狎暱輕慢。

【譯文】

漢平帝元始元年六月，長安有個女人生了個兒子：兩個頭兩個脖子，面孔相對，四支手臂長在一個胸膛上，都向前伸，臀部長著眼睛，長二寸左右。京房《易傳》說：「『孤兒離家在外，看見豬趴在泥土中。』它的徵兆是人生有兩個頭。臣民互相侵奪功績，那妖兆也與此相同。人或馬、牛、羊、雞、狗、豬六畜的頭和眼睛長在下面，這意味著國君要死亡，政權要更迭。這種妖兆的出現，是為了譴責君主喪失了正道，這些妖兆分別象徵它們的品類。兩個脖子，象徵臣下不同心協力；手多，象徵被任用的人奸邪；腳少，象徵臣下不能勝任官職，或君主不任用臣下。凡是下部的器官長在上部的，象徵不恭敬；上部的器官長在下部的，象徵輕慢褻瀆。生下的不是同類，象徵淫亂；人生下來就長得很大，象徵君主急於求成；生下來就會說話，象徵皇上喜歡虛浮。各種徵兆依次類推。如果君主還不改正錯誤，就會釀成災禍。」

三足烏

【原文】

漢章帝元和元年，代郡高柳烏生子，三足，大如雞，色赤，頭有角，長寸餘。

漢章帝元和元年，代郡高柳的烏鴉生下一隻小烏鴉，三隻腳，像雞一樣大，毛色赤紅，頭上有角，長一寸多。

德陽殿蛇

【原文】

　　漢桓帝即位，有大蛇見德陽殿①上。洛陽市令②淳于翼曰：「蛇有鱗，甲兵之象也。見於省中，將有椒房③大臣受甲兵之象也。」乃棄官遁去。到延熹二年，誅大將軍梁冀④，捕治家屬，揚兵京師也。

【注釋】

① 德陽殿：東漢皇宮殿名。
② 市令：掌管市場的官名。
③ 椒房：皇后所居住的宮殿，後來也用來指代后妃。因系皇后之親而成為大臣，即稱為椒房大臣。
④ 梁冀：字伯卓，他的兩個妹妹分別是漢順帝、漢桓帝的皇后。梁冀任大將軍，專掌朝政近二十年，兩位皇后死後，桓帝議滅梁氏，梁冀自殺。

【譯文】

　　漢桓帝即位時，有條大蛇出現在德陽殿上。洛陽市令淳于翼說：「蛇身上有鱗片，這是鎧甲和兵器的象徵。出現在皇宮裡，是將有椒房大臣遭受兵甲災禍的象徵。」於是他就棄官逃跑了。到延熹二年，漢桓帝誅滅梁皇后的哥哥，大將軍梁冀，逮捕懲治他的家屬，在京城中動用了軍隊。

北地雨肉

【原文】

漢桓帝建和三年秋七月，北地廉雨肉，似羊肋，或大如手。是時梁太后攝政，梁冀專權，擅殺誅太尉李固、杜喬，天下冤之。其後，梁氏誅滅。

【譯文】

漢桓帝建和三年秋季七月，北地郡廉縣下起了肉雨，像羊的肋條肉，有的像手一樣大。這時梁太后攝政，梁冀獨攬大權，濫殺了太尉李固、杜喬，天下人都認為他們是冤枉的。在那以後，梁家就被誅滅了。

梁冀妻怪妝

【原文】

漢桓帝元嘉中，京都婦女作「愁眉」、「啼妝」、「墮馬髻」、「折腰步」、「齲齒笑」。「愁眉」者，細而曲折。「啼妝」者，薄拭目下若啼處。「墮馬髻」者，作一邊。「折腰步」者，足不任下體。「齲齒笑①」者，若齒痛，樂不欣欣。始自大將軍梁冀妻孫壽所為，京都翕然②，諸夏效之。天戒若曰：「兵馬將往收捕：婦女憂愁，蹙眉啼哭；吏卒撃頓，折其腰脊，令髻邪傾；雖強語笑，無復氣味也。」到延熹二年，冀舉宗合誅。

【注釋】

①齲（音曲）齒笑：指女子故意裝作齒痛的笑容。

②翕（音夕）然：都這樣做，形容動作一致。

【譯文】

　　漢桓帝元嘉年間，京城的婦女流行「愁眉」、「啼妝」、「墮馬髻」、「折腰步」、「齲齒笑」等妝容姿態。「愁眉」，就是畫的眉又細又彎曲。「啼妝」，就是在眼睛下面薄薄地塗抹脂粉，像是哭過的樣子。「墮馬髻」，就是髮髻偏向一邊。「折腰步」，就是走路像腳支持不住身體。「齲齒笑」，就是像牙痛，不是高興地笑。從大將軍梁冀的妻子孫壽打扮開始，京城風行，全國都傚傚。上天這樣告誡說：「軍隊將前往收捕，婦女憂愁，皺眉啼哭；官兵強奪，折斷她們的腰脊骨，使髮髻傾斜；雖然勉強說笑，也不再有那份心情。」到了延熹二年，梁冀全族都被誅殺了。

牛生雞

【原文】

　　桓帝延熹五年，臨沅縣有牛生雞，兩頭四足。

【譯文】

　　漢桓帝延熹五年，臨沅縣有頭牛生了一隻雞，兩個頭四隻腳。

赤厄三七

【原文】

　　漢靈帝數遊戲於西園中，令後宮采女為客舍主人，身為估服，行至舍間，采女下酒食，因共飲食，以為戲樂。是天子將欲失位，降在皂隸①之謠也。其後天下大亂。

古志有曰：「赤厄②三七。」三七者經二百一十載，當有外戚之篡，丹眉之妖。篡盜短祚，極於三六，當有飛龍之秀，興復祖宗。又歷三七，當復有黃首之妖，天下大亂矣。自高祖建業，至於平帝之末，二百一十年而王莽篡，蓋因母后之親。十八年而山東賊樊子都③等起，實丹其眉，故天下號曰「赤眉」。於是光武以興祚④，其名曰秀。

至於靈帝中平元年，而張角⑤起，置三十六方，徒眾數十萬，皆是黃巾，故天下號曰「黃巾賊」。至今道服由此而興。初起於鄴，會於真定，誑惑百姓曰：「蒼天已死，黃天立。歲名甲子年，天下大吉。」起於鄴者，天下始業也，會於真定也，小民相向跪拜趨信，荊、揚尤甚。乃棄財產，流沉道路，死者無數。角等初以二月起兵，其冬十二月悉破。自光武中興至黃巾之起，未盈二百一十年，而天下大亂，漢祚廢絕，方應三七之運。

【注釋】

① 皂隸：差役。

② 赤厄：這裡指漢代的厄運。漢代為火德，赤代表火。

③ 樊子都：即樊崇，西漢末琅邪（今山東諸城）人，赤眉起義領袖。

④ 祚：福，賜福。

⑤ 張角：東漢鉅鹿（今河北寧晉）人，太平道創始人，黃巾起義首領。

【譯文】

漢靈帝多次在西園裡遊玩嬉戲，命令後宮宮女充當旅舍主人，他自己身穿商販的服裝，走進旅舍，宮女擺下酒菜，於是他和宮女一起吃喝，以此作樂。這是天子將要失去帝位，降身為卑賤的差役的流言。那之後天下大亂。

古代志書有這樣的記載：「赤色厄運三七。」三七是指經過二百一十年，會有外戚篡權和赤眉的災禍，篡位盜賊福短，限於三六之數，會

有飛龍之秀，來興復祖宗的功業。又經歷一個三七，會有黃首的災禍，天下就大亂了。從漢高祖建立帝業，到漢平帝末年，二百一十年而王莽篡位，實是皇太后的親戚。十八年後山東盜賊樊子都等人起義，確實染紅色的眉毛，所以天下人稱之為「赤眉」。這時候光武帝復興帝業，他名叫劉秀。

到了漢靈帝中平元年，張角起義，設三十六方，信徒多達幾十萬，他們都頭裏黃巾，所以天下稱之為「黃巾賊」。至今的道教服裝由此興起。黃巾軍在鄴起事，在真定會合，欺騙迷惑百姓說：「蒼天已死，黃天當立。歲在甲子，天下大吉。」在鄴起事，是天下開始行事，在真定聚集，老百姓都向他們跪拜，信任跟隨。荊州、揚州尤其厲害。人們拋棄財產，流落於道，死了無數的人。張角等人起初在二月起義，那年冬天的十二月，全被攻破。從光武帝中興，到黃巾軍起義，未滿二百一十年，天下大亂。漢朝皇位被廢止，正好應驗了三七的運數。

長短衣裾

【原文】

靈帝建寧中，男子之衣好為長服，而下甚短；女子好為長裾①，而上甚短。是陽無下而陰無上，天下未欲平也。後遂大亂。

【注釋】

① 裾：衣服的大襟。

【譯文】

漢靈帝建寧年間，男人的上衣喜歡做成長款，而下衣卻做得很短；女人喜歡穿長裙子，而上衣很短。這是陽沒有下而陰沒有上的表現，天下不會太平。後來果然天下大亂了。

夫婦相食

【原文】

靈帝建寧三年春，河內①有婦食夫，河南有夫食婦。夫婦陰陽二儀，有情之深者也。今反相食，陰陽相侵，豈特日月之眚②哉。靈帝既沒，天下大亂，君有妄誅之暴，臣有劫之逆，兵革相殘，骨肉為仇，生民之禍極矣。故人妖為之先作。恨而不遭辛有、屠黍之論③，以測其情也。

【注釋】

①河內：指黃河以北的地區。下文「河南」，是指黃河以南的地區。
②眚（音省）：日月蝕。也指災難。
③辛有：周朝大夫。屠黍：晉國太史，見晉亂而出奔周。

【譯文】

漢靈帝建寧三年春天，黃河以北的地區有妻子吃丈夫，黃河以南的地區有丈夫吃妻子。夫妻陰陽相配，是有深厚感情的人。如今反而相互吃掉，陰陽相互侵犯，豈只是日月的災禍啊！靈帝死後，天下大亂，君上有亂殺臣下的暴虐，臣下有劫持弒君的忤逆，以武力相殘殺，親骨肉成為仇敵，老百姓的災禍大到了極點。所以人間的妖兆就出現了。遺憾的是，沒有遇到辛有、屠黍那樣的人來議論，以測定它的緣由。

寺壁黃人

【原文】

靈帝熹平二年六月，雒陽民訛言①：「虎賁寺②東壁中，有黃人，形容鬚眉良是」。觀者數萬，省內悉出，道路斷

絕。到中平元年二月，張角兄弟起兵冀州，自號「黃天」。三十六方，四面出和。將帥星布，吏士外屬。因其疲餒③牽而勝之。

【注釋】
① 訛言：謠傳。
② 虎賁寺：洛陽寺院名。
③ 餒：通「餒」，飢餓。

【譯文】

　　漢靈帝熹平二年六月，洛陽的百姓謠傳：虎賁寺東面牆壁中有黃人，面貌、鬍鬚、眉毛清清楚楚。觀看的人有好幾萬，皇宮內的人都去了，道路擁擠堵塞，交通中斷。到了靈帝中平元年二月，張角兄弟在冀州起義，自稱「黃天」。設三十六方，四面八方的人都來響應。黃巾軍將帥眾多，朝廷的一些官吏士卒也做了他們的內應。後來趁他們疲倦而飢餓的時候，朝廷軍隊才牽制住他們，把他們打敗。

木不曲直

【原文】

　　靈帝熹平三年，右校別作中，有兩楈樹①，皆高四尺所，其一株宿昔暴長，長一丈餘，粗大一圍，作胡人狀，頭目鬢鬚髮俱具。其五年十月壬午，正殿側有槐樹，皆六七圍，自拔，倒豎，根上枝下。又中平中，長安城西北六七里，空樹中有人面，生鬢。其於《洪範》，皆為木不曲直。

【注釋】

①檍樹：即「臭椿」。

【譯文】

　　漢靈帝熹平三年，右校官署附屬地中，長有兩株檍樹，都高四尺左右。其中一株在短時間內突然長高，高一丈多，粗一圍，長著胡人的模樣，頭、眼睛、鬢角、鬍鬚、頭髮都具備。熹平五年十月壬午那一天，皇宮正殿的側面有棵槐樹，粗有六七圍，自行拔出地面，倒立，樹根在上，樹枝在下。又有靈帝中平年間，長安城西北方六七里的地方，一棵空樹中有人臉的模樣，生有鬢髮。這在《洪範》一書中，是木失其本性而為災害的象徵。

雌雞欲化雄

【原文】

　　靈帝光和元年，南宮侍中寺①，雌雞欲化為雄，一身毛皆似雄，但②頭冠尚未變。

【注釋】

①寺：古代官署名。
②但：只。

【譯文】

　　漢靈帝光和元年，在南宮的侍中府內，有隻母雞要變成雄雞，全身的毛都像雄雞一樣，只是頭上雞冠還沒變化。

洛陽生兒兩頭

【原文】

靈帝光和二年，洛陽上西門外女子生兒：兩頭，異肩，共胸，俱前向。以為不祥，墮地棄之。自是之後，朝廷①亂，政在私門，上下無別，二頭之象。後董卓戮②太后，被以不孝之名，放廢天子，後復害之。漢元以來，禍莫逾③此。

【注釋】

① 霿：天色昏暗。

② 戮：殺。

③ 逾：超過，勝過。

【譯文】

漢靈帝光和二年，洛陽上西門外有一個婦人生了個兒子：兩個頭，各有肩，共有一個胸膛，肩膀都伸向前面。她認為不吉利，就生下他後把他遺棄了。從此以後，朝廷昏亂，政權由權臣把持，國君和臣子沒有分別，像人有兩個頭一樣。後來董卓殺死太后，背負不孝的罪名，放逐廢棄了天子，後來又害死他。漢朝建立以來，沒有超過這樣厲害的災禍。

梁伯夏後

【原文】

光和四年，南宮中黃門寺①有一男子，長九尺，服白衣。中黃門解步呵問：「汝何等人？白衣妄入宮掖②。」曰：「我，梁伯夏後。天使我為天子。」步欲前收之，因忽不見。

【注釋】

① 中黃門寺：中黃門官舍。中黃門：指在宮廷服役的太監。寺：官署，
　官舍。

② 宮掖：指皇宮。掖：掖庭，宮中的旁舍，嬪妃居住的地方。

【譯文】

　　漢靈帝光和四年，南宮的中黃門官舍內有一個男人，身高九尺，穿著白色的衣服。中黃門解步大聲責問道：「你是什麼人？竟敢穿著白衣服亂闖皇宮。」那人說：「我是梁伯夏的後代，天帝派我來做天子。」解步想上前逮住他，那個人忽然就消失了。

草作人狀

【原文】

　　光和七年，陳留濟陽、長垣，濟陰，東郡冤句、離狐界中，路邊生草，悉①作人狀，操持兵弩。牛馬龍蛇鳥獸之形，白黑各如其色，羽毛、頭、目、足、翅皆備，非但彷彿，像之尤純②。舊說曰：「近草妖也。」是歲有黃巾賊起，漢遂微弱。

【注釋】

① 悉：全都。

② 像之尤純：像得非常純正。

【譯文】

　　漢靈帝光和七年，陳留郡的濟陽縣、長垣縣，濟陰郡和東郡的冤句縣、離狐縣地界中，路邊生出的草，都長成人的形狀，拿著兵器弓箭。有的草長成牛馬龍蛇鳥獸的形狀，白的黑的都像它們應有的顏色，羽

毛、頭、眼睛、腳、翅膀都具備，不只是有點像，而是像得特別純正。過去有人說：「這近似於草怪。」這年有黃巾強盜起兵，漢朝從此就衰弱了。

生男兩頭共身

【原文】

　　靈帝中平元年六月壬申，洛陽男子劉倉，居上西門外，妻生男，兩頭共身。至建安中，女子生男，亦兩頭共身。

【譯文】

　　漢靈帝中平元年六月壬申那天，洛陽有個男子叫劉倉，住在上西門外，他的妻子生了個兒子，兩個頭共同長在一個身體上。到建安年間，有個女子生了個兒子，也是兩個頭共同長在一個身體上。

懷陵萬雀鬥殺

【原文】

　　中平三年八月中，懷陵上有萬餘雀，先極悲鳴，已①因亂鬥，相殺，皆斷頭，懸著樹枝枳棘。到六年，靈帝崩。夫陵者，高大之象也；雀者，爵也。天戒若②曰：「諸懷爵祿而尊厚者，還自相害，至滅亡也。」

【注釋】

① 已：後來。
② 若：如此，這樣。

【譯文】

漢靈帝中平三年八月中，懷陵上有一萬多隻麻雀，剛開始非常悲哀地鳴叫，接著就胡亂搏鬥，互相殘殺，最後都斷了頭，懸掛在樹枝與荊棘叢上。到中平六年，漢靈帝去世。陵，是高大的象徵；雀，就是爵位的意思。上天的告誡這樣說：「各個享有爵位俸祿而尊貴的人，還要自相殘害，這就導致了滅亡。」

傀儡輓歌

【原文】

漢時，京師賓婚嘉會，皆作魁①，酒酣之後，續以輓歌。魁，喪家之樂；輓歌，執紼②相偶和之者。天戒若曰：「國家當急殄悴③，諸貴樂皆死亡也。」自靈帝崩後，京師壞滅，戶有兼屍蟲而相食者。「魁」、「輓歌」，斯之效乎？

【注釋】

① 魁櫑：即「傀儡」，木偶戲。

② 紼（音伏）：通「綍」，指下葬時引柩入穴的繩索。後泛指牽引棺材的大繩。

③ 殄悴：通「殄瘁」，困苦的意思。

【譯文】

漢代時，京城宴客、婚慶喜事都要表演木偶戲。飲酒盡興以後，接著唱輓歌。木偶戲，是喪家之樂；輓歌，是牽引棺材下葬時互相唱和的哀歌。上天這樣告誡說：「國家很快就會陷入困境，那些歡樂的貴人都要死了。」自從漢靈帝死後，京城毀滅，家家戶戶都有兼屍蟲互相咬食的事情。「魁櫑」、「輓歌」，這是它的徵兆嗎？

京師童謠

【原文】

靈帝之末，京師謠言曰：「侯非侯，王非王。千乘萬騎上北邙①。」到中平六年，史侯登躡至尊②，獻帝未有爵號，為中常侍段等所執，公卿百僚，皆隨其後，到河上，乃得還。

【注釋】

① 北邙：山名。即邙山。東漢、魏、晉的王侯公卿多葬於此。

② 史侯：即漢少帝劉辨，初養於道人史子助家，故號史侯。漢少帝在位時，漢獻帝封陳留王，後董卓廢少帝，迎立獻帝。至尊：天子之位。

【譯文】

漢靈帝末年，京城流傳歌謠說：「侯非侯，王非王。千乘萬騎上北邙。」到了中平六年，史侯劉辯登上天子之位，當時漢獻帝還沒有爵號，被中常侍段珪等人劫持。朝廷公卿百官們，都跟隨在他們後面，一直走到黃河邊上，才得以返回。

桓氏復生

【原文】

漢獻帝初平中，長沙有人姓桓氏，死，棺斂月餘，其母聞棺中有聲，發之，遂生。占曰：「至陰為陽，下人為上。」其後曹公由庶士①起。

【注釋】

① 庶士：官府小吏。

【譯文】

漢獻帝初平年間，長沙有個姓桓的人死了，已經入棺一個多月了，他的母親聽到棺材中有聲音，於是打開棺材，那個人就活過來了。占卜說：「極陰轉為陽，地位低下的人要變成上等人。」後來曹操由一個官府小吏興起。

建安人妖

【原文】

獻帝建安七年，越巂①有男子化為女子。時周群上言：「哀帝時亦有此變，將有易代②之事。」至二十五年，獻帝封山陽公。

【注釋】

① 越巂（音西）：郡名。治所在邛都（今四川西昌東南）。
② 易代：指改朝換代。

【譯文】

漢獻帝建安七年，越巂有個男子變成了女子。當時周群上奏說：「哀帝時也有過這種變化，這預示著將要有改朝換代的事情了。」到建安二十五年，獻帝被封為山陽公。

荊州童謠

【原文】

　　建安①初，荊州童謠曰：「八九年間始欲衰，至十三年無子遺②。」言自中興以來，荊州獨全；及劉表為牧③，民有豐樂；至建安九年，當始衰。始衰者，謂劉表妻死，諸將並零落也。十三年無子遺者，表當又死，因以喪敗也。是時華容有女子，忽啼呼曰：「將有大喪。」言語過差，縣以為妖言，繫獄。月餘，忽於獄中哭曰：「劉荊州今日死。」華容去州數百里，即遣馬吏驗視，而劉表果死。縣乃出之。續又歌吟曰：「不意李立為貴人。」後無幾，曹公平荊州，以涿郡李立字建賢，為荊州刺史。

【注釋】

①建安：漢獻帝年號。
②子遺：殘存，留存。
③牧：指國君或州郡長官。

【譯文】

　　漢獻帝建安初年，荊州地區流行的童謠說：「建安八九年間要開始衰落，到十三年就遺存不了什麼了。」這是說漢代從光武中興以來，僅荊州能獨自保全，等到劉表任荊州牧以後，老百姓還能豐衣足食，歡天喜地；到了建安九年就要開始衰落了。所謂開始衰落，是指劉表的妻子死了，許多將領也都要傷亡。所謂十三年沒有遺留什麼，是指劉表也要死了，因而荊州就要衰敗了。當時華容縣有個女子，忽然哭喊著說：「將有大的喪事。」她的話說得太荒謬了，縣官認為她妖言惑眾，所以把她逮捕入獄。過了一個多月，她突然在獄中哭著說：「劉荊州（劉表）今天要死了。」華容縣距離荊州有幾百里，縣官馬上派馬吏去驗

看，劉表果然死了，縣官這才把她放了出來。她接著又吟唱道：「想不到李立成了地位顯赫的人物。」後來沒過多久，曹操攻破荊州，任命涿郡人李立當了荊州刺史。

樹 出 血

【原文】

　　建安二十五年正月，魏武在洛陽起建始殿①，伐濯龍②樹而血出。又掘徙梨，根傷，而血出。魏武惡之，遂寢疾，是月崩。是歲，為魏文黃初元年。

【注釋】

① 魏武：指曹操。公元220年，曹丕廢漢獻帝為山陽公後稱帝，即魏文帝，尊其父曹操為魏武帝。建始殿：古代洛陽宮殿名。

② 濯龍：漢代宮苑名。在河南洛陽西南角。

【譯文】

　　建安二十五年正月，魏武帝曹操在洛陽建造建始殿，砍伐濯龍園中的樹木，那樹木竟然流出血來。又掘出梨樹移植，那梨樹的根被挖傷也流出血來。曹操很厭惡這件事，於是臥病不起，當月就死了。這一年是魏文帝黃初元年。

鷹生燕巢中

【原文】

　　魏黃初元年，未央宮中有鷹生燕巢中，口爪俱赤。至青龍①中，明帝為凌霄閣，始構，有鵲巢其上。帝以問高堂隆

②，對曰：「《詩》云：『惟鵲有巢，惟鳩居之。』今興起宮室，而鵲來巢，此宮室未成，身不得居之象也。」

【注釋】
① 青龍：魏明帝曹叡的年號。
② 高堂隆：字昇平，平陽人。魏明帝時任散騎常侍。

【譯文】
　　魏文帝黃初元年，未央宮中有一隻小鷹出生在喜鵲的巢中，鷹嘴和腳爪都是紅色的。到魏明帝青龍年間，明帝修建凌霄閣，剛剛開始建造，就有喜鵲在上面築巢。明帝詢問高堂隆這件事，他回答說：「《詩經》說：『喜鵲築好巢，鳩住在裡面。』如今興建宮室，就有喜鵲前來築巢，這是宮室未建成，自身不能居住的象徵。」

河出妖馬

【原文】
　　魏齊王嘉平初，白馬河出妖馬，夜過官牧邊鳴呼，眾馬皆應；明日，見其跡，大如斛①，行數里，還入河。

【注釋】
① 斛：一種糧食量器。

【譯文】
　　魏齊王嘉平初年，白馬河中出現妖馬，晚上從官府牧場邊上經過嘶叫，牧場裡的馬都跟著嘶叫；第二天，看見妖馬的蹄印足有斛那麼大，它走了好幾里，才回到河裡。

燕生巨鷇

【原文】

魏景初元年，有燕生巨鷇於衛國李蓋家，形若鷹，吻似燕。高堂隆曰：「此魏室之大異，宜防鷹揚之臣於蕭牆之內①。」其後宣帝②起，誅曹爽，遂有魏室。

【注釋】

① 鷹揚：形容威武的樣子。後來成為武官的名號。蕭牆：古代宮室內作為屏障的矮牆。後來借指內部。

② 宣帝：指晉宣帝司馬懿。其孫司馬炎被封晉王后，追封司馬懿為宣王。司馬炎稱帝后，追尊司馬懿為晉宣帝。

【譯文】

魏明帝景初元年，衛國縣李蓋家有一隻燕子，孵出一隻很大的雛鳥，形狀像鷹，嘴巴像燕子。高堂隆說：「這是魏國的大怪事，應該提防朝廷內勇武的大臣。」後來司馬懿起事，誅殺曹爽，掌握了魏國的政權。

譙周書柱

【原文】

蜀景耀①五年，宮中大樹無故自折。譙周②深憂之，無所與言，乃書柱曰：「眾而大，期之會。具而授，若何復？」言：曹者，眾也；魏者，大也。眾而大，天下其當會也。具而授，如何復有立者乎？蜀既亡，咸以周言為驗。

①景耀：三國蜀漢後主劉禪的年號。

②譙周：三國時蜀國人，任光祿大夫。因勸說劉禪降魏有功，被封為陽城亭侯，晉代魏後又遷為散騎常侍。

【譯文】

　　蜀後主景耀五年，皇宮裡有一棵大樹無緣無故自己折斷了。譙周對此深感憂慮，他沒有地方可以說話，於是就在屋柱上寫道：「眾多而且龐大，一年後就要聚會。完全授予他人，怎麼還能再恢復？」意思是說曹氏眾多，魏氏龐大。眾多而且龐大，天下將要兼併統一。天下完全授予他人，怎麼還會有自立為國君的人呢？蜀國不久滅亡，人們都以為譙周的話很靈驗。

孫權死徵

【原文】

　　吳孫權太元元年八月朔①，大風，江海湧溢，平地水深八尺。拔高陵②樹二千株，石碑差動，吳城兩門飛落。明年權死。

【注釋】

①朔：指舊曆的每月初一。

②高陵：孫權之父孫堅的陵墓。在江蘇丹陽西。

【譯文】

　　東吳孫權太元元年八月初一，颳大風，江海裡的水湧了上來，平地上的積水深八尺。大風拔掉了高陵上的兩千棵樹，石碑都略有搖動。吳郡城的兩扇大門也被風颳起飛落下來。第二年，孫權死了。

孫亮草妖

【原文】

　　吳孫亮五鳳元年六月，交阯稗草①化為稻。昔三苗②將亡，五穀變種。此草妖也。其後亮廢。

【注釋】

①稗草：一種野草，與稻子十分相似。

②三苗：又叫「苗民」、「有苗」，中國傳說中黃帝至堯舜禹時代的古族名。主要分佈在洞庭湖和鄱陽湖之間。

【譯文】

　　吳國孫亮五鳳元年六月，交阯郡的稗草變成了稻子。從前三苗部族即將滅亡時，五穀變了種。這是發生在草上的怪事。後來，孫亮就被廢除了帝位。

大石自立

【原文】

　　吳孫亮五鳳二年五月，陽羨縣離里山大石自立。是時，孫皓承廢故①之家，得復其位之應②也。

【注釋】

①廢故：廢舊衰敗。

②應：感應，應驗。

【譯文】

　　吳國孫亮五鳳二年五月，陽羨縣離里山的大石頭自己聳立起來。這時，孫皓繼承廢舊衰敗的家業，是孫氏能恢復帝位的預兆。

陳焦死而復生

【原文】

　　吳孫休永安四年，安吳民陳焦，死七日復生，穿冢出。烏程孫皓承廢故之家，得位之祥也。

【譯文】

　　吳國孫休永安四年，安吳縣的百姓陳焦，死了七天又活了，穿通墳墓爬了出來。這是烏程侯孫皓繼承廢舊衰敗的家業，獲得帝位的祥兆。

卷七

開石文字

【原文】

　　初，漢元、成之世，先識之士有言曰：「魏年有和①，當有開石於西三千餘里，繫五馬，文曰：『大討曹。』」及魏之初興也，張掖之柳谷有開石焉：始見於建安，形成於黃初，文備於太和。周圍七尋②，中高一仞③，蒼質素章，龍馬、麟鹿④、鳳皇、仙人之象，粲然咸著。此一事者，魏、晉代興之符也。

　　至晉泰始⑤三年，張掖太守焦勝上言：「以留郡本國圖⑥校今石文，文字多少不同，謹具圖上。」案其文有五馬象：其一，有人平上幘，執戟而乘之；其一，有若馬形而不成，其字有「金」，有「中」，有「大司馬」，有「王」，有「大吉」，有「正」，有「開壽」；其一，成行，曰：「金當取之。」

【注釋】

①和：這裡附和魏明帝曹叡的年號「太和」。

②尋：古代長度單位。一般八尺為一尋。

③仞：古代長度單位七尺為一仞。一說，八尺為一仞。

④麟鹿：大鹿。這裡指神獸麒麟。

⑤泰始：晉武帝年號。

⑥留郡本國圖：指高堂隆《張掖郡玄石圖》。

【譯文】

　　起初，在漢元帝、漢成帝年間，有先見之明的人曾說過這樣的話：「魏朝的年號中有『和』字時，將在向西三千多里遠的地方出現裂開的石頭，石頭上面有五匹馬的圖案，上面還有文字，那文字是『大討曹』。」等到魏國開始興起的時候，張掖郡的柳谷發現有裂開的石頭。

這石頭在建安年間出現，在黃初年間形成，在太和年間石頭的花紋圖像就齊備了。石頭的寬七尋，中間高一仞。青色的質地，白色的紋路，龍馬、麒麟、鳳凰、仙人的圖像，都清楚地顯現在上面。這是魏朝廢替、晉朝興起的符命。

到晉朝泰始三年，張掖郡太守焦勝上奏說：「用留郡的玄石圖校對如今出現在石頭上的開石文字，文字多少有些不同。現在我謹把這些繪製成圖，呈上請閱。」審查那些花紋圖形，可以看到有五匹馬的形象：其中一匹馬，有個人戴著平頭巾、手握著矛戟騎在馬上；另外一匹，有點像馬的形狀，但又不完全像馬，沒有成型。那圖上的文字有「金」字，有「中」字，有「大司馬」字樣，有「王」字，有「大吉」，有「正」字，有「開壽」；其中有一些排成一行的字，是「金當取之」。

西晉禍徵

【原文】

晉武帝泰始初，衣服上儉，下豐，著衣者皆厭腰[1]。此君衰弱，臣放縱之象也。至元康末，婦人出兩襠，加乎交領[2]之上。此內出外也。為車乘者，苟貴輕細，又數變易其形，皆以白篾為純[3]。蓋古喪車之遺象，晉之禍徵也。

【注釋】

[1] 厭腰：束腰。
[2] 交領：古代交疊於胸前的衣領。
[3] 篾（音妹）：劈成條的竹片。純：鑲邊。

【譯文】

晉武帝泰始初年，民間的服飾上身簡單，下身講究，穿衣服的人都把上衣束在腰裡。這是君主衰微、臣下放縱的象徵。到元康末年，婦人

的衣服做出兩個褲襠，附著在交領的上面，這是內超於外的象徵。製作車輛的人，草率地以輕便細小為貴，又多次改變車的形制，都用白篾竹片作為最好的材料鑲邊，這大概是古代喪車遺留下來的樣子。這是晉朝災禍的預兆。

翟器翟食

【原文】

胡床、貊盤①，翟②之器也。羌煮、貊炙③，翟之食也。自泰始以來，中國尚之④。貴人富室，必畜其器，吉享嘉賓，皆以為先。戎翟侵中國之前兆也。

【注釋】

① 胡床：一種可以摺疊的輕便坐具。又稱交床。貊盤：古代貊族裝食物的盛器。

② 翟：通「狄」，秦漢以後對北方少數民族的泛稱。

③ 羌煮：古代西北少數民族的一種食品，用鹿頭、豬肉等煮成。炙：烤肉。

④ 中國：中原。尚：愛好，盛行。

【譯文】

胡床、貊盤是翟族的用具，羌煮、貊炙是翟族的食品。自晉武帝泰始以來，中原地區就很流行這些東西。貴族富人之家必定儲藏這些器物。喜慶筵席招待貴賓，都首先擺設出這些食物。這是戎翟侵犯中原地區的徵兆。

蟛蚑化鼠

【原文】

晉太康①四年，會稽郡蟛蚑②及蟹皆化為鼠。其眾覆野，大食稻，為災。始成，有毛肉而無骨，其行不能過田塍③，數日之後，則皆為牝④。

【注釋】

① 太康：晉武帝年號。
② 蟛蚑（音彭琪）：學名相手蟹。似蟹，體小，螯足無毛，紅色；步足有毛。穴居近海地區江河沼澤的泥岸中。
③ 塍（音程）：田埂。
④ 牝：雌性的鳥獸。此指母鼠。

【譯文】

晉太康四年，會稽郡的蟛蚑和螃蟹都變成了老鼠。這些老鼠遍佈田野，大肆咬食稻穀，以致成為災害。它們剛變成老鼠的時候，只有毛和肉卻沒有骨頭，行走不能越過田埂。幾天以後，就都變成了母老鼠。

太康二龍

【原文】

太康五年正月，二龍見武庫井中。武庫者，帝王威御之器所寶藏也。屋宇邃密，非龍所處。是後七年，藩王相害。二十八年果有二胡，僭①竊神器，皆字曰「龍」。

【譯文】

　　晉太康五年正月，有兩條龍顯現在兵器庫的井中。兵器庫，是皇帝用來存放威懾防衛器械的地方。房屋幽深，不是龍居住的地方。這以後七年，諸侯王互相殘殺。二十八年以後，果然有兩個胡人妄圖竊取帝位，他們的名號裡都有「龍」字。

兩 足 虎

【原文】

　　晉武帝太康六年，南陽獲兩足虎。虎者，陰精而居乎陽，金獸也。南陽，火名也。金精入火，而失其形，王室亂之妖也。其七年十一月丙辰，四角獸見於河間。天戒若曰：「角，兵①象也；四者，四方之象。當有兵革起於四方。」後河間王遂連四方之兵，作為亂階。

【注釋】
①兵：用兵，戰爭。

【譯文】

　　晉武帝太康六年，南陽郡有人捕獲到一隻兩足的老虎。老虎，是處於陽間的陰間精靈，是金獸。而南陽，就是五行中火行的名號。金的精氣進入火中，就喪失了它原有的形狀，這是晉王室混亂的凶兆。太康七年十一月丙辰日，在河間郡出現了一隻四角的野獸。上天這樣警告人們：「角，是用兵的象徵；四，是四方的象徵。所以四方將有戰亂發生。」後來河間王司馬遂聯合四方的軍隊，興起了禍亂。

死牛頭語

【原文】

　　太康九年，幽州塞北有死牛頭語。時帝多疾病，深以後事為念，而付託不以至公①。思瞀亂②之應也。

【注釋】

① 至公：最公正，極公正。
② 瞀（音昌）亂：昏亂，精神錯亂。

【譯文】

　　晉武帝太康九年，幽州塞北地區有死牛頭開口說話。當時晉武帝經常生病，非常掛念自己死後的事，但是他不能大公無私地把國家託付給別人。這死牛頭說話就是他思想昏亂的徵兆。

武庫飛魚

【原文】

　　太康中，有鯉魚二枚現武庫屋上。武庫，兵府；魚有鱗甲，亦是兵之類也。魚既極陰，屋上太陽，魚現屋上，象至陰以兵革之禍干太陽也。及惠帝初，誅皇后父楊駿①，矢交宮闕，廢后為庶人，死於幽宮。元康之末，而賈后②專制，謗殺太子，尋亦誅廢。十年之間，母后之難再興，是其應也。自是禍亂構矣。京房《易妖》曰：「魚去水，飛入道路，兵且作。」

【注釋】

① 皇后父楊駿：楊駿，字文長，其女為晉武帝皇后。在晉惠帝時，楊駿為太傅、大都督，總攬朝政，後被殺。

② 賈后：指晉惠帝皇后，晉初大臣賈充的女兒。

【譯文】

晉武帝太康年間，有兩條鯉魚出現在武庫的屋頂上。武庫是存放兵器的地方；魚有鱗甲，也是兵器的象徵。魚是極盛的陰屬之物，而屋頂是極盛的陽屬之地，魚出現在屋頂上，象徵極陰之物將用兵亂之禍衝犯極陽的地方。到了晉惠帝初年，晉惠帝誅殺晉武帝楊皇后的父親楊駿，宮殿裡兵箭交加，又把楊皇后廢黜為平民，使她死在幽蔽的宮室中。晉惠帝元康末年，賈后獨擅大權，她誹謗並殺害了太子，不久之後賈后也被廢黜殺死。十年之間，皇后的災難發生了兩次，這使得鯉魚出現在武庫屋頂上的事得到了應驗。從那個時候起，晉王朝的災禍便已形成了。京房《易妖》說：「魚離開了水，飛到路上，就會有戰爭發生。」

男女之屐

【原文】

初作屐①者，婦人圓頭，男子方頭。蓋作意欲別男女也。至太康中，婦人皆方頭屐，與男無異。此賈后專妒②之徵也。

【注釋】

① 屐：木屐，一種笨重的木底鞋。

② 專妒：專制妒忌。

【譯文】

　　剛開始做的木屐，婦女的是圓頭，男人的是方頭。這種做法大概是想把男女區別開來。到太康年間，婦女也都穿方頭的木屐，和男人沒有什麼兩樣。這是賈后專制嫉妒的徵兆。

擷子髻

【原文】

　　晉時，婦人結髮者，既成，以繒急束其環①，名曰擷子髻。始自宮中，天下翕然②化之也。其末年，遂有懷、愍之事。

【注釋】

①繒（音僧）：古代對絲織品的總稱。急：縮緊。
②翕然：一致的樣子。

【譯文】

　　晉朝的時候，婦女梳髮髻，梳好以後，又用絲帛束緊髮環，叫作擷子髻。這種髮髻是在宮內開始興起的，後來全國的婦女都一致倣傚它。到晉朝末年，就發生了懷帝、愍帝被殺的事情。

晉世寧舞

【原文】

　　太康中，天下為《晉世寧》之舞。其舞，抑手以執杯盤而反覆之①。歌曰：「晉世寧，舞杯盤。」反覆，至危也；杯

盤，酒器也。而名曰「晉世寧」者，言時人苟且^②飲食之間，而其智不可及遠，如器在手也。

【注釋】
① 抑：按，向下壓。反覆：指翻來覆去，上下顛倒。
② 苟且：指只顧眼前，得過且過。

【譯文】

太康年間，天下流行《晉世寧》的舞蹈。跳這種舞蹈時，手向下拿著杯盤，再把杯盤翻來覆去。歌詞是：「晉代安寧，舞弄杯盤。」翻來覆去，是最危險的；杯盤，是飲酒用的器具。把這種舞叫作「晉世寧」，是說當時的人在吃喝玩樂中得過且過，他們的智謀不能考慮到遠大的事情，就像酒器握在手中那樣。

以氈為服

【原文】

太康中，天下以氈為頭及絡帶、袴口^①。於是百姓咸^②相戲曰：「中國其必為胡所破也^③。」夫氈，胡之所產者也，而天下以為頭、帶身、，胡既三制之矣，能無敗乎？

【注釋】
① 頭：即「陌頭」，一種漢族平民的頭飾。絡帶：一種束腰帶。袴口：套褲的褲口。袴：古代指無襠的套褲。
② 咸：都。
③ 中國：指中原地區。胡：中國古代稱北邊的或西域的民族。

【譯文】

太康年間，全國的人都用毛氈做頭巾和腰帶、褲口。於是百姓都開玩笑說：「中原一定會被胡人攻破。」毛氈，是胡地出產的東西，而全國的人拿它來做頭巾、腰帶、褲口，那麼胡人已經控制了人身的三個地方，中原能不失敗嗎？

折楊柳歌

【原文】

太康末，京洛為《折楊柳》之歌。其曲始有兵革苦辛之辭，終以擒獲斬截之事。自後楊駿被誅，太后幽死①，楊柳之應也。

【注釋】

① 幽死：囚禁而死。

【譯文】

太康末年，京城洛陽傳唱著《折楊柳》的歌曲。那曲子開始有描寫戰亂痛苦的詞句，最後敘述擒敵斬殺的事情。到後來楊駿被殺，太后被囚禁而死，這是《折楊柳》的應驗啊。

遼東馬生角

【原文】

晉武帝太熙元年，遼東有馬生角，在兩耳下，長三寸。及帝晏駕①，王室毒於兵禍。

【注釋】

① 晏駕：婉稱帝王之死。

【譯文】

晉武帝太熙元年，遼東郡有匹馬長了角，在兩隻耳朵下面，長三寸。到晉武帝逝世，王室就遭到了戰亂的危害。

婦人飾兵

【原文】

晉惠帝元康中，婦人之飾有五佩兵。又以金、銀、象角、玳瑁①之屬，為斧、鉞②、戈、戟而戴之，以當笄③。男女之別，國之大節，故服食異等。今婦人而以兵器為飾，蓋妖之甚者也。於是遂有賈後之事。

【注釋】

① 玳瑁：一種海中的動物，形似龜。其背甲可製成飾品。
② 鉞：古代的一種兵器，形似大斧。
③ 笄：古代的一種簪子，用來插住挽起的頭髮，或插住帽子。

【譯文】

晉惠帝元康年間，婦女的飾品有仿照五種兵器製成的五佩兵。又用金、銀、象牙、獸角、玳瑁之類的，做成斧、鉞、戈、戟那樣的飾品來佩帶，把它們當作簪子。男女之間有區別，是國家的重大禮節，所以男女的服飾飲食都不同。現在婦女用兵器作為飾品，這是極其反常的事。於是就有賈後荒淫暴虐的事情發生。

六鐘出涕

【原文】

　　晉元康三年閏二月，殿前六鐘皆出涕，五刻乃止。前年賈后殺楊太后於金墉城，而賈后為惡不悛①，故鐘出涕，猶傷之也。

【注釋】
①悛：悔改。

【譯文】

　　晉元康三年閏二月，太極殿前的六座大鐘都流出了淚水，流了五刻時間才停止。前年賈后在金墉城把楊太后殺死了，而賈后做了壞事卻不知道悔改，所以大鐘流淚，好像在為楊太后感到哀傷。

一身二體

【原文】

　　惠帝之世，京洛有人，一身而男女二體①，亦能兩用人道②，而性尤好淫。天下兵亂，由男女氣亂而妖形③作也。

【注釋】
①體：這裡指性器官。
②人道：指男女交合。
③妖形：指怪異的情形。

　　晉惠帝在位時，京城洛陽有個人，一個身體上長著男、女兩種性器官，也都能與男女進行交媾，而他本性特別喜愛淫亂。天下的戰亂，是男女元氣混亂而出現怪異現象的緣故。

安豐女子化男

【原文】

　　惠帝元康中，安豐有女子曰周世寧，年八歲，漸化為男。至十七八，而氣性成。女體化而不盡，男體成而不徹①，畜②妻而無子。

【注釋】

①徹：結束，完結。

②畜：收容。

【譯文】

　　晉惠帝元康年間，安豐郡有個女子叫周世寧，八歲時，逐漸變成男人。到十七八歲，男子的氣質性情發育成熟。女性器官變化了但沒有完全去除，而男性器官長成了卻沒有長好，結果娶了妻子卻不能生孩子。

臨淄大蛇入祠

【原文】

　　元康五年三月，臨淄有大蛇，長十許丈。負二小蛇，入城北門，徑從市入漢陽城景王祠中，不見。

【注釋】

　　元康五年三月，臨淄縣出現一條大蛇，長十多丈。它背著兩條小蛇，游進縣城的北門，徑直穿過街市進入漢陽城的景王祠中，就不見了。

呂縣流血

【原文】

　　元康五年三月，呂縣有流血，東西百餘步①。其後八載，而封雲亂徐州，殺傷數萬人。

【注釋】

①步：長度單位，歷代不一，周代以八尺為一步，秦代以六尺為一步。

【譯文】

　　元康五年三月，呂縣出現流淌的鮮血，從東到西有一百多步長。八年後，封雲起兵攻打徐州，殺傷了幾萬人。

霹靂破高禖石

【原文】

　　元康七年，霹靂破城南高禖石①。高禖，宮中求子祠也。賈后妒忌，將殺懷、愍，故天怒賈后，將誅之應也。

【注釋】

①霹靂：雷擊。高禖（音梅）又稱郊禖：管理婚姻和生育之神。

【譯文】

　　元康七年，雷電擊破了城南高禖廟前的壇石。高禖，是皇宮內祈求生子的祠廟。當時賈后妒忌，將要殺掉懷帝、愍帝，所以上天怨恨賈后，這是賈后將要被誅殺的預兆。

烏杖柱掖

【原文】

　　元康中，天下始相效為烏杖①，以柱掖②。其後稍施其鐏③，住則植④之。及懷、愍之世，王室多故，而中都喪敗。元帝以藩臣⑤樹德東方，維持天下，柱掖之應也。

【注釋】

①烏杖：上作烏頭形，下有平底金屬套的枴杖。

②柱掖：支撐胳膊。柱：通「拄」。掖：通「腋」，胳肢窩。

③鐏（音堆）：通「鐏」，矛戟柄末的平底金屬套。

④植：立，樹立。

⑤藩臣：指擁有封地或封國的親王或郡王。

【譯文】

　　元康年間，天下人開始互相傚倣製作烏頭枴杖，用來支撐胳膊。在枴杖的末端稍微做個銅套，站立時就用它支撐著。到懷帝、愍帝在位時，王室多災多難，京城衰敗。晉元帝以諸侯王的身分，在東方樹立德行，維持全國政局，這是枴杖支撐胳膊的應驗。

貴遊倮身

【原文】

元康中，貴遊子弟相與為散發裸身之飲①，對弄婢妾。逆之者傷好，非之者負譏。希世②之士，恥不與③焉。胡、狄④侵中國之萌也，其後遂有二胡之亂。

【注釋】

① 貴遊子弟：沒有官職的貴族子弟。遊：遊閒，即無官職的。倮：通「裸」。

② 希世：迎合世俗。

③ 與：參與。

④ 狄：古代北方少數民族。

【譯文】

元康年間，沒有官職的貴族子弟披頭散髮、赤身裸體，聚在一起喝酒，互相玩弄婢女小妾。反對他們的就傷和氣，非議他們的就被譏笑，迎合世俗的人，都覺得羞恥而不參與這種事。這是胡人、狄人侵略中國的苗頭，之後就有二胡的作亂。

大石浮水登岸

【原文】

惠帝太安元年，丹陽湖熟縣夏架湖，有大石浮二百步而登岸。百姓驚嘆，相告曰：「石來！」尋而石冰入建鄴。

【譯文】

晉惠帝太安元年，在丹陽郡湖熟縣夏架湖，有塊大石頭漂浮了兩百步後登上湖岸。百姓驚嘆不已，互相傳告說：「石頭來了！」不久後，石冰就攻進了建鄴。

賤人入禁庭

【原文】

太安元年四月，有人自雲龍門入殿前，北面再拜①曰：「我當作中書監②。」即收斬之。禁庭尊秘之處，今賤人③竟入，而門衛不覺者，宮室將虛，下人逾④上之妖也。是後帝遷長安，宮闕遂空焉。

【注釋】

① 再拜：古代一種隆重的禮節，拜兩次，表達敬意。

② 中書監：官名。三國魏始置，與中書令職務相等而位次略高。

③ 賤人：指地位低下的人。

④ 逾：越過，超過。

【譯文】

太安元年四月，有個人從雲龍門進宮一直來到大殿前，朝北拜了兩拜說：「我應該做中書監。」宮內的士兵馬上就把他抓住殺了。宮廷是尊嚴機密的地方，現在低賤的人竟然也能進去，而守門人卻沒有發覺，這是宮室將要空虛，地位低下的人將超越皇上的凶兆啊。此後晉惠帝遷徙到長安，皇宮就空虛了。

牛能言

【原文】

　　太安①中，江夏功曹張騁所乘牛忽言曰②：「天下方亂，吾甚極焉，乘我何之？」騁及從者數人皆驚怖，因紿③之曰：「令汝還，勿復言。」乃中道還。至家，未釋駕，又言曰：「歸何早也？」騁益憂懼，秘而不言。安陸縣有善卜者，騁從之卜。卜者曰：「大凶。非一家之禍，天下將有兵起。一郡之內，皆破亡乎！」騁還家，牛又人立而行，百姓聚觀。

　　其秋張昌④賊起。先略江夏，誑曜⑤百姓以漢祚復興，有鳳凰之瑞，聖人當世。從軍者皆絳抹頭，以彰火德之祥。百姓波蕩，從亂如歸。騁兄弟並為將軍都尉，未幾而敗。於是一郡破殘，死傷過半，而騁家族矣。京房《易妖》曰：「牛能言，如其言占吉凶。」

【注釋】

①太安：晉惠帝年號。

②江夏：古郡名，晉時改稱武昌郡。功曹：官名。

③紿：欺騙。

④張昌：西晉時農民起義的首領。

⑤誑曜：欺騙迷惑。

【譯文】

　　晉惠帝太安年間，江夏郡功曹張騁所乘的牛突然開口說話了：「天下就要大亂，我已經非常疲倦，乘著我要到哪兒去呢？」張騁和隨從的幾個人都非常驚奇害怕，於是騙它說：「讓你回家，不要再說話了。」於是半路上就轉回家了。回到家，還沒有卸下車駕，牛又說道：「回來怎麼這麼早呢？」張騁更加擔憂害怕，把這件事藏在心裡，沒有說給人

聽。安陸縣有個擅長占卜的人，張騂去找他占卜。占卜的人說：「這是大凶的預兆。不是一家一戶的災禍，恐怕是全國都將發生戰爭，整個郡內，都要家破人亡啊！」張騂回到家，那頭牛又像人一樣站著行走，人們都來圍觀。

那年秋天，張昌賊軍起事。他們先攻占江夏，欺騙迷惑百姓說是漢朝復興，有鳳凰降臨的祥瑞，聖人即將出世。參加造反的人都抹了紅額頭，用來突出火德的吉祥。老百姓人心動盪，都積極地參加造反。張騂的兄弟都擔任了將軍都尉，沒過多久他們就失敗了。於是整個郡遭到了破壞，百姓死傷的人超過半數，而張騂家被滅族。京房《易妖》說：「牛會說話，根據它說的話，可以占卜吉凶。」

敗屩①聚道

【原文】

元康、太安之間，江、淮之域，有敗自聚於道，多者至四五十量②。人或散去之，投林草中，明日視之，悉復如故。或云：「見狸銜而聚之。」世之所說：「者，人之賤服，而當勞辱，下民之象也。敗者，疲弊之象也。道者，地理，四方所以交通，王命所由往來也。今敗聚於道者，象下民疲病，將相聚為亂，絕四方而壅王命也。」

【注釋】

①屩（音決）：草鞋。
②量：通「緉（音兩）」，雙。

【譯文】

晉惠帝元康、太安年間，長江、淮河流域，有破爛的草鞋自己集聚在道路上，多的時候有四五十雙。人們有時候把它們收撿起來，散扔在

樹林草叢中，第二天去看，又都恢復成了原來的樣子。有人說是：「看見有野貓把它們銜來彙集在一起的。」社會上有流言說：「草鞋是低賤的人穿的，它勞苦受辱，是平民百姓的象徵。破爛，是疲勞睏乏的象徵。道路，是大地的紋理，四方交通的憑藉，皇上的命令需要有道路傳達。如今破爛草鞋聚集在道路上，是象徵平民百姓疲勞困苦，將要聚集造反，斷絕四方交通，堵塞王命上傳下達。」

戟鋒火光

【原文】

晉惠帝永興元年，成都王之攻長沙也[1]，反軍於鄴，內外陳兵。是夜，戟鋒皆有火光，遙望如懸燭，就視則亡焉。其後終以敗亡。

【注釋】

[1] 成都王：即晉惠帝第十六子司馬穎。攻長沙：指攻打長沙王司馬乂。其時長沙王在京都洛陽。

【譯文】

晉惠帝永興元年，成都王司馬穎攻打長沙司馬乂（音艾），叛軍返回鄴城，在鄴城的城內城外都駐紮了軍隊。這天夜裡，士兵兵器的鋒刃上都有火光，遠遠望去就像懸掛著火燭，走近去看便消失了。這之後司馬穎終於失敗被殺。

萬詳婢生怪子

【原文】

晉懷帝永嘉元年，吳郡吳縣萬詳婢生一子，鳥頭，兩足馬蹄，一手，無毛，尾黃色，大如碗。

【譯文】

晉懷帝永嘉元年，吳郡吳縣人萬詳的婢女生了一個孩子，長著鳥的頭，兩隻腳的形狀像馬蹄，一隻手，沒有毛，尾巴黃色，像碗一樣大。

人生他物

【原文】

永嘉五年，枹罕①令嚴根婢產一龍、一女、一鵝。京房《易傳》曰：「人生他物，非人所見者，皆為天下大兵。」時帝承惠帝之後，四海沸騰，尋而陷於平陽，為逆胡②所害。

【注釋】

①枹（音服）罕：古縣名。縣治在今甘肅臨夏新集鄉。
②逆胡：舊稱侵擾中原地區的北方少數民族。

【譯文】

永嘉五年，枹罕縣令嚴根家的婢女生下一條龍、一個女孩、一隻鵝。京房《易傳》說：「人生下其他的東西，這是人們所沒有見過的，是天下要發生大的戰爭的徵兆。」當時晉懷帝繼承晉惠帝的皇位，國內如同沸水翻滾，天下大亂，不久懷帝在平陽被俘獲，被胡人殺害了。

狗作人言

【原文】

永嘉五年，吳郡嘉興張林家，有狗忽作人言，曰：「天下人俱餓死。」於是果有二胡之亂，天下饑荒焉。

【譯文】

永嘉五年，吳郡嘉興縣張林的家中，有條狗忽然說起人話來，說：「天下的人都餓死。」於是果然發生了二胡的兵亂，天下鬧起了饑荒。

鼴鼠出延陵

【原文】

永嘉五年十一月，有鼴鼠①出延陵。郭璞筮之，遇「臨」之「益」②，曰：「此郡之東縣，當有妖人欲稱制③者，尋亦自死矣。」

【注釋】

①鼴（音演）鼠：即鼹鼠。
②遇「臨」之「益」：得到「臨」卦又變成了「益」卦。
③稱制：代行皇帝的職權。

【譯文】

永嘉五年十一月，有鼹鼠出現在延陵縣。郭璞為此占了個卦，得到「臨」卦變「益」卦，就說：「這郡的東邊縣內，會有個妖人想要稱帝，不久也就自己滅亡了。」

辛螫①之木

【原文】

永嘉六年正月，無錫縣欻有四枝茱萸樹相而生②，狀若連理③。先是，郭璞筮延陵蝘鼠，遇「臨」之「益」，曰：「後當復有妖樹生，若瑞而非，辛螫之木也。儻④有此，東西數百里，必有作逆者。」及此生木，其後吳興徐馥作亂⑤，殺太守袁琇。

【注釋】

①辛螫（音遮）：毒蟲刺螫人。比喻毒害、殘害。

②欻（音忽）：忽然。樛（音糾）：糾結，盤纏。

③連理：異根草木，枝幹連生。舊時以為吉祥之兆。

④儻：假如。

⑤吳興：古郡名。郡治今浙江湖州。徐馥：吳興郡功曹，聚眾作亂，殺太守袁琇，後被其部下所殺。

【譯文】

永嘉六年正月，無錫縣突然有四棵茱萸樹互相糾纏盤繞生長，形狀好像連理枝一樣。在此之前，郭璞占卜延陵蝘鼠，得到「臨」卦變「益」卦，他說：「以後會有妖樹生長，好像祥瑞卻又不是，是辛辣毒的樹木。如果出現了這樣的樹，距此樹幾百里的地方必定有作亂的人。」等到這棵妖樹生長出來，就發生了吳興郡功曹徐馥作亂，殺死吳興太守袁琇的事。

豕生人兩頭

【原文】

　　永嘉中，壽春城內有豕生人，兩頭而不活。周馥取而觀之。識者云：「豕，北方畜，胡、狄象。兩頭者，無上也。生而死，不遂也。」天戒若曰：「易生專利之謀，將自致傾覆也。」俄①為元帝所敗。

【注釋】

① 俄：不久。

【譯文】

　　永嘉年間，壽春城內有頭豬生下一個人，有兩個頭，沒有活下來。周馥拿來觀看。有見識的人說：「豬，是北方的牲畜，是胡、狄的象徵。兩個頭，是指沒有主上。生下來就死了，指的是不成功。」上天的禁戒這樣說：「容易想出專門對自己有利的計謀，將會自取滅亡。」不久，周馥就被晉元帝打敗了。

生箋單衣

【原文】

　　永嘉中，士大夫競服生箋①單衣。識者怪之，曰：「此古練②之布，諸侯所以服天子也。今無故服之，殆③有應乎？」其後懷、愍晏駕。

【注釋】

①生箋：指生絹。

②練：指喪服。：束衣袖的繩索。

③殆：大概。

【譯文】

　　永嘉年間，士大夫都爭著穿生絹做的單衣。有見識的人覺得很奇怪，說：「這是古代做喪服的布，是諸侯為天子服喪時穿的。現在無緣無故去穿它，大概是有預兆吧？」後來懷帝、愍帝就死了。

無 顏 恰

【原文】

　　昔魏武軍中，無故作白①。此縞素②，凶喪之征也。初，橫縫其前以別後，名之曰「顏」，傳行之。至永嘉之間，稍去其縫，名「無顏」。而婦人束髮，其緩彌甚，紒③之堅不能自立，發被於額，目出而已。無顏者，愧之言也。覆額者，慚之貌也。其緩彌甚者，言天下亡禮與義，放縱情性，及其終極，至於大恥也。其後二年，永嘉之亂，四海分崩，下人悲難，無顏以生焉。

【注釋】

①恰（音恰）：便帽。用縑帛縫製。相傳為曹操創製。

②縞素：白色喪服。

③紒（音寄）：束髮，結髮。

【譯文】

　　從前魏武帝曹操的軍隊中，無緣無故縫製白帽子。這是白色喪服，

是凶兆的象徵。起初，在帽子的前面縫一塊布，與後面相區別，稱作「顏帢」，傳令在民間加以推行。到永嘉年間，逐漸裁去縫在前面的布，稱為「無顏帢」。婦女束頭髮，越來越鬆弛，束的髮髻不能立起來，頭髮披散在額頭上，只露出眼睛。所謂無顏，是說慚愧。頭髮覆蓋住額頭，這是慚愧的樣子。束頭髮愈加鬆弛，是說天下沒有了禮和義，人們放縱性情到了極點，造成極大的恥辱。那以後兩年，爆發永嘉之亂，國家分裂，百姓悲傷痛苦，沒有臉面再活下去。

呂會不學

【原文】

晉愍帝建興四年，西都傾覆，元皇帝始為晉王，四海宅心[①]。其年十月二十二日，新蔡縣吏任喬妻胡氏，年二十五，產二女，相向，腹心合，自腰以上，臍以下，各分。此蓋天下未一之妖也。時內史[②]呂會上言：「按《瑞應圖》[③]云：『異根同體謂之連理，異畝[④]同穎謂之嘉禾。』草木之屬，猶以為瑞；今二人同心，天垂靈象。故《易》云：『二人同心，其利斷金。』休顯[⑤]見生於陝東之國，蓋四海同心之瑞。不勝喜躍，謹畫圖上。」時有識者哂[⑥]之。君子曰：「知之難也。以臧文仲[⑦]之才，猶祀爰居[⑧]焉。布在方冊，千載不忘。故士不可以不學。古人有言：『木無枝謂之瘣[⑨]，人不學謂之瞽[⑩]。』當其所蔽，蓋闕如也。可不勉乎？」

【注釋】

①宅心：歸心，心悅誠服而歸附。

②內史：官名。西漢初，諸侯王國置內史，掌民政。歷代沿置，至隋始廢。

③《瑞應圖》：應是古代繪製的說明祥瑞感應的圖籍。

④ 敃：通「母」，本源。

⑤ 休顯：榮耀，顯赫。這裡指上天降下的祥瑞。

⑥ 哂：譏笑，嘲笑。

⑦ 臧文仲：春秋時魯國的大臣，以賢良著稱。

⑧ 爰居：海鳥名。

⑨ 瘣（音會）：病，特指樹木有病癭腫，枝葉不榮。

⑩ 瞽：瞎子。

【譯文】

晉愍帝建興四年，西京長安陷落，晉元帝即位，天下歸附，民心安定。這一年十月二十二日，新蔡縣官吏任喬的妻子胡氏，年方二十五歲，生了兩個女孩，臉相對，腹心部位連在一起，從腰以上，肚臍以下，各自分開。這是天下尚未完全統一的徵兆。當時內史呂會上奏說：「按照《瑞應圖》說的：『樹枝根不同但枝幹連成一體的稱為連理，不同根而長出共同的禾穗稱為嘉禾。』草木之類東西，尚且認為是祥瑞的徵兆，現在兩個人體同心，是上天降下的瑞兆。所以《周易》說：『二人同心，其鋒利程度足夠切斷堅硬的金屬。』上天降下的祥瑞顯現在陝東境內，大概是四海同心的吉兆。臣非常高興，畫圖呈上。」當時有見識的人譏笑他。君子說：「知識是難得的。臧文仲那樣有才幹的人還去祭祀海鳥爰居，這事記載在典籍上，千年不會忘記。因此士人不能不學習。古人說過：『樹木沒有枝幹被稱為瘣，人不學習稱為瞽子。』對於自己所不知道的，就不要妄加評論。能不努力嗎？」

淳于伯冤死

【原文】

晉元帝建武元年六月，揚州大旱；十二月，河東地震。去年十二月，斬督運令史淳于伯，血逆流上柱二丈三尺，旋①復下流四尺五寸。是時淳于伯冤死，遂頻②旱三年。刑罰妄

加，群陰不附，則陽氣勝之。罰，又冤氣之應也。

【注釋】
① 旋：立即，隨即。
② 頻：屢次，連次。

【譯文】
　　晉元帝建武元年六月，揚州大旱；十二月，河東郡地震。去年十二月，斬殺督運令史淳于伯，他的血倒流上柱子二丈三尺高，接著又向下流淌了四尺五寸。這是淳于伯受到冤屈而死，於是就連旱三年。胡亂施加刑罰，各種陰氣沒有地方歸附，那陽氣就勝過它了。刑罰不當又是冤氣的應驗。

牛生犢兩頭

【原文】
　　晉元帝建武元年七月，晉陵東門有牛生犢，一體兩頭。京房《易傳》曰：「牛生子，二首一身，天下將分之象也。」

【譯文】
　　晉元帝建武元年七月，晉陵城的東門有頭牛生了頭小牛，一個身體兩個頭。京房《易傳》說：「牛生小牛，兩個頭一個身體，這是天下將要分裂的徵兆。」

地震湧水

【原文】

元帝太興元年四月，西平地震，湧水出。十二月，盧陵、豫章、武昌、西陵地震，湧水出，山崩。此王敦陵①上之應也。

【注釋】

①陵：超越。

【譯文】

元帝太興元年四月，西平郡發生地震，水往上冒出來。十二月，盧陵郡、豫章郡、武昌郡、西陵郡等地發生地震，水往上冒出來，山嶺崩塌。這是王敦超越皇上的預兆。

牛生怪胎

【原文】

太興元年三月，武昌太守王諒有牛生子，兩頭，八足，兩尾，共一腹。不能自生，十餘人以繩引之。子死，母活。其三年，後苑中有牛生子，一足，三尾，生而即死。

【譯文】

太興元年三月，武昌郡太守王諒家有頭母牛生犢，有兩個頭，八條腿，兩條尾巴，只有一個身體。這頭母牛不能自己生產，十多個人用繩子把小牛拉了出來。結果小牛死了，母牛活了下來。太興三年，皇家後苑中有頭牛生小牛，一隻腳，三條尾巴，生下來就死了。

馬生駒兩頭

【原文】

太興二年，丹陽郡吏濮陽演馬生駒，兩頭，自項前別，生而死。此政在私門^①，二頭之象也。其後王敦陵上。

【注釋】

①私門：權勢之家，權貴者。

【譯文】

太興二年，丹陽郡的小吏濮陽演的馬生下一匹小馬，有兩個頭，在脖子的前面分開，生下來就死了。這是政權在權貴手中，有兩個君主的象徵。之後就有王敦超越皇上的事情發生。

太興初女子

【原文】

太興初，有女子，其陰在腹，當臍下。自中國來至江東，其性淫而不產。又有女子，陰在首，居在揚州，亦性好淫。京房《易妖》曰：「人生子，陰在首，則天下大亂；若在腹，則天下有事；若在背，則天下無後。」

【譯文】

太興初年，有個女子，她的陰戶長在腹部，正好在肚臍下面。她從中原來到江東，生性淫亂而不能生育。另外還有一個女子，陰戶長在頭上，住在揚州，也生性喜好淫亂。京房《易妖》中說：「人生下女兒，陰戶長在頭上，那國家就會大亂；如果長在腹部，那國家就有戰事；如

果長在背上，那國家就沒有後嗣傳人。」

武昌火災

【原文】

太興中，王敦鎮武昌，武昌災。火起，興眾救之，救於此而發於彼，東西南北數十處俱應，數日不絕。舊說所謂「濫災妄起，雖興師不能救」之謂也。此臣而行君^①，亢陽^②失節。是時王敦陵上，有無君之心，故災也。

【注釋】

① 行君：指行使君主的權力。
② 亢陽：盛極之陽氣。

【譯文】

太興年間，王敦鎮守武昌，武昌發生火災。大火燒起來，王敦就發動眾人救火，但救了這邊，那邊卻又燒起來，東西南北幾十個地方都相應燃燒，好幾天都沒熄滅。這就是過去所說的「氾濫的災禍胡亂地發生，即使發動軍隊也無法挽救」的情況。這是臣下行使君主的權力，陽氣太盛而失去了節制。這時王敦超越皇上，有無視君主的野心，所以才發生火災。

絳囊縛紛^①

【原文】

太興^②中，兵士以絳囊縛紛。識者曰：「在首為乾，君道也。囊者為坤，臣道也。今以朱囊縛，臣道侵君之象也。為

衣者，上帶短，才至於掖；著帽者，又以帶縛項，下逼上，上無地也。為褲者，直幅為口，無殺，下大之象也。」尋而王敦③謀逆，再攻京師。

【注釋】

① 絳囊：紅色袋子。紒（音寄）：結髮。

② 太興：東晉晉元帝司馬睿的年號。

③ 王敦：字處仲，東晉大臣，娶晉武帝司馬炎女兒襄城公主為妻，後謀篡司馬氏政權。

【譯文】

晉元帝太興年間，士兵用紅色袋子束髮髻。有見識的人說：「髮髻在頭上屬乾，是表示為君之道。袋子屬坤，是表示為臣之道。如今用紅色袋子紮束髮髻，是臣道侵犯君道的象徵。做衣服，上面的帶子很短，只能繫到胳肢窩；戴帽子，又用帶子繫在脖子下。這是臣下逼迫君上，導致君上沒有容身之所的象徵。做褲子，用直幅布製作褲口，不加收束，這是臣下要做大的象徵。」不久王敦謀反，兩次攻打京城。

儀仗生花

【原文】

太興四年，王敦在武昌，鈴下儀仗生花，如蓮花，五六日萎落。說曰：「《易》說：『枯楊生花，何可久也？』今狂花①生枯木，又在鈴閣之間，言威儀之富，榮華之盛，皆如狂花之發，不可久也。」其後王敦終以逆命，加戮其屍。

【注釋】

① 狂花：不按時序而開的花。

【譯文】

太興四年，王敦在武昌的時候，隨從侍衛所執的儀仗開出花來，那花朵形狀像蓮花，過了五六天就枯萎凋謝了。有人說：「《易經》的解釋是：『枯萎的楊樹開花，哪能長久呢？』現在奇花從乾枯的木頭上生長出來，又在將帥府中，這是說禮儀之多，榮華繁盛，都像這失常開放的狂花，不可能長久。」後來王敦終於因為違背晉明帝之命，死後屍體還受了刑戮。

羽扇長柄

【原文】

舊為羽扇柄者，刻木像其骨形，列羽用十，取全數也。初，王敦南征，始改為長柄，下出可捉，而減其羽，用八。識者尤之曰：「夫羽扇，翼之名也。創為長柄，將執其柄，以制其羽翼也。改十為八，將未備奪已備也。此殆敦之擅權，以制朝廷之柄，又將以無德之材，欲竊非據[1]也。」

【注釋】

① 非據：指非分占據的職位。

【譯文】

過去製作羽扇的扇柄，是用木頭雕刻和鳥骨的形狀相似，排列的鳥羽用十根，是取「十」這個全數。起初，王敦南征，開始改用長扇柄，下面伸出來可以用手握住，而且減少了製作它的鳥的羽毛數量，只用八根。有見識的人責備說：「羽扇，是鳥翼的名稱。創製成長柄，是打算掌握扇柄，以它控制羽翼。改羽毛數為八根，是打算用尚未齊備的奪取已經齊備的。這大概是王敦專權，又將任用沒有德行的人，想竊取非他所有的帝位。」

大蛇居神祠空樹

【原文】

晉明帝太寧初，武昌有大蛇，常居故神祠空樹中，每^①出頭從人受食。京房《易傳》曰：「蛇見於邑，不出三年，有大兵，國有大憂」。尋有王敦之逆。

【注釋】

① 每：常常，經常。

【譯文】

晉明帝太寧初年，武昌有條大蛇，常常棲息在舊神廟的樹洞裡，經常伸出頭來接受人們給它的食物。京房《易傳》說：「蛇在城中出現，不出三年，就會有大戰爭，國家會有大憂患。」不久就出現王敦叛逆的事情。

卷八

舜得玉曆①

【原文】

　　虞舜耕於歷山，得「玉曆」於河際之巖。舜知天命在己，體道不倦。舜，龍顏大口，手握褒。宋均②注曰：「握褒，手中有『褒』字，喻從勞苦，受褒飭，致大祚也。」

【注釋】

①玉曆：原指正朔，引申為曆數、國運。亦作「玉曆」
②宋均：東漢末年南陽人，經學大師鄭玄的弟子，為魏博士。

【譯文】

　　虞舜在歷山上耕種，在黃河邊的岩石上拾到了「玉曆」。舜知道這是天神的意旨要把天下交付給自己，於是努力躬行正道而不知疲倦。舜，眉骨突起，嘴巴寬大，手裡握褒。宋均註解說：「握褒，是手裡握著『褒』字。說明他出身窮苦，但後來受到褒揚嘉獎，以致於得到了帝位。」

湯禱桑林

【原文】

　　湯①既克夏，大旱七年，洛川竭。湯乃以身禱於桑林，翦其爪、髮，自以為犧牲②，祈福於上帝。於是大雨即至，洽於四海。

【注釋】

①湯：商族的首領，後起兵滅夏，建立商王朝。

②犧牲：供祭祀用的祭品。

【譯文】

　　商湯戰勝夏王朝以後，天下大旱七年，洛水都乾涸了。於是商湯就在桑林這個地方用自己的身體作為祭品祈禱，他剪掉自己的指甲和頭髮，向上天祈求降雨。於是大雨即刻從天而降，滋潤著天下萬物。

呂望釣於渭陽

【原文】

　　呂望釣於渭陽①。文王出遊獵，占曰：「今日獵得一狩，非龍非螭②，非熊非羆③。合得帝王師。」果得太公於渭之陽。與語，大悅，同車載而還。

【注釋】

① 呂望：即姜尚，字子牙，輔佐周文王、周武王滅商立周，後被封於齊，稱齊太公。陽：山的南面或水的北面稱為陽。
② 螭（音吃）：古代傳說中無角的龍。
③ 羆（音皮）：熊的一種。俗稱人熊或馬熊。

【譯文】

　　呂望在渭水北岸釣魚。周文王到野外打獵，占卜說：「今天將獵到一隻獸，不是龍，不是螭，不是熊，不是羆。得到的應該是帝王您的老師。」周文王果然在渭水的北岸得見姜太公呂望。周文王與他談話，談得非常高興，就和他一同乘著自己的車子回來了。

武王平風波

【原文】

　　武王伐紂，至河上。雨甚，疾雷，晦冥，揚波於河。眾甚懼。武王曰：「余在，天下誰敢干余者！」風波立濟①。

【注釋】

①濟：平息，停止。

【譯文】

　　周武王討伐商紂王，來到黃河邊上。雨下得很大，雷聲轟隆，天昏地暗，黃河水波翻滾。大家都很害怕，周武王說：「我在這裡，天下誰敢冒犯我？」風波馬上就平息了。

孔子夜夢

【原文】

　　魯哀公①十四年，孔子夜夢三槐之間②，豐、沛之邦，有赤氣③氣起，乃呼顏回、子夏同往觀之。驅車到楚西北范氏街，見芻兒打鱗，傷其左前足，束薪而覆之。孔子曰：「兒來！汝姓為誰？」兒曰：「吾姓為赤松，名時喬，字受紀。」孔子曰：「汝豈有所見乎？」兒曰：「吾所見一禽，如麕④，羊頭，頭上有角，其末有肉。方以是西走。」孔子曰：「天下已有主也。為赤劉。陳、項為輔。五星入井，從歲星。」兒發薪下鱗示孔子。孔子趨而往。鱗向孔子，蒙其耳，吐三捲圖，廣三寸，長八寸，每卷二十四字。其言赤劉當起曰：

「周亡，赤氣起，火耀興，玄丘⑤制命，帝卯金⑥。」

【注釋】

① 魯哀公：春秋時期魯國的最後一位國君。

② 三槐之間：相傳周代宮廷外種有三棵槐樹，三公朝天子時，面向三槐而立。後因以三槐喻三公。這裡指宮廷的外朝。

③ 氤：煙氣。

④ 麕（音君）：亦作「麇」，獐子。

⑤ 玄丘：指孔丘。古時稱孔子為「玄聖」，即有大德而無爵位的聖人。

⑥ 卯金：指代「劉」字。

【譯文】

　　魯哀公十四年，某天夜裡孔子在外朝做了一個夢，夢見在豐、沛一帶，有紅色的煙氣升起，於是叫了顏回、子夏一起前往觀看。他們趕著車來到楚國西北面的范氏街，看見有個小孩在打麒麟，把麒麟左側的前腳打傷了，又拿一捆柴草去覆蓋它。孔子說：「小孩過來！你姓什麼？」這小孩說：「我姓赤松，名時喬，字受紀。」孔子說：「你難道看見了什麼東西？」小孩說：「我看見的東西是一隻獸，外形像獐子，長著羊頭，頭上長角，角的末端又有肉。正從這兒向西跑去。」孔子說：「天下已經有主人了，這主人是赤帝子劉邦。陳涉、項羽只是作為輔佐。金、木、水、火、土五星併入井宿，跟隨著歲星。」小孩打開柴草，讓孔子看下面的麒麟。孔子有禮地小步快跑過去。麒麟面向孔子，蒙上耳朵，吐出三捲圖，圖寬三寸，長八寸，每卷有二十四個字。那文字意思是炎帝劉邦要興起，說：「周朝要滅亡，紅色的煙氣上升，火德榮耀昌盛。玄聖孔子頒佈天命，那皇帝姓劉。」

赤虹化玉

【原文】

　　孔子修《春秋》[1]，制《孝經》[2]。既成，齋戒，向北辰而拜，告備於天。天乃洪鬱[3]起白霧，摩地，赤虹自上而下，化為黃玉，長三尺，上有刻文。孔子跪受而讀之，曰：「寶文出，劉季握。卯金刀，在軫北。字禾子，天下服。」

【注釋】

① 《春秋》：相傳為孔子依據魯國史書所編的一部編年體春秋史。後被奉為儒家經典之一。

② 《孝經》：實際《孝經》非孔子所作，應出自其弟子之手。

③ 洪鬱：指雲氣大量鬱積。

【譯文】

　　孔子修訂《春秋》，創制《孝經》。完成後，他便潔淨身心，對著北極星跪拜，向上天一一稟告。於是天空便湧起白色的大霧，籠罩大地，有紅色的虹從天上下來，變成了黃玉，長有三尺，上面雕刻著文字。孔子跪著接受了這塊玉，誦讀那上面的文字，念道：「寶玉上的文字出現，天下要被劉季掌握。『卯金刀』之劉氏，生於軫星之北。他字『禾子』（季），天下的人都會歸服。」

陳寶祠

【原文】

　　秦穆公時，陳倉人掘地得物，若羊非羊，若豬非豬。牽以獻穆公，道逢二童子。童子曰：「此名為媼。常在地食死

人腦。若欲殺之，以柏插其首。」媼曰：「彼二童子名為陳寶。得雄者王，得雌者伯。」陳倉人舍媼逐二童子，童子化為雉，飛入平林。陳倉人告穆公，穆公發徒大獵，果得其雌。又化為石，置之汧、渭之間，至文公時，為立祠陳寶。其雄者飛至南陽，今南陽雉縣，是其地也。秦欲表其符，故以名縣。每陳倉祠時，有赤光長十餘丈，從雉縣來，入陳倉祠中，有聲殷殷如雄雉。其後光武起於南陽。

【譯文】

秦穆公的時候，陳倉縣有一人挖地得到一個東西，像羊又不是羊，像豬又不是豬。他就牽著這個怪物獻給秦穆公。在路上他碰到兩個孩子，孩子說：「這東西名字叫媼，經常在地下吃死人的腦髓。你如果想要殺掉它，請用柏樹插進它的腦袋裡。」媼說：「那兩個孩子名字叫陳寶。得到雄的那一個就能得到天下，得到雌的那一個就能稱霸諸侯。」陳倉縣的這個人就放了媼，去追趕那兩個孩子。那兩個孩子都變成了野雞，飛進了樹林。陳倉縣這人就把這事告訴了秦穆公。秦穆公發動部下舉行大規模的圍獵，結果只抓到了那隻雌野雞。但那雌野雞又變成了石頭，所以秦穆公就把它放在汧水和渭河中間的地方。到秦文公的時候，還為它建立了廟宇，廟名就叫作陳寶。那隻雄野雞飛到了南陽郡，如今的南陽郡雉縣，就是它降落的地方。秦國想證明它的效驗，所以用它來命名那個縣。每逢陳倉縣祭祀，就有長十多丈的紅光從雉縣那邊過來，進入陳寶祠內，並發出雄野雞那種殷殷的聲音。後來光武帝劉秀果然在南陽興起。

邢史子臣說天道

【原文】

宋大夫邢史子臣明於天道。周敬王之三十七年，景公問

曰：「天道其何祥？」對曰：「後五十年五月丁亥，臣將死。死後五年五月丁卯，吳將亡。亡後五年，君將終。終後四百年，邾王天下。」俄而皆如其言。所云邾王天下者，謂魏之興也。邾，曹姓，魏亦曹姓，皆邾之後。其年數則錯。未知刑史失其數耶？將年代久遠，註記者傳而有謬也？

【譯文】

　　宋國大夫刑史子臣懂得觀天占卜。周敬王三十七年，宋景公問他說：「天像有什麼徵兆嗎？」他回答說：「過後五十年五月丁亥那一天，我將死去。我死後五年，五月丁卯那一天，吳國將滅亡。吳國滅亡後五年，國君您將死去。您死後四百年，邾國將在天下稱王。」後來發生的事都應証了他所說的話。他所說的「邾國將在天下稱王」，說的是曹魏的興起。邾國，是曹姓，魏國也是曹姓，都是邾國的後裔。但說曹魏興起的年份卻說錯了。不知道刑史子臣說的年數是錯的，還是年代久遠，記錄的人傳說中造成了謬誤？

熒惑星預言

【原文】

　　吳以草創①之國，信不堅固，邊屯守將，皆質其妻子，名曰「保質」。童子少年以類相與娛游者，日有十數。孫休永安二年三月，有一異兒，長四尺餘，年可六七歲，衣青衣，忽來從群兒戲。諸兒莫之識也，皆問曰：「爾誰家小兒，今日忽來？」答曰：「見爾群戲樂，故來耳！」詳而視之，眼有光芒，爚爚②外射。諸兒畏之，重問其故。兒乃答曰：「爾恐我乎？我非人也，乃熒惑星也。將有以告爾：三公歸於司馬。」諸兒大驚，或走告大人，大人馳往觀之。兒

曰：「舍爾去乎！」聳身而躍，即以化矣。仰而視之，若曳一匹練以登天。大人來者，猶及見焉。飄飄漸高，有頃而沒。時吳政峻急，莫敢宣也。後四年而蜀亡，六年而魏廢，二十一年而吳平，是歸於司馬也。

【注釋】

①草創：剛剛興建。

②爤爤（音悅悅）：光彩奪目的樣子。

【譯文】

　　吳國因為是剛剛建立的國家，信譽還沒有完全樹立起來，所以邊塞上駐守的將領，都要將他們的妻子兒女作為人質留在京城，這種方式叫作「擔保人質」。這些留作人質的兒童少年，以類相從在一起玩耍，每天有十幾個。孫休永安二年三月，有一個奇異的小孩，高四尺多，年齡大約六七歲，穿著青色的衣服，忽然過來跟這些孩子們玩耍。這些孩子沒有一個認識他的，都問他：「你是誰家的小孩，今天突然來這裡玩？」他回答說：「我看見你們成群結隊地在一起玩得很開心，所以我就來了。」仔細地打量他，他的眼睛裡有光芒，閃閃發亮。孩子們都怕他，於是又問他是怎麼回事。那孩子就回答說：「你們害怕我嗎？我不是人，而是火星。我有件事要告訴你們，政權將歸於司馬氏。」孩子們大吃一驚，有的跑去告訴自家的大人，大人便趕去看他。那孩子說：「我要離開你們走啦！」於是縱身一跳，馬上就消失不見了。抬頭看他，見他彷彿拖著一匹白色的絹布飛上了天。跑過來的大人，還趕得及看見他。白絹越飄越高，過了一會兒就看不見了。當時吳國的政局很緊張凶險，所以沒有人敢宣揚這件事。過了四年，蜀國滅亡；過了六年，魏國滅亡；又過了二十一年，吳國被平定了。這就是那孩子所說的劉、曹、孫三公政權歸於司馬氏。

戴洋夢神

【原文】

　　都水馬武舉戴洋為都水令史，洋請急還鄉，將赴洛，夢神人謂之曰：「洛中當敗，人盡南渡。後五年，揚州必有天子。」洋信之，遂不去。既而皆如其夢。

【譯文】

　　主管河渠灌溉的都水馬武，舉薦戴洋任都水令史，戴洋請假回鄉，準備去洛陽的時候，忽然夢見仙人對他說：「洛陽會被攻陷，人們都要渡江南下。再過五年，揚州一定會出天子。」戴洋相信這夢，就不去洛陽了。後來，事情的發展都像他夢見的那樣。

卷九

應嫗見神光

【原文】

　　後漢中興初，汝南有應嫗者，生四子而寡。晝見神光照社。嫗見光，以問卜人。卜人曰：「此天祥也。子孫其興乎！」乃探得黃金。自是子孫宦學，並有才名。至瑒，七世通顯。

【譯文】

　　東漢中興初年，汝南郡有一個姓應的婦人，生了四個兒子便成了寡婦。有一天，她看見一道神光射著土地廟。婦人看見這光，便去詢問占卜的人是怎麼回事。占卜的人說：「這是上天降下的好兆頭啊。你的子孫大概要興旺發達了！」於是她就在那神光照射的地方挖掘，挖到了黃金。從此以後，她的子孫做官治學，都很有才華名望。一直到應瑒（音揚）的時候，七代人都通達顯貴。

馮緄綬笥有蛇

【原文】

　　車騎將軍巴郡馮緄，字鴻卿。初為議郎，發綬笥①，有二赤蛇，可長二尺，分南北走。大用憂怖。許季山孫憲，字寧方，得其先人秘要，緄請使卜。云：「此吉祥也。君後三歲，當為邊將，東北四五千里，官以東為名。」後五年，從大將軍南征，居無何，拜尚書郎、遼東太守、南征將軍。

【注釋】

①綬笥（音受示）：盛印綬的箱子。

【譯文】

　　車騎將軍巴郡人馮緄（音滾），字鴻卿。當初他任議郎的時候，打開裝印綬的箱子，發現裡面有兩條紅色的蛇，長約二尺，分別向南、北方向爬著離開。他相當憂慮害怕。許季山的孫子許憲，字寧方，懂得先人方術的秘訣要義，馮緄請他為此事占卜。他說：「這是吉祥的徵兆。此後三年，你將會在東北方四五千里的地方，擔任駐守邊關的將領，官名裡有東字。」此後五年裡，馮緄隨同大將軍南征，征伐了很多地方，官拜尚書郎、遼東太守、南征將軍。

張顥得金印

【原文】

　　常山張顥為梁州牧，天新雨後，有鳥如山鵲，飛翔入市，忽然墜地。人爭取之，化為圓石。顥椎破之，得一金印，文曰：「忠孝侯印。」顥以上聞，藏之秘府。後議郎汝南樊衡夷上言：「堯舜時舊有此官。今天降印，宜可復置。」顥後官至太尉。

【譯文】

　　常山郡人張顥，擔任梁國的梁州牧。有一天剛下過雨，有一隻像山鵲的鳥飛進集市，忽然墜落到地上，人們都爭著去拾它，它卻變成了圓圓的石頭。張顥用錘子把它敲破了，得到一枚金印，印文上寫著：「忠孝侯印。」張顥把這個金印呈獻給皇帝，皇帝把它收藏在密室裡。後來議郎汝南郡人樊衡夷上奏說：「堯、舜時代曾經設過這個官職，現在上天降下這個官印，應該再重新設置。」張顥後來官至太尉。

張氏傳鉤

【原文】

　　京兆長安有張氏，獨處一室，有鳩自外入，止於床。張氏祝曰：「鳩來，為我禍也，飛上承塵；為我福也，即入我懷。」鳩飛入懷。以手探之，則不知鳩之所在，而得一金鉤。遂寶之。自是子孫漸富，資財萬倍。蜀賈至長安，聞之，乃厚賂婢，婢竊鉤與賈。張氏既失鉤，漸漸衰耗。而蜀賈亦數罹①窮厄，不為己利。或告之曰：「天命也，不可力求。」於是齎鉤以反張氏，張氏復昌。故關西稱「張氏傳鉤」云。

【注釋】

① 罹：遭受。

【譯文】

　　京兆長安有一個姓張的人，獨自居住在一間屋子裡，有一隻鳩鳥從外面飛進來，停在床上。張氏禱告說：「鳩飛來，如果是給我帶來災禍的，就飛上天花板；如果是給我帶來福運的，就立即飛進我懷裡。」鳩鳥飛進了他懷裡。他用手去摸，不知道鳩鳥去了哪裡，卻摸到一隻金鉤。於是把金鉤當作寶貝。從此，他的子孫逐漸富裕，資產增加了萬倍。蜀郡的一個商人來到長安，聽說了這件事，就拿很多錢賄賂張氏的婢女，婢女把金鉤偷出來給了這個商人。張氏因為丟失了金鉤，家業逐漸敗落。而蜀郡那個商人也罹遭窮困，沒有給自己帶來什麼好處。有人告訴商人說：「這是天命，不能強求。」於是商人把金鉤又還給了張氏，張氏一族又重新興旺昌盛起來。因此關西地區盛傳「張氏傳鉤」的傳說。

何比干得符策

【原文】

　　漢征和三年三月，天大雨，何比干在家。日中，夢貴客車騎滿門。覺以語①妻，語未已，而門有老嫗，可八十餘，頭白，求寄避雨。雨甚，而衣不沾漬。雨止，送至門，乃謂比干曰：「公有陰德，今天錫君策，以廣公之子孫。」因出懷中符策，狀如簡，長九寸，凡九百九十枚，以授比干，曰：「子孫佩印綬者，當如此算。」

【注釋】

①語：告訴。

【譯文】

　　漢武帝征和三年三月，有一天下大雨，何比干在家裡午睡時，夢見有貴客車馬擠滿了家門。醒後他把這個夢告訴妻子，話還沒有說完，門口有個老太婆，大約八十多歲，白髮蒼蒼，請求收留進屋避雨。雨很大，她的衣服卻沒有沾上一點雨水。雨停了，何比干送她到門口。她就對何比干說：「你有陰德，現在老天賜給你符策，使你的子孫興旺發達。」於是她拿出懷裡的符策，形狀像竹簡，有九寸長，共九百九十枚，交給何比干，說：「你的子孫佩戴印綬，會像符策預言的一樣。」

魏舒詣野王

【原文】

　　魏舒，字陽元，任城樊人也。少孤，嘗詣野王①。主人妻夜產，俄而聞車馬之聲，相問曰：「男也？女也？」曰：

「男。書之：十五，以兵死。」復問：「寢者為誰？」曰：「魏公舒。」後十五載，詣主人，問所生童何在，曰：「因條桑②，為斧傷而死。」舒自知當為公③矣。

【注釋】
①詣：前往，去到。野王：古邑名，亦作「野」，其地在今河南沁陽。
②條桑：指修整桑樹。
③公：封建制度最高爵位。

【譯文】
　　魏舒，字陽元，是任城郡樊縣人。從小就失去了父母，曾經到野王縣去，借住在別人家裡。房主的妻子在那天晚上生孩子，一會兒他聽見車馬的聲音，有人問：「生的是男孩呢？還是女孩？」另一人回答說：「是男孩。請寫下來：這孩子十五歲時死在兵器上。」又問：「在睡覺的是誰？」那人說：「是魏公舒。」過了十五年，魏舒又到這戶人家去，問生下的孩子在什麼地方，主人說：「因為整修桑樹，被斧頭砍傷死了。」魏舒就知道自己會成為公爵了。

賈誼《鵩鳥賦》

【原文】
　　賈誼為長沙王太傅，四月庚子日，有鵩鳥①飛入其舍，止於坐隅，良久乃去。誼發書占之，曰：「野鳥入室，主人將去。」誼忌之，故作《鵩鳥賦》，齊死生而等禍福②，以致命定志焉。

【注釋】
①鵩（音服）鳥：古書上說的一種不吉祥的鳥，形似貓頭鷹。因夜鳴聲

惡，古稱之為不祥之鳥。

②齊死生而等禍福：指把死和生、禍與福看成是同等的事。

【譯文】
　　賈誼被貶為長沙王太傅，四月庚子那天，有隻鵬鳥飛進他的房間，停在座位邊上，很久才飛走。賈誼打開符書來占卜，書上說：「野鳥入室，主人將去。」賈誼很忌諱這件事，所以寫了篇《鵬鳥賦》，把死和生、禍與福看成是同等的事，表明自己要捨棄生命來實現理想。

狗齧鵝群

【原文】
　　王莽居攝，東郡太守翟義知其將篡漢，謀舉義兵。兄宣教授，諸生滿堂。群鵝雁數十在中庭，有狗從外入，齧之，皆死。驚救之，皆斷頭。狗走出門，求不知處。宣大惡之。數日，莽夷①其三族。

【注釋】
①夷：殺。

【譯文】
　　王莽攝政，東郡太守翟義知道他要篡奪漢朝政權，計劃發起義兵討伐他。翟義的哥哥翟宣，是傳道授業的老師，弟子眾多。他家庭院中養著幾十隻鵝，有一條狗從外面進來，把鵝都咬死了。家裡人慌忙去救鵝，鵝的脖子都被這條狗咬斷了。狗跑出門去，頃刻便找不到它的去向。翟宣感到非常厭惡。幾天後，王莽就誅滅了他家三族。

公孫淵家數怪

【原文】

魏司馬太傅懿平公孫淵，斬淵父子。先時，淵家數有怪：一犬著冠幘①絳衣，上屋。有一兒蒸死甑中。襄平北市生肉，長圍各數尺，有頭目口喙，無手足而動搖。占者曰：「有形不成，有體無聲，其國滅亡。」

【注釋】

①幘（音責）：古代的頭巾。

【譯文】

魏國大將軍太傅司馬懿平定公孫淵，斬殺了公孫淵父子。在這之前，公孫淵家裡多次出現怪異的事：一條狗戴著帽子、頭巾，穿著紅色的衣服，爬上房屋。忽然有一個小孩蒸死在甑子裡。襄平縣北面的集市裡生出肉團來，長寬高各有幾尺，有頭，有眼睛，有嘴巴，沒有手腳卻會搖動。占卜的人說：「有人形卻不成人，有身體卻沒有聲音，這個國家就要滅亡了。」

諸葛恪被殺

【原文】

吳諸葛恪征淮南歸，將朝會之夜，精爽擾動，通夕不寐。嚴畢趨出，犬銜引其衣。恪曰：「犬不欲我行耶？」出仍入坐，少頃，復起，犬又銜衣。恪令從者逐之。及入，果被殺。其妻在室，語使婢曰：「爾何故血臭？」婢曰：「不也。」有頃，愈劇。又問婢曰：「汝眼目瞻視，何以不常？」

婢蹶然起躍，頭至於棟，攘臂切齒而言曰：「諸葛公乃為孫峻所殺。」於是大小知恪死矣。而吏兵尋至。

【譯文】

　　吳國諸葛恪征伐淮南郡回來，準備朝見君王的頭一天晚上，精神不安，一整夜都沒有睡著覺。他穿戴好衣帽出門，狗咬著他的衣服拖住他。諸葛恪說：「這狗不想讓我出門嗎？」他出門又回家坐下。過了一會兒再起身，狗又咬住他的衣服不讓他走。諸葛恪命令隨從人員把狗趕開。等到他進入皇宮，果然被殺了。他的妻子在家裡，對他家的婢女說：「你身上怎麼有血腥味？」婢女說：「沒有呀。」過了一會兒，血腥味更濃了。她又問婢女：「你眼睛東張西望，怎麼跟平常不一樣？」婢女一下子跳起來，頭衝到屋樑上，捋起衣袖咬牙切齒地說：「諸葛公竟然被孫峻給殺死了。」於是，一家大小都知道諸葛恪死了，不久收捕的官吏和士兵就到了。

鄧喜射人頭

【原文】

　　吳戍將鄧喜殺豬祠神，治畢懸之。忽見一人頭，往食肉。喜引弓射，中之，咋咋①作聲，繞屋三日。後人白喜謀叛，合門被誅。

【注釋】

① 咋咋：象聲詞。形容呼叫聲、咬牙聲等。

【譯文】

　　東吳戍將鄧喜殺豬祭祀廟神，把豬收拾好懸掛起來。忽然看見一個人頭，去吃豬肉。鄧喜拉弓射箭，正中人頭，人頭發出「咋咋」的聲

音，這聲音在屋裡環繞，響了三天三夜。後來有人揭發鄧喜謀反，他全家都被誅殺了。

府公斥賈充

【原文】

　　賈充伐吳時，常屯項城。軍中忽失充所在。充帳下都督周勤時晝寢，夢見百餘人錄充，引入一徑。勤驚覺，聞失充，乃出尋索。忽睹①所夢之道，遂往求之。果見充行至一府舍。侍衛甚盛，府公南面坐，聲色甚厲。謂充曰：「將亂吾家事者，必爾與荀勖。既惑吾子，又亂吾孫，間使任愷黜汝而不去，又使庾純詈汝而不改。今吳寇當平，汝方表斬張華。汝之暗戇②，皆此類也。若不悛慎，當旦夕加誅。」充因叩頭流血。府公曰：「汝所以延日月而名器若此者，是衛府之勳耳。終當使繫嗣死於鐘虡之間，大子斃於金酒之中，小子困於枯木之下。荀勖亦宜同。然其先德小濃，故在汝後。數世之外，國嗣亦替。」言畢命去。充忽然得還營，顏色憔悴，性理昏錯，經日乃 復。至後，謐死於鐘下，賈后服金酒而死，賈午考竟③用大杖終。皆如所言。

【注釋】

①睹：看到。
②暗戇（音杠）：愚昧。
③考竟：刑訊致死。

【譯文】

　　賈充帶兵討伐吳國時，曾駐紮在項城。有一天，軍營中突然不見了

賈充的蹤跡。賈充帳下都督周勤當時白天正在睡覺，夢見有一百多人捉拿賈充，把他拉到一條路上。周勤驚醒，聽說賈充不見了，就走出軍營尋找。忽然，他看見夢中所見的道路，於是就往那條路上尋找。果然看見賈充走到一座官府裡去，官府護衛很多，府公坐北朝南坐著，聲色俱屬。他對賈充說：「將來擾亂我家事情的人，必定是你和荀勖。既迷惑我兒子，又擾亂我孫子。前不久讓任愷貶斥你，你不離開；又讓庾純罵你，你又不改過。如今東吳賊寇應當被平定，你卻上表要斬殺張華。你的糊塗愚蠢，都是這一類的事。你如果不悔改，行動小心謹慎些，早晚會被誅殺。」賈充立即叩頭，叩得流出血來。府公說：「你之所以得以延長壽命並且享有現在的爵位車服，不過是你護衛相府的功勞罷了。最終你的後嗣要死在鐘虡（音具）之間，大女兒死在金酒之中，小女兒死在枯木之下。荀勖也會和你一樣，只是他先輩的功德稍重，所以在你之後受處罰。幾代之後，封國和後嗣也要被廢替。」說完話叫賈充回去了。

賈充忽然回到了軍營，臉色憔悴，精神錯亂，過了一天才得以恢復。到後來，賈謐死在鐘虡（懸鐘的格架）之下，賈后服金酒而死，賈午被囚禁用大杖拷打至死。都和府公說的一樣。

庾亮廁中見怪

【原文】

庾亮字文康，鄢陵人，鎮荊州。廁，忽見廁中一物，如方相[1]，兩眼盡赤，身有光耀，漸漸從土中出。乃攘臂以拳擊之。應手有聲，縮入地。因而寢疾。術士戴洋曰：「昔蘇峻事，公於白石祠中祈福，許賽[2]其牛，從來未解，故為此鬼所考，不可救也。」明年，亮果亡。

【注釋】

①方相：古代傳說中驅除疫鬼和山川精怪的神靈。
②賽：祀神報祭。

【譯文】

庾亮，字文康，是鄢陵人，鎮守荊州。他上廁所的時候，忽然看見廁所裡有一個怪物，樣子像方相，非常凶狠可怕，兩隻眼睛都是紅的，身上閃閃發光，慢慢從泥土裡爬出來。庾亮就挽起衣袖，揮拳打它。隨著擊打的聲音，它縮回了地裡。於是庾亮生病臥床。術士戴洋說：「這是從前蘇峻作亂時，你在白石的祠廟裡祈神賜福，許願用牛來酬謝神靈，後來一直沒有還願，所以才被這個鬼怪懲罰，無法解救。」第二年，庾亮果然死了。

劉寵軍敗

【原文】

東陽劉寵字道和，居於湖熟。每夜，門庭自有血數升，不知所從來。如此三四。後寵為折衝將軍，見遣北征。將行，而炊飯盡變為蟲。其家人蒸①，亦變為蟲。其火愈猛，其蟲愈壯。寵遂北征，軍敗於壇丘，為徐龕所殺。

【注釋】

① 粅（音炒）：以米麥等炒熟後磨成粉的乾糧。

【譯文】

東陽郡人劉寵字道弘，住在湖熟縣。每天夜裡，他家門口總有幾升血，不知道是從什麼地方來的。這種情況發生了三四次。後來，劉寵任折衝將軍，被派往北方打仗。即將出發的時候，燒的飯都變成了蟲子。他家的人做乾糧，乾糧也都變成了蟲。燒的火愈猛，那蟲就愈肥壯。劉寵就到北方打仗去了，他在壇邱吃了敗仗，被徐龕殺死了。

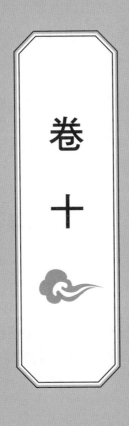

卷

十

鄧皇后夢登天

【原文】

　　漢和熹鄧皇后，嘗夢登梯以捫天，體蕩蕩正清滑，有若鐘乳狀，乃仰飲之。以訊諸占夢，言：「堯夢攀天而上，湯夢及天舐之，斯皆聖王之前占也。吉不可言。」

【譯文】

　　漢和熹鄧皇后曾經夢見自己登著梯子去摸天，摸到天體平坦廣大，而且清涼滑爽，有像鐘乳隆起的形狀。於是她就仰頭吮吸它。她向占夢的人詢問夢的吉凶，占夢的說：「堯曾經夢見自己攀登天梯爬上天，湯曾經夢見自己舐它，這都是成為聖王的預兆。您的夢吉利得沒話說。」

孫堅夫人夢

【原文】

　　孫堅夫人吳氏，孕而夢月入懷，已而生策。及權在孕，又夢日入懷。以告堅曰：「妾昔懷策，夢月入懷；今又夢日，何也？」堅曰：「日月者，陰陽之精，極貴之象，吾子孫其興乎？」

【譯文】

　　孫堅的夫人吳氏，懷孕後夢見月亮進入懷裡，不久生下孫策。到了懷孫權，又夢見太陽進入懷裡。她把這件事告訴孫堅，說：「我過去懷孫策，夢見月亮進入肚子裡；如今又夢見太陽進入肚子裡，這到底是怎麼回事？」孫堅說：「月亮和太陽，是陰陽二氣的精華，是非常高貴的象徵。我們的子孫就要興旺發達了吧？」

夢取樑上穗

【原文】

　　漢蔡茂字子禮，河內懷人也。初在廣漢，夢坐大殿，極上有禾三穗。茂取之，得其中穗，輒復失之。以問主簿郭賀。賀曰：「大殿者，官府之形象也；極而有禾，人臣之上祿也；取中穗，是中台之象也。於字，『禾』『失』為『秩』，雖曰失之，乃所以祿也。兌職中闕，君其補之。」旬月而茂徵焉。

【譯文】

　　漢代蔡茂，字子禮，是河內懷邑人。起先他任廣漢太守時，夢見自己坐在一間大殿裡，屋樑上有一株禾苗，有三個穗。蔡茂去拿它，得到正中的一個穗，接著又丟掉了。他拿這個夢去詢問主簿郭賀，郭賀說：「大殿，是官府的象徵；屋樑上有禾苗，這表示的是大臣的最高俸祿；取正中的一個穗，是要任中台的意思。從字來看，『禾』字、『失』字合起來是『秩』字，雖說有『禾』丟失，這是俸祿的緣故。三公職位有空缺，你將去補缺。」一個月後，蔡茂就得到了任命。

周擥嘖夢

【原文】

　　周擥嘖者，貧而好道。夫婦夜耕，困息臥，夢天公過而哀之，敕外有以給與。司命按錄籍①，云：「此人相貧，限不過此。惟有張車子，應賜錢千萬。車子未生，請以借之。」天公曰：「善。」曙覺，言之。於是夫婦勠力，晝夜治生，所為輒得，貲至千萬。先時有張嫗者，嘗往周家傭賃，野合

有身。月滿當孕，便遣出外，駐車屋下，產得兒。主人往視，哀其孤寒，作粥糜食之。問：「當名汝兒作何？」嫗曰：「今在車屋下而生，夢天告之，名為車子。」周乃悟曰：「吾昔夢從天換錢，外白以張車子錢貸我，必是子也。財當歸之矣。」自是居日衰減，車子長大，富於周家。

【注釋】

① 錄籍：記錄官員俸祿等級的簿冊。

【譯文】

　　周攬嘖（音覽嘖），家境貧困，卻樂守聖賢之道。他們夫婦倆夜晚耕地，累了就睡在地上休息，他夢見天公經過，天公可憐他，命令下屬賜給他東西。司命查看記錄簿，說：「這個人面相貧窮，限度不超過目前的狀況。只有張車子應該賜給他一千萬的錢財。張車子還未出生，請您把錢借給他。」天公說：「好。」天亮醒來，周攬嘖把這個夢告訴妻子，於是夫婦倆共同努力，日夜操持家業，所做的事情都有收益，資產達到一千萬。

　　先前有一個姓張的婦人，曾經在周家做傭人，她與人交好，沒有結婚就身懷有孕。孕期快滿，要生孩子的時候，周家就把她打發出去，住在放車子的屋子裡，後來她生了一個兒子。主人去看望她，可憐她孤苦寒冷，煮了粥給她吃。問她：「該給你兒子取個什麼名字好呢？」張婦人說：「我兒子如今是在車屋裡出生的，我夢見天公告訴過我，取名車子。」周攬嘖於是醒悟，說：「我之前夢見從天公那裡借錢，他的屬下說把張車子的錢借給我，說的一定就是這個孩子。我的這些錢財也應該歸還給他了。」從此，周家家業逐漸衰微下去。張車子長大以後，比周家還富裕。

夢入蟻穴

【原文】

夏陽盧汾，字士濟，夢入蟻穴。見堂宇三間，勢甚危豁①。題其額②，曰「審雨堂」。

【注釋】

①危豁：高大開闊。
②額：匾額。

【譯文】

夏陽縣人盧汾，字士濟，夢見自己進入了螞蟻的洞穴。看到三間廳堂，形狀十分高大開闊。他題寫了匾額，叫作「審雨堂」。

火浣單衫

【原文】

吳選曹令史劉卓，病篤①。夢見一人，以白越②單衫與之，言曰：「汝著衫，污，火燒便潔也。」卓覺，果有衫在側。污，輒火浣③之。

【注釋】

①篤：病勢沉重。
②白越：細布名。
③浣：洗滌，滌除。

【譯文】

　　吳國選曹令史劉卓，病得很重。有次夢見一個人，把一件白越細布做的單衣送給他，說：「你穿這件單衣，穿髒了，用火燒一下就乾淨了。」劉卓醒來，果然有件單衣放在身邊。他穿髒了，就用火來洗它。

劉雅腹痛

【原文】

　　淮南書佐劉雅，夢見青蜥蜴從屋落其腹內，因苦腹痛病。

【譯文】

　　淮南郡書佐劉雅，夢見有隻青色蜥蜴從屋上掉進了他的肚子裡，因而被腹痛病折磨得很痛苦。

張奐妻之夢

【原文】

　　後漢張奐為武威太守，其妻夢帶奐印綬，登樓而歌。覺以告奐，奐令占之，曰：「夫人方生男，後臨此郡，命終此樓。」後生子猛。建安中，果為武威太守，殺刺史邯鄲商，州兵圍急，猛恥見擒，乃登樓自焚而死。

【譯文】

　　東漢時，張奐擔任武威郡的太守，他的妻子夢見自己帶著張奐的官印，登上城樓歌唱。她醒來後把這個夢告訴給張奐，張奐叫人對此占

卜，占卜的人說：「夫人將生一個男孩，日後他將管理這個郡，最終還死在這座樓上。」後來她果真生了個兒子叫張猛。漢獻帝建安年間，張猛果然出任武威太守，他殺死州刺史邯鄲商，州兵猛烈圍攻武威郡，張猛羞於被俘，登上城樓自焚而死。

靈帝夢

【原文】

漢靈帝夢見桓帝怒曰：「宋皇后有何罪過？而聽用邪孽，使絕其命？渤海王悝，既已自貶，又受誅斃。今宋氏及悝，自訴於天，上帝震怒，罪在難救。」夢殊明察。帝既覺而恐，尋亦崩。

【譯文】

漢靈帝夢見漢桓帝發怒說：「宋皇后有什麼罪過？你卻聽信奸邪小人的話，致使她喪命？渤海王劉悝（音虧）既然已經被貶謫，又被誅殺。如今宋皇后和劉悝各自向天帝申訴，天帝非常惱怒，你的罪難以救贖。」這個夢境特別清楚。漢靈帝醒來後感到害怕，不久也死了。

呂石夢

【原文】

吳時，嘉興徐伯始病，使道士呂石安神座。石有弟子戴本、王思二人，居住海鹽，伯始迎之以助。石晝臥，夢上天北斗門下，見外鞍馬三匹，云：「明日當以一迎石，一迎本，一迎思。」石夢覺，語本、思云：「如此，死期至。可

急還，與家別。」不卒事而去。伯始怪而留之。曰：「懼不得見家也。」間一日，三人同時死。

【譯文】

　　三國吳國的時候，嘉興縣徐伯始生了病，讓道士呂石來設置神座。呂石有兩個徒弟：戴本、王思，住在海鹽縣，徐伯始把他們接了來幫助呂石。呂石白天睡覺，夢見上天到北斗星神門下，看見門外有三匹馬已經配好鞍座，於是說：「明天要用一匹馬迎接呂石，一匹迎接戴本，一匹迎接王思。」呂石從夢中醒來，告訴戴本、王思說：「如果真像我夢中所見到的那樣，那麼我們的死日就要到了。你們趕快回家，和家人告別。」他們事沒有幹完就走了。徐伯始覺得奇怪就挽留他們。他們說：「再不走，怕是再也見不到自己的家人了。」過了一天，三個人在同一個時刻死了。

謝郭二人同夢

【原文】

　　會稽謝奉與永嘉太守郭伯猷善，謝忽夢郭與人於浙江上爭樗蒲錢，因為水神所責，墮水而死，己營理郭凶事。及覺，即往郭許，共圍棋。良久，謝云：「卿知吾來意否？」因說所夢。郭聞之悵然，云：「吾昨夜亦夢與人爭錢，如卿所夢，何期太的的也？」須臾，如廁，便倒氣絕。謝為凶具，一如其夢。

【譯文】

　　會稽人謝奉與永嘉太守郭伯猷交情十分好。一天，謝奉忽然夢見郭伯猷與別人在浙江上爭奪賭博的錢。因此被水神譴責，掉進水裡淹死了，由自己經管、操辦郭伯猷的喪事。謝奉醒來立即趕往郭伯猷家，和

他一起下圍棋。過了很久，謝奉說：「你知道我的來意嗎？」於是他把自己的夢說給他聽。郭伯猷聽了十分惆悵，說：「我昨天晚上也夢見自己和別人爭錢，和你夢見的一模一樣。為什麼這夢這麼清楚呢？」一會兒，郭伯猷去上廁所，倒在地上斷了氣。謝奉於是給他籌辦棺材等喪葬用具，如同那個夢裡的情景一樣。

徐泰夢中祈請

【原文】

　　嘉興徐泰，幼喪父母，叔父隗養之，甚於所生。隗病，泰營侍甚勤。是夜三更中，夢二人乘船持箱，上泰床頭，發箱，出簿書示曰：「汝叔應死。」泰即於夢中叩頭祈請。良久，二人曰：「汝縣有同姓名人否？」泰思得，語二人云：「有張隗，不姓徐。」二人云：「亦可強逼。念汝能事①叔父，當為汝活之。」遂不復見。泰覺，叔病乃差。

【注釋】

① 事：侍奉。

【譯文】

　　嘉興縣的徐泰，自幼就失去了父母，叔父徐隗撫養著他，比撫養親生兒子還好。徐隗病了，徐泰照料服侍非常殷勤。一天夜裡三更時分，徐泰夢見兩個人乘船拿著箱子來到自己床頭，打開箱子，拿出簿冊給他看說：「你的叔父就要死了。」徐泰就在夢中向他們叩頭求情。過了很久，那兩個人說：「你縣裡有沒有和你叔父姓名相同的人？」徐泰想了想，便告訴這兩個人說：「只有一個叫張隗的，不姓徐。」那兩個人說：「姓不同也可以勉強逼他死。我們顧念你能服侍叔父，應當替你救活他。」於是他們就不見了。徐泰醒來，叔父的病就痊癒了。

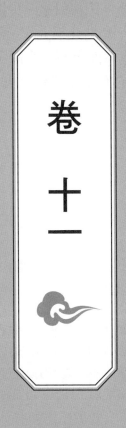

卷

十

一

熊渠子射虎

【原文】

楚熊渠子夜行，見寢石，以為伏虎，彎弓射之，沒金鏃羽。下視，知其石也。因復射之，矢摧，無跡。

漢世復有李廣，為右北平太守，射虎，得石，亦如之。劉向曰：「誠之至也，而金石為之開，況於人乎？夫唱而不和，動而不隨，中必有不全者也。夫不降席而匡①天下者，求之己也。」

【注釋】

① 匡：匡正。

【譯文】

楚國熊渠子夜間巡行的時候，看見有石頭橫臥著，以為是趴在地上的老虎，於是便拉弓射它，箭頭沒進石頭裡，箭桿上的羽毛都掉下來了。他下馬仔細查看，才知道那是塊石頭，接著又射它，箭都折斷了，也沒有留下什麼痕跡。

漢代又有個叫李廣的人，任右北平太守，用箭射老虎，結果射到的是石頭，和熊渠子一樣。劉向說：「精誠所至，金石為開，何況是人呢？你倡議而別人不應和，你行動而別人不追隨，那麼其中必定有不完善的地方。不離開座席就能匡正天下，這需要修養自身才能取得。」

由基更嬴善射

【原文】

楚王遊於苑，白猿在焉。王令善射者射之，矢數發，猿

搏矢而笑。乃命由基,由基撫弓,猿即抱木而號。及六國時,更贏謂魏王曰:「臣能為虛發而下鳥。」魏王曰:「然則射可至於此乎?」贏曰:「可。」有頃,聞雁從東方來,更贏虛發而鳥下焉。

【譯文】

　　楚王在園林遊獵,遇到一隻白猿。楚王命令好射手射擊它,一連射了好幾箭,都被白猿用手抓住,還嘲笑他們。楚王於是命令養由基射擊白猿,養由基才拿起弓箭,白猿就抱著樹枝哭叫起來。到六國時,更贏對楚王說:「我能夠虛拉弓,不放箭,就讓飛鳥掉下來。」魏王說:「難道射技可以精進到這種水平嗎?」更贏說:「能。」一會兒,聽見有大雁從東方飛來,更贏虛拉了一下弓箭,果然一隻大雁就從天上掉了下來。

古冶子殺黿

【原文】

　　齊景公渡於江、沅之河,黿銜左驂,沒之。眾皆驚惕,古冶子於是拔劍從之。邪[1]行五里,逆行三里,至於砥柱[2]之下。殺之,乃黿也。左手持黿頭,右手拔左驂,燕躍鵠踊而出。仰天大呼,水為逆流三百步,觀者皆以為河伯也。

【注釋】

① 邪:通「斜」。
② 砥柱:山名,今已被炸燬。

【譯文】

　　齊景公渡黃河,有一隻大黿咬著他馬車的左驂馬,拖進河裡。大家

都驚慌害怕，古冶子於是拔出寶劍追趕大黿，他斜著追了五里遠，又逆水追趕了三里，來到砥柱山下才趕上它。古冶子把它殺死，才知道它是一隻大黿。他左手提著黿頭，右手牽著左驂，像燕子、天鵝一樣飛出水面。他仰頭朝天大吼一聲，河水被震得倒流了三百步，圍觀的人都以為他是河伯。

【原文】

　　楚干將、莫邪為楚王作劍，三年乃成，王怒，欲殺之。劍有雌雄，其妻重身①當產，夫語妻曰：「吾為王作劍，三年乃成；王怒，往，必殺我。汝若生子，是男，大，告之曰：『出戶，望南山，松生石上，劍在其背。』」於是即將雌劍往見楚王。王大怒，使相之。劍有二，一雄，一雌，雌來，雄不來。王怒，即殺之。

　　莫邪子名赤，比後壯，乃問其母曰：「吾父所在？」母曰：「汝父為楚王作劍，三年乃成，王怒，殺之。去時囑我：『語汝子，出戶，往南山，松生石上，劍在其背。』」於是子出戶，南望，不見有山，但睹堂前松柱下石砥之上，即以斧破其背，得劍。日夜思欲報楚王。

　　王夢見一兒，眉間廣尺，言欲報仇。王即購之千金。兒聞之，亡去，入山，行歌。客有逢者，謂：「子年少，何哭之甚悲耶？」曰：「吾干將、莫邪子也。楚王殺吾父，吾欲報之。」客曰：「聞王購子頭千金，將子頭與劍來，為子報之。」兒曰：「幸甚。」即自刎，兩手捧頭及劍奉之，立僵。客曰：「不負子也。」於是屍乃僕。客持頭往見楚王，王大喜。客曰：「此乃勇士頭也，當於湯鑊②煮之。」王如其言。

煮頭三日三夕，不爛，頭踔③出湯中，瞋目大怒。客曰：「此兒頭不爛，願王自往臨視之，是必爛也。」王即臨之。客以劍擬王，王頭隨墮湯中。客亦自擬己頭，頭復墮湯中。三首俱爛，不可識別。乃分其湯肉葬之。故通名三王墓。今在汝南北宜春縣界。

【注釋】

① 重身：懷孕。
② 湯鑊：煮著滾水的大鍋。古代常作刑具，用來烹煮罪人。
③ 踔：跳躍。

【譯文】

　　楚國的干將、莫邪夫婦給楚王鑄造寶劍，三年才鑄造成功。楚王很生氣，想殺死他們。鑄成的寶劍有雌雄二把，當時干將的妻子有孕在身，即將分娩，丈夫對妻子說：「我替楚王鑄劍，三年才鑄成；楚王生氣了，我去見他，必定是有去無回。你如果生的是男孩，長大了，就告訴他：『出門望著南山，可以看見一塊石頭上長著棵松樹，寶劍就在那樹的背上。』」於是干將就帶著雌劍去見楚王。楚王非常生氣，叫人仔細驗看，說：「寶劍共有兩把，一把雄劍，一把雌劍，雌劍送來了，雄劍沒有送來。」楚王惱怒，立即下令殺死了干將。

　　莫邪的兒子名叫赤，等他長大後，他就問母親：「我的父親在哪裡？」他母親說：「你父親給楚王鑄劍，三年才鑄成，楚王很生氣就把他殺了。你父親離家時囑咐我：『告訴我兒子：出門望著南山，可以看見一塊石頭上長著棵松樹，寶劍就在那樹的背上。』」於是兒子走出門來，向南望，沒看見有山，只看見堂前有一根松木簷柱，立在石砥之上。兒子便用斧頭劈開松柱的背，得到了寶劍。他日思夜想，打算向楚王報仇。

　　楚王夢見一個男孩，兩條眉毛之間有一尺寬，說要向他報仇。楚王就懸賞千金捉拿他。男孩聽到這個消息，急忙逃走，躲進深山，他一邊走一邊悲歌。有一個俠客遇見他，問他：「你年紀這麼小，為什麼哭得

這樣悲傷呢？」男孩說：「我是干將、莫邪的兒子。楚王殺死了我的父親，我想向他報仇！」俠客說：「聽說楚王正懸賞千金要你的腦袋，要不，你把你的寶劍和腦袋給我，我為你報仇。」男孩說：「太好了！」他就割下自己的頭，雙手捧著頭和寶劍交給俠客，身子僵硬地站著。俠客說：「我不會辜負你的。」男孩的屍身這才倒下去。俠客拿著男孩的頭去見楚王，楚王十分高興。俠客說：「這是勇士的頭顱，應該用大湯鍋來煮它。」楚王按照他說的做了。男孩的頭煮了三天三夜，依然沒有煮爛，頭還在滾水中跳躍，瞪著眼睛，很是憤怒。俠客說：「這個小孩的頭煮不爛，希望大王親自到湯鍋邊察看，這樣就一定能煮爛了。」於是，楚王就走到湯鍋邊去看。俠客用寶劍向楚王的頭砍去，楚王的腦袋隨即掉進沸水中。俠客又揮劍砍掉自己的頭，他的頭也掉進沸水裡。三顆人頭煮得稀爛，難以區分是誰的人頭。於是，只好把那鍋裡的湯肉分成三份埋葬，統稱為「三王墓」。如今這墓在汝南郡北的宜春縣境內。

賈雍無頭

【原文】

漢武時，蒼梧賈雍為豫章太守，有神術。出界討賊，為賊所殺，失頭，上馬回營。營中咸走來視雍，雍胸中語曰：「戰不利，為賊所傷。諸君視有頭佳乎？無頭佳乎？」吏涕泣曰：「有頭佳。」雍曰：「不然，無頭亦佳。」言畢，遂死。

【譯文】

漢武帝在位時，蒼梧郡人賈雍任豫章太守，他有道法。有次他離開豫章郡去討伐賊人，被賊人殺了，丟了腦袋，身體卻上馬回了營。軍營中的人都跑來看他，賈雍在胸中發出聲音說：「戰爭失敗，我被強盜傷了。你們看我是有頭好呢，還是沒有頭好？」他的部下哭著說：「有頭的好。」賈雍說：「不對，沒有頭也好。」說完，就死了。

斷頭而語

　　渤海太守史良姊（太平預覽為「好」），一女子，許嫁而不果。良怒，殺之，斷其頭而歸，投於灶下，曰：「當令火葬。」頭語曰：「使君我相從，何圖當爾。」後夢見曰：「還君物。」覺而得昔所與香纓金釵之屬。

【譯文】

　　渤海郡太守史良姊和一個女子相好，女子承諾嫁給他，後來卻沒有兌現。史良很生氣，將她殺了，砍下她的頭帶回家，扔到灶底下，說：「我要用火燒了你。」女子的頭說：「使君，我和你相好，哪會想到是這樣的結果！」後來史良又夢見女子說：「還你東西。」他醒來一看，是香纓、金釵之類的東西，都是他以前送給這名女子的。

血化為碧

【原文】

　　周靈王時，萇宏見①殺。蜀人因藏其血，三年，乃化而為碧②。

【注釋】

① 見：被。
② 碧：青綠色的玉石。

【譯文】

　　周靈王在位時，萇宏被殺。蜀地的人就把他的血收藏起來，三年

後，這些血竟然變成了青綠色的玉石。

東方朔灌酒消患

【原文】

　　漢武帝東遊，未出函谷關，有物當道。身長數丈，其狀象牛，青眼而曜[1]睛，四足入土，動而不徙。百官驚駭。東方朔乃請以酒灌之。灌之數十斛而物消。帝問其故，答曰：「此名為患，憂氣之所生也。此必是秦之獄地，不然，則罪人徒作之所聚。夫酒忘憂，故能消之也。」帝曰：「吁！博物[2]之士，至於此乎！」

【注釋】

① 曜：明耀、光亮。
② 博物：通曉眾物。

【譯文】

　　漢武帝在東方巡遊，還沒走出函谷關，就有一個怪物擋住道路。怪物身長好幾丈，形狀像一頭牛，青色的眼睛，眼珠閃耀明亮，光彩奪目，四隻腳伸進地裡，腳動卻沒有走開。隨行百官都感到十分驚奇害怕。東方朔於是請求用酒灌它。灌了它幾十斛酒，這個怪物就消失不見了。漢武帝問是什麼緣故，東方朔答道：「這個怪物名叫患，由憂鬱之氣產生。這個地方之前一定是秦朝的監獄，不然，就是罪犯集中服勞役的地方。酒能解愁、忘憂，所以能消除它。」漢武帝說：「啊！你真是個知識淵博的人，連這個都知道！」

諒輔以身祈雨

【原文】

　　後漢諒輔，字漢儒，廣漢新都人。少給佐吏，漿水不交。為從事①，大小畢舉，郡縣斂手②。時夏枯旱，太守自曝中庭，而雨不降。輔以五官掾出禱山川，自誓曰：「輔為郡股肱③，不能進諫納忠，薦賢退惡，和調百姓，至令天地否隔，萬物枯焦，百姓喝喝，無所控訴，咎盡在輔。今郡太守內省責己④，自曝中庭，使輔謝罪，為民祈福。精誠懇到，未有感徹。輔今敢自誓：若至日中無雨，請以身塞無狀。」乃積薪柴，將自焚焉。至日中時，山氣轉黑，起雷，雨大作，一郡沾潤。世以此稱其至誠。

【注釋】

① 從事：官名。
② 斂手：拱手，一種禮節，表示恭敬。
③ 股肱：得力助手。
④ 內省責己：反省、責備自己。

【譯文】

　　東漢諒輔，字漢儒，是廣漢郡新都人，他年輕時任佐吏，為官清廉，無取於民，漿水不沾。後來又任從事，大小事情都辦得十分妥當，郡縣裡的人都敬佩他、尊重他。當時夏天乾旱，太守在庭院中讓太陽暴曬親自祈禱，還是沒有下雨；諒輔以五官掾的身分向山川之神禱告，他發誓說：「我諒輔身為郡守的得力助手，不能勸諫上司採納忠言，舉薦賢才摒退壞人，使百姓和睦，致使天地隔絕不通，萬物枯竭，百姓只能抬頭祈雨，找不到地方控訴，這些罪過都在我諒輔。如今郡太守已經反省、責備自己，在庭院中暴曬，現在就讓我諒輔來承擔這個罪過，為百

姓求福；太守誠心誠意，懇切真摯，尚未感動神明。我現在發誓：如果到了中午還不下雨，請讓我用自己的身體來抵罪。」於是他堆積木柴，打算自焚。到了中午，山上的雲氣變黑，響起雷聲，下起了大雨，全郡都得到了滋潤。當時的人因此稱讚諒輔是最誠信、真摯的人。

何敞消災

【原文】

　　何敞，吳郡人，少好道藝，隱居。里以大旱，民物憔悴，太守慶洪遣戶曹掾致謁，奉印綬，煩守無錫。敞不受，退，嘆而言曰：「郡界有災，安能得懷道？」因跋涉①之縣，駐明星屋中，蝗蝝②消死，敞即遁去。後舉方正、博士③，皆不就，卒於家。

【注釋】

① 跋涉：在泥水之中艱難行走。指旅途艱苦。
② 蝝（音袁）：未生翅的蝗幼蟲。
③ 方正：原是正直無邪的意思，這裡指選才納士的考官。博士：傳授經學的官。

【譯文】

　　何敞，吳郡人，年輕時喜好道術，隱居。鄉里因為大旱，老百姓生活非常困苦，郡太守慶洪派遣戶曹掾送上名帖，拿著印章綬帶，請何敞擔任無錫縣令。何敞沒有接受，告退回來的時候，他嘆息著說：「郡中有災荒，我怎麼能有道術而不用呢？」於是他步行來到縣裡，用道術使太白金星停留在屋子裡，蝗蟲通通消滅死了後，何敞就悄悄離開了。後來有人推選他做方正、博士，他都沒有去任職，最後老死在家裡。

蝗蟲避徐栩

【原文】

　　後漢徐栩，字敬卿，吳由拳人。少為獄吏，執法詳平①。為小黃令時，屬縣大蝗，野無生草，過小黃界，飛逝不集②。刺史行部③，責栩不治。栩棄官，蝗應聲而至。刺史謝，令還寺舍，蝗即飛去。

【注釋】

① 詳平：公平。

② 集：停留。

③ 行部：巡行所屬部域，考核政績。

【譯文】

　　東漢時的徐栩，字敬卿，是吳郡由拳縣人。他年輕時做過管理監獄的小吏，執法公正。後來做小黃縣令時，附近各縣都鬧大蝗災，田野裡不留一根青草，但蝗蟲經過小黃縣境，卻快速飛過，沒有停留。刺史到小黃縣巡視政績，責備徐栩沒有治理好縣城。徐栩辭去了官職，蝗蟲聽到消息後就趕來。於是刺史向徐栩道歉，讓他回到官府上任，蝗蟲就又飛走了。

白 虎 墓

【原文】

　　王業字子香，漢和帝時為荊州刺史。每出行部，沐浴齋素，以祈於天地：當啟佐愚心，無使有枉百姓。在州七年，惠風大行，苛慝不作，山無豺狼。卒於枝江，有二白虎，低

頭曳尾，宿衛其側。及喪去，虎逾州境，忽然不見。民共為立碑，號曰：「枝江白虎墓」。

【譯文】

王業，字子香，漢和帝時任荊州刺史。他每次出巡部屬，都要沐浴齋戒，沽淨身心，然後向天地祈求：「請啟發、幫助我那愚笨的心，別使我做出辜負百姓的事情來。」他在荊州任職的七年，仁愛的風氣盛行，殘酷罪惡的事情從未發生過，連山中都沒有豺狼。他後來死在枝江，有兩隻白虎，低著頭拖著尾巴，在他的身邊守衛。等到他喪事結束，那兩隻老虎便越過荊州州界，忽然不見了。人們一起為王業立了塊碑，稱為「枝江白虎墓」。

葛祚去民累

【原文】

吳時，葛祚為衡陽太守，郡境有大槎①橫水，能為妖怪。百姓為立廟，行旅禱祀，槎乃沉沒，不者，槎浮，則船為之破壞。祚將去官，乃大具斧斤，將去民累。明日當至，其夜聞江中洶洶有人聲，往視之，槎乃移去，沿流下數里，駐灣中。自此行者無復沉覆之患。衡陽人為祚立碑，曰：「正德祈禳，神木為移。」

【注釋】

① 槎：樹的杈枝。

【譯文】

三國吳時，葛祚擔任衡陽太守。郡縣內有一個大樹杈橫臥在江上，能興妖作怪。老百姓給它建了祠廟。過路的人去廟裡禱告祭祀，大樹杈

就沉入水底；不然的話，大樹杈就浮在水上，航行的船就會被它撞壞。葛祚將要離任的時候，就準備了許多斧頭，要為老百姓除掉這個禍害。第二天他們就要到江上去了。當天夜裡，他們聽見江中有喧嘩的人聲，前去查看，那根大樹杈竟然自己漂走了，沿江水流下幾里，停在江灣之中。從此以後，行人不再擔心行船會翻覆沉沒。衡陽的老百姓為葛祚立碑，說他：「端正德行，祈禱消災，神木因此移走。」

曾子孝感萬里

【原文】

曾子從仲尼在楚，而心動，辭歸問母。母曰：「思爾，齧指。」孔子曰：「曾參之孝，精感萬里。」

【譯文】

曾子跟隨孔子在楚國遊歷，突然心裡有所感應，於是他告辭回家問候母親。母親說：「我想念你就咬了自己的指頭。」孔子知道這件事後，說：「曾子的孝心，能傳感到萬里之外。」

周暢立義冢

【原文】

周暢性仁慈，少至孝，獨與母居。每出入，母欲呼之，常自齧其手，暢即覺手痛而至。治中從事未之信。候暢在田，使母齧手，而暢即歸。元初二年，為河南尹，時夏大旱，久禱無應。暢收葬洛陽城旁客死骸骨萬餘，為立義冢，應時澍雨。

【譯文】

　　周暢的性情仁愛慈善，年輕時極其孝順，獨自和母親居住，每次出門，母親想叫他，通常只用咬一下她自己的手，周暢感覺到手痛，就會馬上回來。郡治中的從事不相信這事，等周暢去田間幹活的時候，讓他母親咬手，而周暢真的馬上就回來了。漢安帝元初二年，周暢任河南尹，那年夏天大旱，人們祈禱了很久始終沒有應驗。周暢把洛陽城旁一萬多流民的死屍骸骨收起來埋葬了，給他們建造了義冢，天上隨即降下了暴雨。

王祥剖冰孝母

【原文】

　　王祥字休徵，琅邪人，性至孝。早喪親，繼母朱氏不慈，數譖①之。由是失愛於父，每使掃除牛下。父母有疾，衣不解帶。母常欲生魚，時天寒冰凍，祥解衣將剖冰求之，冰忽自解，雙鯉躍出，持之而歸。母又思黃雀炙，復有黃雀數十入其，復以供母。鄉里驚嘆，以為孝感所致。

【注釋】

①譖：誣陷，說別人的壞話。

【譯文】

　　王祥，字休徵，琅邪郡人，生性非常孝順。他從小死了母親，繼母朱氏不慈善，屢次說他的壞話。因此他又失去了父愛，每次都叫他去打掃牛棚。父母生病，他日夜伺候，不眠不休。繼母想吃活魚，當時天寒地凍，王祥就脫下衣服，準備破冰捉魚的時候，冰突然自動裂開，兩條鯉魚從水中跳了出來，王祥拿著魚回了家。繼母想吃烤熟的黃雀，就又有數十隻黃雀飛進王祥的帳子裡，他烤好拿去侍奉母親。同鄉的人都驚

嘆，認為這是王祥的孝心感動上天的結果。

王延叩凌

【原文】

　　王延，性至孝。繼母卜氏，嘗盛冬思生魚，敕延求。而不獲，杖之流血。延尋汾，叩凌①而哭。忽有一魚，長五尺，躍出冰上。延取以進母，卜氏食之，積日不盡。於是心悟，撫②延如己子。

【注釋】

①叩凌：敲打冰面。
②撫：養育。

【譯文】

　　王延，生來就很孝順。他的繼母卜氏，曾經在嚴冬時想吃鮮魚，命令王延去找。但王延沒有找到，繼母就用棍棒打得他流出血來。王延到汾水上去找，敲著冰大哭。忽然有一條魚，長五尺，跳出冰面。王延捉了去獻給繼母，卜氏吃這條魚，吃了好幾天都沒吃完。於是心裡醒悟了，從此對待王延如同自己親生兒子。

楚僚臥冰

【原文】

　　楚僚，早失母，事後母至孝，母患癰腫，形容日悴，僚自徐徐吮之，血出，迨①夜即得安寢。乃夢一小兒語母曰：

「若得鯉魚食之，其病即差，可以延壽。不然，不久死矣。」
母覺而告僚，時十二月冰凍，僚乃仰天嘆泣，脫衣上冰臥
之。有一童子，決僚臥處，冰忽自開，一雙鯉魚躍出。僚將
歸奉其母，病即愈。壽至一百三十三歲。蓋至孝感天神，昭
應如此。此與王祥、王延事同。

【注釋】

① 迨：等到。

【譯文】

　　楚僚從小死了母親，侍奉繼母極其孝順。繼母生了毒瘡，形體日漸
憔悴，楚僚便用嘴將繼母膿瘡中的毒血慢慢吸出來，等到晚上繼母就能
安穩地睡了。繼母夢見一個小孩子對她說：「如果你能抓到鯉魚吃了，
你的病就會馬上痊癒，還可以延長壽命。不然的話，過不了多久你就會
死去。」繼母醒來，把這個夢告訴楚僚。當時正值十二月，冰天雪地，
楚僚於是仰天長嘆哭泣，脫下衣服在冰上臥下，用體溫融化寒冰。有一
個小孩子，他過來敲擊楚僚臥冰的地方，冰忽然自己裂開，一對鯉魚從
冰下跳出來。楚僚便拿著魚回家給繼母吃，繼母吃後，病立即痊癒，還
活到了一百三十三歲。這大概是他的孝順感動了天神，才得到了這樣的
昭應。這跟王祥、王延的故事差不多。

蠐螬炙

【原文】

　　盛彥字翁子，廣陵人。母王氏，因疾失明，彥躬自侍
養。母食，必自哺之。母疾既久，至於婢使數見捶撻。婢忿
恨，聞彥暫行，取蠐螬炙飴之①。母食，以為美，然疑是異
物，密藏以示彥。彥見之，抱母慟哭，絕而復甦。母目豁然

即開，於此遂愈。

【注釋】
①蠐螬（音齊曹）：金龜子的幼蟲。飴：拿食物給人吃。

【譯文】
　　盛彥，字翁子，廣陵人。他母親王氏，因病雙眼失明，盛彥親自伺候她。母親想吃東西，盛彥必定親自餵她。他母親病得很久，心情煩躁，以致對婢女也多有打罵。婢女憤恨她，聽說盛彥暫時外出，就拿金龜子的幼蟲燒了給她吃。盛彥的母親吃了，覺得味道還好，然而懷疑是怪東西，悄悄藏了一點留給盛彥看。盛彥看見蟲子，抱著母親痛哭，哭得死去活來。他母親的眼睛一下子就復明了，從此病也痊癒了。

顏含尋蛇膽

【原文】
　　顏含，宇弘都，次嫂樊氏，因疾失明。醫人疏方，須蚺蛇①膽，而尋求備至，無由得之。含憂嘆累時，嘗晝獨坐，忽有一青衣童子，年可十三四，持一青囊授含。含開視，乃蛇膽也。童子逡巡②出戶，化成青鳥飛去。得膽藥成，嫂病即愈。

【注釋】
①蚺（音然）蛇：蟒蛇。
②逡巡：一剎那。

【譯文】

　　顏含，字宏都，他的二嫂樊氏，因病雙目失明。醫生開了處方，但必須用蟒蛇的蛇膽配藥，顏含到處尋找也沒有找到。顏含憂慮嘆息了很長時間。有一天白天，他獨自一人在家裡坐著，忽然有一個穿青色衣服的小孩，年齡十三四歲，手裡拿著一隻青色口袋要送給他。顏含打開口袋一看，正是蛇膽。小孩很快就走出門，變成青鳥飛走了。得到蛇膽配齊藥，他二嫂的病就立即痊癒了。

郭巨埋兒得金

【原文】

　　郭巨，隆慮人也，一云河內溫人。兄弟三人，早喪父，禮畢，二弟求分。以錢二千萬，二弟各取千萬。巨獨與母居客舍，夫婦傭賃以給供養。居有頃，妻產男。巨念舉兒妨事親，一也；老人得食，喜分兒孫，減饌，二也；乃於野鑿地，欲埋兒。得石蓋，下有黃金一釜，中有丹書，曰：「孝子郭巨，黃金一釜①，以用賜汝。」於是名振天下。

【注釋】

① 釜：古炊具。

【譯文】

　　郭巨，隆慮縣人，也有人說是河內郡溫縣人。有兄弟三人，早年便死了父親。父親的喪禮結束後，兩個弟弟要求分家。家產共有兩千萬，兩個弟弟各拿走一千萬。郭巨獨自與母親居住在客店裡，他和妻子靠給人打工來供養母親。過了一段時間，他妻子生下一個男孩。郭巨考慮撫養兒子會影響侍奉母親，這是其一；老人得到食物，喜歡分給兒孫，這會減少她的食物，這是其二。於是他去野外挖坑，想把兒子埋掉。他挖

到一塊石頭蓋板，蓋板下有一罐黃金，罐裡還有一張丹砂寫的文書，文書上說：「孝子郭巨，黃金一罐，拿來賞賜你。」於是郭巨的聲名遍傳天下。

劉殷居喪

【原文】

　　新興劉殷，字長盛，七歲喪父，哀毀過禮。服喪三年，未嘗見齒。事曾祖母王氏，嘗夜夢人謂之曰：「西籬下有粟。」寤而掘之，得粟十五鍾。銘曰：「七年粟百石，以賜孝子劉殷。」自是食之，七歲方盡。及王氏卒，夫婦毀瘠，幾至滅性。時柩在殯，而西鄰失火，風勢甚猛，殷夫婦叩殯號哭，火遂滅。後有二白鳩來巢其樹庭。

【譯文】

　　新興郡的劉殷，字長盛，七歲的時候死了父親，居喪盡禮超過了一般的禮制。他服喪的三年間，從來沒有開口笑過。他還盡心竭力侍奉曾祖母王氏。有一天夜裡，他夢見有人對他說：「西邊的籬笆下有糧食。」他醒來後去挖，挖到了十五鍾糧食。那蓋子上有刻辭，說：「七年的糧食一百石，用來賞賜孝子劉殷。」從那時開始吃這穀子，吃了七年才吃完。等到曾祖母王氏逝世，劉殷夫婦哀傷減食，消瘦異常，幾乎連命都沒了。當時棺材正準備下葬，西邊鄰居家突然失火，風勢很大，劉殷夫婦敲著棺材號啕大哭，大火就熄滅了。後來有兩隻白鳩飛來，在他家庭院的樹上做窠。

玉 田

【原文】

　　楊公伯雍，雒陽^①縣人也。本以儈^②賣為業，性篤孝。父母亡，葬無終山，遂家焉。山高八十里，上無水，公汲水，作義漿於坂頭，行者皆飲之。三年，有一人就飲，以一斗石子與之，使至高平好地有石處種之，云：「玉當生其中。」楊公未娶，又語云：「汝後當得好婦。」語畢不見。乃種其石。數歲，時時往視，見玉子生石上，人莫知也。有徐氏者，右北平著姓，女甚有行，時人求，多不許。公乃試求徐氏，徐氏笑以為狂，因戲云：「得白璧一雙來，當聽為婚。」公至所種玉田中，得白璧五雙，以聘。徐氏大驚，遂以女妻公。天子聞而異之，拜為大夫。乃於種玉處，四角作大石柱，各一丈，中央一頃地名曰「玉田」。

【注釋】

① 雒（音洛）陽：即洛陽。
② 儈：舊時買賣的中間人。

【譯文】

　　楊伯雍，是洛陽縣人。本來以做中間人介紹買賣為職業，天性忠誠孝順。他父母親死後，都葬在無終山，他就把家也安在了那裡。無終山高八十里，山上沒有水，他就打來了水，在山坡上免費供應茶水，過路的人都從他那裡喝水。三年後，有一個人來喝水，拿了一斗石子給他，叫他到高山上平整的有石頭的地方把它種下，並對他說：「寶玉會從裡面長出來。」楊伯雍當時還沒有娶妻，那人又對他說：「你日後會娶到一個好媳婦。」那人說完就消失了。於是，楊伯雍就種下了那些石子。幾年中，他經常去察看，只見小玉石長在石頭上，而別人沒有一個知道

這件事。有一戶姓徐的人家，是右北平郡的名門望族，他的女兒很有德行，當時有很多人求婚，徐氏都沒有答應。楊伯雍想向徐家求婚試試，卻遭到了徐氏的譏笑，認為他太狂妄，戲弄他說：「如果你能拿出一雙白玉璧來，我就同意你娶我的女兒。」楊伯雍來到他種的玉田中，收了五對白玉璧，作為聘禮。徐家人大吃一驚，就把女兒嫁給了他。皇帝聽說了這件事，覺得楊伯雍這個人很神奇，就任命他為大夫。就在楊伯雍種玉的地方，四角立起大石柱，每根石柱都有一丈高，中央的那一頃地，被命名為「玉田」。

衡農夢虎齧足

【原文】

　　衡農，字剽卿，東平人也。少孤，事繼母至孝。常宿於他舍，值雷風，頻夢虎齧其足，農呼妻相出於庭，叩頭三下。屋忽然而壞，壓死者三十餘人，唯農夫妻獲免。

【譯文】

　　衡農，字剽卿，是東平人。他小時候母親就死了，侍奉繼母非常孝順。有一天，他住在別人家的屋舍裡，遇到打雷颳風，他不斷夢見老虎咬他的腳。衡農喊醒妻子，一同走到庭院裡，磕了三下頭。房屋忽然間倒塌，壓死了三十多個人，只有衡農夫婦得以倖免。

羅威為母溫席

【原文】

　　羅威，字德仁，八歲喪父，事母性至孝。母年七十，天大寒，常以身自溫席，而後授其處。

【譯文】

　　羅威，字德仁，八歲時死了父親，侍奉母親非常孝順。母親七十歲了，天氣十分寒冷時，他常常用自己的身體把床蓆捂熱，然後再讓給母親睡。

王裒泣墓

【原文】

　　王裒，字偉元，城陽營陵人也。父儀，為文帝所殺。裒廬於墓側，旦夕常至墓所拜跪，攀柏悲號，涕泣著樹，樹為之枯。母性畏雷，母沒，每雷，輒到墓曰：「裒在此。」

【譯文】

　　王裒（音培），字偉元，是城陽郡營陵縣人。他父親王儀，被晉文帝殺害。王裒在父親的墓旁結廬，為父親守孝，早晚常到墓地跪拜，他扶著柏樹悲哀號哭，眼淚灑在樹上，柏樹因此枯萎了。王裒的母親生性害怕雷聲，母親死後，每當打雷的時候，他就到她墓前說：「王裒在這裡。」

白鳩郎

【原文】

　　鄭弘遷臨淮太守。郡民徐憲在喪致哀，有白鳩巢戶側。弘舉為孝廉，朝廷稱為「白鳩郎」。

【譯文】

　　鄭弘升任臨淮郡太守。郡裡有個平頭老百姓叫作徐憲，他在家守喪

致哀時，有隻白鳩到他家門邊築巢。鄭弘舉薦徐憲為孝廉，朝廷稱他為「白鳩郎」。

東海孝婦

【原文】

漢時，東海孝婦養姑甚謹，姑曰：「婦養我勤苦。我已老，何惜餘年，久累年少？」遂自縊死。其女告官云：「婦殺我母。」官收繫之，拷掠毒治。孝婦不堪苦楚，自誣服之。時於公為獄吏，曰：「此婦養姑十餘年，以孝聞徹，必不殺也。」太守不聽。於公爭不得理，抱其獄詞哭於府而去。自後郡中枯旱，三年不雨。後太守至，於公曰：「孝婦不當死，前太守枉殺之，咎當在此。」太守即時身祭孝婦冢，因表其墓。天立雨，歲大熟。

長老傳云：「孝婦名周青，青將死，車載十丈竹竿，以懸五。立誓於眾曰：『青若有罪，願殺，血當順下；青若枉死，血當逆流。』既行刑已，其血青黃，緣竹而上標，又緣而下云。」

【譯文】

漢朝時，東海郡有一個孝順的媳婦，她侍奉婆婆十分恭謹。婆婆說：「媳婦奉養我非常辛苦。我已經老了，何必吝惜剩下的年月，長久地連累年輕人呢？」於是上吊自殺了。她的女兒告到官府，說：「媳婦殺死了我母親。」官府拘捕了媳婦，嚴刑拷打，非常狠毒。孝婦受不了酷刑，無辜而認罪。當時於公當獄吏，說：「這個婦人奉養婆婆十多年，因為孝順而名聲傳遍四方，不可能殺害婆婆。」太守不聽他的意見。於公爭辯，沒有說服太守，抱著定案的文書，從官府裡哭著離開了。從此以後，東海郡遭受大旱，三年不曾下雨。後任太守到職，於公

說：「孝婦不應該死，前任太守枉殺了她，災禍的根源應該在這裡。」太守立即親自前往孝婦的墳墓祭奠，還在她的墓上設立表彰的標誌。天上立刻下起雨來，這一年莊稼獲得了大豐收。

當地老人傳說，這個孝婦名叫周青。周青死時，車上插著十丈長的竹竿，竹竿上懸掛著五色幡旗。她當眾立下誓願，說：「我周青如果有罪，我的血會順著竹竿流下來，甘願被殺；我周青如果死得冤枉，血會順著竹竿倒流上去。」行刑後，她的血呈青黃色，沿著旗竿倒流至頂端，又順著旗杆流下來。

犍為孝女

【原文】

犍為叔先泥和，其女名雄。永建三年，泥和為縣功曹。縣長趙祉遣泥和拜檄謁巴郡太守。以十月乘船，於城湍墮水死，屍喪不得。雄哀慟①號，命不圖存，告弟賢及夫人，令勤覓父屍，若求不得，「吾欲自沉覓之」。時雄年二十七，有子男貢，年五歲；貫，年三歲。乃各作繡香囊一枚，盛以金珠環，預嬰二子。哀號之聲，不絕於口，昆族私憂。至十二月十五日，父喪不得。雄乘小船於父墮處，哭泣數聲，竟自投水中，旋流沒底。見夢告弟云：「至二十一日，與父俱出。」至期，如夢，與父相持並浮出江。縣長表言，郡太守肅登承上尚書，乃遣戶曹掾為雄立碑，圖像其形，令知至孝。

【注釋】

① 哀慟：悲痛至極。

【譯文】

犍為郡人叔先泥和，他有個女兒名叫叔先雄。東漢順帝永建三年，叔先泥和擔任縣功曹。一天，縣長趙祉派他傳送公文拜見巴郡太守。他於十月出發，在城邊急流中落水而亡，找不到屍體埋葬。叔先雄得知後悲痛號啕大哭，不想活下去了，她告誡弟弟叔先賢和弟媳，叫他們儘力尋找父親的屍體，如果還是找不到，「我就自沉水中去尋找」。當時叔先雄二十七歲，有一個兒子名叫貢，年五歲；一個兒子名叫貰（音世），年三歲。她就為他們各做了一個繡花香囊，裝著金珠環，預先給兩個兒子戴上。她哀哭的聲音一直沒有停止過，同族的人私下都很擔心她。到了十二月十五日，父親的屍體還是沒有找到。叔先雄就自己乘坐小船來到父親落水的地方，哭泣了幾聲，竟然跳進水裡，隨著迴旋的水流沉入水中。她託夢給弟弟，告訴他說：「到二十一日，我和父親會一起浮出水面。」到了那一天，跟夢中所說的一樣，她和父親互相扶持著一起浮出水面。縣長上書稟報此事，郡太守蕭登轉報尚書，於是尚書派戶曹掾為叔先雄立碑，並畫上她的像，讓大家知道她的孝順。

樂羊子妻

【原文】

河南樂羊子之妻者，不知何氏之女也，躬勤養姑。嘗有他舍雞謬入園中，姑盜殺而食之。妻對雞不食而泣。姑怪問其故，妻曰：「自傷居貧，使食有他肉。」姑竟棄之。後盜有欲犯之者，乃先劫其姑，妻聞，操刀而出。盜曰：「釋汝刀。從我者可全，不從我者，則殺汝姑。」妻仰天而嘆，刎頸①而死。盜亦不殺姑。太守聞之，捕殺盜賊，賜妻縑帛，以禮葬之。

【注釋】

①刎頸：割脖子，自殺。

【譯文】

　　河南郡樂羊子的妻子，不知是誰家的女兒，她親自殷勤地奉養婆婆。曾經有別人家的雞誤入她家園子，婆婆偷偷把雞殺了來吃，樂羊子的妻子卻對著雞肉不吃反而哭泣，婆婆奇怪地問她原因，她說：「我傷心家裡太過貧窮，以致自家的食物中混有別人家的雞肉。」婆婆聽了，就把雞肉倒掉了。後來有個強盜想要凌辱她，就先劫持了她的婆婆，樂羊子的妻子聽到動靜，拿著刀衝了出來。強盜說：「放下你的刀。順從我的話，可以保全性命；不順從我的話，就殺死你的婆婆！」樂羊子的妻子仰天嘆息，割斷自己的脖子死了。那強盜也沒有殺她的婆婆。郡太守聽說此事後，把強盜抓起來殺了，賞給樂羊子的妻子許多絹帛，按照禮儀安葬了她。

庾袞侍兄

【原文】

　　庾袞，字叔褒。咸寧中大疫，二兄俱亡，次兄毗復殆。癘氣方盛，父母諸弟皆出次於外，袞獨留不去。諸父兄強之，乃曰：「袞性不畏病。」遂親自扶持，晝夜不眠。間復撫柩哀臨不輟①。如此十餘旬，疫勢既退，家人乃返。毗病得差，袞亦無恙。

【注釋】

①輟：停止。

【譯文】

　　庾袞，字叔褒。晉武帝咸寧年間瘟疫流行，他的兩個哥哥都病死了，二哥庾毗又病得很嚴重。瘟疫正盛行的時候，他的父母和幾個弟弟都離家到外面居住，只有庾袞獨自留下了。父兄們硬要他離開，他就說：「我一向不怕病。」於是親自服侍二哥，白天晚上不分晝夜，也不睡覺。這期間又在兩位哥哥的靈柩旁哀傷不已。像這樣過了一百多天，瘟疫過去了，家裡人才返回來。二哥庾毗的病好了，庾袞也安然無事。

相 思 樹

【原文】

　　宋康王舍人韓憑娶妻何氏，美，康王奪之。憑怨，王囚之，論[①]為城旦。妻密遺憑書，繆其辭曰：「其雨淫淫[②]，河大水深，日出當心。」既而王得其書，以示左右，左右莫解其意。臣蘇賀對曰：「其雨淫淫，言愁且思也。河大水深，不得往來也。日出當心，心有死志也。」俄而憑乃自殺，其妻乃陰腐其衣。王與之登台，妻遂自投台，左右攬之，衣不中手而死。遺書於帶曰：「王利其生，妾利其死。願以屍骨，賜憑合葬。」王怒，弗聽，使裡人埋之，冢相望也。王曰：「爾夫婦相愛不已，若能使冢合，則吾弗阻也。」宿昔之間，便有大梓木，生於二冢之端，旬日而大盈抱，屈體相就，根交於下，枝錯於上。又有鴛鴦，雌雄各一，恆棲樹上，晨夕不去，交頸悲鳴，音聲感人。宋人哀之，遂號其木曰「相思樹」。「相思」之名，起於此也。南人謂此禽即韓憑夫婦之精魂。今睢陽有韓憑城，其歌謠至今猶存。

【注釋】

① 論：這裡是定罪的意思。

② 淫淫：雨不停的樣子。

【譯文】

　　宋康王的舍人韓憑娶了妻子何氏，十分貌美，宋康王奪走了她。韓憑心裡怨恨，宋康王就把他囚禁起來，定罪為城旦。韓憑的妻子偷偷給韓憑寫了封信，言辭隱諱地說：「其雨淫淫，河大水深，日出當心。」之後宋康王也看到了這封信，就拿給左右的人看，大家不知道信上說的是什麼意思。大臣蘇賀解釋說：「『其雨淫淫』，是說憂愁而且思念。『河大水深』，是說不能相互往來。『日出當心』，是說心裡已經有了死的打算。」不久，韓憑就自殺了。他的妻子暗地裡悄悄把自己的衣服弄腐朽。宋康王和韓憑的妻子登上高台，韓憑的妻子就自己往台下跳，左右的人去拉她，可是她的衣服已經腐朽，根本拉不住，就摔死了。她在衣服裡留有遺書，說：「大王希望我活著，我卻願意死去。希望將我的屍骨賜予韓憑，與其合葬。」宋康王大怒，就是不照她的話辦，他叫當地人分別埋葬他們，兩座墳分離相望。宋康王說：「你們夫婦倆相愛情意不絕，如果能讓兩座墳墓合在一起，那麼我也就不阻攔了。」沒過多久，就有兩棵梓樹分別從兩個墳頭上長出來，十來天就長到有一抱粗細，樹幹彎曲互相靠攏，樹根在地下交接，樹枝在天空交錯。又有兩隻鴛鴦，一雌一雄，總是棲息在樹上，早晚都不離開，依偎著悲鳴，聲音令人感動。宋國人同情韓憑夫婦，於是稱這兩棵樹為「相思樹」。「相思」的說法，是從這時候開始的。南方人認為鴛鴦這種鳥就是韓憑夫婦的靈魂。如今睢陽縣有韓憑城，關於韓憑夫婦的歌謠至今還在那裡流傳。

望夫岡

【原文】

鄱陽西有望夫岡。昔縣人陳明與梅氏為婚，未成，而妖魅詐迎婦去。明詣卜者，決云：「行西北五十里求之。」明如言，見一大穴，深邃無底。以繩懸入，遂得其婦。乃令婦先出，而明所將鄰人秦文，遂不取明。其婦乃自誓執志，登此岡首而望其夫，因以名焉。

【譯文】

鄱陽縣西邊有一座望夫岡。從前，這個縣裡有個叫陳明的人與姓梅的女子訂婚，還沒有成親，女子便被妖怪詐騙帶走了。陳明去請教占卜的人，占卜的人占卦判定說：「往西北走五十里去找她。」陳明依照他說的去尋找，看見一個大洞，深不見底。他用繩子吊下去，果然找到了未婚妻。陳明就讓未婚妻先出洞，但他帶去的鄰居秦文，卻不把他拉上來。陳明的未婚妻於是發誓保持自己的節操，每天登上這座山岡，等待自己的未婚夫歸來，因此人們把這座山岡叫「望夫岡」。

鄧元義妻改嫁

【原文】

後漢南康鄧元義，父伯考為尚書僕射。元義還鄉里，妻留事姑，甚謹。姑憎之，幽閉空室，節其飲食，羸露[1]，日困，終無怨言。時伯考怪而問之，元義子朗，時方數歲，言：「母不病，但苦飢耳。」伯考流涕曰：「何意親姑反為此禍！」遣歸家，更嫁為華仲妻。

仲為將作大匠，妻乘朝車出，元義於路旁觀之，謂人

曰：「此我故婦，非有他過，家夫人遇之實酷，本自相貴。」
其子朗，時為郎，母與書，皆不答，與衣裳，輒以燒之。母
不以介意。母欲見之，乃至親家李氏堂上，令人以他詞請
朗。朗至，見母，再拜涕泣，因起出。母追謂之曰：「我幾
死。自為汝家所棄，我何罪過，乃如此耶？」因此遂絕。

【注釋】

① 羸露：瘦弱。

【譯文】

　　東漢南康郡人鄧元義，他的父親鄧伯考任尚書僕射。鄧元義要回家
鄉去，他的妻子留下來侍奉婆婆，十分殷勤恭謹。但婆婆憎恨她，把她
囚禁在空房子裡，限制她的飲食，她身體瘦弱得不成樣子，每天疲憊不
堪，但她始終沒有怨言。鄧伯考覺得奇怪去問她，鄧元義的兒子鄧朗當
時才幾歲，說她母親沒有病，只是苦於不得不忍受飢餓而已。鄧伯考流
淚說：「為什麼侍奉婆婆反而遭到這樣的禍害？」於是送她回娘家，她
後來改嫁應華仲，成了他的妻子。

　　應華仲後來擔任將作大匠，他妻子乘坐著朝廷的車子出門。鄧元義
在路邊看見她，對人說：「這個人是我原來的妻子，沒有別的過錯，是
我母親對她實在太苛刻了。她本來就天生一副貴人相。」她的兒子鄧
朗，當時任郎官，母親給他寫信，他從不回；送衣服給他，他就把衣服
燒掉。母親沒有介意這些事。母親想見兒子，就到姓李的親家內堂裡，
叫人用託詞請鄧朗來。鄧朗見了母親，哭泣著下拜了兩次，就起身走
了。母親追上去對他說：「我差點餓死。我是被你家拋棄的，我有什麼
過錯，你竟然這樣對待我？」從此就斷絕了來往。

嚴遵破案

【原文】

　　嚴遵為揚州刺史，行部，聞道傍女子哭聲不哀。問所哭者誰，對云：「夫遭燒死。」遵敕吏舁屍到，與語訖，語吏云：「死人自道不燒死。」乃攝女，令人守屍，云：「當有枉。」吏曰：「有蠅聚頭所。」遵令披視，得鐵錐貫頂。考問，以淫殺夫。

【譯文】

　　嚴遵任揚州刺史的時候，一次在所屬郡縣巡視，聽見路旁有女子的哭聲，並不悲哀。就問她哭的是誰，那女子回答說：「是我的丈夫，他被火燒死了。」嚴遵命令差役們把屍體抬過來，他與屍體說完話，就對差役們說：「死人自己說他不是被燒死的。」於是就逮捕了那個女子，並叫人看守屍體，說：「這裡邊一定有冤屈。」差役報告說：「有蒼蠅聚集在屍體頭部。」嚴遵便叫人撥開頭髮仔細察看，發現屍體的頭被鐵椎子貫穿了。於是就拷問那女子，原來是那女子與別人通姦而殺死了丈夫。

山陽死友傳

【原文】

　　漢范式，字巨卿，山陽金鄉人也，一名。與汝南張劭為友，劭字元伯。二人並游太學，後告歸鄉里，式謂元伯曰：「後二年當還，將過拜尊親，見孺子焉。」乃共剋期日。後期方至，元伯具以白母，請設饌以候之。母曰：「二年之別，千里結言，爾何相信之審耶？」曰：「巨卿信士，必不

乖違。」母曰：「若然，當為爾醞酒。」至期，果到。升堂拜飲，盡歡而別。後元伯寢疾，甚篤，同郡郅君章、殷子晨夜省視之。元伯臨終嘆曰：「恨不見我死友。」子征曰：「吾與君章盡心於子，是非死友，復欲誰求？」元伯曰：「若二子者，吾生友耳。山陽范巨卿，所謂死友也。」尋而卒。式忽夢見元伯，玄冕垂纓、屣履而呼曰：「巨卿！吾以某日死，當以爾時葬，永歸黃泉。子未忘我，豈能相及！」式恍然覺悟，悲嘆泣下，便服朋友之服，投其葬日，馳往赴之。未及到而喪已發引。既至壙，將窆^①，而柩不肯進。其母撫之曰：「元伯！豈有望耶？」遂停柩。移時，乃見素車白馬，號哭而來。其母望之，曰：「是必范巨卿也。」既至，叩喪言曰：「行矣元伯！死生異路，永從此辭。」會葬者千人，咸為揮涕。式因執紼而引柩，於是乃前。式遂留止冢次，為修墳樹，然後乃去。

【注釋】

① 窆（音扁）：下葬。

【譯文】

漢代的范式，字巨卿，是山郡金鄉縣人，又叫范汜。他和汝南郡人張劭是好朋友。張劭，字元伯。他們兩人曾一起在太學讀書，後來各自返回家鄉，范式對張元伯說：「兩年後我還會來，到時將去拜訪你的父母，看看你的孩子。」於是他們共同約定了相見的日期。後來眼看著約定的日期就要到了，張元伯跟母親說了這件事，請她準備酒菜等候範式。他母親說：「分別兩年了，當時你們在千里之外口頭上的約定，你怎麼還當真了呢？」張元伯說：「范巨卿是信守諾言的人，一定不會違背承諾的。」他母親說：「如果是這樣，我就為你準備酒食菜餚吧。」到了約定的那一天，范式果然來了。他登上廳堂拜見張劭家人，一起飲酒，盡興而別。後來張元伯生病，病得十分嚴重，同郡人郅君章、殷子

征早晚都來看望他。張元伯臨死時，感嘆說：「遺憾不能見到我的死友。」殷子征問他：「我和郅君章盡心伺候你，這不是死友，你還想見誰呢？」張元伯說：「你們二位，只是我的生友。山陽郡的范巨卿，才是我所說的死友。」不久張元伯就死了。一天，范式忽然夢見張元伯，頭上戴著黑禮帽，帽簷上掛著飄帶，趿著鞋子，匆匆忙忙地呼喊說：「巨卿！我在某日死了，將在某日埋葬，永歸黃泉之下。你沒有忘記我，怎樣才能趕上呢？」范式一下子醒過來，悲嘆流淚，穿上為朋友服喪的衣服，趕著張元伯下葬的日子，往他家奔馳而來。范式還沒有趕到，靈柩已經發引。到了墓地，準備落柩下葬，棺材卻不肯進入墓穴。張元伯的母親撫摸著棺材說：「元伯，你難道還要等誰嗎？」於是停下棺材，過了一會兒，就看見一輛白馬拉著的馬車，車上有人號啕大哭。張元伯的母親遠遠望見，說：「這個人一定就是范巨卿了。」范式來到，向著靈柩叩頭弔唁說：「你走了，元伯！死生不能同路，從此永別了！」當時送葬的有上千人，都受此情此景的感染，流下眼淚。范式於是拉著繩索引棺材，棺材這時才往前移動。葬禮後，范式留在墳墓旁，修好墳種上樹，這才離開。

卷

十
二

五氣變化論

【原文】

　　天有五氣，萬物化成。木清則仁，火清則禮，金清則義，水清則智，土清則思：五氣盡純，聖德備也。木濁則弱，火濁則淫，金濁則暴，水濁則貪，土濁則頑：五氣盡濁，民之下也。

　　中土多聖人，和氣所交也。絕域多怪物，異氣所產也。苟稟此氣，必有此形；苟有此形，必生此性。故食谷者智慧而文，食草者多力而愚，食桑者有絲而蛾，食肉者勇敢而悍，食土者無心而不息，食氣者神明而長壽，不食者不死而神。

　　大腰①無雄，細腰無雌；無雄外接，無雌外育。三化之蟲②，先孕後交；兼愛之獸③，自為牝牡；寄生因夫高木，女蘿托乎茯苓；木株於土，萍植於水；鳥排虛而飛，獸跖實而走；蟲土閉而蟄，魚淵潛而處。本乎天者親上，本乎地者親下，本乎時者親旁：各從其類也。千歲之雉，入海為蜃；百年之雀，入海為蛤；千歲龜鼉，能與人語；千歲之狐，起為美女；千歲之蛇，斷而復續；百年之鼠，而能相卜：數之至也。春分之日，鷹變為鳩；秋分之日，鳩變為鷹：時之化也。故腐草之為螢也，朽葦之為也，稻之為也，麥之為蝴蝶也；羽翼生焉，眼目成焉，心智在焉：此自無知化為有知而氣易也。

　　鶴之為獐也，蚕之為蝦也：不失其血氣，而形性變也。若此之類，不可勝論。應變而動，是為順常；苟錯其方，則為妖眚。故下體生於上，上體生於下：氣之反者也。人生獸，獸生人：氣之亂者也。男化為女，女化為男：氣之貿者

也。

魯牛哀得疾，七日化而為虎，形體變易，爪牙施張。其兄啟戶而入，搏而食之。方其為人，不知其將為虎也；方有為虎，不知其常為人也。

故晉太康中，陳留阮士傷於虺④，不忍其痛，數嗅其瘡，已而雙虺成於鼻中。元康中，歷陽紀元載客食道龜，已而成瘕，醫以藥攻之，下龜子數升，大如小錢，頭足殼備，文甲皆具，惟中藥已死。

夫妻非化育之氣，鼻非胎孕之所，享道非下物之具：從此觀之，萬物之生死也，與其變化也，非通神之思，雖求諸己，惡識所自來？然朽草之為螢，由乎腐也；麥之為蝴蝶，由乎濕也。爾則萬物之變，皆有由也。農夫止麥之化者，漚之以灰；聖人理萬物之化者，濟之以道：其與不然乎？

【注釋】

① 大腰：指龜鱉一類的動物，下文「細腰」指蜂類昆蟲。

② 三化之蟲：指蠶。

③ 兼愛之獸：一種獸，吃了讓人不會妒忌。

④ 虺（音灰）：古書上說的一種毒蛇。

【譯文】

天有金、木、水、火、土五行元氣，萬物由此變化產生。木氣純淨產生仁愛，火氣純淨產生禮節，金氣純淨產生正義，水氣純淨產生智慧，土氣純淨就產生誠實。五種元氣都純淨，聖人般的品德就具備了。木氣混濁產生虛弱，火氣混濁產生淫穢，金氣混濁產生暴虐，水氣混濁產生貪慾，土氣混濁產生頑固。五種元氣都混濁，就成為下流之人。

中原地區多出聖賢之人，這是因為中和之氣在此互相交融。邊遠地區有很多怪物，是因為怪異之氣的生成。只要秉受某種元氣，一定具有某種形體；如果具有某種形體，一定產生某種性質。所以吃穀物的聰明

而有文采，吃草類的力大而蠢笨，吃桑葉的吐絲而變成蛾，吃肉類的勇猛而強悍，吃泥土的沒有心智而不休息，吃元氣的神明而能長壽，不吃東西的人不死而成為神仙。

龜鼈類動物沒有雄性，蜂類昆蟲沒有雌性；沒有雄性的與其他動物交配，沒有雌性的尤其他動物生育。蠶類蟲子，先產卵後交配；香狸類動物，自身具備兩種性器官；寄生依附在高樹，女蘿託身於茯苓，樹木生長在土裡，浮萍生長在水中；鳥翅凌空能翱翔，獸足厚實能奔跑，蟲潛伏在泥土裡冬眠，魚躲在深淵中居住。來源於天的親附於天，來源於地的親附於地，來源於時令的親附依傍之物：這是各自以類依從。千年的雉，進入海裡化為蜃；百年的雀，進入海裡化為蛤；千年的龜鼈，能夠與人說話；千年的狐狸，能夠化身為美女；千年的蛇，身子斷了又能接上；百年的老鼠，能夠預卜吉凶：這是氣數到了。春分的時候，鷹變成鳩；秋分的時候，鳩變成鷹：這是時令的變化。所以腐爛的草變成螢火蟲，朽壞的蘆葦變成蟋蟀，稻子變化成黑蟲，麥子變化成蝴蝶；生出羽翼，長出眼睛，有了心智：這是從無知變為有知而元氣變化了。

鶴變成獐，蝟（音拱）變成蝦，沒有失去它的血氣，只是形體性質發生變化。像這一類事物，多得說不盡。根據變化行動，這是順應自然規律；如果違背了這個規律，就會成為妖禍。因此身體的下部長在上部，上部長在下部，這是元氣逆反的表現；人生出獸，獸生出人，是元氣紊亂的表現；男人變為女人，女人變為男人，是元氣變易的表現。

魯人牛哀生病，七天後化成虎，身體發生變化，長出虎爪虎牙。他哥哥開門進去，就被老虎咬死吃掉了。當他還是人的時候，不知道他要變成虎；當他是虎的時候，不知道他曾經是人。

因此晉武帝太康年間，陳留人阮士瑀被虺蟲咬傷，忍受不了傷口的疼痛，多次嗅毒瘡，後來發現鼻子裡長出兩條虺蟲。晉惠帝元康年間，歷陽人紀元載，吃了得道的神龜，後來患了瘕（音甲）病，醫生用藥給他治病，排泄出足有幾升的小烏龜，一個個有小銅錢那樣大，頭、腳、龜殼齊備，龜殼上甚至還有花紋，只是中了藥性都死了。

夫婦不是化育的元氣，鼻子不是受孕懷胎的場所，腸道不是產生動物的工具。由此看來，萬物的生死及其變化，如果不是出於神靈非凡的思維，即使從它自身去推究，怎麼知道它是從哪裡來的呢？然而朽爛的

草變成螢火蟲，是因為草的腐爛；麥子變成蝴蝶，是因為土地的潮濕。那麼萬物的變化，都是有緣由的。農夫制止麥子的變化，用灰漚它；聖人治理萬物的變化，用「道」調濟它。難道不是這樣嗎？

穿井得羊

【原文】

　　季桓子穿井，獲如土缶，其中有羊焉。使問之仲尼，曰：「吾穿井而獲狗，何耶？」仲尼曰：「以丘所聞，羊也。丘聞之：木石之怪，夔、魍魎[1]；水中之怪，龍、罔象[2]；土中之怪，曰賁羊[3]。」《夏鼎志》曰：「罔象如三歲兒，赤目，黑色，大耳，長臂，赤爪。索縛，則可得食。」王子曰：「木精為游光，金精為清明也。」

【注釋】

① 夔（音癸）：古代傳說中的一種龍形異獸。魍魎（音罔兩）：傳說中的山川精怪。

② 罔象：古代傳說中的水怪。

③ 賁羊：古代傳說中的土怪。

【譯文】

　　季桓子挖井，得到一個土缶一樣的東西，那裡面有隻羊，他就派人去問孔子，說：「我挖井得到一隻狗，為什麼呢？」孔子說：「根據我聽說的，那應該是隻羊。我聽說，樹木、石頭中的精怪，叫作夔、魍魎；水中的精怪，是龍、罔象；泥土中的精怪，叫作賁羊。」《夏鼎志》記載說：「罔象長得像三歲的小孩，紅眼睛，黑皮膚，大耳朵，長臂膀，紅腳爪。用繩子把它捆住就可以吃了它。」王子說：「木精是游光，金精叫清明。」

掘地得犬

【原文】

晉惠帝元康中，吳郡婁縣懷瑤家忽聞地中有犬聲隱隱。視聲發處，上有小竅，大如蚓穴。瑤以杖刺之，入數尺，覺有物。乃掘視之，得犬子，雌雄各一，目猶未開，形大於常犬。哺之而食，左右咸往觀焉。長老或云：「此名犀犬，得之者，令家富昌，宜當養之。」以目未開，還置竅中，覆以磨礱①。宿昔發視，左右無孔，遂失所在。瑤家積年無他禍福。

至太興中，吳郡太守張懋聞齋內床下犬聲，求而不得。既而地坼，有二犬子。取而養之，皆死。其後懋為吳興兵沈充所殺。《尸子》曰：「地中有犬，名曰地狼；有人，名曰無傷。」《夏鼎志》曰：「掘地而得狗，名曰賈；掘地而得豚，名曰邪；掘地而得人，名曰聚。聚，無傷也。此物之自然，無謂鬼神而怪之。然則『賈』與『地狼』名異，其實一物也。」《淮南萬畢》曰：「千歲羊肝，化為地宰；蟾蜍得菰，卒時為鶉。」此皆因氣化以相感而成也。

【注釋】

① 磨礱：石磨。

【譯文】

晉惠帝元康年間，吳郡婁縣人懷瑤家裡忽然聽見地下有隱隱約約的狗叫聲。順著狗叫聲去查看，發現發聲的地上有一個小孔，有蚯蚓的洞穴那樣大。懷瑤用木棍刺進小孔，插進地下好幾尺，感覺裡面有東西。於是挖開來看，得到小狗雌雄各一隻，眼睛還沒有睜開，形體比平常的

小狗要大些。餵給它東西它就吃，左右鄰居都來圍觀。有年紀大的人說：「這狗叫犀犬，得到它會使家裡富裕昌盛，最好把它飼養起來。」因為小狗眼睛還沒有睜開，懷瑤又把它們放回洞穴中，用石磨蓋好。過了一天，打開石磨一看，到處都找不見洞穴，不知道它們去了哪裡。懷瑤家多年也沒有什麼禍福。

　　到東晉元帝太興年間，吳郡太守張懋聽見屋子床下有狗叫聲，四處尋找卻沒有找到。後來地面裂開，裡面有兩隻小狗。他取出小狗來飼養，結果兩隻都死了。後來張懋被吳興叛軍沈充殺死。《尸子》說：「地下有狗，名叫『地狼』；地下有人，名叫『無傷』。」《夏鼎志》說：「掘地得到狗，名叫『賈』；掘地得到豬，名叫『邪』；掘地得到人，名叫『聚』。聚，就是無傷。這是事物的自然存在，不要一說是鬼神就感到奇怪。然而『賈』和『地狼』，名稱不同，實際上卻是同一種東西。」《淮南畢萬術》說：「千年的羊肝，變成了『地神』；蟾蜍得到『菰』，最終變成了『鶴鶉』。」這都是因為元氣變化感應轉變生成的。

山精傒囊

【原文】

　　吳諸葛恪為丹陽太守，嘗出獵，兩山之間，有物如小兒，伸手欲引人。恪令伸之，乃引去故地。去故地，即死。既而參佐問其故，以為神明。恪曰：「此事在《白澤圖》內，曰：『兩山之間，其精如小兒，見人，則伸手欲引人，名曰傒囊。引去故地則死。』無謂神明而異之，諸君偶未見耳。」

【譯文】

　　吳郡人諸葛恪任丹陽太守，有一次他外出狩獵，看見在兩座山之間，有個怪物長得很像小孩，伸出手來想拉人。於是諸葛恪就讓人把手

伸給它，拉著它使它離開了原來的地方。結果那怪物一離開原來的地方就死了。過後，參佐問諸葛恪這是什麼緣故，認為它是神明。諸葛恪說：「這事在《白澤圖》中有過記載，《白澤圖》說：「『兩座山之間，有精怪像小孩，看見人就伸出手來想拉人，它的名字叫傒囊。一旦拉著它離開原來的地方它就會死去。』不要認為這是神明而感到奇怪，諸位也只是偶然沒有見過罷了。」

池陽小人景[①]

【原文】

　　王莽建國四年，池陽有小人景，長一尺餘，或乘車，或步行，操持萬物，大小各自相稱，三日乃止。莽甚惡之。自後盜賊日甚，莽竟被殺。《管子》曰：「涸澤數百歲，谷之不徙，水之不絕者，生『慶忌』。『慶忌』者，其狀若人，其長四寸，衣黃衣，冠黃冠，戴黃蓋，乘小馬，好疾馳，以其名呼之，可使千里外一日反報。」然池陽之景者，或慶忌也乎？又曰：「涸小水精生。蚳者，一頭而兩身，其狀若蛇，長八尺。以其名呼之，可使取魚鱉。」

【注釋】

①景：通「影」，影子。

【譯文】

　　王莽建國四年，池陽宮有小人的影子出現，有一尺多長，有的乘車，有的步行，手裡還拿著各種各樣的東西，東西的大小與小人相稱，三天以後才消失。王莽十分厭惡這件事。自此以後盜賊一天比一天厲害，王莽最後也被殺死了。《管子》說：「水澤乾涸幾百年後，山谷不徙移，水源不斷絕，就生『慶忌』。慶忌，它的模樣像人，身長四寸，

穿黃色的衣服，戴黃色的帽子，頂著黃頭蓋，騎著小馬，喜歡飛快地奔馳。用它的名字呼喚它，可以派它到千里之外去，一天就可以回來報告消息。」那麼池陽宮的影子，難道就是慶忌？《管子》又說：「乾涸的小水澤有水精，水精生成蚔（音池）。蚔，有一個頭兩個身子，形狀像蛇，長八尺。用它的名字呼喚它，可以讓它到水裡捕捉魚鱉。」

霹靂落地

【原文】

晉扶風楊道和，夏於田中值雨，至桑樹下。霹靂下擊之，道和以鋤格折其股，遂落地，不得去。唇如丹，目如鏡，毛角長三寸餘，狀似六畜，頭似獼猴。

【譯文】

晉朝扶風郡的楊道和，夏天在田裡幹活的時候碰上下雨，就到桑樹下躲雨。霹靂從天上下來打他，楊道和就用鋤頭反擊霹靂，打斷了它的腿，它就倒在地上，不能回到天上去了。這霹靂嘴唇像丹砂一樣紅赤，眼睛像鏡子一樣明亮，長毛的角長達三寸多，形體像六畜，頭像獼猴。

落頭民

【原文】

秦時，南方有落頭民，其頭能飛。其種人部有祭祀，號曰「蟲落」，故因取名焉。

吳時，將軍朱桓得一婢，每夜臥後，頭輒飛去。或從狗竇[1]，或從天窗中出入，以耳為翼。將曉，復還，數數如

此。傍人怪之，夜中照視，唯有身無頭，其體微冷，氣息裁屬②。乃蒙之以被。至曉頭還，礙被，不得安，兩三度墮地，噫吒③甚愁，體氣甚急，狀若將死。乃去被，頭復起，傅頸。有頃，和平。桓以為大怪，畏不敢畜，乃放遣之。既而詳之，乃知天性也。

時南征大將，亦往往得之。又嘗有覆以銅盤者，頭不得進，遂死。

【注釋】

① 狗竇：狗洞。

② 裁屬：這裡指呼吸困難，氣息微弱。

③ 噫吒：嘆息。

【譯文】

秦朝，南方有「落頭民」，他們的頭能飛起來。這種人的部落中有一種祭祀，叫作「蟲落」，由此取名。

三國吳時，將軍朱桓得到一個婢女，每天晚上睡下後，她的頭就總是飛來飛去。或者從狗洞裡出入，或者從天窗中進出，用耳朵做翅膀。天快亮時，頭又自己飛回來，經常這樣。旁邊的人覺得很奇怪，夜裡就點燈去照看，那婢女只有身子沒有頭，她的身體略微有點涼，呼吸比較微弱。於是他們用被子把婢女的身體矇住。到天亮時婢女的頭飛回來，由於有被子阻礙，不能回到身體上安接，兩三次後便掉在地上，憂愁地嘆息，身體的氣息也隨之急促起來，像是要死去的樣子。人們這才拿掉被子，婢女的頭又飛起來，附接上去。過了一會兒，氣息就和暢平穩如常了。朱桓覺得太奇怪了，害怕得不敢收留這個婢女，就把她打發走了。後來經過仔細瞭解，才知道那是她的天性。

當時去南方征討的大將也常常得到這種人。又曾經有人用銅盤覆蓋住飛走頭的身體上，頭不能附接到身體上，就死了。

貙人化虎

【原文】
　　江漢之域，有貙人。其先，稟君①之苗裔也。能化為虎。長沙所屬蠻縣東高居民，曾作檻捕虎，檻發，明日眾人共往格之，見一亭長，赤幘，大冠，在檻中坐。因問：「君何以入此中？」亭長大怒曰：「昨忽被縣召，夜避雨，遂誤入此中。急出我。」曰：「君見召，不當有文書耶？」即出懷中召文書。於是即出之。尋視，乃化為虎，上山走。或云：「貙虎化為人，好著紫葛衣，其足無踵②。虎有五指者，皆是貙。」

【注釋】
① 稟君：巴人的祖先。
② 踵：腳後跟。

【譯文】
　　長江漢水流域，有一種貙（音出）人。他們的祖先是稟君的後代。貙人能夠變成老虎。長沙郡所屬的蠻縣東高口的居民，曾經製作木籠用以捕捉老虎。木籠的機關被觸發了，第二天大家就一齊去打老虎，卻見一個亭長，包著紅頭巾，戴著大帽子，坐在木籠裡。便問他：「你怎麼會落進這個木籠裡？」亭長很生氣地說：「昨天忽然被縣裡召喚，晚上下雨，為了躲雨才誤進了這個籠子。趕快把我放出來！」大家問：「你被召喚，不是應該有文書嗎？」亭長立即從懷裡取出召喚的文書。於是人們就把他放了。隨後再看他，竟變成了老虎，往山上跑了。有人說：「貙虎變成的人，喜歡穿紫色的葛衣，他的腳沒有後跟。老虎中有五個腳趾的，就是貙虎。」

猳國馬化

【原文】

　　蜀中西南高山之上，有物與猴相類，長七尺，能作人行，善走逐人，名曰「猳國」，一名「馬化」，或曰玃猿。伺道行婦女有美者，輒盜取將去，人不得知。若有行人經過其旁，皆以長繩相引，猶故不免。此物能別男女氣臭，故取女，男不取也。若取得人女，則為家室。其無子者，終身不得還。十年之後，形皆類之，意亦迷惑，不復思歸。若有子者，輒抱送還其家，產子，皆如人形。有不養者，其母輒死，故懼怕之，無敢不養。及長，與人不異。皆以楊為姓。故今蜀中西南多諸楊，率皆是猳國馬化之子孫也。

【譯文】

　　蜀國西南部的高山上，有一種動物，和猴子長得很相像，身長七尺，也能像人一樣站起來走路，很善於奔跑追趕人們，它們的名稱叫「猳（音佳）國」，又叫「馬化」，也叫「玃猿」。它們觀察路過的婦女，看到有漂亮的，就強搶帶走，不知道把這些美女帶到了什麼地方。如果有其他人從她身邊經過，它們就用長繩子去拉她，美女還是不可避免地被它們搶去。這種動物能分辨男女的氣味，所以只搶女的，不搶男的。如果搶到了女子，就把她當作妻子。那些不生孩子的女子，終身不能回來。十年以後，這些被搶去的婦女，形體也和它們類似了，心神也混沌迷惑，不想回家。至於生下孩子的，它們就抱著孩子連同母親送還她家裡。這些生下來的孩子都跟人差不多。如果不撫養孩子，那麼這孩子的母親就會死掉，所以人們很害怕，沒有敢不撫養的。等到這些小孩長大，和人沒有什麼不同，都把「楊」當作姓。所以現在蜀國西南部有很多姓楊的人，他們大概都是猳國、馬化的子孫。

刀勞鬼

【原文】

臨川間諸山有妖物，來常因大風雨，有聲如嘯，能射人。其所著者，有頃便腫，大毒。有雌雄，雄急而雌緩。急者不過半日間，緩者經宿。其旁人常有以救之，救之少遲，則死。俗名曰「刀勞鬼」。故外書云：「鬼神者，其禍福發揚之驗於世者也。」《老子》曰：「昔之得一者：天得一以清，地得一以寧，神得一以靈，谷得一以盈，侯王得一以為天下貞。」然則天地鬼神，與我並生者也。氣分則性異，域別則形殊，莫能相兼也。生者主陽，死者主陰，性之所托，各安其生。太陰之中，怪物存焉。

【譯文】

臨川郡內很多山上有一種怪物，它們經常跟隨狂風暴雨出現，發出的聲音很悠長，呼嘯似的，能傷人。被射中的地方，一會兒就腫起來，毒性非常大。這種怪物有雌有雄，雄的毒性來得快，雌的毒性來得慢。毒性快的不超過半天就死了，毒性慢的可以過一天。那附近的人常常有辦法搶救被怪物射傷的人，但是搶救得只要稍微晚了一點，受傷的人就會死掉。民間把這種怪物叫作「刀勞鬼」。因此野書上說：「所謂鬼神，是禍福發生後能在人世間得到驗證的事物。」《老子》說：「從前得『道』的：天得道而清明，地得道而安寧；神得道而靈驗，谷得道而充盈；侯王得道，就能成為天下的君長。」這樣看來，那麼天地鬼神，就是和我們並存的事物。只是因氣質有區別，天性有不同，地域有區別，形體有不同，沒有什麼東西能兼而有之。活的東西以陽氣為主，死的東西以陰氣為主，秉性各有所托，各自安存於它們所安守的狀態。極盛的陰氣之中，就有怪物存在。

越地冶鳥

【原文】

越地深山中有鳥，大如鳩，青色，名曰「冶鳥」。穿大樹作巢，如五六升器，戶口徑數寸；周飾以土堁，赤白相分，狀如射侯①。伐木者見此樹，即避之去。或夜冥不見鳥，鳥亦知人不見，便鳴喚曰：「咄，咄，上去！」明日便宜急上。「咄，咄下去！」明日便宜急下。若不使去，但言笑而不已者，人可止伐也；若有穢惡及其所止者，則有虎通夕來守，人不去，便傷害人。此鳥，白日見其形，是鳥也；夜聽其鳴，亦鳥也；時有觀樂者，便作人形，長三尺，至澗中取石蟹，就火炙之，人不可犯也。越人謂此鳥是越祝之祖也。

【注釋】

① 射侯：箭靶。

【譯文】

越地的深山中有一種鳥，像鳩鳥那麼大，有青色的羽毛，名叫「冶鳥」。它鑿穿大樹做窩，窩像五六升的器皿，出口處直徑幾寸；窩周圍用白色泥土塗飾，紅白兩色相間，形狀跟箭靶一樣。伐木的人見到這種樹，立刻躲開它走了。有時天黑看不見冶鳥，冶鳥也知道人看不見它，便叫喚說：「咄，咄，上去！」第二天就應該趕快上山。如果它叫喚說：「咄，咄，下去！」第二天就應該趕快下山。如果它不叫喚，只是笑個不停，人就可以留下來伐木。若有污穢之言說它，或者叫它停止的，就會有老虎通宵來看守，如果伐木的人不離開，老虎就會傷害他。這種鳥白天的形狀，是一隻鳥；夜晚聽它的叫聲，也是一隻鳥。有時觀賞玩樂，就變成人形，長三尺，到水澗中捕捉溪蟹，放在火上燒烤，人

們不可以去侵擾它。越地的人說這種鳥是越地巫祝的祖先。

南海鮫人^①

【原文】

　　南海之外有鮫人，水居如魚，不廢織績。其眼泣，則能
出珠。

【注釋】

① 鮫人：傳說中的人魚。

【譯文】

　　南海郡外的大海裡有一種鮫人，在水中居住生活，像魚一樣，他們
依然會織布績麻。哭泣時，眼睛裡會流出珍珠來。

大青小青

【原文】

　　廬江耽、樅陽二縣境上，有大青、小青黑居山野之中。
時聞哭聲，多者至數十人，男女大小，如始喪者。鄰人驚
駭，至彼奔赴，常不見人。然於哭地，必有死喪。率聲若
多，則為大家；聲若小，則為小家。

【譯文】

　　廬江郡耽縣、樅陽縣兩縣境內，有大青、小青，隱居在山野之中。
時常聽見哭聲，哭聲多的時候可達到幾十人，有男有女，有大人有小

孩，像是剛死了人。附近居住的人驚慌害怕，跑到那裡去看，卻常常看不見人。然而在發出哭聲的地方必定有屍體。一般來說，哭聲比較多的話，就是大戶人家死了人，哭聲比較少的話，就是小戶人家死了人。

裸身山都

【原文】

盧江大山之間，有山都，似人，裸身，見人便走。有男女，可長四五丈，能嘯相喚。常在幽昧①之中，似魑魅②鬼物。

【注釋】

① 幽昧：昏暗不明。
② 魑魅（音吃妹）：指能害人的山澤神怪。

【譯文】

盧江郡的大山中，有種叫山都的野獸，長得像人，但赤身裸體，看見人就逃。它們也分男女，可以長到四五丈高，能發出嘯聲互相呼喚。常常躲在黑暗中，好像是魑魅鬼怪。

蜮含沙射人

【原文】

漢光武中平①中，有物處於江水，其名曰「蜮②」，一曰「短狐」，能含沙射人。所中者，則身體筋急③，頭痛發熱，劇④者至死。江人以術方抑之，則得沙石於肉中。《詩》所謂

「為鬼為蜮，則不可測」也，今俗謂之「溪毒」。先儒以為男女同川而浴，淫女為主，亂氣所生也。

【注釋】

①漢光武中平：漢光武帝沒有「中平」年號，「光武」二字疑衍。

②蜮（音域）：傳說中一種在水裡暗中害人的怪物。

③筋急：指抽筋或痙攣。

④劇：厲害，嚴重。

【譯文】

　　漢代中平年間，有種怪物生活在長江中，它的名字叫「蜮」，又叫「短狐」，能含著沙石射人。被它射中的人，就會全身抽筋，頭痛發熱，嚴重的甚至死亡。長江邊上的人用方術壓制它，就在肉中找到了沙石。這就是《詩經》所說的「如果是鬼或是蜮，那就不能瞭解清楚」中的「蜮」啊，現在民間把它叫作「溪毒」。古代的儒者認為男女在同一條河流中洗澡，只要淫亂的女子占了上風，那淫亂的氣息就會產生出這種怪物。

鬼　彈

【原文】

　　漢永昌郡不韋縣有禁水，水有毒氣，唯十一月、十二月差可渡涉，自正月至十月不可渡，渡輒病，殺人。其氣中有惡物，不見其形，其作有聲，如有所投擊。中木則折，中人則害。土俗號為「鬼彈」。故郡有罪人，徙之禁旁，不過十日皆死。

【譯文】

漢代永昌郡不韋縣有條河叫作禁水，水裡有毒氣，只有在十一月、十二月的時候才勉強可以過河，從正月到十月期間都無法過河，如果有人這時節過河就會生病、死去。這條河的水汽中有凶惡的怪物，看不見它的形狀，但它一動就會有聲音，好像在投擊什麼東西。投中樹木，樹木就折斷；投中人，人就被擊死。當地土人稱之為「鬼彈」。所以郡裡有了犯罪的人，就把他們送到禁水旁邊，不超過十天，就都死了。

蘘荷根攻蠱

【原文】

余外姊夫蔣士，有傭客得疾下血。醫以中蠱，乃密以蘘荷根布席下，不使知。乃狂言曰：「食我蠱者，乃張小小也。」乃呼：「小小亡去。」今世攻蠱，多用蘘荷根，往往驗。蘘荷，或謂嘉草。

【譯文】

我妻子的姐夫蔣士，家裡有個傭人得了病，瀉血不止。醫生認為是中了蠱毒，於是就悄悄把蘘荷根放在蓆子底下，不讓這個傭人知道。這個傭人胡言亂語道：「讓我中蠱毒的，是張小小。」於是叫道：「小小離去。」如今療治蠱毒，多用蘘荷根，往往很靈驗。蘘荷，有人也叫作嘉草。（編按：日本人叫茗荷、日本薑）

趙壽犬蠱

【原文】

鄱陽趙壽，有犬蠱[1]。時陳岑詣壽，忽有大黃犬六七，

群出吠岑。後余伯婦與壽婦食，吐血幾死，乃屑桔梗以飲之而愈②。蠱有怪物，若鬼，其妖形變化，雜類殊種，或為狗豕，或為蠱蛇，其人皆自知其形狀。行之於百姓，所中皆死。

【注釋】

① 蠱：傳說中的一種人工培養的毒物和毒人，專用來害人。
② 屑：研成粉末。桔梗：多年生草本植物，可入藥。

【譯文】

　　鄱陽郡人趙壽，養有狗蠱。有次陳岑去拜訪趙壽，忽然有六七隻大黃狗一起衝出來咬陳岑。後來我伯母和趙壽的妻子一起吃飯，幾乎吐血而死，把桔梗研成粉末喝了才痊癒。蠱裡有一種怪物，像鬼一樣，它的妖形會變化成各種不同的類型，有的成為狗豬，有的成為蠱蛇，只有養蠱的人自己知道它是什麼形狀。把這些蠱放到百姓中去，中了蠱毒的人都會死去。

廖姓蛇蠱

【原文】

　　營陽郡有一家，姓廖，累世①為蠱，以此致富。後取新婦，不以此語之。遇家人咸出，唯此婦守舍。忽見屋中有大缸，婦試發之，見有大蛇，婦乃作湯，灌殺之。及家人歸，婦具白其事，舉家驚惋。未幾，其家疾疫，死亡略盡。

【注釋】

① 累世：接連幾代。

【譯文】

　　營陽郡有一家人姓廖，幾代人都畜養蠱物，靠此發了財。後來他家娶了個新娘子，沒有把養蠱的事告訴她。有一次，碰巧家裡的人都出門了，只留這媳婦看家。她突然看見屋子裡有一口大缸，就好奇地把它打開，望見那缸裡有條大蛇，她就燒了開水，把蛇燙死了。等到家裡的人回來，媳婦把這件事情說了，全家人都感到十分吃驚惋惜。沒過多久，這家人都患上了瘟疫，差不多死光了。

卷
十
三

泰山灃泉

【原文】

泰山之東有灃泉，其形如井，本體是石也。欲取飲者，皆洗心志，跪而挹①之，則泉出如飛，多少足用。若或污漫，則泉止焉。蓋神明之嘗志者也。

【注釋】

①挹：舀。

【譯文】

泰山的東邊有口灃泉，它的形狀像井，本體是石頭。想取這泉水飲用的人，都必須清淨思想，跪著去舀泉水，那麼這泉水就會飛一般噴出來，數量足夠飲用。如果言行骯髒，那麼這泉水就不會冒出來。這大概是神靈在試探人心吧。

巨靈劈華山

【原文】

二華之山，本一山也。當河，河水過之而曲行。河神巨靈，以手擘開其上，以足蹈離其下，中分為兩，以利河流。今觀手跡於華岳上，指掌之形具在；腳跡在首陽山下，至今猶存。故張衡作《西京賦》，所稱「巨靈贔屓，高掌遠跡，以流河曲」，是也。

【譯文】

　　太華山和少華山，本來是一座山，它們正對著黃河，黃河水經過這裡時只能繞道而流。黃河之神巨靈，用手劈開山的上部，用腳蹬開山的下部，使這座山分成兩座，以便河水流過。現在到華山上去觀看河神的手印，那手指、手掌的形狀都還存在著；巨靈的腳印在首陽山下，到現在也還保留著。過去張衡寫了篇《西京賦》，賦裡說：「巨靈贔屭（音貝夕）啊，力氣很大，高山上有他的手掌，他的腳印留在遠方，他劈山開路，使彎曲的河水直流奔放」，就是指的這件事。

霍 山 鑊①

【原文】

　　漢武徙南嶽之祭於盧江灊縣②霍山之上，無水。廟有四鑊，可受四十斛。至祭時，水輒自滿，用之足了，事畢即空。塵土樹葉，莫之污也。積五十歲，歲作四祭。後但作三祭，一鑊自敗。

【注釋】

① 鑊（音或）：古代的大鍋。
② 灊（音潛）縣：漢置，縣治在今安微霍山東北。

【譯文】

　　漢武帝把南嶽衡山的祭祀改到盧江郡灊縣的霍山上，那座山上沒有水。廟裡有四隻鑊，可以盛四十斛水。到祭祀的時候，鑊總是會自己灌滿水，足夠祭祀使用，祭祀完畢後鑊內就空了。塵土樹葉，都不能弄髒它。祭祀一共進行了五十年，每年祭祀四次。後來每年改為祭祀三次，一隻鑊就自己破損了。

樊山致雨

　　樊口之東有樊山，若天旱，以火燒山，即至大雨。今往往有驗。

　　樊口的東面有座樊山，如果天氣乾旱，就放火燒山，立即有大雨。至今往往還很靈驗。

孔竇清泉

　　空桑之地，今名為孔竇，在魯南山之穴。外有雙石，如桓楹起立，高數丈，魯人絃歌祭祀。穴中無水，每當祭時，灑掃以告，輒有清泉自石間出，足以周事。既已，泉亦止。其驗至今存焉。

　　空桑這個地方，現在叫作孔竇，在魯國南山的山洞裡。洞穴外面有一對山石，像桓楹一樣豎立在那裡，高達數丈，魯國人在這裡歌舞祭祀。洞裡沒有水，但每到祭祀的時候，灑掃禱告，便會有清澈的泉水從山石間溢出，足夠祭祀活動使用。祭祀結束，泉水就自行停止。這種靈驗，至今依然存在。

湘穴壅水

【原文】

　　湘穴中有黑土，歲大旱，人則共壅水①以塞此穴，穴淹則大雨立至。

【注釋】

① 壅水：水流受阻而產生的水位升高現象。

【譯文】

　　湘地的一個洞穴中有黑土，遇到大旱的年份，人們就一起抬高水位來灌注這個洞穴，洞穴被淹沒了，大雨就立刻降臨了。

龜化城

【原文】

　　秦惠王二十七年，使張儀築成都城，屢頹①。忽有大龜浮於江，至東子城東南隅而斃。儀以問巫，巫曰：「依龜築之。」便就，故名「龜化城」。

【注釋】

① 頹：倒塌。

【譯文】

　　戰國時，秦惠文王二十七年，秦惠文王派大臣張儀去修築成都城。築了多次，城牆都倒塌了。一天，忽然有一隻大烏龜浮出江面，游到東面子城的東南角就死了。張儀拿這事去詢問巫師，巫師回答說：「依照

烏龜的輪廓築城。」依照巫師所說的，城果然築成了。所以這座城叫作「龜化城」。

城淪為湖

【原文】

　　由拳縣，秦時長水縣也。始皇時童謠曰：「城門有血，城當陷沒為湖。」有嫗聞之，朝朝往窺。門將欲之，嫗言其故。後門將以犬血塗門，嫗見血，便走去。忽有大水欲沒縣。主簿令干入白令。令曰：「何忽作魚？」干曰：「明府亦作魚。」遂淪為湖。

【譯文】

　　由拳縣，是秦朝時的長水縣。秦始皇時有童謠唱道：「城門有血，城當陷沒為湖。」有個老婦人聽到歌謠後，就天天到城門那裡悄悄觀看。守城的將吏要抓她，於是老婦人就說出了偷看的原因。後來，守城將吏將狗血塗在城門上。老婦人看到城門上有血，就跑開了。一天，突然漲大水，縣城即將被淹沒。縣裡的主簿忙派主管府吏去報告縣令。縣令問道：「你怎麼忽然變成了魚的樣子了？」府吏說：「大人，您也變成魚的樣子了！」就這樣，這個縣陷落成了湖。

馬　邑

【原文】

　　秦時，築城於武周塞內，以備胡。城將成而崩者數焉。有馬馳走，周旋反覆，父老異之，因依馬跡以築城，城乃不崩。遂名馬邑。其故城今在朔州。

【譯文】

　　秦朝時，曾在武周塞內築城，用來防禦胡人。多次築城，城快築成時就塌了。有一匹馬飛快地奔跑著，反覆繞圈子，人們覺得很奇怪，就按照馬跑的印跡來築城，城居然就不再崩塌了，於是就把這城命名為「馬邑」。它的故城在現在的朔州。

天地劫灰

【原文】

　　漢武帝鑿昆明池，極深，悉是灰墨，無復土。舉朝不解，以問東方朔。朔曰：「臣愚，不足以知之。可試問西域人。」帝以朔不知，難以移問。至後漢明帝時，西域道人入來洛陽，時有憶方朔言者，乃試以武帝時灰墨問之。道人云：「經云：『天地大劫將盡，則劫燒。』此劫燒之餘也。」乃知朔言有旨。

【譯文】

　　漢武帝開鑿昆明池，挖到很深的地方，挖出的全是黑灰，不再是泥土。整個朝廷的人都不知道是怎麼回事，漢武帝就把這件事拿來詢問東方朔。東方朔說：「我笨著呢，憑我的見識還不能知道這是怎麼回事。皇上可以去問問西域人。」漢武帝認為連東方朔都不知道，就很難再問別人了。到東漢明帝的時候，西域的道人來到洛陽。當時有人想起東方朔的話，就用漢武帝時出現黑灰的事來問他。那道人說：「佛經上說：『天地在大劫即將結束的時候，就會有劫火燃燒。』這黑灰是劫火焚燒留下來的餘燼。」人們這才知道東方朔的話是有深意的。

丹砂井

【原文】

臨沅縣有廖氏，世老壽。後移居，子孫輒殘折①。他人居其故宅，復累世壽。乃知是宅所為，不知何故。疑井水赤，乃掘井左右，得古人埋丹砂數十斛；丹汁入井，是以飲水而得壽。

【注釋】

①殘折：夭折。

【譯文】

臨沅縣有一戶姓廖的人家，世世代代都很長壽。後來，這家人遷居別處，子孫總是夭折。別的人家遷到廖家老宅居住，也能世代長壽。這才知道是這個宅院的緣故，但不清楚具體原因。懷疑與紅色的井水有關，於是挖掘井的左右兩邊，挖到古人埋藏的幾十斛硃砂。硃砂浸水的汁液滲入井裡，所以飲用這口井水的人能長壽。

江東餘腹

【原文】

江東名「餘腹」者，昔吳王闔閭江行，食膾，有餘，因棄中流，悉化為魚；今魚中有名「吳王膾餘」者，長數寸，大者如箸，猶有膾形。

【譯文】

江東有一種名叫「餘腹」的魚，曾經吳王闔閭巡遊長江，在此設宴

宴飲，剩下很多生魚片，就丟棄到江水裡，變化成了魚。說的就是現在一種名叫「吳王膾餘」的魚，長約幾寸，像筷子一樣大小，還是生魚片的形狀。

蟛蚏

【原文】

　　蟛蚏[1]，蟹也。嘗通夢於人，自稱「長卿」。今臨海人多以「長卿」呼之。

【注釋】

①蟛蚏（音彭月）：蟹的一種。體小，足無毛。

【譯文】

　　蟛蚏，是一種蟹。它曾經託夢給人，自稱為「長卿」。現在臨海郡的人還多用「長卿」稱呼它。

青蚨

【原文】

　　南方有蟲，名，一名蝴蠋，又名青蚨[1]。形似蟬而稍大，味辛美，可食。生子必依草葉，大如蠶子。取其子，母即飛來，不以遠近。雖潛[2]取其子，母必知處。以母血塗錢八十一文，以子血塗錢八十一文，每市物，或先用母錢，或先用子錢，皆復飛歸，輪轉無已。故《淮南子術》以之還錢，名曰「青蚨」。

【注釋】

①青蚨：都是昆蟲魚伯的別稱。

②潛：暗中。

【譯文】

　　南方有一種蟲，名叫，又叫蝍蠋，也叫青蚨。它的形狀像蟬而比蟬大一點，味道辛辣鮮美，可以吃。它產下的小蟲必須依附在草葉上，像蠶子那麼大。如果捉走小蟲，母蟲馬上就會飛來，不論遠近。即使是偷偷地去捉小蟲，母蟲也一定知道小蟲在哪裡。用母蟲的血塗八十一文銅錢，用小蟲的血塗八十一文銅錢，每次去買東西時，或者先用母蟲血塗的錢，或者先用小蟲血塗的錢，都會再飛回來，這樣輪流使用就用不完了。所以《淮南子術》記載了用這種方法使錢返回，稱銅錢為「青蚨」。

蜾　蠃

【原文】

　　土蜂，名曰蜾蠃①，今世謂蜾蠃②，細腰之類。其為物，雄而無雌，不交，不產。常取桑蟲或阜螽子育之③，則皆化成己子。亦或謂之「螟蛉」。《詩》曰：「螟蛉有子，果蠃負之。」是也。

【注釋】

①蜾蠃（音果羅）：一種土蜂，俗稱細腰蜂。

②蜾蠃（音因雍）：蜾蠃的別名。

③桑蟲：亦稱「桑蟃」，螟蛉的別名。阜螽（音鐘）：指蝗蟲的幼蟲。

【譯文】

　　有種土蜂名叫蜾蠃，現在的人稱它為蛔蜾，屬於細腰蜂一類。它這種生物，只有雄性而沒有雌性，不交配，不生育。它常常拿螟蛉的幼蟲或蝗的幼蟲來養育，就把他們都變成了自己的幼蟲。也有人把它叫作「螟蛉」。《詩經》上說：「螟蛉有了幼蟲，果蠃背它去撫養。」說的就是這種情況。

木　蠹①

【原文】

　　木蠹，生蟲，羽化為蝶。

【注釋】

①木蠹（音杜）：蛀蝕木頭的蟲子。

【譯文】

　　木頭被蛀蝕，生出蟲子，蟲子長出翅膀就變化成了蝴蝶。

刺　蝟

【原文】

　　蝟多刺，故不使超抑揚①。

【注釋】

①抑揚：按下與上舉。

【譯文】

　　刺蝟身上有很多刺，所以它們互相不讓別人超越、爬上爬下。

火浣布

【原文】

　　昆侖之墟，地首也。是惟帝之下都，故其外絕以弱水之深，又環以炎火之山。山上有鳥獸草木，皆生育滋長於炎火之中，故有火浣布。非此山草木之皮，則其鳥獸之毛也。漢世，西域舊獻此布，中間久絕。至魏初時，人疑其無有。文帝以為火性酷裂，無含生之氣，著之《典論》，明其不然之事，絕智者之聽。及明帝立，詔三公曰：「先帝昔著《典論》，不朽之格言。其刊石於廟門之外及太學，與石經並，以永示來世。」至是，西域使人獻火浣布袈裟，於是刊滅此論，而天下笑之。

【譯文】

　　崑崙山是大地的端首。這裡有天帝設在下界的都城，所以它的外圍有深深的弱水隔絕，又有火山包圍著。那火山上有鳥獸草木，都在火焰之中繁衍生長，因此出產一種火浣布。這種布不是用這火山上的草木外皮纖維織成，而是用山上的鳥獸之毛。漢朝時，西域曾經進獻過這種布，但很久之後就不再進貢這種布了。所以到曹魏初年，人們都疑心這種布根本不存在。魏文帝認為火的本性很殘暴，不會含有生命的元氣，他在《典論》中論述，說這是不可能有的事，以此來杜絕那些有見識的人的傳聞。到魏明帝即位，下詔書給三公說：「先皇過去論述的《典論》，是不朽的格言。可刻在太廟門外及太學的石碑上，和石經並列，以便永遠教示後代。」這時，西域派人獻上了用火浣布做的袈裟，於是就消除了石碑中有關火浣布不能存在的論述，遭到了天下人的恥笑。

金燧

【原文】

夫金之性一也。以五月丙午日中鑄,為陽燧①;以十一月壬子夜半鑄,為陰燧②。(言丙午日鑄為陽燧,可取火;壬子夜鑄為陰燧,可取水。)

【注釋】

① 陽燧:古代照日取火用的曲率很大的凹面銅鏡。
② 陰燧:古代在月夜用來承接露水的銅器。

【譯文】

金屬的性質是一樣的。但在五月丙午那天中午鑄造的,就是陽燧;在十一月壬子那天半夜鑄造的,就是陰燧。(意思是說丙午那天鑄的陽燧,可以取火;壬子那天晚上鑄的陰燧,可以取水)

焦尾琴

【原文】

漢靈帝時,陳留蔡邕以數上書陳奏,忤上旨意,又內寵惡之,慮不免,乃亡命江海,遠跡吳會。至吳,吳人有燒桐以爨者,邕聞火烈聲,曰:「此良材也。」因請之,削以為琴,果有美音。而其尾焦,因名「焦尾琴」。

【譯文】

東漢靈帝時,陳留郡的蔡邕因為多次上書表述自己的政見,違背了皇帝的旨意,加上遭到得寵宦官的憎惡,擔心自己難免遇害,於是就流

亡江河湖海，遠遠跑到了吳郡、會稽郡。他到吳郡時，有個吳郡人燒桐木來做飯，蔡邕聽到火勢爆裂的聲音，說：「這是塊好木材啊！」於是請求把桐木給他，他把這段桐木削製成琴，果然彈出了優美悅耳的音樂。由於琴的尾部都已經燒焦，因而把它取名為「焦尾琴」。

柯亭笛

【原文】

　　蔡邕嘗至柯亭，以竹為椽，邕仰眄之，曰：「良竹事。」取以為笛，發聲嘹喨。一云：「邕告吳人曰：『吾昔嘗經會稽高遷亭，見屋東間第十六竹椽可為笛。』取用，果有異聲。」

【譯文】

　　蔡邕曾經來到柯亭，那裡的人用竹子做屋椽。蔡邕抬頭打量，說：「真是些好竹子啊！」便拿它做成了笛子，這笛子吹奏起來音色嘹喨。有一種傳言，說蔡邕對吳郡的人說：「我過去曾經途徑會稽郡高遷亭，看見那裡的房子，東面那間第十六根竹椽可以用來做笛。」拿下來做成笛子，果然能吹出奇異的音樂。

卷十四

蒙雙氏

搜神記

【原文】

　　昔高陽氏，有同產而為夫婦，帝放之於崆峒之野，相抱而死。神鳥以不死草覆之，七年，男女同體而生。二頭，四手足，是為蒙雙氏。

【譯文】

　　從前高陽氏的時候，有兩個一母所生的人成了夫妻，顓頊帝把他們流放到崆峒山裡的荒野上，兩人互相抱著死了。神鳥用不死之草覆蓋他們，七年之後，男女兩人連成一體，又活過來了。兩個頭，四隻手，四隻腳，這就是蒙雙氏。

盤瓠子孫

【原文】

　　高辛氏有老婦人，居於王宮，得耳疾歷時。醫為挑治，出頂蟲，大如繭。婦人去後，置以瓠蘺，覆之以盤，俄爾頂蟲乃化為犬，其文五色，因名「盤瓠」，遂畜之。

　　時戎吳強盛，數侵邊境，遣將征討，不能擒勝。乃募天下有能得戎吳將軍首者，購金千斤，封邑萬戶，又賜以少女。後盤瓠銜得一頭，將造王闕。王診視之，即是戎吳。為之奈何？群臣皆曰：「盤瓠是畜，不可官秩[1]，又不可妻。雖有功，無施也。」少女聞之，啟王曰：「大王既以我許天下矣。盤瓠銜首而來，為國除害，此天命使然，豈狗之智力哉？王者重言，伯者重信，不可以女子微軀，而負明約於天

下，國之禍也。」王懼而從之，令少女從盤瓠。盤瓠將女上南山，草木茂盛，無人行跡。於是女解去衣裳，為僕豎之結，著獨力之衣，隨盤瓠升山，入谷，止於石室之中。

　　王悲思之，遣往視覓，天輒風雨，嶺震雲晦，往者莫至。蓋經三年，產六男六女。盤瓠死後，自相配偶，因為夫婦。織績木皮，染以草實。好五色衣服，裁製皆有尾形。後母歸，以語王，王遣使迎諸男女，天不復雨。衣服褊褳，言語侏離，飲食蹲踞，好山惡都。王順其意，賜以名山廣澤，號曰蠻夷。蠻夷者，外痴內黠，安土重舊。以其受異氣於天命，故待以不常之律。田作賈販，無關、符傳、租稅之賦，有邑君長皆賜印綬。冠用獺皮，取其游食於水。今即梁、漢、巴、蜀、武陵、長沙、廬江郡夷是也。用糝雜魚肉，叩槽而號，以祭盤瓠，其俗至今。故世稱：「赤髀橫裙，盤瓠子孫。」

【注釋】

① 官秩：授予官職。

【譯文】

　　高辛氏時，有個老婦人住在王宮裡，患有耳病一段時間了。醫生給她診治時，從耳朵裡挑出一隻頂蟲，像蠶繭那麼大。老婦人走後，醫生把蟲放在瓠（音戶）裡，用盤子蓋上。不久這隻蟲變成一條狗，身上有五顏六色的花紋，因此把它叫作「盤瓠」，飼養起來。

　　當時，北方戎吳部很強盛，多次侵犯邊境。帝王派兵征討，但不能獲勝。於是他向天下發佈招募令，承諾能獲得戎吳部將軍首級的人，將賞黃金千斤，封食邑萬戶，並把自己的小女兒嫁給他。後來，盤瓠嘴裡銜著一顆人頭，送到王宮。帝王仔細查看，確認這就是戎吳部將軍的人頭。這事該怎麼辦呢？大臣們都說：「盤瓠是頭畜生，不能賞封官職，也不能給予俸祿，又不能娶人為妻，所以即使它有功勞，也不能按招募

給予賞賜。」帝王的小女兒聽說這事後，稟告帝王說：「大王已經用我向天下做出承諾，盤瓠確實銜來了敵將的首級，為國家除了大患，這是上天的安排，哪裡是一條狗的智力能辦到的呢？稱王的君主重視諾言，稱霸的君主看重信用，不能因為女兒輕微的身軀，在天下人面前背棄諾言，這會給國家招來禍患。」帝王感到畏懼，就順從了女兒的意願，叫她跟隨盤瓠去了。盤瓠帶著帝王的小女兒上了南山，那裡草木茂盛，荒無人煙。於是小女兒脫去原來的衣服，紮著奴僕一樣的髮髻，穿上幹粗活的衣服，跟著盤瓠爬上山，進入山谷，居住在山石洞裡。

後來帝王哀憐思念女兒，就派人前去追尋打探。但是，每次都是風雨交加，地動山搖，天昏地暗，沒有人能找到他們那裡。大概過了三年，盤瓠和帝王的女兒生下了六個男孩和六個女孩。盤瓠死後，兒女們自相婚配，結為夫妻。這些人用樹皮織成布，用草籽染出顏色，製成衣服。他們喜歡色彩斑斕的衣服，縫製的衣服都有尾巴的形狀。後來，他們的母親回到王宮，把這些情形通通告訴給帝王，帝王派人去接這些男女。去時，天上沒有再下雨。這些人衣服色彩斑斕，言語難懂，他們蹲在地上吃飯，喜歡山林，討厭都市。帝王順從他們的意願，賜給他們名山大川，稱他們為「蠻夷」。蠻夷人表面看起來愚笨，但內心狡黠，安心鄉土，重視舊俗。因為他們接受了上天賦予的奇異氣質，所以只能用特殊的法律來對待他們。他們事農經商，都不需關卡憑證和繳納稅賦。對他們的首領，帝王授予一定官職。他們的帽子用獺皮製成，這是取他們在水邊生活的意思。現在的梁州、漢中、巴蜀、武陵、長沙、盧江等郡的夷人就是這樣。他們吃的米飯裡摻雜著魚肉，敲打木槽高聲呼喊，用這種方式祭祀盤瓠，這種習俗至今流傳。所以人們說：「裸著大腿，腰間繫短裙的人，是盤瓠的子孫。」

夫餘王

【原文】

槁離國王侍婢有娠，王欲殺之。婢曰：「有氣如雞子，

從天來下，故我有娠。」後生子，捐之豬圈中，豬以喙噓之；徙至馬櫪①中，馬復以氣噓之，故得不死。王疑以為天子也，乃令其母收畜之，名曰「東明」。常令牧馬。東明善射，王恐其奪己國也，欲殺之。東明走，南至掩施水，以弓擊水，魚鱉浮為橋，東明得渡。魚鱉解散，追兵不得渡。因都王夫餘。

【注釋】

① 馬櫪：馬槽。

【譯文】

　　槀離國國王的隨身婢女懷孕了，國王想殺死她，婢女說：「有一團像雞蛋那樣大的氣體，從天上掉落在我身上，所以我懷孕了。」國王因此沒殺她。後來她生了個兒子，把他扔到了豬圈裡，豬用嘴巴向孩子噓氣；把他扔到馬廄中，馬又向孩子噓氣，所以這個孩子沒有死。國王懷疑這孩子是天帝的兒子，就叫他母親收養他，並給他取了個名字叫「東明」。經常叫他去放馬。東明擅長射箭，國王怕他奪了自己的江山，於是想殺掉他。東明便逃跑了，向南一直逃到掩施水邊，他用弓擊打水面，魚鱉便浮出水面架成橋，東明得以渡過河去。他過河後，魚鱉散去，追兵無法過河。東明就在夫餘（今東北吉林一帶）建國稱王了。

鵠蒼銜卵

【原文】

　　古徐國宮人娠而生卵，以為不祥，棄之水濱。有犬名「鵠蒼」，銜卵以歸，遂生兒，為徐嗣君。後鵠蒼臨死，生角而九尾，實黃龍也。葬之徐裡中，見有狗壟在焉。

【譯文】

　　古代徐國的一個宮女懷孕後，生下一個蛋，她認為這是不祥的徵兆，就把它丟到了河邊。有一隻名叫「鵠蒼」的狗，把這個蛋叼了回來。從這個蛋裡孵化出一個男孩，他長大後成了徐國的國君。後來鵠蒼臨死之時，頭上長出角，身上長出九條尾巴，原來，它實際上是一條黃龍。它死後人們把它埋葬在徐國的鄉村，至今還能看見一座狗墓在那裡。

谷烏菟

【原文】

　　斗伯比父早亡，隨母歸在舅姑①之家，後長大，乃姦妘子之女，生子文。其妘子妻恥女不嫁而生子，乃棄於山中。妘子遊獵，見虎乳一小兒，歸與妻言。妻曰：「此是我女與伯比私通生此小兒。我恥之，送於山中。」妘子乃迎歸養之，配其女與伯比。楚人因呼子文為「谷烏菟」，仕至楚相也。

【注釋】

①舅姑：妻子的父母。

【譯文】

　　斗伯比的父親死得早，他跟隨母親回到外公外婆家。後來他長大了，與妘（音芸）國國王的女兒私通，生了子文。那妘國國王的妻子覺得女兒沒有出嫁就生下兒子很丟臉，就把子文丟到山裡。國王到野外打獵，看見老虎給一個小孩餵奶，回家後就告訴給妻子。妻子說：「這是我們的女兒與斗伯比私通而生下的小孩。我覺得丟臉，就把他送到了山裡。」國王於是把子文接了回來加以撫養，並把自己的女兒嫁給了斗伯比。楚國人因此稱子文為谷烏菟（楚國人把餵奶叫作谷，把老虎叫作烏

菀），後來他做官一直做到楚國的國相。

齊頃公無野

【原文】

　　齊惠公之妾蕭同叔子見御有身，以其賤，不敢言也。取薪而生頃公於野，又不敢舉也。有狸乳而鸇覆之，人見而收，因名曰無野，是為頃公。

【譯文】

　　齊惠公的侍妾蕭同叔子侍奉齊惠公有了身孕，因為她身分低微，所以不敢將這事說出來。她在野外打柴的時候生下了頃公，又不敢養育他。有隻野貓來給他餵奶，一隻鸇（音沾）鳥來遮護他，有人看見了就收養了他，因而給他取名叫「無野」，也就是齊頃公。

羌豪袁釖

【原文】

　　袁釖者，羌豪也。秦時，拘執①為奴隸，後得亡去，秦人追之急迫，藏於穴中。秦人焚之，有景相如虎來為蔽，故得不死。諸羌神之，推以為君。其後種落熾盛②。

【注釋】

①拘執：抓捕。
②熾盛：繁盛、興旺。

　　袁釰（音刀）是羌族部落的豪傑。秦朝時，他曾經被抓去做奴隸，但後來終於得了機會逃跑了。逃跑時，他被秦國人追趕，情況非常緊急，他就躲進一個山洞中。秦人用火燒山洞，這時有一個外形輪廓與老虎很相像的動物，為他遮擋火焰，因而他沒有死。羌族各個部落都認為他很神異，於是推舉他為首領。從此以後，羌族部落繁榮強盛起來。

竇氏蛇

【原文】

　　後漢定襄太守竇奉妻生子武，並生一蛇，奉送蛇於野中。及武長大，有海內俊名。母死，將葬，未窆，賓客聚集。有大蛇從林草中出，徑來棺下，委地①俯仰，以頭擊棺，血涕並流，狀若哀慟，有頃而去。時人知為竇氏之祥。

【注釋】

① 委地：蟠伏於地。

【譯文】

　　東漢定襄郡太守竇奉的妻子生下兒子竇武，同時還產下一條蛇，竇奉把蛇送到了鄉野中。等到竇武長大，在國內享負美名。他母親去世，賓客聚集。就在將要下葬，棺材還沒有落入墓坑時，有一條大蛇從林間草叢中爬出，直接來到棺木下，伏在地上，頭上上下下地擺動，還用頭撞擊棺木，血淚並流，那樣子好像非常悲痛，過了一會兒才離去。當時，人們都認為這是竇氏家族的吉兆。

金龍池

【原文】

　　晉懷帝永嘉中，有韓嫗者於野中見巨卵，持歸育之，得嬰兒，字曰「撅兒」。方四歲，劉淵築平陽城，不就，募能城者。撅兒應募。因變為蛇，令嫗遺灰志其後，謂嫗曰：「憑灰築城，城可立就。」竟如所言。淵怪之，遂投入山穴間，露尾數寸。使者斬之，忽有泉出穴中，匯為池，因名「金龍池」。

【譯文】

　　晉懷帝永嘉年間，有位姓韓的老婦人在野外發現一個巨大的蛋，於是把它拿回家孵化，得到一個嬰兒，給他取名字叫作「撅兒」。撅兒四歲的時候，劉淵因為修築平陽城沒有修建成功，所以就招募會築城的人。撅兒應募後，變成一條蛇，他在前面爬行，叫韓老婦人在他的後面撒上灰作為標記。他對韓老婦人說：「在撒灰的地方築城，城馬上就可以築成。」結果就像他說的那樣，城修築成功了。劉淵覺得這條蛇很奇怪，就派人把它丟到山洞中，蛇的尾巴還露在洞口幾寸，這人就把這截尾巴斬斷了，忽然有股泉水從山洞中湧出來，匯聚成一個水池，於是命名為「金龍池」。

羽衣人

【原文】

　　元帝永昌中，暨陽人任谷，因耕息於樹下。忽有一人著羽衣就淫之，既而不知所在。谷遂有妊[①]，積月將產，羽衣人復來，以刀穿其陰下，出一蛇子，便去。谷遂成宦者[②]，

詣闕③自陳，留於宮中。

【注釋】

① 妊：懷孕。

② 宦者：指不能生育的閹人。

③ 闕：帝王居地的統稱。

【譯文】

　　晉元帝永昌年間，暨陽縣人任谷，因為幹活累了而在樹下休息。忽然有個穿羽衣的人過來姦污了他，之後就不知道這人到哪裡去了。任谷於是就懷孕了，過了幾個月快要生產時，那穿羽衣的人又來了，用刀穿過任谷的下陰，取出一條小蛇就走了。任谷於是成了閹人，他到宮中陳述了這個情況，被留在了宮裡。

馬皮蠶女

【原文】

　　舊說太古之時，有大人遠征，家無餘人，唯有一女。牡馬一匹，女親養之。窮居幽處，思念其父，乃戲馬曰：「爾能為我迎得父還，吾將嫁汝。」馬既承此言，乃絕韁而去，徑至父所。父見馬，驚喜，因取而乘之。馬望所自來，悲鳴不已。父曰：「此馬無事如此，我家得無有故乎？」亟①乘以歸。

　　為畜生有非常之情，故厚加芻養。馬不肯食，每見女出入，輒喜怒奮擊，如此非一。父怪之，密以問女，女具以告父，必為是故。父曰：「勿言，恐辱家門。且莫出入。」於是伏弩射殺之，暴皮於庭。父行，女與鄰女於皮所戲，以足

蹙^②之曰：「汝是畜生，而欲取人為婦耶？招此屠剝，如何自苦？」言未及竟，馬皮蹶然而起，捲女以行。鄰女忙怕，不敢救之，走告其父。父還求索，已出失之。

後經數日，得於大樹枝間，女及馬皮，盡化為蠶，而績於樹上。其綸理厚大，異於常蠶。鄰婦取而養之，其收數倍。因名其樹曰「桑」。桑者，喪也。由斯百姓競種之，今世所養是也。言桑蠶者，是古蠶之餘類也。

案《天官》，辰為馬星。《蠶書》曰：「月當大火，則浴其種。」是蠶與馬同氣也。《周禮》馬質職掌「禁原蠶者」注云：「物莫能兩大，禁原蠶者，為其傷馬也。」漢禮，皇后親採桑，祀蠶神，曰：「菀窳婦人，寓氏公主」。公主者，女之尊稱也。菀窳婦人，先蠶者也。故今世或謂蠶為女兒者，是古之遺言也。

【注釋】

① 亟：急切。

② 蹙：踢。

【譯文】

以前傳說在遙遠的古代，有一戶人家，家長出征到遠方，家裡沒有別人，只有一個女兒，還有一匹公馬，由女兒親自飼養它。由於她家住在很偏僻的地方，女子感到很孤獨，十分想念父親，於是跟馬開玩笑說：「你如果能為我接回父親，我就嫁給你。」馬聽了這話後，就掙斷韁繩，離開家，徑直跑到她父親的駐地。她父親看見馬非常驚喜，牽過來就騎了上去。可是馬朝著來的方向，不停悲鳴。她父親說：「這馬無緣無故地這樣嘶鳴，是不是我家有什麼變故啊？」於是急忙騎著馬趕回家裡。

這匹馬雖是畜生卻通人性，所以女子的父親對它特別優待，給它的草糧特別充足，可是馬卻不肯吃。每次看見女兒進出，它就喜怒無常，

或興奮或生氣地奮力跳躍，這樣已不止一兩次了。父親覺得很奇怪，就私下里問女兒，女兒把自己跟馬開玩笑的事告訴了父親，認為一定是這個緣故。父親對女兒說：「千萬別把事情說出去，不然會有辱自家的名聲。你暫時不要再進出了。」於是父親躲在暗處，用弓箭射死了這匹馬，又把馬皮曬在院子裡。父親外出時，女兒與鄰居家的女孩子在院子裡玩，她用腳踢著馬皮說：「你是個畜生，怎麼能娶人為妻子呢？你被屠殺剝皮，這不是自討苦吃嗎？」話還沒說完，馬皮突然飛起來，捲著她就飛走了。鄰居家的女孩慌亂害怕，不敢過去搭救，只好跑去告訴她的父親。父親回來，四處尋找，但馬皮已飛走，早不見蹤影了。

幾天後，父親才在一棵大樹的枝丫間，發現女兒和馬皮都變成了蠶，正在樹上吐絲作繭，那個蠶繭絲粗個大，與普通的蠶繭不同。近鄰的農婦取下蠶飼養，收穫了比普通蠶繭多好幾倍的蠶絲。於是人們把那棵樹叫作「桑」。桑就是喪的意思。從此人們開始爭相種植桑樹，就是現在用來養蠶的樹。現在叫作桑蠶的，就是古蠶留下的種類。

按《天官》所說，辰宿是馬星。《蠶書》上說：「月亮位於大火星時，就應清洗蠶種。」因為蠶與馬具有同樣的氣質。《周禮》「馬質」職掌「禁飼二次孵化的蠶」，註釋說：「氣質相同的兩個事物，不能同時增長，禁飼二次孵化的蠶，是害怕它會損傷馬。」而漢代的禮制是，皇后親自採桑祭祀蠶神，說蠶神是「菀窳婦人」和「寓氏公主」。公主，是對那個變為蠶的女兒的尊稱；菀窳婦人，是指最先教人們養蠶的人。因此，現在也依然有人把蠶稱作女兒，這是古代流傳下來的說法。

嫦娥奔月

【原文】

羿請無死之藥於西王母，嫦娥竊之以奔月。將往，枚筮之於有黃。有黃占之曰：「吉。翩翩歸妹，獨將西行。逢天晦芒[1]，毋恐毋驚，後且大昌。」嫦娥遂託身於月，是為蟾蜍。

【注釋】

① 晦芒：晦暗，不明亮。

【譯文】

后羿從西王母那裡求到了長生不老的仙藥，后羿的妻子嫦娥偷吃仙藥後飛往月宮。嫦娥行動之前，曾讓巫師有黃占過卜，有黃占卜後說：「很吉利。卦是輕快的歸妹，你將要獨自西行。即使遇到天氣晦暗，也不用害怕驚慌，以後必將昌盛起來。」於是嫦娥飛入月宮，成為月宮裡的蟾蜍。

蘭岩雙鶴

【原文】

滎陽縣南百餘里，有蘭岩山，峭拔千丈，常有雙鶴，素羽皦然①，日夕偶影翔集。相傳云：「昔有夫婦隱此山數百年，化為雙鶴，不絕往來。」忽一旦，一鶴為人所害，其一鶴歲常哀鳴。至今響動岩谷，莫知其年歲也。

【注釋】

① 皦然：潔白光亮的樣子。

【譯文】

滎陽縣南面一百多里處，有一座蘭岩山，俊俏挺拔，高千丈。山中常見一對羽毛特別光潔漂亮的白鶴，它們雙飛雙棲，終日形影不離。相傳：「很久以前，有對夫妻在這深山裡隱居了幾百年，之後，他們變成一對白鶴，仍然廝守在一起。」忽然一天早晨，一隻鶴被人害死了，另一隻鶴就常年在那裡哀鳴。至今那叫聲還在山谷迴蕩，沒有人知道有多少年了。

羽衣女

【原文】

　　豫章新喻縣男子，見田中有六七女，皆衣毛衣，不知是鳥。匍匐往，得其一女所解毛衣，取藏之。即往就諸鳥。諸鳥各飛去，一鳥獨不得去。男子取以為婦，生三女。其母後使女問父，知衣在積稻下，得之，衣而飛去。後復以迎三女，女亦得飛去。

【譯文】

　　豫章郡新喻縣有個男子，發現田野裡有六七個女子，都穿著羽毛製成的衣服，他不知道這些女子都是鳥變的。他趴伏在地上悄悄地爬過去，拿了一個女子脫下的羽毛衣服藏了起來。然後他又偷偷向這些鳥爬去，鳥都各自飛走了，只有一隻鳥不能飛走。男子就娶她為妻，生了三個女兒。她們的母親後來讓女兒去詢問父親，得知她的羽毛衣服藏在稻穀堆裡，她找到衣服，穿上就飛走了。過後她又來接三個女兒，女兒們也跟著她一起飛走了。

黃母化黿

【原文】

　　漢靈帝時，江夏黃氏之母浴盤水中，久而不起，變為黿矣。婢驚走告。比家人來，黿轉入深淵。其後時時出見。初浴，簪一銀釵，猶在其首。於是黃氏累世不敢食黿肉。

【譯文】

　　漢靈帝時，江夏郡一戶黃姓人家的母親到盤水河中洗澡，洗了很久

也沒有出來，結果變成了一隻黿。同去的婢女慌忙跑回去報告，等到家人趕到時，這隻黿已經潛入了深潭。後來，這隻黿還時常浮現。之前黃母洗澡時別在頭上的一支銀釵，還依然插在黿的頭上。從此以後，黃姓家人連續幾代都不敢吃黿肉。

宋母化鱉

【原文】

魏黃初中，清河宋士宗母，夏天於浴室裡浴，遣家中大小悉出，獨在室中良久。家人不解其意，於壁穿中窺之，不見人體，見盆水中有一大鱉。遂開戶，大小悉入，了不與人相承。嘗先著銀釵，猶在頭上。相與守之啼泣，無可奈何。意欲求去，永不可留。視之積日，轉懈。自捉出戶外。其去甚駛，逐之不及，遂便入水。後數日，忽還，巡行宅舍如平生，了無所言而去。時人謂士宗應行喪治服，士宗以母形雖變，而生理尚存，竟不治喪。此與江夏黃母相似。

【譯文】

曹魏黃初年間，清河人宋士宗的母親，夏天準備在浴室中洗澡，就把家裡的大人、小孩全部打發出門，她獨自一個人在浴室中待了很長時間。家裡的人不理解她的意思，就從牆洞中偷看，大家看不見人的身體，只看見浴盆裡有一隻大鱉。於是大家就打開了這浴室的門，一家老小全都進去了，那大鱉完全沒法和他們溝通。宋母洗澡前戴著的銀釵，還別在鱉的頭上。一家人都守在她的周圍啼哭，卻一點辦法也沒有。看那大鱉的意思，是想求大家讓它出去，再也不想留在這兒了。家人小心看護了她好幾天，逐漸有點放鬆了，她便趁機溜出門外。她離去的速度很快，家裡的人根本追不上，讓她鑽進了河中。過了幾天，她突然又回來了，還像平常那樣在房屋四周巡視，然後一句話也沒說就走了。當時

有人勸宋士宗應該為他母親治喪服孝，宋士宗認為母親的形貌雖然發生了變化，但她的生命還存在著，所以最終沒有為她辦喪事。這與江夏郡黃氏母親的情況很相似。

宣母化鼈

【原文】

　　吳孫皓寶鼎元年六月晦，丹陽宣騫母，年八十矣，亦因洗浴化為鼈，其狀如黃氏。騫兄弟四人，閉戶衛之，掘堂上作大坎①，瀉水其中。鼈入坎遊戲，一二日間，恆延頸外望。伺戶小開，便輪轉自躍入於深淵。遂不復還。

【注釋】

①坎：坑穴、洞。

【譯文】

　　東吳孫皓寶鼎元年六月末，丹陽郡人宣騫的母親年過八十，洗澡時也變成了鼈，情況與江夏郡黃氏差不多。宣騫兄弟四人關上家裡的門，守住宅院，還在廳堂上挖了一個大坑，倒進水。這隻鼈爬進水坑玩了一兩天，常常伸長脖子向外張望。一天，趁門打開了一點兒，就像車輪一樣咕嚕嚕地滾了出去，跳進深潭裡，沒有再回來。

老翁作怪

【原文】

　　漢獻帝建安中，東郡民家有怪。無故，甕器自發訇訇①

作聲，若有人擊。盤案在前，忽然便失。雞生子，輒失去。如是數歲，人甚惡之。乃多作美食，覆蓋，著一室中，陰藏戶間窺伺之。果復重來，發聲如前。聞，便閉戶，周旋室中，了無所見。乃暗以杖撾之。良久，於室隅間有所中，便聞呻吟之聲，曰：「唒！唒！宜死。」開戶視之，得一老翁，可百餘歲，言語了不相當，貌狀頗類於獸。遂行推問，乃於數里外得其家，云：「失來十餘年。」得之哀喜。後歲餘，復失之。聞陳留界復有怪如此，時人咸以為此翁。

卷 十 四

【注釋】

① 訇訇：形容巨大的聲響。

【譯文】

　　漢獻帝建安年間，東郡一個老百姓的家裡發生了一件怪事。無緣無故，甕會自己震動，發出鏗鏗鏗的聲音，好像有人在敲擊。盤子和桌案本來放在面前，突然之間便不見了。雞下了蛋，也總是丟失。像這樣過了好幾年，家裡人非常厭惡這些事。於是燒了很多美味佳餚，把東西遮蓋好，放在一個房間裡，然後暗中潛伏在門背後，偷偷地窺視著。果然又發生了怪事，發出的聲音還是像先前一樣鏗鏗的。這個偷窺的人一聽見聲音就立馬把門關上，但在房間裡轉了好半天，什麼也沒看見。於是這人在昏暗中用棍子到處亂打，過了很長一段時間，才感覺在牆角邊有什麼東西被打著了，緊接著聽見有呻吟的聲音，說著：「哎喲，哎喲，要死了！」開門一看，抓到一個老頭，大約有一百多歲，但說起話來卻一點兒也聽不懂，他的容貌形態很像野獸。於是就去詢問，結果在幾里外找到了他的家，而他的家人說：「他已走失了十多年。」家人見到他又悲哀又高興。過了一年多，家人又找不見他了。聽說陳留郡的境內又發生了類似的怪事，當時的人們都認為是這個老頭幹的。

卷

十

五

王道平妻

【原文】

秦始皇時，有王道平，長安人也。少時，與同村人唐叔偕女，小名父喻，容色俱美，誓為夫婦。尋王道平被差征伐，落墮南國，九年不歸。父母見女長成，即聘與劉祥為妻，女與道平，言誓甚重，不肯改事。父母逼迫，不免出嫁劉祥。經三年，忽忽不樂，常思道平，忿怨之深，悒悒[1]而死。

死經三年，平還家，乃詰鄰人：「此女安在？」鄰人云：「此女意在於君，被父母凌逼，嫁與劉祥，今已死矣。」平問：「墓在何處？」鄰人引往墓所。平悲號哽咽，三呼女名，繞墓悲苦，不能自止。平乃祝曰：「我與汝立誓天地，保其終身。豈料官有牽纏，致令乖隔，使汝父母與劉祥。既不契於初心，生死永訣。然汝有靈聖，使我見汝生平之面。若無神靈，從茲而別。」言訖，又復哀泣。

逡巡，其女魂自墓出，問平：「何處而來？良久契闊[2]。與君誓為夫婦，以結終身。父母強逼，乃出聘劉祥。已經三年，日夕憶君，結恨致死，乖隔幽途。然念君宿念不忘，再求相慰，妾身未損，可以再生，還為夫婦。且速開冢破棺，出我即活。」平審言，乃啟墓門，捫看其女，果活。乃結束隨平還家。

其夫劉祥聞之，驚怪，申訴於州縣。檢律斷之，無條，乃錄狀奏王。王斷歸道平為妻。壽一百三十歲。實謂精誠貫於天地，而獲感應如此。

【注釋】

① 悒悒：憂鬱，愁悶。
② 契闊：分別。

【譯文】

　　秦始皇時，有個叫王道平的，是長安人。他年少的時候，與同村人唐叔偕的女兒（小名叫作父喻）發誓結為夫婦，這個女孩容貌姿色均屬上乘。不久，王道平被徵召上前線打仗去了，後來流落南方，九年沒有回家。父喻的父母看著女兒已經長大成人，王道平又不知是生是死，便將她許配給了劉祥做妻子。父喻和王道平立下的誓言很堅定，不肯再嫁他人。但她父母逼迫，不能逃避，只得嫁給劉祥。出嫁之後的三年中，她一直精神壓抑，悶悶不樂，時常思念王道平，最後抑鬱而死。

　　父喻死後三年，王道平回到家中。他問鄉鄰：「這個女子現在哪裡？」鄉鄰回答他：「這個姑娘的心思都在你身上，卻受父母逼迫嫁給了劉祥，如今已經死了。」王道平問：「那她的墳墓在哪裡？」鄉鄰就引著他去了墓地。王道平在墓前泣不成聲，反覆呼喚著父喻的名字，繞著墳墓痛哭哀嘆，傷心之情難以抑制。他對著墳墓祝禱說：「我和你曾對天地起誓，廝守終身。哪裡想到官事牽纏，造成你我長久分離，也致使你父母逼迫你嫁給了劉祥。我們不能夠實現當初的心願，已經生死永別。如果你能顯靈，就讓我再見一見你生前的面容；如果你不能顯靈，我們就從此永別了。」說完，他又再次痛哭。

　　立刻，父喻的靈魂從墳墓中出來，問王道平：「你從哪裡來？我們分別了這麼久。我曾與你發誓結為夫妻，相伴到老。但父母強逼，我不得不嫁給劉祥。嫁過去的三年，我日夜都在思念你，最終含恨而死，如今我被隔離在陰間。不過感念你舊情不忘，我心存安慰，我的身體沒有損壞，仍然能夠復活，與你重新結為夫妻。但得趕快挖開墳墓打開棺材，取我出來，我就能活轉回來了。」王道平考慮了她的話，就挖開了墓門，用手試探父喻的身體，父喻果然活了過來。於是父喻整理好裝束，跟王道平一道回家了。

　　她的丈夫劉祥聽說後，十分驚異，就去州縣官府申訴。府衙審理此案時，查閱律法，沒有查找到相關的法律條文，只好記錄案情，上報朝

廷。皇上判決把父喻給王道平做妻子。後來，夫妻二人都活到了一百三十歲。他們忠貞不渝的感情感動了天地，這才得到了這樣的好報。

河間郡男女

【原文】

　　晉武帝①世，河間郡有男女私悅②，許相配適③。尋而男從軍，積年不歸，女家更欲適之。女不願行，父母逼之，不得已而去，尋病死。其男戍④還，問女所在，其家具說之。乃至冢，欲哭之敘哀，而不勝⑤其情，遂發冢，開棺，女即蘇活，因負還家。將養數日，平復如初。後夫聞，乃往求之。其人不還，曰：「卿婦已死，天下豈聞死人可復活耶？此天賜我，非卿婦也。」於是相訟⑥，郡縣不能決，以讞廷尉⑦。秘書郎王導奏：「以⑧精誠之至，感於天地，故死而更生。此非常事，不得以常禮斷之。請還開冢者。」朝廷從其議。

【注釋】

① 晉武帝：據下文「秘書郎王導」推定，此處當為晉惠帝。

② 私悅：私下愛慕。

③ 適：稱女子出嫁。

④ 戍：兵役。

⑤ 不勝：無法承擔，承受不了。

⑥ 相訟：互相訴訟。

⑦ 讞：將案情上報，請示。廷尉：官名，為九卿之一，主管刑獄。秦漢至北齊主管司法的最高官吏。

⑧ 以：因為。

【譯文】

晉惠帝在位時，河間郡有一對男女私下相愛，訂下了婚約。不久男的去從軍了，好幾年沒回家，女家想讓女兒嫁給別人。女子不肯，父母就強迫她，不得已只好嫁了，不久就病死了。那個男子服完兵役回來，詢問女子在哪裡，家裡人就把事情都告訴了他。於是他來到女子的墳墓前，想對她大哭一場來傾訴自己的哀傷，但是不能承受這個事實，就挖開墳墓，橇開棺材，這女子竟然立即復活了，於是就把她背回了家。休息調養了幾天，女子又恢復得像過去一樣。女子的後夫聽說了，就去男子家索要女子。男子不肯還他，說：「您的妻子已經死了，天底下哪裡聽說過死人可以復活的事情呢？這是上天賜給我的女人，不是您的妻子。」於是兩人去打官司。郡縣的官吏不能判決，把這樁官司呈報給廷尉審理。秘書郎王導上奏說：「因為這男子精誠到了極點，感動了天地，所以這女子才死而復生。這不是尋常的事情，不能用尋常的禮法來決斷。我請求把這女子還給掘開墳墓的人。」朝廷聽從了他的意見。

賈文合娶妻

【原文】

漢獻帝建安中，南陽賈偶，字文合，得病而亡。時有吏將詣太山司命，閱簿，謂吏曰：「當召某郡文合，何以召此人？可速遣之。」

時日暮，遂至郭外樹下宿，見一年少女獨行。合問曰：「子類衣冠，何乃徒步？姓字為誰？」女曰：「某，三河人，父見為弋陽令。昨被召來，今卻得還。遇日暮，懼獲瓜田李下之譏，望君之容，必是賢者，是以停留，依憑左右。」文合曰：「悅子之心，願交歡於今夕。」女曰：「聞之諸姑，女子以貞專為德，潔白為稱。」文合反覆與言，終無動志。天明，各去。

文合卒已再宿，停喪將殮，視其面，有色捫心下稍溫。少頃，卻蘇。後文合欲驗其實，遂至弋陽，修刺謁令，因問曰：「君女寧卒而卻蘇①耶？」具說女子姿質、服色、言語相反覆本末。令入問女，所言皆同。乃大驚嘆，竟以此女配文合焉。

【注釋】

① 蘇：甦醒。

【譯文】

漢獻帝建安年間，南陽郡人賈偶，字文合，生病死了。他剛死，陰間的小吏就把他帶到泰山，司命查看生死簿後，對鬼吏說：「應當召另一個郡的文合，為什麼把這個人召來了？趕快送他回去。」

這時天已黑了，賈文合就到城外樹下過夜。他看到一個單身的年輕女子匆匆夜行，就問道：「看你穿戴，像是大戶人家的女子，怎麼在夜間單身行走呢？敢問小姐姓名？」女子說：「我是三河人氏，父親現任弋陽縣令。我昨天被鬼召來，今天又放我回去，趕上天黑，因擔心招來瓜田李下的嫌疑，所以只得夜間繼續趕路。看你的樣子，一定是賢良之人，因此停留下來，在你旁邊也有個依靠。」文合說：「你這樣想，我很高興，希望今天晚上就能和你結為夫妻。」女子說：「聽姑姑們說，女子把貞節專一作為美德，以純潔清白作為美名。」文合反覆請求，女子的心志始終沒有動搖，天亮後就各自離去了。

文合死了已經兩天，停喪將要殮屍時，看他臉上還有血色，摸他的心窩裡也還有餘熱，過了一會兒，他居然甦醒了過來。後來，文合想驗證這件事的真假，於是就來到弋陽，送上名帖拜見縣令。他問縣令：「您的女兒真是死後又復生的嗎？」然後詳細地述說了他所見女子的容貌特點、衣服顏色，以及他們談話的全部情形。縣令進去問女兒，女兒說的和文合講述的完全相同。縣令大為驚訝，最後將女兒許配給了文合。

李　娥

【原文】

　　漢建安四年二月，武陵充縣婦人李娥，年六十歲，病卒，埋於城外，已十四日。

　　娥比舍有蔡仲，聞娥富，謂殯當有金寶，乃盜發冢求金。以斧剖棺，斧數下，娥於棺中言曰：「蔡仲，汝護我頭。」仲驚，遽便出走，會為縣吏所見，遂收治。依法當棄市。娥兒聞母活，來迎出，將娥回去。

　　武陵太守聞娥死復生，召見，問事狀。娥對曰：「聞謬為司命所召，到時，得遣出，過西門外，適見外兄劉伯文，驚相勞問，涕泣悲哀。娥語曰：『伯文！我一日誤為所召，今得遣歸，既不知道，不能獨行，為我得一伴否？又我見召在此，已十餘日，形體又為家人所葬埋，歸，當那得自出？』伯文曰：『當為問之。』即遣門卒與戶曹相問：『司命一日誤召武陵女子李娥，今得遣還，娥在此積日，屍喪又當殯殮，當作何等得出？又女弱，獨行，豈當有伴耶？是吾外妹，幸為便安之。』答曰：『今武陵西界，有男子李黑，亦得遣還，便可為伴。兼敕黑過娥比舍蔡仲，發出娥也。』於是娥遂得出。與伯文別，伯文曰：『書一封，以與兒佗。』娥遂與黑俱歸。事狀如此。」

　　太守聞之，慨然①嘆曰：「天下事真不可知也。」乃表，以為：「蔡仲雖發冢，為鬼神所使；雖欲無發，勢不得已，宜加寬宥。」詔書報可。

　　太守欲驗語虛實，即遣馬吏於西界，推問李黑，得之，與黑語協。乃致伯文書與佗，佗識其紙，乃是父亡時送箱中文書也。表文字猶在也，而書不可曉。乃請費長房讀之，

曰：「告佗：我當從府君出案行部，當以八月八日日中時，武陵城南溝水畔頓。汝是時必往。」

到期，悉將大小於城南待之，須臾果至。但聞人馬隱隱之聲，詣溝水，便聞有呼聲曰：「佗來！汝得我所寄李娥書不耶？」曰：「即得之，故來至此。」伯文以次呼家中大小問之，悲傷斷絕，曰：「死生異路，不能數得汝消息，吾亡後，兒孫乃爾許大！」良久，謂佗曰：「來春大病，與此一丸藥，以塗門戶，則辟來年妖癘②矣。」言訖，忽去，竟不得見其形。至來春，武陵果大病，白日皆見鬼，唯伯文之家，鬼不敢向。費長房視藥丸，曰：「此方相腦也。」

【注釋】

① 慨然：感慨的樣子。

② 癘：瘟疫。

【譯文】

漢獻帝建安四年二月，武陵郡充縣婦人李娥，六十歲時，生病死了，被埋葬在城外，已有十四天。

李娥的鄰居叫蔡仲的，聽說李娥很富有，心想應該有不少金銀珍寶隨葬，就去偷偷挖開墳墓盜竊金銀。他用斧頭劈棺木，剛劈了幾下，李娥在棺材裡叫道：「蔡仲，你不要劈到我的頭！」蔡仲當即嚇得驚慌不已，慌忙逃了出去，誰知剛好被縣吏撞見，當即把他拘捕。依照律例，盜墓者應當被處死並陳屍街頭示眾。李娥的兒子聽說母親復活，就來把母親接回家了。

武陵太守聽說李娥死而復生，召見她，詢問這件事的始末，李娥詳細講述了經過：「聽說被司命錯召，到時會遣放回來。我被放回來後，經過西門外，正好遇到了表兄劉伯文，彼此都很驚訝，悲哀落淚，相互告慰。我跟他說：『伯文，我被誤召過來，現在要放回去，但我不認識回去的路，自己沒法回去，能不能幫我找一個伴？我被召到這裡已有十

多天了，身軀早已被家裡人埋葬，回去後我怎麼樣才能從墳墓裡出來？』伯文說：『我替你打聽一下。』伯文馬上派門卒去詢問戶曹：「司命一時錯召了武陵女子李娥，現在得以遣返，但她在此已有多日，屍體也已被埋葬，她該怎樣從墳墓裡出去呢？一個弱女子，獨自遠行，怎麼也得給她找個伴。她是我表妹，請行個方便，妥善安置她。」戶曹回答說：『現在武陵西邊的男子李黑，也要被遣放回去，可以和她作伴。同時叫李黑去告訴李娥的鄰居蔡仲，讓他去挖李娥的墳墓，放出李娥。』這樣我就得以出來了。我與伯文分別時，他說：『有一封信，請捎給我的兒子劉佗。』我就和李黑一起回來了。事情的經過就是這樣的。」

太守聽了，感慨萬分，說：「天下的事，真是難以理解。」於是他向朝廷奏請：「蔡仲雖然掘墓在先，但這是受鬼神的差遣，即使他不想去挖，情勢也不允許，因此，應當予以寬恕。」於是皇帝下詔批覆，同意赦免蔡仲。

太守還想驗證李娥所說的話是否真的，就派遣馬吏到郡西邊找李黑，經詢問，李娥所說的與李黑所說的完全一致。於是也順便把劉伯文的信捎給了劉佗。劉佗認得那些信紙都是自己父親死時陪葬在箱子中的文書，信上的文字還在，但信卻讀不懂，就請費長房來讀。信上說：「告訴佗兒，我要隨泰山府君外出辦案，八月八日中午，我們會在武陵城南水溝旁稍作停留，到時你一定要去那裡等著。」

到了那天，劉佗領著全家老小在城南等候。不過片刻，劉伯文果然出現了，只聽見隱隱約約有人馬過來的聲音。他走到水溝邊，聽見有人喊道：「劉佗過來，你收到我讓李娥捎給你的信了嗎？」劉佗說：「正是收了信，才來到這裡的。」劉伯文依次呼喚家中大小的名字，一一詢問，都沉浸在悲傷的氣氛之中，他說：「死生不同路，不能時常獲知你們的消息。我死後，兒孫竟然長這麼大了。」又過了很久，他對劉佗說：「明年開春將流行大瘟疫，給你們一顆藥丸，把它塗在門上，就能躲過明年怪異的病疫了。」說完後，他突然離去，始終沒有見到他的形體模樣。到了第二年春天，武陵縣果然流行瘟疫，白天也能見到鬼，只有劉伯文的家，鬼不敢去。費長房看了劉家的藥丸說：「這是驅疫的方相的腦髓。」

史姁神行

搜神記

【原文】

漢陳留考城史姁，字威明，年少時，嘗病，臨死，謂母曰：「我死當復生。埋我，以竹杖柱於瘞①上，若杖折，掘出我。」及死，埋之，柱如其言。七日，往視，杖果折。即掘出之，已活。走至井上，浴，平復如故。

後與鄰船至下邳賣鋤，不時售，云：「欲歸。」人不信之，曰：「何有千里暫得歸耶？」答曰：「一宿便還。」即書，取報以為驗實。一宿便還，果得報。

考城令江夏鄧賈和姊病，在鄉里，欲急知消息，請往省之。路遙三千，再宿還報。

【注釋】

①瘞（音益）：埋葬死人的墳。

【譯文】

漢陳留郡考城縣人史姁（音許），字威明，他年輕時曾得過一場大病，臨死時，他對他的母親說：「我死後還會復活，埋葬我後，要在我的墳上豎插一根竹杖。如果竹杖折斷了，就把我挖出來。」等他死後，家人就按照他的話埋葬了他，並在墳上豎了根竹杖。第七天，家人去看，竹杖果然折斷了，當即就把他挖了出來。史姁已經活了，跑到井邊洗澡，恢復得像生前一樣。

後來他和鄉鄰乘船到下邳賣鋤頭，沒有賣完，他說想回家一趟再來。鄰人不相信他，說：「這兒離家有千里，怎麼可能一下子回去又回來呢？」他回答說：「一夜就行了。」鄰人就給家裡寫了封書信，讓他帶回去，並要求帶回回信，以作驗證。果然，他一夜就回來了，而且還帶來了鄰人家中的回信。

考城縣令賈和，江夏郡鄳縣人，他姐姐在家鄉患了重病，他急於瞭解姐姐的病情，便請史姁去姐姐家裡看望。三千里的路程，史姁兩夜就回來了，把情況告知給了縣令。

社公賀瑀

【原文】

　　會稽賀瑀，字彥琚，曾得疾，不知人，惟心下溫，死三日復甦。云吏人將上天，見官府，入曲房①，房中有層架，其上層有印，中層有劍，使瑀惟意所取。而短不及上層，取劍以出。門吏問何得？云：「得劍。」曰：「恨不得印，可策百神，劍惟得使社公耳。」疾愈，果有鬼來，稱社公。

【注釋】

①曲房：密室。

【譯文】

　　會稽人賀瑀，字彥琚。他曾經得了病，不省人事，只有心窩還略微有點溫度，他死了三天又甦醒過來。據他說，有鬼吏把他帶上天，拜見了官吏，帶他進入一間密室，室內有一層層的架子，架子的上層放著印，架子的中層放著劍，叫他隨意取一件。他個子矮小，搆不著上層，只好從中層取出了劍。看門的小吏問他取到什麼，他說：「取了劍。」門吏說：「真可惜，你沒有取到印。印可以驅使百神，劍只能驅使社公而已。」賀瑀病好後，果然有一個鬼來，自稱是社公。

戴洋復生

搜神記

【原文】

　　戴洋，字國流，吳興長城人。年十二，病死，五日而蘇。說：「死時，天使其為酒藏吏，授符籙①，給吏從幡麾，將上蓬萊、崑崙、積石、太室、廬、衡等山，既而遣歸。」妙解占候，知吳將亡，託病不仕，還鄉里。行至瀨鄉，經老子祠，皆是洋昔死時所見使處，但不復見昔物耳。因問守藏應鳳曰：「去二十餘年，嘗有人乘馬東行，經老君祠而不下馬，未達橋，墜馬死者否？」鳳言有之。所問之事，多與洋同。

【注釋】

① 符籙：符節和簿籙的統稱。

【譯文】

　　戴洋，字國流，是吳興郡長城縣人。他十二歲時，生病死了，五天後復活。他說：「我死的時候，天帝讓我做了酒藏吏，授予符節簿籙，派給隨從卒吏和旗幟，引我經過了蓬萊、崑崙、積石、太室、廬山、衡山等名山，然後就又把我送了回來。」戴洋擅長占卜測算，預知東吳即將亡國，他託病辭官，回家鄉去了。走到瀨鄉，經過老子祠，這是戴洋當年在陰府時出使過的地方，只是看不到當時的那些東西了。於是他問守藏的應鳳：「距今二十多年前，曾經有人騎著馬向東走，經過老子祠卻沒有下馬，結果還沒有走到橋上，就從馬上掉下來摔死了，是否真的有這事？」應鳳回答說有。所詢問的事，大多與戴洋曾經經歷的相同。

柳榮張悌

【原文】

吳臨海松陽人柳榮，從吳相張悌至揚州。榮病死船中二日，軍士已上岸，無有埋之者。忽然大叫，言：「人縛軍師！人縛軍師！」聲甚激揚，遂活。人問之。榮曰：「上天北斗門下，卒見人縛張悌，意中大愕，不覺大叫言：『何以縛軍師？』門下人怒榮，叱逐使去。榮便怖懼，口餘聲發揚耳。」其日，悌即死戰。榮至晉元帝時猶存。

【譯文】

吳國臨海郡松陽縣人柳榮，跟著吳國丞相張悌來到揚州。柳榮病死在船中已經兩天了，但士兵們都已經上岸，沒有人可以去埋葬他。他忽然大叫道：「有人捆綁軍師！有人捆綁軍師！」這喊聲十分激烈響亮，於是他就又活了過來。別人問他這到底是怎麼回事。柳榮說：「我上天走到北斗星門邊，突然看見有人捆綁著張悌，非常吃驚，不覺大叫道：『為什麼綁縛軍師！』那看門的人對我很生氣，大聲斥責我，趕我離開。我十分恐懼，嘴裡沒說完的話不覺呼喊出來了。」那一天張悌就陣亡了。柳榮到晉元帝的時候還依然活著。

馬勢婦蔣氏

【原文】

吳國富陽人馬勢婦，姓蔣，村人應病死者，蔣輒恍惚熟眠經日[1]，見病人死，然後省覺。覺則具說家中，人不信之。語人云：「某中病，我欲殺之，怒強魂難殺，未即死。我入其家內，架上有白米飯，幾種鮭[2]。我暫過灶下戲，婢

無故犯我，我打其脊，使婢當時悶絕③，久之乃蘇。」其兄病，有烏衣人令殺之，向其請乞，終不下手。醒，乃語兄曰：「當活。」

【注釋】
①經日：過了幾天。
②鮭：魚類菜餚的總稱。
③悶絕：暈倒，昏死。

【譯文】

　　吳國富陽縣人馬勢的妻子，姓蔣，村裡人有個人要病死了，蔣氏就迷迷糊糊地熟睡了幾天，夢中看到病人死了，然後才醒來。她醒後就把這家人的情況跟別人說，人們都不相信。她告訴別人說：「某某病了，我想殺了他，可恨的是這靈魂很強壯難以殺死，沒有馬上死去。我到他家中，看到架子上有白米飯，還有幾種魚做的菜。我暫時到灶邊玩，他家的婢女無緣無故地來冒犯我，我就打了她的脊背，使她當場就昏死過去，過了很久才醒過來。」蔣氏的哥哥病了，有個穿黑衣服的人命令她去殺哥哥，她向那人請求，終於沒有動手。她醒來後就告訴哥哥說：「你會活著的。」

顏畿託夢

【原文】

　　晉咸寧二年十二月，琅邪顏畿，字世都，得病，就醫張瑳自治，死於張家。棺斂已久，家人迎喪，每繞樹木而不可解，人咸為之感傷。引喪者忽顛仆，稱畿言曰：「我壽命未應死，但服藥太多，傷我五臟耳。今當復活，慎無葬也。」其父拊而祝之，曰：「若爾有命，當復更生，豈非骨肉所

願。今但欲還家，不爾葬也。」[1]乃解。

及還家，其婦夢之曰：「吾當復生，可急開棺。」婦便說之。其夕母及家人又夢之。即欲開棺，而父不聽。其弟含，時尚少，乃慨然曰：「非常之事，自古有之。今靈異至此，開棺之痛，孰與不開相負？」父母從之，乃共發棺。果有生驗，以手刮棺，指爪盡傷，然氣息甚微，存亡不分矣。於是急以綿飲瀝口，能咽，遂與出之。將護累月，飲食稍多，能開目視瞻，屈伸手足，不與人相當，不能言語，飲食所須，托之以夢。

如此者十餘年，家人疲於供護，不復得操事，含乃棄絕人事，躬親侍養，以知名州黨。後更衰劣，卒復還死焉。

【注釋】

①旐：引魂幡。

【譯文】

晉武帝咸寧二年十二月，琅邪人顏畿（字世都），生了病，到醫生張瑳家裡治病，死在了張家。屍體裝進棺材好久了，顏家人去迎喪，引魂幡老是纏在樹上解不下來，人們都為死者感慨悲傷。引喪的人忽然跌倒在地上，自稱顏畿，說道：「我本來不應該死，只是服藥太多，損傷了我的五臟六腑而已。今天我就能復活，千萬不要把我埋葬了。」顏畿的父親撫摸著他說：「如果你能活過來，這不正是親人們希望的嗎？今天只是想接你回家，不會埋葬你。」引魂幡這才解開。

他們回到家裡，當天夜裡顏畿的妻子夢見他說：「我將復活，趕快打開棺材。」他妻子第二天就對人說了這事。那天夜裡，他母親和家人也夢見了他叫打開棺材，就想立即去打開棺材，但是他父親不答應。他弟弟顏含，當時年紀還小，卻很有主見地說：「超出常規的事，自古就有。現在既然神靈有預示，那麼打開棺材和不打開的後果，哪一個損失更大呢？」父母聽從了他的意見，一起打開棺材。果然顏畿有活的跡

象，他用手抓棺材，手指都受傷了，但是氣息還是很微弱，是生是死還無法確定。父母急忙把湯水滴入他的口中，他能往下吞嚥，於是把他從棺材中抬出。護理調養了幾個月後，他的飲食慢慢增多，也能睜開眼睛張望，手腳也能伸屈活動了，就是不能與人正常交流，無法說話，想吃什麼東西，只能託夢告訴家人。

像這樣過了十多年，他家裡人為了護理他而忙碌不堪，不能做其他的事。他弟弟顏含則完全不管其他的事，一心一意護理、伺候哥哥，因此他在全州很有美名。後來顏畿身體愈加衰弱，最終還是死了。

羊 祜

【原文】

羊祜年五歲時，令乳母取所弄金鐶，乳母曰：「汝先無此物。」祜即詣鄰人李氏東垣桑樹中探得之。主人驚曰：「此吾亡兒所失物也，云何持去？」乳母具言之，李氏悲惋，時人異之。

【譯文】

羊祜五歲的時候，叫乳母去取他玩過的金環。乳母驚奇地說：「你過去並沒有這樣東西啊。」羊祜就到鄰居李家東牆邊的桑樹中，摸到了他要的金環。李家的主人很吃驚：「這是我死去的兒子所丟失的東西。你為什麼拿走呢？」乳母就詳細地說了這件事情的前後經過，李家的主人哀痛嘆惜，當時的人都覺得這件事不同尋常。

西漢宮人

卷十五

【原文】

　　漢末，關中大亂，有發前漢宮人冢者，宮人猶活，既出，平復如舊。魏郭后愛念之，錄置宮內，常在左右。問漢時宮中事，說之了了，皆有次緒。郭后崩，哭泣過哀，遂死。

【譯文】

　　漢朝末年，關中地區大亂，有人挖開西漢宮女的墳墓，那宮女竟還活著。她出了墳墓，恢復得跟常人一樣了。魏文帝的郭皇后很喜歡她，就把她安置在宮內，讓她在郭皇后身邊伺候。皇后問她漢朝時皇宮內的事情，她說得清清楚楚，都很有頭緒。郭皇后逝世的時候，她哭得很厲害，以致於哀痛過度，也死了。

棺中活婦

【原文】

　　魏時太原發冢，破棺，棺中有一生婦人。將出，與語，生人也。送之京師，問其本事，不知也。視其冢上樹木，可三十歲。不知此婦人三十歲常生於地中耶？將一朝生，偶與發冢者會也？

【譯文】

　　曹魏的時候，太原郡有個人挖開墳墓撬開棺材，發現棺材中有一個活著的婦女。把她扶出來，和她說話，的確是個活人。於是把她送到京城，問她生前的事情，她卻什麼也不記得了。看她墳上的樹木，大約有三十年了。不知道這個婦女是不是三十年來一直生活在地下，還是這一

天才忽然活過來，碰巧和掘墳的人遇見？

婢埋尚生

【原文】

　　晉世杜錫，字世瑕，家葬而婢誤不得出。後十餘年，開
冢葬，而婢尚生。云：「其始如瞑目，有頃漸覺。」問之，
自謂當一再宿耳。初婢埋時，年十五六，及開冢後，姿質如
故。更生十五六年，嫁之，有子。

【譯文】

　　晉代人杜錫，字世瑕（音假）。他家喪葬時，有一個婢女誤留在墳
墓裡沒有出來。過了十多年後，他家裡要將另一個死者合葬在這個墓
裡，挖開墓，發現那個婢女居然還活著。她說：「起初就像是閉著眼睛
在睡覺，過了一會兒就慢慢醒了過來。」問她，她說，也就覺得才過了
一兩個晚上而已。當初婢女被埋時，有十五六歲，到開墓時，面容氣色
跟之前一樣。又過了十五六年，她出嫁了，還生了孩子。

馮貴人

【原文】

　　漢桓帝馮貴人，病亡。靈帝時有盜賊發冢，七十餘年，
顏色如故，但肉小冷。群賊共姦通之，至鬥爭相殺，然後事
覺。後竇太后家被誅，欲以馮貴人配食。下邳陳公達議：
「以貴人雖是先帝所幸，屍體穢污，不宜配至尊。」乃以竇
太后配食。

【譯文】

　　漢桓帝的嬪妃馮貴人因病去世。到漢靈帝時，有幾個盜墓者挖開了馮貴人的墓穴，七十多年來，她容顏氣色卻還和生前一樣，只是身體稍微冷點。那幾個盜賊想要姦污屍體，鬧得不可開交，互相爭鬥砍殺，然後這事被人發覺。後來竇太后家被誅滅，準備用馮貴人作為祔祭。下邳人陳球提出異議：「我以為，馮貴人雖是先帝寵幸的妃子，但現在她的屍體已經污穢，不應該用她來祭祀至尊的先帝。」於是用竇太后作為祔祭。

廣陵大冢

【原文】

　　吳孫休時，戍將於廣陵掘諸冢，取版以治城，所壞甚多。復發一大冢，內有重閣，戶扇皆樞轉，可開閉，四周為徼道，通車，其高可以乘馬。又鑄銅人數十，長五尺，皆大冠，朱衣，執劍，侍列靈坐。皆刻銅人背後面壁，言殿中將軍，或言侍郎、常侍，似公侯之冢。破其棺，棺中有人，髮已班白，衣冠鮮明，面體如生人。棺中雲母，厚尺許，以白玉璧三十枚籍屍。兵人輩共舉出死人，以倚冢壁。有一玉，長尺許，形似冬瓜，從死人懷中透出，墮地。兩耳及孔鼻中，皆有黃金，如棗許大。

【譯文】

　　三國吳景帝孫休時，守邊的將士在廣陵郡挖開了很多墳墓，取出棺木做成夾板來建築城牆。許多棺木已腐朽無法加以利用，又挖開了一座大墳，墓內有層疊的多重樓閣，門扇都設有轉軸，能開關，四周還有巡邏的道路，能通行車輛，墓道的高度可以容納人在道上騎馬。還有數十個銅人，有五尺高，都頭戴大帽，身穿紅衣，手握刀劍，分別侍列在靈

位兩旁。銅人背後的石壁上都刻著字，有的是殿中將軍，有的是侍郎、常侍，都是些官名，像是公侯的墳墓。剖開棺木，裡面的屍體頭髮花白，衣帽顏色鮮亮，面容和身體就像活人一樣。棺木裡鋪設了一尺來厚的雲母石，三十枚白玉璧墊在屍體下面。兵士們一起抬出屍體，將他靠在墓壁上，有一塊玉長約一尺，形似冬瓜的玉石從死人懷裡露了出來，掉在地下。屍體的兩個耳孔和鼻孔裡都塞著像棗子那樣大小的黃金。

欒書冢

搜
神
記

【原文】

漢廣川王好發冢。發欒書冢，其棺柩盟器，悉毀爛無餘；唯有一白狐，見人驚走。左右逐之，不得，戟傷其左足。是夕，王夢一丈夫，鬚眉①盡白，來謂王曰：「何故傷吾左足？」乃以杖叩王左足。王覺，腫痛，即生瘡，至死不差。

【注釋】

①鬚眉：鬍子眉毛。

【譯文】

漢代廣川王喜歡挖掘墳墓。他挖掘欒書的墳時，欒書的棺材和殉葬的器物，全都毀壞腐爛得差不多了，只見一隻白色的狐狸，看見人就驚慌地逃跑了。廣川王身邊的人去追趕它，沒追上，只是用戟刺傷了它的左腳。這天晚上，廣川王夢見一個男子，鬍鬚眉毛全白了，來對廣川王說：「為什麼要刺傷我的左腳？」於是他便用手杖敲擊廣川王的左腳。廣川王醒來後感到左腳腫脹疼痛，當即生了瘡，到死都沒有痊癒。

卷 十六

三疫鬼

【原文】

　　昔顓頊氏有三子，死而為疫鬼：一居江水，為瘧鬼；一居若水，為魍魎鬼；一居人宮室，善驚人小兒，為小鬼。於是正歲命方相氏帥肆儺以驅疫鬼。

【譯文】

　　從前，顓頊氏有三個兒子，死後都變成了惡鬼：一個居住在長江裡，是傳播瘧疾的瘧鬼；一個住在若水中，是魍魎鬼；還有一個住在人們的屋子裡，喜歡嚇唬主人家的小孩，是小鬼。於是帝王在正月裡，命令方相氏舉行儺禮，來驅趕這些惡鬼。

輓　歌

【原文】

　　輓歌者，喪家之樂，執紼[1]者相和之聲也。輓歌辭有《薤露》、《蒿里》二章，漢田橫門人作。橫自殺，門人傷之，悲歌。言：人如薤上露，易晞滅；亦謂人死，精魂歸於蒿里。故有二章。

【注釋】

①執紼：為人送殯。

【譯文】

　　輓歌，是居喪人家的哀樂，是牽引棺材的人相互應和的聲音。輓歌的歌詞有《薤露》《蒿里》兩章，是漢代貴族田橫的門客創作的。田橫

自殺死後，門客們感到十分哀傷，就唱起了悲傷的歌謠。大意是說：人就如薤葉上的露水那樣，很容易蒸發消失；又說人死後，靈魂歸附在蒿草裡。所以就有了這兩章輓歌。

阮瞻見鬼客

【原文】

　　阮瞻，字千里，素執無鬼論，物莫能難。每自謂，此理足以辨正幽明。忽有客通名詣瞻，寒溫畢，聊談名理。客甚有才辨，瞻與之言良久，及鬼神之事，反覆甚苦。客遂屈，乃作色曰：「鬼神，古今聖賢所共傳，君何得獨言無？即僕便是鬼。」於是變為異形，須臾消滅。瞻默然，意色太惡。歲餘，病卒。

【譯文】

　　阮瞻，字千里，向來主張無鬼論，沒有人能駁倒他。他經常自認為這些理論足夠用來辯證生死之事。忽然有一個客人通報了姓名來拜訪阮瞻，寒暄過後，談論起名理之學。那客人口才很好，阮瞻和他談了很久，講到有關鬼神的事情，反覆辯論，非常激烈。結果那客人理屈詞窮，卻板起面孔說：「鬼神是連古今聖人賢士都傳揚的，您為什麼標新立異偏要說沒有呢？而我便是個鬼。」於是客人就變成鬼樣，一會兒便消失了。阮瞻沉默了，面色非常難看。過了一年多，他就病死了。

黑衣白袷鬼

【原文】

　　吳興施續為尋陽督，能言論。有門生，亦有理意，常秉

無鬼論。忽有一黑衣白袷客來，與共語，遂及鬼神。移日，客辭屈，乃曰：「君辭巧，理不足。僕即是鬼，何以云無？」問：「鬼何以來？」答曰：「受使來取君。期盡明日食時。」門生請乞，酸苦。鬼問：「有人似君者否？」門生云：「施續帳下都督，與僕相似。」便與俱往，與都督對坐。鬼手中出一鐵鑿，可尺餘，安著都督頭，便舉椎打之。都督云：「頭覺微痛。」向來轉劇，食頃便亡。

【譯文】

　　吳興郡人施續，是尋陽郡的督軍，擅長言說議論。他有一個門生，也有些見解，向來主張無鬼論。一天，突然有一個黑衣白領的客人來與他談論，便談到了鬼神之事。辯論了很久，來客理屈詞窮，於是說：「雖然你能言善辯，但是理論並不充分。我就是鬼，怎麼還能說沒有呢？」施續的門生繼續問他：「你為什麼來這裡？」鬼回答：「我受指派來取你的性命，死期是明天吃飯的時候。」施續的門生趕忙向鬼乞求活命，神情非常淒苦。鬼問他：「這裡有沒有長得像你的人？」這個門生說：「施續帳下的都督，同我很相像。」於是鬼和這個門生一起來到都督那裡，鬼和都督相對而坐。鬼拿出一把一尺多長的鐵鑿，擱在都督的頭上，然後舉起鐵椎打了下去。都督說：「頭感覺有點痛。」後來頭痛得越來越厲害。吃完飯，就死了。

蔣濟亡兒

【原文】

　　蔣濟，字子通，楚國平阿人也，仕魏，為領軍將軍。其婦夢見亡兒涕泣曰：「死生異路。我生時為卿相子孫，今在地下為泰山伍伯，憔悴困苦，不可復言。今太廟西謳士孫阿見召為泰山令，願母為白侯，屬阿令轉我得樂處。」言訖，

母忽然驚寤。

明日以白濟。濟曰：「夢為虛耳，不足怪也。」日暮，復夢曰：「我來迎新君，止在廟下。未發之頃，暫得來歸。新君明日日中當發。臨發多事，不復得歸。永辭於此。侯氣強難感悟，故自訴於母，願重啟侯：何惜不一試驗之？」遂道阿之形，狀言甚備悉。天明，母重啟濟：「雖云夢不足怪，此何太適適？亦何惜不一驗之？」濟乃遣人詣太廟下推問孫阿，果得之，形狀證驗，悉如兒言。濟涕泣曰：「幾負吾兒。」

於是乃見孫阿，具語其事。阿不懼當死，而喜得為泰山令，惟恐濟言不信也，曰：「若如節下言，阿之願也。不知賢子欲得何職？」濟曰：「隨地下樂者與之。」阿曰：「輒當奉教。」乃厚賞之。言訖，遣還。

濟欲速知其驗，從領軍門至廟下，十步安一人，以傳消息。辰時，傳阿心痛；巳時，傳阿劇；日中，傳阿亡。濟曰：「雖哀吾兒之不幸，且喜亡者有知。」後月餘，兒復來，語母曰：「已得轉為錄事矣。」

【譯文】

　　蔣濟，字子通，是楚國平阿縣人。他在魏國做官，擔任領軍將軍。他的妻子夢見死去的兒子哭著對她說：「生死不同路。我活著的時候是將相的子孫，如今在陰間卻只是泰山府君的一個差役，生活勞累困苦，無以言說。現在太廟西邊唱讚頌的孫阿，將被任命為泰山令，希望母親替我去告訴父親，讓他囑託孫阿，把我調到舒服點的地方。」說完，母親就驚醒了。

　　第二天他母親把這夢告訴了蔣濟，蔣濟說：「夢都是假的，不值得大驚小怪。」到了晚上，母親又夢見兒子說：「我來迎接新任的泰山令孫阿，在太廟裡暫時歇息。現在趁著還沒出發，暫時得以回來一下。新任的泰山令明天中午就要出發了，到出發的時候事情很多，我就不能再

回來了。在此和您永別。父親脾氣倔強，很難使他感應從而明白，所以我獨自向您訴說。希望您再去開導開導我的父親，為什麼不顧惜我，去孫阿那裡驗證一下呢？」於是詳細地描述了孫阿的模樣。天亮後，母親再次勸導蔣濟：「雖然說夢裡的事情不值得大驚小怪，但這個夢為什麼會如此清楚明白？你又為什麼要這樣不顧惜兒子，不去孫阿那裡驗證一下呢？」蔣濟就派人到太廟邊上去打聽孫阿，果然找到了他，看他的長相特徵，和兒子說的一樣。蔣濟痛哭流涕地說：「我差一點辜負了我的兒子啊！」

於是蔣濟就召見孫阿，把這件事情一一告訴了他。孫阿並不怕自己將要死去，反而為自己能做泰山令而感到高興，他只怕蔣濟的話當不得真，所以說：「如果正像將軍所說的那樣，這正是我所希望的。不知道賢子想得到什麼官職？」蔣濟說：「隨便把陰間悠閒點的美差給他就行了。」孫阿說：「我立即按您的吩咐辦。」蔣濟優厚地賞賜了他。說完，就打發孫阿回去了。

蔣濟想儘快驗證這事的真假，便從他的領軍府門直到太廟，每十步安置一個人，用來傳遞消息。上午辰時左右，傳來消息說孫阿心口疼痛；巳時左右，傳來消息說孫阿的心痛加劇；到中午，傳來消息說孫阿死了。蔣濟說：「我雖然傷心我兒子不幸死去，但也為他死後還能知道他的事情而感到高興。」過了一個多月，兒子又來託夢了，他告訴母親說：「我已經調任錄事參軍了。」

孤竹君棺

【原文】

漢令支縣有孤竹城，古孤竹君之國也。靈帝光和元年，遼西人見遼水中有浮棺，欲斫破之，棺中人語曰：「我是伯夷之弟，孤竹君也。海水壞我棺槨，是以漂流。汝斫我何為？」人懼，不敢斫。因為立廟祠祀。吏民有欲發視者，皆無病而死。

【譯文】

　　漢代令支縣內有座孤竹城，它是古代孤竹君的國都。漢靈帝光和元年，遼西郡的人看見遼河中漂浮著一口棺材，想要砍破它。棺材裡的人對他們說：「我是伯夷的弟弟，孤竹國的國君。海水沖壞了我的外棺，因而在遼河中漂流。你們砍我的棺材做什麼？」人們感到恐懼，不敢再砍它了，因而給孤竹君建造了廟宇並祭祀他。官吏百姓之中有想打開棺材看一下孤竹君的人，都無病而死了。

溫序死節

【原文】

　　溫序字公次，太原祁人也。任護軍校尉，行部至隴西，為隗囂將所劫，欲生降之。序大怒，以節撾殺人。賊趨，欲殺序，苟宇止之曰：「義士欲死節。」賜劍，令自裁。序受劍，銜須著口中，嘆曰：「無令鬚污土。」遂伏劍死。世祖憐之，送葬到洛陽城旁，為築冢。長子壽，為印平侯，夢序告之曰：「久客思鄉。」壽即棄官，上書乞骸骨歸葬。帝許之。

【譯文】

　　溫序，字公次，是太原郡祁縣人。溫序擔任護軍校尉，到隴西巡察時，被隗囂的部將劫擊，並想生擒他。溫序大怒，用符節打死來抓捕他的人，賊人一齊追上來要殺死溫序，這時，苟宇阻止他們，說：「義士要守名節而死。」並賜給一把劍，讓溫序自刎。溫序接過劍，將鬍鬚銜入口中，說：「不要讓鬍鬚沾上了泥土。」說完，就自刎而亡。漢光武帝憐惜他，將他葬在洛陽城郊，為他修築了墳墓。溫序的長子溫壽被封為印平侯。他夢見溫序對他說：「長久客居他鄉，我很思念故鄉。」於是溫壽立即上書皇上，請求辭去職務，將父親的骸骨親自送回家鄉安

葬。皇帝恩准了他的請求。

文穎移棺

【原文】

　　漢南陽文穎，字叔良，建安中為甘陵府丞，過界止宿。夜三鼓時，夢見一人跪前曰：「昔我先人，葬我於此，水來湍①墓，棺木溺，漬水處半，然無以自溫。聞君在此，故來相依。欲屈明日暫住須臾，幸為相遷高燥處。」鬼披衣示穎，而皆沾濕。穎心愴然，即寤。語諸左右，曰：「夢為虛耳，亦何足怪？」穎乃還眠。向晨復夢見，謂穎曰：「我以窮苦告君，奈何不相愍悼乎？」穎夢中問曰：「子為誰？」對曰：「吾本趙人，今屬汪芒氏之神。」穎曰：「子棺今何所在？」對曰：「近在君帳北十數步水側枯楊樹下，即是吾也。天將明，不復得見，君必念之。」穎答曰：「喏！」忽然便寤。

　　天明，可發。穎曰：「雖曰夢不足怪，此何太適。」左右曰：「亦何惜須臾，不驗之耶？」穎即起，率十數人將導順水上，果得一枯楊，曰：「是矣。」掘其下，未幾，果得棺。棺甚朽壞，沒半水中。穎謂左右曰：「向聞於人，謂之虛矣；世俗所傳，不可無驗。」為移其棺，葬之而去。

【注釋】

①湍：沖刷。

【譯文】

　　東漢南陽人文穎，字叔良，獻帝建安年間擔任甘陵府丞。有一次，

他外出，途經甘陵的地界，就在此留宿下來。半夜三更時分，他夢見一個人跪在面前說：「過去，父親把我安葬在這裡，水流急迫沖刷了墳墓，棺材被積水浸沒了一半，可是我自己無法擺脫這樣陰冷的處境。聽說你在這裡，所以特來求助於你。想委屈你明天暫時多停留一會兒，希望你能將我遷至地勢高、乾燥的地方。」這個鬼還掀開衣服給文穎看，衣服都浸濕了。文穎見了心裡很難過，隨即醒了過來。把做的夢告訴給身邊的人。身邊的人說：「夢是虛幻的，有什麼值得奇怪的呢？」於是文穎重又回去睡了。

　　快到早晨時文穎又夢見那鬼對他說：「我把我的困苦告訴你了，你怎麼不哀憐我呢？」文穎在夢裡問他：「你是誰？」鬼回答說：「我原本是趙國人，現在屬於汪芒，是這個地方的神靈。」文穎說：「你的棺材現在在哪兒？」鬼回答說：「很近，就在你駐地北面十幾步的地方，水邊有棵枯楊樹，那下面就是我。天快亮了，不能再見你了，你一定要記住這事啊。」文穎回答說：「好。」果然就醒了。

　　天亮後，要出發了，文穎說：「雖然說夢不足為怪，可是這夢為什麼這樣清楚明白呢？」他身邊的人說：「那何不花點兒時間驗證一下虛實呢？」文穎馬上起身，帶著十多人沿著水流溯水而上，果然找到一棵枯楊樹。文穎說：「就是這兒。」挖掘開樹下的泥土，不久果然發現一副棺材，棺材損毀嚴重，一半浸沒在水裡。文穎對身邊的人說：「以前聽人說有這樣的事，總認為是虛假的，現在看來，民間的傳說也不都是沒有依據的。」他們把棺材遷到別的地方，埋葬好後就離開了。

鵠奔亭女鬼

【原文】

　　漢九江何敞為交趾刺史，行部到蒼梧郡高要縣，暮宿鵠奔亭。夜猶未半，有一女從樓下出，呼曰：「妾姓蘇，名娥，字始珠，本居廣信縣，修里人。早失父母，又無兄弟，嫁與同縣施氏，薄命夫死，有雜繒帛百二十四，及婢一人，

名致富。妾孤窮羸弱，不能自振，欲之旁縣賣繒。從同縣男子王伯賃牛車一乘，直錢萬二千，載妾並繒，令致富執轡，乃以前年四月十日到此亭外。於時日已向暮，行人斷絕，不敢復進，因即留止。致富暴得腹痛，妾之亭長舍乞漿，取火。亭長龔壽，操戈持戟，來至車旁，問妾曰：『夫人從何所來？車上所載何物？丈夫安在？何故獨行？』妾應曰：『何勞問之？』壽因持妾臂曰：『少年愛有色，冀可樂也。』妾懼怖不從，壽即持刀刺脅下，一創立死。又刺致富，亦死。壽掘樓下，合埋，妾在下，婢在上。取財物去，殺牛，燒車，車及牛骨，貯亭東空井中。妾既冤死，痛感皇天，無所告訴，故來自歸於明使君。」敞曰：「今欲發出汝屍，以何為驗？」女曰：「妾上下著白衣，青絲履，猶未朽也。願訪鄉里，以骸骨歸死夫。」掘之，果然。

　　敞乃馳還，遣吏捕捉，拷問，具服。下廣信縣驗問，與娥語合。壽父母兄弟，悉捕繫獄。敞表壽：「常律殺人不至族誅，然壽為惡首，隱密數年，王法自所不免。令鬼神訴者，千載無一。請皆斬之，以明鬼神，以助陰誅。」上報聽之。

【譯文】

　　漢朝九江郡人何敞任交州刺史時，有一次巡查部屬來到蒼梧郡高要縣，夜裡就留宿在鵠奔亭。還沒到半夜，便有一個女子從樓下走出來，向他喊冤道：「我姓蘇，名娥，字始珠，本來住在廣信縣，是修里人氏。我早年就失去了父母，又沒有哥哥弟弟，嫁給了本縣的施家，命不好，丈夫又死了，但還留有各種絲織品一百二十匹，以及一名叫致富的婢女。我孤苦零丁，身體又瘦弱，不能自謀生計，所以想去鄰縣賣這些絲織品。於是從本縣的一個叫王伯的男人那裡租了一輛牛車，那牛車租金一萬二千文錢，裝載著我和絲織品，叫致富牽了韁繩趕車。前年四月

十日，我們來到這個鵠奔亭外面。當時太陽已快下山，路上又沒有行人了，我不敢再前進，便打算在這裡留宿。致富突然腹痛，我便到亭長家去討一點湯水和火種。那亭長龔壽，手拿戈戟，來到車邊，問我說：『夫人從什麼地方來？車上裝的是什麼東西？你丈夫去哪了？為什麼你單獨一個人趕路？』我回答說：『你何必問這些事情？』龔壽竟抓住我的胳膊說：『小夥子喜歡漂亮的姑娘，是希望能得到快樂。』我很害怕，不肯依從他。龔壽便拿起刀刺我的肋下，一刀刺下去我就馬上死了。他又刺致富，致富也死了。龔壽在樓下挖了坑，把我們合埋在下邊。我在底下，我的婢女致富在上面。他奪走了我們的財物，殺了牛，燒了車，車軸上的鐵和牛骨，都藏在這亭樓東邊的空井裡。我含冤而死，痛苦感動皇天，卻又實在沒有地方可以去控訴，所以便自己來向您這賢明的刺史投訴。」何敞說：「我現在要挖出你的屍體，用什麼來證明呢？」那女子說：「我上下身都穿著白色的衣服，腳上穿的青絲鞋，還沒有腐爛。希望您能尋訪一下我的鄉鄰，把我的屍骨與我死去的丈夫合葬在一起。」何敞叫人把屍體挖了出來，果然是這樣。

何敞於是騎馬趕回自己的官府，派遣差役逮捕犯人，審訊拷問，犯人都一一服罪。他又派人到廣信縣查問，也和蘇娥說的話相符合。龔壽的父母兄弟，全都被逮捕入獄。何敞向朝廷上報的寫有龔壽案的表文說：「按照通常的法律，殺人不至於滅族。但龔壽做了罪大惡極的事，家裡人卻隱瞞了好幾年，王法自然不能容忍。而且，讓鬼神來申訴的事，千年也碰不上一次。所以我請求把他們都殺了，用來顯示鬼神的靈驗，用來助成對惡人的懲罰。」皇帝批覆，同意何敞的意見。

曹公載妓船

【原文】

　　濡須口有大船，船覆在水中，水小時，便出見。長老①云：「是曹公船。」嘗有漁人，夜宿其旁，以船繫之，但聞笙笛絃歌之音，又香氣非常。漁人始得眠，夢人驅遣云：

「勿近官妓。」相傳云曹公載妓船覆於此，至今在焉。

【注釋】

①長老：指老人。

【譯文】

　　濡須口有一條大船，船身傾倒在水中，水小的時候，就露出來了。老人們說：「這是曹操的船。」曾經有個漁夫，晚上停宿在它的旁邊，把自己的船繫在這條大船上，只聽見那船上傳來樂器和歌唱的聲音，又有不同尋常的香氣飄來。漁夫剛入睡，就夢見有人來驅趕他說：「別靠近官家的歌妓。」傳說曹操載歌妓的船就傾覆在這裡，直到現在還在。

苟奴見鬼

【原文】

　　夏侯愷，字萬仁，因病死。宗人①兒苟奴，素②見鬼。見愷數歸，欲取馬，並病③其妻。著平上幘④，單衣，入坐生時西壁大床，就人覓茶飲。

【注釋】

①宗人：指族人。
②素：向來，平素。
③病：憂慮。
④平上幘：魏晉時武官所戴的頭巾，因幘上平頂，亦稱「平巾幘」。

【譯文】

　　夏侯愷，字萬仁，因為生病死了。他同族人的兒子苟奴，向來能看見鬼。他看見夏侯愷多次回家，想取走馬，並擔心他妻子。他戴著平巾

幘，穿著單衣，進屋就坐到在世時經常坐的西壁大榻上，向人要茶喝。

產亡點面

【原文】

諸仲務一女顯姨，嫁為米元宗妻，產亡於家。俗聞產亡者，以墨點面。其母不忍，仲務密①自點之，無人見者。元宗為始新縣丞，夢其妻來上床，分明見新白妝面上有黑點。

【注釋】

① 密：祕密地。

【譯文】

諸仲務有個女兒叫顯姨，嫁給米元宗做妻子，生產時死在家中。民間的風俗規定因為生產而死的，要用墨點在她臉上。她母親不忍心這樣做，諸仲務自己祕密地去給女兒點墨，沒有被人看見。米元宗任始新縣丞，夢見他妻子回來上床，清楚地看見她那剛化過妝的臉上有黑點。

弓弩射鬼

【原文】

晉世新蔡王昭①，平犢車在廳事上②，夜，無故自入齋室③中，觸壁而出。後又數聞呼噪攻擊之聲，四面而來。昭乃聚眾，設弓弩戰鬥之備，指聲弓弩俱發，而鬼應聲④接矢數枚，皆倒入土中。

【注釋】

①昭：汪紹楹先生認為「昭」疑為「紹」之誤，為新蔡王司馬騰之子。

②平犢車：即小牛車。廳事：指官署視事問案的廳堂。

③齋室：齋戒時的居室。

④應聲：隨著聲音。形容快速。

【譯文】

晉代新蔡王司馬紹，有輛小牛車停在官府的廳堂上，晚上，這車卻無緣無故地自己闖進了齋室中，撞破牆壁衝了出去。後來又多次聽到呼喊衝殺的聲音，從四面八方傳來。司馬紹就召集眾人，準備好弓箭等打仗的武器，朝著發出聲音的地方一齊放箭，有鬼隨著弓箭聲挨了好幾箭，都倒在泥土中。

鬼鼓琵琶

【原文】

吳赤烏三年，句章民楊度，至餘姚。夜行，有一少年，持琵琶，求寄載。度受之。鼓琵琶數十曲，曲畢，乃吐舌，擘目①，以怖度而去。復行二十里許，又見一老父，自云姓王名戒。因復載之。謂曰：「鬼工鼓琵琶，甚哀。」戒曰：「我亦能鼓。」即是向鬼。復擘眼吐舌，度怖幾死。

【注釋】

①擘目：鼓起眼珠。

【譯文】

三國東吳孫權赤烏三年，句章縣百姓楊度要到餘姚縣去。夜晚趕路的時候，有個年輕人抱著琵琶，請求搭車，楊度同意了。上車後年輕人

彈琵琶，彈了數十支曲子，彈完後就吐出舌頭，瞪圓眼睛，嚇唬楊度，然後就離開了。楊度又走了二十餘里，又看見一個老頭，他自稱姓王名戒，於是楊度又載上了這老頭。楊度對老頭兒說：「鬼很擅長彈琵琶，彈奏的曲調很哀傷。」王戒說：「我也會彈。」實際上，他就是剛才那個鬼。鬼又瞪起眼睛，吐出舌頭，楊度差點被嚇死。

秦巨伯鬥鬼

【原文】

　　琅邪秦巨伯，年六十，嘗夜行飲酒，道經蓬山廟，忽見其兩孫迎之。扶持百餘步，便捉伯頸著地，罵：「老奴！汝某日捶我，我今當殺汝。」伯思惟某時信捶此孫。伯乃佯死，乃置伯去。伯歸家，欲治兩孫，兩孫驚惋，叩頭言：「為子孫寧可有此？恐是鬼魅，乞更試之。」伯意悟。

　　數日，乃詐醉，行此廟間，復見兩孫來扶持伯。伯乃急持，鬼動作不得。達家，乃是兩偶人也。伯著火炙之，腹背俱焦坼。出著庭中，夜皆亡去。伯恨不得殺之。

　　後月餘，又佯酒醉夜行，懷刃以去，家不知也，極夜不還，其孫恐又為此鬼所困，乃俱往迎伯。伯竟刺殺之。

【譯文】

　　琅邪郡人秦巨伯，六十歲年紀，曾經在夜裡出去喝酒，路過蓬山廟的時候，忽然看見他的兩個孫子前來迎接他。但一個孫子攙扶著他才走了一百多步，就掐住他的脖子把他按倒在地，嘴裡罵道：「老奴才！你某某天壽打了我，我今天要殺了你！」秦巨伯回想，那天的確打過這兩個孫子。秦巨伯於是裝死，兩個孫子便扔下秦巨伯走了。秦巨伯回到家中，想要懲罰這兩個孫子。兩個孫子又驚訝又難過，向他磕頭說：「當子孫的，哪會有這種事呢？恐怕是鬼魅作祟，求您再去試它一下。」秦

巨伯心中有點清楚了。

　　過了幾天，他假裝喝醉了酒，來到這座廟前，又看見兩個孫子來找他。秦巨伯於是趕緊把他們緊緊挾住，鬼動彈不得。到家中一看，卻是廟中的兩個木偶像。秦巨伯點火燒木偶，它們的腹部、背部都被燒得枯焦裂開了，然後把它們扔在院子裡，到夜裡它們都逃跑了。秦巨伯後悔自己沒把它們殺了。

　　一個多月後，秦巨伯又假裝喝醉了酒在夜間外出，他懷裡揣著刀離家，家裡的人卻不知道。夜深了他還沒有回來，他的孫子們怕他又被那些鬼魅困住，就一起去迎接秦巨伯，秦巨伯竟然把自己的兩個孫子當成鬼給殺死了。

三鬼醉酒

【原文】

　　漢武建元年，東萊人姓池，家常作酒。一日，見三奇客，共持麵飯至，索其酒飲，飲竟而去。頃之，有人來，云：「見三鬼酣醉①於林中。」

【注釋】

①酣醉：喝得大醉。

【譯文】

　　東漢武建（也作建武）元年，東萊郡有個姓池的人，他家中時常釀酒。有一天，他看見三個奇怪的客人，一起帶著麵食來他家，跟他索要酒喝，喝完就走了。過了一會兒，有人來，說：「看見三個鬼喝得酩酊大醉，倒在樹林裡。」

錢小小

【原文】

　　吳先主殺武衛兵錢小小，形見大街，顧借賃人吳永，使永送書與街南廟，借木馬二匹。以酒之，皆成好馬，鞍勒[1]俱全。

【注釋】

①鞍勒：馬鞍和馬勒。

【譯文】

　　吳先主殺死了武衛營的小兵錢小小。錢小小死後，魂魄卻顯現在大街上，他去找租賃中介人吳永，叫吳永用借條向街南的祠廟借兩匹木馬。錢小小嘴裡含口酒噴向木馬，木馬都變成了活馬，馬鞍和馬勒都齊備。

宋定伯賣鬼

【原文】

　　南陽宋定伯年少時，夜行逢鬼，問之，鬼言：「我是鬼。」鬼問：「汝復誰？」定伯誑之，言：「我亦鬼。」鬼問：「欲至何所？」答曰：「欲至宛市。」鬼言：「我亦欲至宛市。」遂行數里。鬼言：「步行太遲，可共遞相擔，何如？」定伯曰：「大善[1]。」鬼便先擔定伯數里。鬼言：「卿太重，將非鬼也。」定伯言：「我新鬼，故身重耳。」定伯因復擔鬼，鬼略無重。如是再三。定伯復言：「我新鬼，不知有何所畏

忌？」鬼答言：「惟不喜人唾。」於是共行。道遇水，定伯令鬼先渡，聽之，了然無聲音。定伯自渡，漕作聲。鬼復言：「何以有聲？」定伯曰：「新死，不習渡水故耳。勿怪吾也。」行欲至宛市，定伯便擔鬼，著肩上，急執之。鬼大呼，聲咋咋然，索下，不復聽之。徑至宛市中，下著地，化為一羊，便賣之。恐其變化，唾之，得錢千五百乃去。當時石崇有言：「定伯賣鬼，得錢千五。」

【注釋】

① 大善：太好了。

【譯文】

南陽人宋定伯年輕時，一次夜間走路遇到鬼，問鬼是誰。鬼說：「我是鬼。」鬼問他：「你又是誰？」定伯騙他：「我也是鬼。」鬼又問：「你打算到哪裡去？」定伯回答說：「準備到宛縣的集市上去。」鬼說：「我也要去宛縣的集市。」於是他們就一起走了，好幾里路。後來，鬼說：「步行太慢了，我們互相輪流背著走，怎麼樣？」定伯說：「太好了。」鬼先扛起定伯走了幾里說：「你太重了，莫非你不是鬼？」定伯說：「我是新鬼，因而身子重些。」定伯於是背鬼，鬼一點兒也不重。他們這樣輪換了很多次。定伯問鬼：「我是新鬼，不知道應該懼怕、忌諱什麼？」鬼回答他：「唯獨不喜歡被人吐口水。」接著兩人又一起趕路。途中，遇到了一條河，定伯讓鬼先渡河，只見鬼渡河時，一點聲音也沒有。定伯渡河時，有嘩嘩啦啦的蹚水聲。鬼又問：「怎麼有聲音呢？」定伯說：「我才死不久，還不太會渡河，所以才這樣，不要責怪我。」快走到宛縣集市時，定伯便把鬼扛到肩上，緊緊地抓住。鬼高聲呼喊，哇哇亂叫，請求放它下來。定伯不理它，一直到了宛縣集市上，才把它放到地上。鬼變成了一隻羊，定伯就把它賣了。怕它再起什麼變化，就朝它吐了口水。定伯賣羊得一千五百文錢，就回去了。當時石崇說過：「定伯賣鬼，得錢千五。」

紫玉韓重

【原文】

　　吳王夫差小女名曰紫玉，年十八，才貌俱美。童子韓重，年十九，有道術。女悅之，私交信問，許為之妻。重學於齊、魯之間，臨去，屬其父母使求婚。王怒，不與女。玉結氣死，葬閶門①之外。

　　三年，重歸，詰其父母；父母曰：「王大怒，玉結氣死，已葬矣。」重哭泣哀慟，具牲幣往弔於墓前。玉魂從墓出，見重流涕，謂曰：「昔爾行之後，令二親從王相求，度必克從大願；不圖別後遭命，奈何？」玉乃左顧宛頸而歌曰：「南山有烏，北山張羅；烏既高飛，羅將奈何！意欲從君，讒言孔多。悲結生疾，沒命黃壚②。命之不造，冤如之何！羽族之長，名為鳳凰；一日失雄，三年感傷；雖有眾鳥，不為匹雙。故見鄙姿，逢君輝光。身遠心近，何當暫忘？」

　　歌畢，歔欷流涕，要重還冢。重曰：「死生異路，懼有尤愆③，不敢承命。」玉曰：「死生異路，吾亦知之。然今一別，永無後期。子將畏我為鬼而禍子乎？欲誠所奉，寧不相信？」重感其言，送之還冢。

　　玉與之飲燕，留三日三夜，盡夫婦之禮。臨出，取徑寸明珠以送重曰：「既毀其名，又絕其願，復何言哉！時節自愛。若至吾家，致敬大王。」

　　重既出，遂詣王，自說其事。王大怒曰：「吾女既死，而重造訛言，以玷穢亡靈。此不過發冢取物，托以鬼神。」趣④收重。重走脫，至玉墓所，訴之。玉曰：「無憂。今歸白王。」

王妝梳，忽見玉，驚愕悲喜，問曰：「爾緣何生？」玉跪而言曰：「昔諸生韓重來求玉，大王不許，玉名毀，義絕，自致身亡。重從遠還，聞玉已死，故齎牲幣，詣冢弔唁。感其篤終，輒與相見，因以珠遺之。不為發冢，願勿推治。」夫人聞之，出而抱之，玉如煙然。

【注釋】

① 閶門：蘇州城門名。

② 黃壚：黃泉。

③ 尤怨：罪過。

④ 趣：通「促」，趕快。

【譯文】

　　吳王夫差有個小女兒，名叫紫玉，年方十八歲，才學容貌都很優秀。有個少年叫韓重，年十九歲，會道術。紫玉喜歡韓重，和他暗中書信往來，並答應嫁給他做妻子。韓重要到齊魯一帶求學，臨走時，囑託父母前去為他求婚。結果，吳王非常惱怒，不同意讓女兒嫁給韓重。紫玉氣急鬱悶而死，埋葬在閶門外面。

　　三年後，韓重回家，向父母問起求婚之事，父母告訴他：「吳王發怒，不同意這樁婚事，紫玉氣結而死，都已經安葬了。」韓重痛哭難當，帶上祭品到紫玉墳前祭奠。紫玉的魂魄從墳中出來，與韓重相見，涕淚交加地說：「當年你走後，你父母替你向父王求婚，原以為父王會成全我們，不料，分別之後，竟遭遇如此厄運，有什麼辦法呢？」接著紫玉扭過頭歪著脖子，哀傷地唱道：「南山上有鳥鵲，北山上有羅網。鳥鵲早已南飛，羅網又能奈何。本想一心追隨你，無奈讒言太多。我憂傷積結成疾，可憐不久命喪黃泉。命運如此不公，冤屈何時得以昭雪？山林百鳥之王，名叫鳳凰。一旦失去雄鳳，雌凰三年仍然感傷。即使鵲鳥眾多，也難以配對成雙。因此顯身姿，逢君重放容光。你我身遠心近，何時才能相忘？」

　　紫玉唱完，抽泣流淚，她請韓重跟她一起回墓穴。韓重說：「生死

不同路，我怕這樣會招來禍患，不敢接受你的邀請。」紫玉說：「生死不同路，這我也知道，可是今日一別，就永無再會之期。你怕我已成鬼，會加害於你嗎？我是想把誠心獻給你，難道你不相信？」韓重被她的這番表白感動，就送她回墓穴。

紫玉在墳墓裡和韓重一起飲食起居，留他住了三天三夜，與他完成了夫妻之禮。臨走時，紫玉取出一顆直徑一寸的明珠送給韓重，說：「我的名聲已敗壞，希望也已斷絕，還有什麼可說的呢？希望你時時保重自己。如果能去我家，代我向父王表達敬意。」

韓重出了墓穴去拜見吳王，向他講述了這件事。吳王大怒，說：「我女兒早就死了，你卻編造謊言來玷污她。這不過是掘墓盜物，卻假托於鬼神罷了。」於是當即命令抓捕韓重。韓重逃脫出來，到紫玉墳前訴說了事情經過。紫玉說：「別擔心，今天我就回去告訴父王。」

吳王正在梳洗，忽然看見紫玉，又驚又喜，問她：「你怎麼又活了？」紫玉連忙跪下稟告：「之前書生韓重請求娶女兒為妻，父王不許。女兒已是名聲損毀，情意斷絕，自毀其身招致身亡。如今韓重從遠方歸來，知道我已死，特意帶著祭品到墓前弔唁。我被他始終如一的真情感動，就與他見了面，還送給他明珠。那明珠絕對不是他掘墓偷盜得到的，還請父王不要追究問罪。」吳王夫人聽說後，趕緊出來抱女兒，紫玉如一縷青煙般飄走了。

駙馬都尉

【原文】

隴西辛道度者，遊學至雍州城四五里，比見一大宅，有青衣女子在門。度詣門下求飧[①]。女子入告秦女，女命召入。度趨入閣中，秦女於西榻而坐。度稱姓名，敘起居，既畢，命東榻而坐，即治飲饌[②]。食訖，女謂度曰：「我秦閔王女，出聘曹國，不幸無夫而亡。亡來已二十三年，獨居此宅，今日君來，願為夫婦。」

經三宿三日後，女即自言曰：「君是生人，我鬼也，共君宿契，此會可三宵，不可久居，當有禍矣。然茲信宿，未悉綢繆③，既已分飛，將何表信於郎？」即命取床後盒子開之，取金枕一枚，與度為信。乃分袂泣別，即遣青衣送出門外。未逾數步，不見舍宇，惟有一塚。度當時荒忙出走，視其金枕在懷，乃無異變。

尋至秦國，以枕於市貨之，恰遇秦妃東遊，親見度賣金枕，疑而索看，詰度何處得來，度具以告。妃聞，悲泣不能自勝。然尚疑耳，乃遣人發塚啟柩視之，原葬悉在，唯不見枕。解體看之，交情宛若。秦妃始信之。嘆曰：「我女大聖，死經二十三年，猶能與生人交往。此是我真女婿也。」遂封度為駙馬都尉，賜金帛車馬，令還本國。

因此以來，後人名女婿為「駙馬」。今之國婿，亦為「駙馬」矣。

【注釋】

① 飧：泛指食物。

② 饌：飯食。

③ 綢繆：形容情意殷切，纏綿難解。

【譯文】

隴西郡人辛道度出外遊學，來到雍州城外四五里的地方，見到一個大宅院，門口站著一個青衣女子。辛道度走到大門口請求她施捨飲食，青衣女子進去稟告主人秦女，秦女讓她召辛道度進去。辛道度走進閣樓，見秦女坐在西榻上。辛道度自報姓名，問候秦女，行禮之後，秦女讓辛道度在東榻坐下，立即準備好飯菜。吃完飯後，秦女對辛道度說：「我是秦閔王的女兒，許配給曹國，不幸尚未出嫁就死了。算來已死了二十三年，我一直獨居在這個宅院裡。今天你既然來了，希望我們結為夫妻，共度三日。」

過了三天三夜後，秦女自言自語道：「你是活人，我是鬼。與你前世有緣分，但這種交往只能持續三夜，不可長住，不然就會導致災禍。但是這兩三夜還不能享盡夫妻纏綿相愛之情，馬上要分別了，送什麼東西給你作信物呢？」立即叫人從床後取來一個盒子，從盒子裡拿出一枚金枕，送給辛道度作信物。然後才依依不捨，含淚告別，秦女叫青衣女子將辛道度送出門外。沒走幾步，宅院就消失了，只留一座墳墓在那裡。辛道度慌忙跑出墓地，再看懷裡的金枕，卻並沒什麼改變。

過後不久，辛道度來到秦國。他拿著金枕到集市上去賣，恰好遇見秦王王妃東遊到這裡，親眼見到辛道度在叫賣金枕，心生疑惑就索要過來細看，詢問辛道度從哪裡得的，辛道度將事情的經過告訴了她。秦妃聽後，痛哭難當，但她還是將信將疑。於是，派人挖開秦女的墳墓，打開棺材察看，果然當時的隨葬物品都在，唯獨不見金枕。解開秦女衣服驗看她的身體，彷彿有夫妻行禮的痕跡，秦妃這才相信了。她感嘆道：「我女兒真有神通啊，死去二十三年，還能與活人交往，這個人是我真正的女婿啊。」於是封辛道度為駙馬都尉，賞賜黃金絹帛，車馬等物，叫他回本鄉去。

自此以後，人們把女婿稱為「駙馬」。如今帝王的女婿，也都稱為「駙馬」了。

談生妻鬼

【原文】

漢談生者，年四十，無婦，常感激讀《詩經》。夜半，有女子，年可十五六，姿顏服飾天下無雙，來就生為夫婦。乃言曰：「我與人不同，勿以火照我也，三年之後，方可照耳。」與為夫婦，生一兒。

已二歲，不能忍，夜伺其寢後，盜照視之。其腰已上生肉，如人，腰已下，但有枯骨。婦覺，遂言曰：「君負我。

我垂生矣,何不能忍一歲,而竟相照也?」生辭謝。涕泣不可復止,云:「與君雖大義永離,然顧念我兒,若貧不能自偕活者,暫隨我去,方遺君物。」生隨之去,入華堂,室宇器物不凡。以一珠袍與之,曰:「可以自給。」裂取生衣裾留之而去。

後生持袍詣市,睢陽王家買之,得錢千萬。王識之曰:「是我女袍,那得在市?此必發冢。」乃取拷之,生具以實對。王猶不信,乃視女冢,冢完如故,發視之,棺蓋下果得衣裾,呼其兒視,正類王女。王乃信之,即召談生,復賜遺之,以為女婿。表其兒為郎中。

【譯文】

漢代有個人叫談生,四十歲了,還沒有妻子,常常慷慨激昂地誦讀《詩經》。有一天半夜,有個年紀十五六歲的姑娘,主動來接近談生,要和他做夫妻。她的體態容顏以及衣著打扮,天下沒有誰能比得上她。她跟談生說:「我和常人不同,你不要用火光來照我。三年以後,才可以照一照。」於是談生就和她結成了夫妻。後來還生了一個兒子。

兒子已經兩歲了,談生實在忍不住,便在夜裡等妻子入睡後,偷偷地用火燭照看她。只見她的腰部以上,像人一樣長著肉,腰部以下,只是枯骨。談生妻子醒了,說道:「您辜負了我。我都快要活了,現在說什麼都晚了,您為什麼不能再忍耐一年,這會兒來照我呢?」談生連忙向她道歉。他妻子痛哭難禁,對談生說:「雖然和您要永遠斷絕夫妻關係,但我顧念我的兒子,既然您窮得不能連他一起養活,就讓他暫且跟我走吧,我將送您一件東西。」談生跟著妻子去了,進入一間華麗的屋宇,裡面的器物都非比尋常。他妻子拿了一件綴著珠寶的長袍給他,說:「你可以靠它來養活自己了。」她撕了一片談生的衣襟,談生把衣襟留下走了。

後來談生拿著這珠袍到集市上出售,睢陽王家的人買了它,談生得到了上萬錢幣。睢陽王認識那長袍,說:「這是我女兒的長袍,怎麼會

出現在集市上呢？這一定是盜墓的幹的。」於是讓人把談生抓來拷問，談生詳細地把實情相告。睢陽王還不相信，於是去察看女兒的墳墓，那墳墓還是像原來那樣完好無損。掘開棺材察看，棺材蓋下面果然發現了談生的衣襟。又把談生的兒子叫來細看，也正像自己的女兒。睢陽王這才相信談生的話，立刻召見了談生，又把他女兒的珠袍贈還給他，把他當作自己的女婿。還上書朝廷舉薦談生的兒子當了郎中。

盧充幽婚

【原文】

　　盧充者，范陽人，家西三十里，有崔少府墓。充年二十，先冬至一日，出宅西獵戲，見一獐，舉弓而射，中之，獐倒，復起。充因逐之，不覺遠。

　　忽見道北一里許，高門瓦屋，四周有如府舍，不復見獐。門中一鈴下唱：「客前。」充曰：「此何府也？」答曰：「少府府也。」充曰：「我衣惡，那得見少府？」即有一人提一①新衣，曰：「府君以此遺郎。」充便著訖，進見少府，展姓名。

　　酒炙②數行。謂充曰：「尊府君不以僕門鄙陋，近得書，為君索小女婚，故相迎耳。」便以書示充。充父亡時雖小，然已識父手跡，即歔歐，無復辭免。便敕內：「盧郎已來，可令女郎妝嚴。」且語充云：「君可就東廊。」

　　及至黃昏，內白：「女郎妝嚴已畢。」充既至東廊，女已下車，立席頭，卻共拜。時為三日給食。三日畢，崔謂充曰：「君可歸矣。女有娠相，若生男，當以相還，無相疑。生女，當留自養。」敕外嚴車送客，充便辭出。崔送至中門，執手涕零。出門，見一犢車，駕青牛。又見本所著衣及

弓箭，故在門外。尋傳教將一人提衣與充，相問曰：「姻緣始爾，別甚悵恨。今復致衣一襲，被縟自副。」

充上車，去如電逝，須臾至家。家人相見悲喜，推問，知崔是亡人，而入其墓。追以懊惋。

別後四年，三月三日，充臨水戲，忽見水旁有二犢車，乍沉乍浮。既而近岸，同坐皆見。而充往開車後戶，見崔氏女與三歲男共載。充見之忻然③，欲捉其手，女舉手指後車曰：「府君見人。」即見少府。充往問訊，女抱兒還充，又與金，並贈詩曰：「煌煌靈芝質，光麗何猗猗④！華豔當時顯，嘉異表神奇。含英未及秀，中夏罹霜萎。榮耀長幽滅，世路永無施。不悟陰陽運，哲人忽來儀。會淺離別速，皆由靈與。何以贈余親，金可頤兒。恩愛從此別，斷腸傷肝脾。」

充取兒、及詩，忽然不見二車處。充將兒還，四坐謂是鬼魅，僉遙唾之，形如故。問兒：「誰是汝父？」兒徑就充懷。眾初怪惡，傳省其詩，慨然嘆死生之玄通也。

充後乘車入市賣，高舉其價，不欲速售，冀有識。⑤有一老婢識此，還白大家⑥曰：「市中見一人，乘車，賣崔氏女郎棺中。」大家，即崔氏親姨母也，遣兒視之，果如其婢言。上車，敘姓名，語充曰：「昔我姨嫁少府，生女，未出而亡。家親痛之，贈一金，著棺中。可說得本末。」充以事對。此兒亦為之悲咽。齎還白母。母即令詣充家，迎兒視之。諸親悉集。兒有崔氏之狀，又復似充貌。兒、俱驗。姨母曰：「我外甥三月末間產。父曰：『春，暖溫也。願休強也。』即字溫休。溫休者，蓋幽婚也，其兆先彰矣。」

兒遂成令器，歷郡守二千石，子孫冠蓋相承至今。其後植，字子幹，有名天下。

【注釋】

① 襆：包袱。

② 酒炙：酒和肉，泛指菜餚。

③ 忻然：喜悅、高興的樣子。

④ 猗猗：美好的樣子。

⑤ 歘：突然。

⑥ 大家：奴僕對主人的稱呼。

【譯文】

　　盧充，范陽人。他家西面三十里的地方有一座崔少府的墓。盧充二十歲那年，冬至的前一天，到他家西邊打獵玩耍。看見一頭獐子，他舉起弓箭就射，那頭獐子被射中後，倒了下去，又爬起來跑。盧充就去追趕，不知不覺間就跑出很遠了。

　　忽然看見路的北邊約一里遠的地方，有一棟高門大院，觀看四周像是官宦人家的府第，不再看見那頭獐子。那高屋門前的一個門人高聲招呼盧充：「客人請進。」盧充問：「這是誰的府第？」門人答：「這是少府的府第。」盧充說：「我衣服又破又髒，怎麼能見少府呢？」這時有一人提了一包新衣服來，說：「這是府君送你的新衣。」盧充換上新衣，這才進去拜見少府，自報姓名。

　　酒過幾巡，崔少府對盧充說：「令尊不嫌棄我門第低微，近日來書信，替你向我女兒求婚，因此接你來了。」他拿出書信給盧充看。父親死時，盧充年紀雖小，但還能認得父親筆跡。看見父親的親筆書信，盧充唏噓感嘆不已，就不再推辭婚事。於是少府吩咐內室：「盧郎已經來了，叫女兒快快梳妝打扮。」又對盧充說：「你先去東廂房歇息。」

　　到了傍晚，內室裡說：「姑娘已梳妝好了。」盧充到東廂房時，女郎已經下車，立在席前。兩人拜堂成婚，按照舊俗舉行了婚後宴，接連宴請賓客三天。三天過後，崔少府對盧充說：「你可以回去了。我女兒已有身孕，如果生男孩，會送還你家，不用擔心；生女孩，就留下來她自己養育。」然後吩咐預備車馬送客，盧充只好告辭出來。崔少府送他到中門，握著他的手，揮淚告別。出大門後，盧充看見一輛套著青牛的車，又看見自己之前的衣服和弓箭還在門外。緊接著崔家又派人提著一

包衣服送給盧充，安慰他說：「婚姻剛剛開始，這離別確實使人惆悵遺憾。現在再送你一套衣服，被縟也早已備齊。」

盧充坐上車，這車像閃電一樣奔馳起來，不一會兒就到家了。家人看見他悲喜交集。後來經查訪，才知道崔少府是死人，盧充進的是他的墳墓。只要一回想起來，盧充就會懊悔嘆息。

離開少府墓四年後的三月三日，盧充到河邊戲水，忽然看見河邊有兩輛牛車，時沉時浮。等到快靠近岸邊的時候，和盧充坐一起的人都看見了。盧充過去打開車後面的門，看見崔女和一個三歲的男孩子坐在裡面。盧充見了，很高興，想去抓她的手，她抬手指向車後說：「府君看著你呢。」盧充便瞧見了崔少府。盧充上前向他表示問候。後來，崔女把兒子抱還給盧充，又送給他一隻金碗，並贈詩一首，詩文說：「像靈芝般光彩的資質，是何等的華美繁盛。華貴雍容全部展露出來，美好特意表現得如此絕妙神奇。含苞的花朵還未來得及綻放，在盛夏時節就遭遇嚴寒霜雪而枯萎了。光彩榮耀永遠湮滅，人間的道路難以通行。兩世陰陽運轉，不想遇到賢才的夫君。相聚的時光如此短暫，而離別又是如此匆匆。聚散離合竟全是憑由神靈。我用什麼送給我的至親呢？金碗可以養育我的兒子。哎，夫妻間的恩愛情義從此斷絕，悲傷讓人肝腸寸斷。」盧充接過兒子、碗和詩，兩輛車就瞬間不見了。

盧充抱著兒子回到岸上，周圍的人都以為他的兒子是鬼魅，遠遠的朝他吐口水，孩子的模樣沒有變化。有人問孩子：「你的父親是誰？」孩子就會徑直撲進盧充的懷裡。起初大家覺得奇怪厭惡，傳閱那首詩，都感嘆生死之間居然可以如此玄妙交通。

後來盧充乘車到集市上去賣碗，故意把價錢抬得很高，不想很快就賣掉它，希望能遇到識貨的人。忽然有一個老女僕認出了這個碗，於是回家向自家的主人稟告：「我剛在集市上看到一個人，乘著車，賣崔家女兒棺材中的碗。這家主人就是崔家女兒的親姨媽，她派自己的兒子前去查看，果然和老女僕說的一樣。這家主人的兒子登上盧充的車，自報了姓名，說：「從前我姨母嫁給崔少府，生了個女兒，這個女兒還沒有嫁就死了。我母親憐惜她，送給她一隻金碗，放在棺木中。要不你說一下得到金碗的前後經過。」盧充將事情經過告訴他。他也為此悲傷落淚。他帶著金碗回家稟告母親。他母親就立刻叫人到盧充家，接了小孩

去看。所有親戚都聚集到她家。這個孩子有崔氏女的樣貌，又與盧充的相貌相像。孩子、金碗都得到了驗證。崔氏女的姨母說：「我外甥女是三月末出生的。她父親說：『春天溫暖，希望她強健美好。』所以取名溫休。溫休也是幽婚的意思。看來這個徵兆早就顯示出來了。」

盧充的兒子長大後，成了大器，甚至擔任過俸祿二千石的郡守。他的子孫後代也都做官，直到今世。他的後代盧植，字子幹，天下聞名。

西門亭鬼魅

【原文】

後漢時，汝南汝陽西門亭，有鬼魅。賓客止宿，輒有死亡。其厲，厭者皆亡髮，失精。尋問其故，云：「先時頗已有怪物。其後，郡侍奉掾宜祿鄭奇來，去亭六七里，有一端正婦人乞寄載，奇初難之，然後上車。入亭，趨至樓下，亭卒白：『樓不可上。』奇云：『吾不恐也。』時亦昏冥，遂上樓，與婦人棲宿[1]。未明，發去。亭卒上樓掃除，見一死婦，大驚，走白亭長。亭長擊鼓，會諸廬吏，共集診之。乃亭西北八里吳氏婦，新亡，夜臨殯，火滅，及火至，失之。其家即持去。奇發，行數里，腹痛，到南頓利陽亭，加劇，物故。樓遂無敢復上。」

【注釋】

[1] 棲宿：此處意為睡覺。

【譯文】

後漢時，汝南郡汝陽縣有個西門亭，裡面有鬼魅作怪。在那裡留宿的旅客，總有人死亡。其中被害得嚴重的，頭髮掉光，骨髓被吸乾。查

問其中緣故，人們說：「這裡原先就已有怪物。後來郡府屬官宜祿縣人鄭奇來到這裡，在距離西門亭還有六七里的路上，碰見一個長相端正的婦人請求搭車，起初鄭奇還有點為難，後來還是讓她上了車。到了西門亭，鄭奇走到亭子閣樓前，亭卒阻止說：『這樓不能上去。』鄭奇說：『我不害怕。』這時天也快黑了，鄭奇就上了樓，與搭車的婦人一起睡了。第二天天還沒有亮，鄭奇就動身出發了。亭卒上樓打掃清潔，看見一個婦人的屍體，很吃驚，趕忙跑去報告亭長。亭長擊鼓召集東亭所屬各裡吏前來察看辨認死婦。得知她是亭西北八里吳家的婦人，才死沒多久，夜晚正要裝殮，燈就熄滅了，等到再點亮燈，婦人的屍身不見了。後來吳家人來西門亭把婦人的屍身領了回去。而鄭奇出發才走了幾里路就感到腹痛不已，到南頓縣利陽亭腹痛加劇，便死了。於是再沒有人敢上樓去住了。」

卷

十

七

鬼怪扮人

【原文】

陳國張漢直到南陽，從京兆尹延叔堅學《左氏傳》。行後數月，鬼物持其妹，為之揚言曰：「我病死，喪在陌上，常苦飢寒。操二三量不借，掛屋後楮①上，傅子方送我五百錢，在北墻下，皆亡取之。又買李幼一頭牛，本券在書篋中。」往索取之，悉如其言。婦尚不知有此，妹新從婿家來，非其所及。家人哀傷，益以為審。父母諸弟衰絰到來迎喪，去舍數里，遇漢直與諸生十餘人相追。漢直顧見家人，怪其如此。家見漢直，謂其鬼也。悵惘②良久，漢直乃前為父拜，說其本末，且悲且喜。凡所聞見，若此非一，得知妖物之為。

【注釋】

① 楮：楮樹。

② 悵惘：惘悵迷惘。

【譯文】

陳國的張漢直打算到南陽去，跟隨京兆尹延叔堅學習《左氏傳》。他走後幾個月，妖怪挾持他的妹妹，通過他妹妹的口揚言說：「我病死了，屍體還在路上擺著，魂魄常常受到飢餓與寒冷的困擾。我過去打好的兩三雙草鞋，掛在屋後的楮樹上；傅子方送給我的那五百文錢，我放在北牆下面。這些東西我都忘記帶走了。還有我向李幼買了一頭牛，契據就放在書箱中。」大家依照他的話去找這些東西，都像他妹妹說的那樣。連他的妻子都還不知道有這些東西的存在。他的妹妹剛從丈夫家裡來，不會知道這些事情。所以家裡人十分悲傷，更加認定張漢直死了。於是張漢直的父母兄弟，都穿了喪服到南陽迎喪。在距離學府還有幾里

的地方，他們卻碰到張漢直和十幾個同學一起走著。張漢直回頭看見家裡人，奇怪他們居然穿戴成這個樣子。家裡人看見張漢直，還以為他是鬼，惆悵疑惑了很長時間。張漢直上前向父親行禮。他父親把事情的前後經過告訴他，父子倆悲喜交集。所見所聞的，類似的事情不止一件，這才讓大家知道是妖怪在作怪。

貞節先生

【原文】

　　漢陳留外黃范丹，字史雲。少為尉從佐使檄謁督郵。丹有志節，自恚①為廝役小吏，乃於陳留大澤中殺所乘馬，捐棄②冠幘，詐逢劫者。有神下其家曰：「我史雲也。為劫人所殺。疾取我衣於陳留大澤中。」家取得一幘。丹遂之南郡，轉入三輔，從英賢遊學，十三年乃歸。家人不復識焉。陳留人高其志行，及沒，號曰貞節先生。

【注釋】

① 恚：怨恨。
② 捐棄：拋棄。

【譯文】

　　漢代陳留郡外黃縣人范丹，字史雲。年輕的時候，范丹曾擔任尉從佐使，因為傳送官府檄文晉見過督郵。范丹志向高遠，他怨恨自己，不甘心只做一個幹粗雜活的小吏。於是，在陳留郡的一個大沼澤裡，范丹殺死自己騎的馬，把帽子和頭巾丟在地上，製造出一種遭遇強盜被搶劫的假象。

　　一個神靈降臨到范丹的家裡並對他的家人說：「我是史雲，路上遭遇搶劫被強盜殺死，你們趕快到陳留郡的一個大沼澤中取回我的衣

服。」家裡的人立即趕到那裡，撿到了范丹的一塊頭巾。

范丹後來離開陳留郡又去了南郡，之後又轉入三輔地區，他拜能人賢士為師，十三年後才返回家鄉。當時，家裡的人幾乎認不出他來了。對范丹實現遠大抱負的行為，陳留郡的人非常敬佩，范丹死後，人們把他稱為貞節先生。

費季居楚

【原文】

吳人費季，久客於楚。時道多劫，妻常憂之。季與同輩旅宿廬山下，各相問出家幾時。季曰：「吾去家已數年矣。臨來，與妻別，就求金釵以行。欲觀其志當與吾否耳。得釵，乃以著戶楣上。臨發，失與道，此釵故當在戶上也。」爾夕，其妻夢季曰：「吾行遇盜，死已二年。若不信吾言，吾行時，取汝釵，遂不以行，留在戶楣上，可往取之。」妻覺，揣釵，得之，家遂發喪。後一年餘，季乃歸還。

【譯文】

吳國人費季，在楚國客居已經很長時間了，當時路上經常發生搶劫，他的妻子常常為他擔憂。費季和同伴們在廬山下投宿，互相詢問各自離家有多久了。費季說：「我離家已經好幾年了。臨出門的時候，我和妻子告別，並跟她要了一枚金釵才動身，我只是想試試她的心意，看她是否會給我罷了。我拿到了金釵，就把它放在家裡門框上端的橫樑上。等我動身的時候，卻忘記告訴她了，這金釵應當還在門上。」當天晚上，他的妻子夢見費季說：「我在路上遇見了強盜，死了已經兩年了。如果你不相信我的話，我臨走的時候拿了你的金釵，卻並沒有把它帶走，而是把它放在門框上端的橫樑上，你可以去把它取下來。」他妻子醒了，在家中門框的橫木上，果然摸到了金釵，因而家裡人都相信費

季果真是死了，便給他辦了喪事。過了一年多，費季卻回家了。

鬼扮虞定國

【原文】

　　餘姚虞定國，有好儀容。同縣蘇氏女，亦有美色。定國常見，悅之。後見定國來，主人留宿，中夜，告蘇公曰：「賢女令色，意甚欽之。此夕能令暫出否？」主人以其鄉里貴人，便令女出從之。往來漸數，語蘇公云：「無以相報。若有官事，某為君任之。」主人喜。自爾後，有役召事，往造定國。定國大驚曰：「都未嘗面命，何由便爾？此必有異。」具說之。定國曰：「僕寧肯請人之父而淫人之女。若復見來，便當斫之。」後果得怪。

【譯文】

　　餘姚縣的虞定國，生得相貌非凡；同縣的蘇家姑娘，也出落得很漂亮。虞定國曾經看見過她，很喜歡她。後來蘇家看見虞定國前來，主人就留他在家過夜。半夜時分，虞定國對蘇公說：「賢女長得真是漂亮，我心裡十分欽佩仰慕她。今晚是否能叫她出來一下呢？」主人因為虞定國是當地的顯貴人物，便叫女兒出來陪伴侍候他。於是虞定國與蘇家的來往漸漸頻繁，他告訴蘇公說：「我沒有什麼可用來報答您的。如果官府中有什麼差役，就讓我來替您承擔吧。」主人聽了很高興。自那以後，有一次，差役叫蘇家主人去服役，主人就去找虞定國。虞定國十分驚訝，說：「我和你根本沒有見面說過話，你怎麼會這樣？這裡面一定有古怪。」蘇家主人就詳細地把之前的事情告訴了他。虞定國說：「我怎麼可能會去乞求人家的父親而姦淫人家的女兒？如果你再看見他來，就該把他殺了。」後來蘇公抓到了他，果然是個妖怪。

朱誕給使

【原文】

　　吳孫皓世，淮南內史朱誕，字永長，為建安太守。誕給使①妻有鬼病，其夫疑之為姦。後出行，密穿壁隙窺之，正見妻在機中織，遙瞻桑樹上，向之言笑。給使仰視樹上，有一年少人，可十四五，衣青衿袖，青幘②。給使以為信人也，張弩射之，化為鳴蟬，其大如箕，翔然飛去。妻亦應聲驚曰：「噫！人射汝。」給使怪其故。

　　後久時，給使見二小兒在陌上共語。曰：「何以不復見汝？」其一，即樹上小兒也，答曰：「前不遇，為人所射，病瘡積時。」彼兒曰：「今何如？」曰：「賴朱府君樑上膏以傅之，得愈。」

　　給使白誕曰：「人盜君膏藥，頗知之否？」誕曰：「吾膏久致樑上，人安得盜之？」給使曰：「不然。府君視之。」誕殊不信，試為視之，封題如故。誕曰：「小人故妄言，膏自如故。」給使曰：「試開之。」則膏去半。為掊刮，見有趾跡。誕因大驚，乃詳問之，具道本末。

【注釋】

① 給使：供驅使的人。
② 幘（音嘖）頭：古代男子束髮的頭巾。

【譯文】

　　三國東吳末帝孫皓時期，淮南內史朱誕，字永長，後任建安太守。朱誕身邊有個給使，他的妻子被鬼迷惑，但這個給使懷疑她與人通姦。後來，給使假裝外出，然後悄悄回來，鑿穿木板牆的縫隙偷偷窺看。恰

好能看見妻子在織布機上織布，只見她遠遠地望著桑樹，並不停地向著桑樹上面說笑。給使順著她說笑的方向抬頭望去，看見桑樹上坐著一位少年，十四五歲，穿著青布衣衫，頭上戴著青布頭巾。給使以為他是人，就張弓搭箭向他射去。誰知這少年竟變成簸箕大的一隻鳴蟬，在空中盤旋著飛走了。隨著拉弓的聲響，給使的妻子發出一聲驚叫：「噫，有人用箭射你。」對發生的這一切，給使奇怪極了。

　　過了很長一段時間，給使在路上聽見兩個小孩在談話，一個小孩問：「怎麼有好長一段時間都沒見到你？」另一個小孩，也就是桑樹上的那個少年回答說：「之前，我被人用箭射傷，長成瘡，養了好長一段時間。」那個小孩又問道：「那你現在怎麼樣了？」桑樹上的少年回答：「全靠朱府君屋樑上的藥膏，我用它來敷瘡，這才得以痊癒。」

　　給使便向朱誕稟告說：「您是否知道，有人竊取了您的藥膏？」朱誕說：「我的藥膏一直在樑上放著，誰能夠偷到它？」給使說：「不一定，您還是去看一看吧。」朱誕哪裡肯信，但還是去看了看，藥膏的包封還是原來的樣子。朱誕說：「很可能是小人在故意散佈謠言，藥膏的封條都還沒動呢。」給使說：「您把它打開看看。」朱誕於是把包封打開，裡面的藥膏被偷刮走了一半，上面還留著腳趾的痕跡。朱誕非常吃驚，於是詳細地詢問原委，給使就把事情的來龍去脈告訴給了朱誕。

倪彥思家魅

【原文】

　　吳時，嘉興倪彥思居縣西埏里。忽見鬼魅入其家，與人語，飲食如人，惟不見形。彥思奴婢有竊罵大家者，云：「今當以語。」彥思治之，無敢詈[①]之者。

　　彥思有小妻，魅從求之，彥思乃迎道士逐之。酒既設，魅乃取廁中草糞，佈著其上。道士便盛擊鼓，召請諸神。魅乃取伏虎，於神座上吹作角聲音。有頃，道士忽覺背上冷，

驚起解衣，乃伏虎也。於是道士罷去。

　　彥思夜於被中竊與嫗語，共患此魅。魅即屋樑上謂彥思曰：「汝與婦道吾，吾今當截汝屋樑。」即隆隆有聲。彥思懼梁斷，取火照視，魅即滅火。截梁聲愈急。彥思懼屋壞，大小悉遣出，更取火視，梁如故。魅大笑，問彥思：「復道吾否？」

　　郡中典農聞之，曰：「此神正當是狸物耳。」魅即往謂典農曰：「汝取官若干百斛穀，藏著某處，為吏污穢，而敢論吾！今當白於官，將人取汝所盜穀。」典農大怖而謝之。自後無敢道者。三年後去，不知所在。

【注釋】

① 詈：罵。

【譯文】

　　三國吳時，嘉興縣人倪彥思住在縣西邊的埏里。一天，倪彥思忽然發現有個鬼魅進入他家，這個鬼魅能和人交談，飲食也與常人差不多，就是看不見它的身影。倪彥思家的奴婢中，有人私下罵主人，鬼魅對他說：「我現在就把你罵的這些話告訴你家主人。」倪彥思聽了後，懲罰了罵人的奴婢，此後，就沒人敢在背後罵主人了。

　　倪彥思家中有一個小妾，鬼魅去糾纏她，倪彥思就把道士請了來，讓他把鬼魅驅走。道士擺上酒菜，鬼魅從茅廁中取來草糞，全灑在酒菜上。道士使勁敲鼓，召請各路神仙。鬼魅就找來一個便壺，在神座上吹號干擾道士施法。過了一會兒，道士忽然感覺自己的背上有點發冷，他連忙起身，解開自己的衣服，吃驚地發現，原來自己的背上居然掛著一個便壺。如此，道士只好無奈地走了。

　　晚上，倪彥思在被窩裡同妻子說悄悄話，他們都為這個鬼魅而感到苦惱極了。鬼魅在屋樑上對倪彥思說：「你同你的妻子居然背後說我，我要馬上摺斷你家的屋樑。」隨即，屋樑上發出轟隆隆的響聲。倪彥思

害怕屋樑真的被折斷，取火點燈來看，鬼魅就立即把燈吹滅了。緊接著，折屋樑的聲音越來越大，倪彥思擔心房屋垮塌，就把一家老小全都叫出屋外，然後再點燈來查看，發現屋樑並沒有異樣。鬼魅大聲笑著問倪彥思：「看你還敢說我不？」

郡裡的典農校尉聽說這件事後，說：「這個鬼怪應該是狐狸精。」鬼魅馬上來到典農校尉家對他說：「你私自拿了官府幾百斛稻穀，現在藏在某個地方。你自己本身就是個貪官污吏，居然還敢來議論我，我現在就去向官府舉報你，叫他們派人把你盜得的那些稻穀取走。」典農校尉聽了十分害怕，趕忙向鬼魅道歉。自此之後，再也沒有人敢背後議論這個鬼魅。三年之後，鬼魅離開倪家，不知去了哪裡。

頓丘魅物

【原文】

魏黃初中，頓丘界有人騎馬夜行，見道中有一物，大如兔，兩眼如鏡，跳躍馬前，令不得前。人遂驚懼，墮馬。魅便就地捉之。驚怖，暴死，良久得蘇。蘇，已失魅，不知所在。乃更上馬，前行數里，逢一人，相問訊已，因說：「向者事變如此，今相得為伴，甚歡。」人曰：「我獨行，得君為伴，快不可言。君馬行疾，且前，我在後相隨也。」遂共行。語曰：「向者物何如，乃令君怖懼耶？」對曰：「其身如兔，兩眼如鏡，形甚可惡。」伴曰：「試顧視我耶。」人顧視之，猶復是也。魅便跳上馬。人遂墜地，怖死。家人怪馬獨歸，即行推索，乃於道邊得之。宿昔乃蘇，說狀如是。

【譯文】

曹魏黃初年間，頓丘縣邊境上有個人騎馬趕夜路，看見路當中有一樣東西，有兔子那樣大，兩隻眼睛像鏡子一樣明亮，它突然跳到馬的前

面，使馬沒法再向前走了。這人嚇了一跳，驚懼中從馬上摔了下來。鬼魅便把他從地上捉起來，這人又驚又怕，居然一下子昏死過去了。過了好久他才甦醒過來，這時，鬼魅已經消失了，不知道去了什麼地方。他於是又騎上馬，向前走了幾里，遇到一個人，他們互相問候完畢，他便說：「剛才我碰到了那樣的怪事，現在能和你作伴一起走，我太高興了。」那人說：「我一個人走路，能和你作伴，我也相當高興。你的馬走得快，那你就在前面走吧，我在後面跟著你。」於是他們就結伴而行。那人問他：「剛才你遇到的怪物是什麼樣的，竟讓您如此害怕呢？」他回答說：「那東西的身體像兔子，兩隻眼睛像鏡子，樣子很可怕。」這夥伴說：「那你試著回頭看看我。」他回頭一看，就是剛才那個怪物。那精怪跳上了馬，這人摔在地上，嚇得昏死過去了。他家的人很奇怪這馬怎麼獨自回來，就去尋找，這才在路邊找到了他。過了一夜，這人才慢慢甦醒過來，述說所發生的事情。

廟神度朔君

【原文】

　　袁紹字本初，在冀州。有神出河東，號度朔君，百姓共為立廟。廟有主簿，大福。陳留蔡庸為清河太守，過謁廟。有子名道，亡已三十年。度朔君為庸設酒曰：「貴子昔來，欲相見。」須臾，子來。度朔君自云父祖昔作兖州。

　　有一士姓蘇，母病，往禱。主簿云：「君逢天士，留待。」聞西北有鼓聲，而君至。須臾，一客來，著皂角單衣，頭上五色毛，長數寸。去後，復一人，著白布單衣，高冠，冠似魚頭，謂君曰：「昔臨廬山共食白李，憶之未久，已三千歲。日月易得，使人悵然。」去後，君謂士曰：「先來，南海君也。」士是書生，君明通「五經」，善《禮記》，與士論禮，士不如也。士乞救母病。君曰：「卿所居東，有

故橋，壞久之，此橋鄉人所行，卿能復橋，便差[1]。」

曹公討袁譚，使人從廟換千匹絹，君不與。曹公遣張郃毀廟。未至百里，君遣兵數萬，方道而來。郃未達二里，雲霧繞郃軍，不知廟處。君語主簿：「曹公氣盛，宜避之。」

後蘇並鄰家有神下，識君聲，云：「昔移入湖，闊絕三年。」乃遣人與曹公相聞：「欲修故廟，地衰不中居，欲寄住。」公曰：「甚善。」治城北樓以居之。數日，曹公獵，得物大如麂[2]，大足，色白如雪，毛軟滑可愛。公以摩面，莫能名也。夜聞樓上哭云：「小兒出行不還。」公拊掌曰：「此物合衰也。」晨將數百犬，繞樓下，犬得氣，衝突內外。見有物大如驢，自投樓下，犬殺之，廟神乃絕。

【注釋】

① 差：病癒。

② 麂（音尼）：哺乳動物的一屬，像鹿，腿細而有力，善於跳躍，皮很軟可以製革。

【譯文】

袁紹，字本初，占據冀州。有一個神物在河東出現，號稱度朔君，河東的百姓共同給它建了一座神廟。廟裡設有主簿，前來祭祀的人非常多。清河郡太守蔡庸是陳留人，他也來神廟朝拜。蔡庸有一個兒子名叫蔡道，三十年前就已經去世了。度朔君在廟裡擺酒宴招待蔡庸，並對蔡庸說：「你兒子早就到這裡來了，他想見你。」果然，沒過多久，蔡庸的兒子就來了。度朔君自稱，他的父親和祖父以前住在兗州。

有一個姓蘇的秀才，因為母親生病而來神廟為母親祝禱。神廟的主簿對他說：「度朔君正在拜會天神，請稍等一會兒。」緊接著，西北方向傳來一陣鼓聲，度朔君來了。不久，來了一個客人，這個客人身穿黑色單衣，頭上的頭髮有五種顏色，長約三寸。黑衣客人走後，又來了一個身穿白布單衣的人，這個人頭上戴著一頂高帽，帽子的形狀很像魚

頭，他對度朔君說：「我們以前到廬山吃白李，回想起來好像也沒幾天，轉眼之間就是三千多年了。時光一去不復還，真令人惆悵。」這個客人走後，度朔君對蘇秀才說：「剛才來的那個人是南海神君。」度朔君熟讀五經，對《禮記》很精通，蘇秀才雖然也是讀書人，但與度朔君討論禮儀時，蘇秀才自愧不如。蘇秀才請求度朔君給母親治病，度朔君對他說：「你家東邊有一座舊橋，年代久遠、疏於修理，鄉里的人每天都要在橋上行走，如果你能把這座橋修好，你母親的病也就好了。」

曹操征伐袁譚時，派人到神廟換取一千匹絹，度朔君不願意換給他。曹操就派張郃帶兵去拆神廟，離神廟不到一百里的地方，度朔君也派了幾萬神兵迎面趕來。當張郃距離神廟只有兩里路遠的時候，一團雲霧將張郃的軍隊包圍起來，使他們無法找到神廟的位置。度朔君對主簿說：「曹操來勢凶猛，應該避開他。」

後來，蘇秀才的鄰居家中來了一個神，從聲音判斷這個神應該就是度朔君。度朔君對蘇秀才說：「自從遷入湖中後，與你分別已經三年了。」於是，他派人去和曹操商量：「我想修復原來的那間神廟，但那個神廟現在衰敗不堪已無法居住，因此想換一個寄居的地方。」曹操回答說：「可以。」於是把城北的一座樓給了他。過了幾天，曹操帶人去郊外打獵，捕獲了一隻與幼鹿差不多大的怪物。這個怪物的腳很大，周身雪白，毛油光水滑，惹人憐愛，曹操用它來擦臉，沒有人能說出這個怪物的名字。晚上，聽到樓上有人哭著說：「小兒外出後一直沒有回來。」曹操拍著巴掌說：「看來這個怪物氣數該盡了。」第二天一早，曹操就帶著幾百隻狗圍聚在樓下，狗聞到氣味，就四處奔跑尋找。一個像驢一般大的怪物突然從樓上狂奔下來，群狗一擁而上咬死了它，廟神就滅絕了。

筋竹長人

【原文】

臨川陳臣家大富。永初元年，臣在齋中坐，其宅內有一

町筋竹，白日忽見一人，長丈餘，面如方相，從竹中出，徑語陳臣：「我在家多年，汝不知；今辭汝去，當令汝知之。」去一月許日，家大失火，奴婢頓死。一年中，便大貧。

【譯文】

　　臨川郡陳臣的家很富裕。永初元年，陳臣坐在屋中，他家屋子裡種了一畦筋竹，白天忽然看見一個人，高一丈多，面孔像驅疫闢邪的神方相，很可怕，他從筋竹林中走出來，徑直對陳臣說：「我在你家待了好多年，你卻一直不知道，如今我要離開了，應該讓你知道我。」這人走後一個月左右的某一天，陳家發生大火災，奴婢一下子都被燒死了。不到一年，陳家便非常貧窮了。

釜中白頭公

【原文】

　　東萊有一家姓陳，家百餘口，朝炊，釜不沸。舉甑①看之，忽有一白頭公從釜中出。便詣師卜。卜云：「此大怪，應滅門。便歸，大作械。械成，使置門壁下，堅閉門在內，有馬騎麾蓋來扣門者，慎勿應。」

　　乃歸，合手伐得百餘械，置門屋下。果有人至，呼，不應。主帥大怒，令緣門入，從人窺門內，見大小械百餘，出門還說如此。帥大惶惋②，語左右云：「教速來，不速來，遂無一人當去，何以解罪也？從此北行可八十里，有一百三口，取以當之。」

　　後十日，此家死亡都盡。此家亦姓陳云。

【注釋】

① 甑（音贈）：古代蒸飯的一種瓦器。

② 惶惋：惶惑惋惜。

【譯文】

　　東萊郡有一戶姓陳的人家，全家有一百多口人。一天早上做飯，鍋中的水怎麼也燒不開，把甑子抬開，只見一個白頭公公一下子從鍋裡冒了出來。陳家便去請巫師占卜，巫師說：「這個白頭公公是一個大怪物，要讓你們全家滅絕。你們趕緊回去大力製造防身的器械，器械製成後，放在門內的屋子下面，然後緊閉大門，全家人都待在家裡，如果有車馬儀仗來敲門，千萬不要搭理。」

　　陳家人回去之後，馬上召集眾人齊心協力製成了一百多件武器，並把這些武器全都放在門內的屋子下面。不久，果然有車馬儀仗來到門外，喊叫開門，無人答應。帶隊的主帥勃然大怒，命令手下的人翻牆進去。隨從的人透過門縫往裡看，只見屋內擺放著大大小小一百多件武器，便急忙向主帥報告。主帥聽了惶恐不已，訓斥身邊的人說：「叫你們儘早過來，你們就是不聽，現在沒有一個人能夠去抵擋，用什麼方法來開釋罪過呢？從這裡往北，大約八十里路遠的地方，有戶一百零三口的人家，就拿他們家來代替吧。」

　　十天後，那一大家子人全都死了。據說，那家也姓陳。

服留鳥

【原文】

　　晉惠帝永康元年，京師得異鳥，莫能名。趙王倫使人持出，周旋城邑匝以問人。即日，宮西有一小兒見之，遂自言曰：「服留鳥。」持者還白倫。倫使更求，又見之。乃將入宮。密籠鳥，並閉小兒於戶中。明日往視，悉不復見。

【譯文】

　　西晉惠帝永康元年，京城有人捉到了一隻奇異的鳥，沒有人能說出鳥的名字。趙王司馬倫派人拿著鳥到城裡四處向人打聽。當天，皇宮西邊有一個小孩見到這隻鳥後，自言自語地說：「這是服留鳥。」拿鳥的人回宮把這件事報告給司馬倫。司馬倫叫他再去找那個小孩。這人找到小孩並把他帶進宮。司馬倫叫人把鳥關進密籠裡，然後把小孩關在房子裡。第二天早上，小孩和鳥都不見了。

南康甘子

【原文】

　　南康郡南東望山，有三人入山，見山頂有果樹。眾果畢植，行列整齊如人行。甘子正熟，三人共食，致飽，乃懷二枚，欲出示人。聞空中語云：「催^①放雙甘，乃聽汝去。」

【注釋】

①催：迫，速。此為趕快的意思。

【譯文】

　　南康郡南部有座東望山，曾經有三個人進山，看見山頂有果樹。爬上去一看，發現各種果樹都有種植，排列整齊，就像人的隊伍一樣。這時柑子正好成熟，三個人一起吃柑子，吃到飽，還在懷裡藏了兩個，想出山後拿給別人看。只聽見空中有人說道：「快放下那兩個柑子，才能讓你們離開。」

卷十八

飯臿怪

【原文】

　　魏景初中，咸陽縣吏王臣家有怪，每夜無故聞拍手相呼，伺無所見。其母夜作，倦，就枕寢息。有頃，復聞灶下有呼聲曰：「文約何以不來？」頭下枕應曰：「我見枕，不能往。汝可來就我飲。」至明，乃飯臿也。即聚燒之，其怪遂絕。

【譯文】

　　曹魏景初年間，咸陽縣吏王臣家裡有怪物出現，每天晚上都會無緣無故地響起拍手和呼喊的聲音，留神察看卻又什麼也沒有。王臣的母親夜裡幹活，累了，就靠在枕頭上睡覺休息。一會兒，又聽見灶下有呼喊聲說：「文約，你為什麼不來？」他母親頭下的枕頭回答：「我被枕住了，不能到你那裡去。你可不可以到我這兒來吃喝。」到天亮一看，原來是個飯勺子。王臣就把飯勺和枕頭放在一起都燒掉了，他家裡的怪事從此就沒有了。

何文除宅妖

【原文】

　　魏郡張奮者，家本巨富，忽衰老，財散，遂賣宅與程應。應入居，舉家病疾，轉賣鄰人何文。文先獨持大刀，暮入北堂中樑上。至三更竟，忽有一人長丈餘，高冠，黃衣，升堂呼曰：「細腰！」細腰應諾。曰：「舍中何以有生人氣也？」答曰：「無之。」便去。須臾，有一高冠青衣者，次之，又有高冠白衣者，問答並如前。

及將曙，文乃下堂中，如向法呼之，問曰：「黃衣者為誰？」曰：「金也。在堂西壁下。」「青衣者為誰？」曰：「錢也。在堂前井邊五步。」「白衣者為誰？」曰：「銀也。在牆東北角柱下。」「汝復為誰？」曰：「我，杵也。今在灶下。」

及曉，文按次掘之：得金銀五百斤，錢千萬貫。仍取杵焚之。由此大富，宅遂清寧。

【譯文】

東漢魏郡人張奮，家裡原先非常富裕，後來忽然家道中落，財產散失。於是，就把宅院賣給了程應。程應一搬進去居住，全家人就都生了病，於是，程應又把宅院轉賣給鄰居何文。何文買下宅院後，獨自一人手持大刀，在傍晚時分爬到北堂中間的屋樑上。夜裡三更將盡時，忽然出現了一個身高一丈多，戴高帽，穿黃色衣服的人，這人一進堂屋就大聲喊叫：「細腰。」細腰應聲答應。黃衣人問：「屋裡怎麼有生人的氣味？」細腰回答說：「沒有生人。」於是黃衣人就離開了。不一會兒，又來了一個戴高帽，身穿青色衣服的人；接著，又有一個戴高帽，身穿白色衣服的人也來到堂屋，他們跟細腰的問答，同之前來的黃衣人完全一樣。

天要亮的時候，何文從屋樑上下來，他照搬先前那些人的方法呼喚細腰。他問細腰：「之前穿黃衣服的人是誰？」細腰回答：「那個人是黃金，住在堂屋西邊的牆壁下面。」「穿青衣服的人又是誰？」細腰回答：「那是銅錢，住在堂屋前面離井邊五里遠的地方。」「穿白衣服的人又是誰？」「那是白銀，住在牆壁東北角的柱子下面。」「你又是誰？」「我是木杵，住在灶台底下。」

天一亮，何文依照細腰的話去挖掘，得到五百斤黃金，五百斤白銀，銅錢千萬貫。然後，他將木杵用火燒掉。自此，何文變得非常富裕，住宅也變得清靜安寧了。

秦公鬥樹神

【原文】

　　秦時，武都故道有怒特祠，祠上生梓樹。秦文公二十七年，使人伐之，輒有大風雨，樹創隨合，經日不斷。文公乃益發卒，持斧者至四十人，猶不斷。士疲，還息。其一人傷足，不能行，臥樹下，聞鬼語樹神曰：「勞乎攻戰？」其一人曰：「何足為勞。」又曰：「秦公將必不休，如之何？」答曰：「秦公其如予何。」又曰：「秦若使三百人被髮，以朱絲繞樹，赭衣，灰坌伐汝，汝得不困耶？」神寂無言。

　　明日，病人語所聞。公於是令人皆衣赭，隨斫創，坌以灰。樹斷，中有一青牛出，走入豐水中。其後，青牛出豐水中，使騎擊之，不勝。有騎墮地，復上，髻解，被髮，牛畏之，乃入水，不敢出。故秦自是置「旄頭騎」。

【譯文】

　　秦代時武都郡故道縣有一座怒特祠，祠堂上長著一棵梓樹。秦文公二十七年，秦文公派人去砍伐這棵梓樹，立刻就有狂風暴雨興起。樹上的創口隨即合攏了，整整砍了一天也沒有把它砍斷。秦文公就增派了士兵，拿斧頭砍樹的人多至四十個，還是砍不斷。士兵們累了便回去休息，其中有一個士兵傷了腳，不能走路，只好躺在樹下，他聽見鬼對樹神說：「攻戰得很累了吧？」其中一個樹神說：「這哪就累了呢？」鬼又說：「秦文公一定不肯罷休，你可如何是好？」樹神回答說：「秦文公能把我怎麼樣？」鬼又說：「秦文公如果派三百個人披著頭髮，用朱絲繞住樹幹，穿著紅色的衣服，邊撒灰邊來砍你，你能不困窘嗎？」樹神便啞口無言了。

　　第二天，受傷的士兵把在樹下聽到的話告訴了秦文公。秦文公於是派士兵們都穿上紅色的衣服，披散著頭髮，一邊砍樹一邊往砍開的口子

裡撒灰。結果樹被砍斷了，樹中有一頭青牛跑了出來，跑進了豐水中。後來青牛又從豐水中跑出來，秦文公讓騎兵去擊殺它，開始時沒有取勝。有個騎兵摔到地上後又爬上馬去，他的髮髻鬆散開，便披散著頭髮去追它，青牛害怕他，於是逃進豐水中，不敢再出來。所以，秦國便設置了旄頭騎兵。

樹神黃祖

【原文】

　　盧江龍舒縣陸亭流水邊，有一大樹，高數十丈，常有黃鳥數千枚巢其上。時久旱，長老共相謂曰：「彼樹常有黃氣，或有神靈，可以祈雨。」因以酒脯往。亭中有寡婦李憲者，夜起，室中忽見一婦人，著繡衣，自稱曰：「我，樹神黃祖也，能興雲雨，以汝性潔，佐汝為生。朝來父老皆欲祈雨，吾已求之於帝，明日日中大雨。」至期果雨。遂為立祠。神謂憲曰：「諸卿在此，吾居近水，當致少鯉魚。」言訖，有鯉魚數十頭飛集堂下，坐者莫不驚悚。如此歲餘，神曰：「將有大兵，今辭汝去。」留一玉環曰：「持此可以避難。」後劉表、袁術相攻，龍舒之民皆徙去，唯憲里不被兵。

【譯文】

　　盧江郡龍舒縣有個地方叫陸亭，有一棵大樹長在陸亭旁的流水邊，這棵大樹高達幾十丈，經常有幾千隻黃鳥在樹上築巢。當時，盧江已大旱多日，當地的老人聚在一起商量說：「這棵樹常年流露出黃色的煙氣，也許它有神靈，我們可以向它祈雨。」於是，這些人便帶著飯菜酒肉去了。陸亭有一個寡婦名叫李憲，她晚上起床的時候，忽然在房間裡看見一個身穿繡花衣的婦人，這個婦人對李憲說：「我是樹神黃祖，能夠興雲作浪、呼風喚雨，因為你品行高潔，所以特來幫助你。早上，那

些父老會來向我祈雨，我已經請示了天帝，明天中午就可降下大雨。」
果然，第二天中午，大雨傾盆而下。當地人為樹神黃祖建了一座祠廟。
李憲說：「各位父老鄉親都在這裡，我在水邊住著，應當送一些鯉魚
來。」話剛說完，就有幾十條鯉魚飛來落在堂屋裡，在座的人無不感到
驚訝好奇。一年之後，黃祖對李憲說：「此地將發生一場大的戰禍，今
天，我是來向你辭行的。」黃祖還拿出一隻玉環送給李憲，說：「拿著
這隻玉環可以避免災難。」後來，劉表、袁術爭奪地盤，引發戰亂，龍
舒縣的百姓全都遷走了，只有李憲所在的鄉里沒有遭受戰禍。

張遼除樹怪

【原文】

　　魏桂陽太守江夏張遼，字叔高，去鄢陵，家居買田。田
中有大樹，十餘圍，枝葉扶疏，蓋地數畝，不生穀。遣客伐
之，斧數下，有赤汁六七斗出。客驚怖，歸白叔高。叔高大
怒曰：「樹老汁赤，如何得怪？」因自嚴行復斫之，血大流
灑。叔高使先斫其枝，上有一空處，見白頭公，可長四五
尺，突出，往赴叔高。高以刀逆格之。如此凡殺四五頭，並
死。左右皆驚怖伏地，叔高神慮怡然如舊。徐熟視，非人非
獸。遂伐其木。此所謂木石之怪夔魍魎者乎？是歲應司空辟
侍御史、兗州刺史，以二千石之尊過鄉里，薦祝祖考，白日
繡衣榮羨，竟無他怪。

【譯文】

　　魏國桂陽太守江夏郡人張遼，字叔高，到鄢陵縣安置家人，買了田
地。田中有棵大樹，粗十多圍，枝葉茂盛，遮蓋了好幾畝地，使得地裡
都不能長出莊稼。於是張遼就派門客去砍掉它，斧子砍了幾下，就有六
七斗紅色的漿汁流了出來。門客驚恐萬分，於是回來報告張遼。張遼聽

後十分生氣地說：「樹老了，樹漿就紅了，幹嗎這樣大驚小怪！」於是他整理好衣服去砍，再看那棵樹，竟然有大量的鮮血流淌出來。張遼就讓門客先砍樹枝，樹上有個空洞，看見有一個白頭老人，大約四五尺高，突然跳出來，直奔張遼，張遼用刀抵擋他。如此搏鬥，一共殺了四五個，都死了。旁邊的人都嚇得趴在地上，而張遼的神情如故。他慢慢地仔細觀察那老頭，既不是人，也不是野獸，大家便順利地砍掉了那棵樹。這就是人們所說的「木石的精怪，夔、魍魎」之類的東西吧？這一年，張遼應司空的徵召，任侍御史、兗州刺史，以食祿二千石的尊榮，回鄉祭祀祖宗，大白天穿著繡衣顯示榮耀，竟沒有發生其他怪異。

陸敬叔烹怪

【原文】

吳先主時，陸敬叔為建安太守，使人伐大樟樹，下數斧，忽有血出，樹斷，有物人面狗身，從樹中出。敬叔曰：「此名『彭侯』。」乃烹食之。其味如狗。《白澤圖》曰：「木之精名『彭侯』，狀如黑狗，無尾，可烹食之。」

【譯文】

吳國先帝當政時期，建安太守陸敬叔派人砍伐一棵大樟樹。才剛砍了幾斧頭，就有血從樹裡往外湧出。樹被砍斷的時候，一個人面狗身的怪物從樹裡跳了出來。陸敬叔指著這個怪物說：「這個怪物叫作『彭侯』。」然後，陸敬叔就把這個怪物煮熟吃了，味道跟狗肉差不多。古書《白澤圖》記載：「樹成精形成的怪物叫『彭侯』，它的形狀就像一條黑狗，只是沒有尾巴，可以烹煮了吃。」

船自飛下水

【原文】

　　吳時，有梓樹巨圍，葉廣丈餘，垂柯①數畝。吳王伐樹作船，使童男女三十人牽挽之。船自飛下水，男女皆溺死。至今潭中時有唱喚督進②之音也。

【注釋】
①柯：草木的枝莖。
②唱喚督進：指督促前進的呼號。

【譯文】

　　吳國時，有棵梓樹非常粗，葉子寬一丈多，下垂的樹枝占了幾畝地。吳王砍伐這棵樹來造船，然後派了三十個少男少女拉船。船卻自己飛下了水，這些少男少女都淹死了。直到現在，水潭中還時常有督促前進的呼號聲傳來。

老狸詣董仲舒

【原文】

　　董仲舒下帷講誦，有客來詣，舒知其非常。客又云：「欲雨。」舒戲之曰：「巢居知風，穴居知雨。卿非狐狸，則是鼷鼠。」客遂化為老狸。

【譯文】

　　董仲舒教書、講經、誦讀，有一個客人前來拜訪，董仲舒知道這個客人不是尋常的人。客人說：「天要下雨了。」董仲舒開玩笑地說：

「住在巢中的可以知道刮不刮風，住在洞穴裡的可以知道下不下雨，你如果不是狐狸，就肯定是小鼴鼠了。」話剛說完，客人就變身成一隻老狐狸了。

張華智擒狐魅

【原文】

　　張華，字茂先，晉惠帝時為司空。於時燕昭王墓前有一斑狐，積年，能為變幻，乃變作一書生，欲詣張公。過問墓前華表曰：「以我才貌，可得見張司空否？」華表曰：「子之妙解，無為不可。但張公智度，恐難籠絡。出必遇辱，殆不得返。非但喪子千歲之質，亦當深誤老表。」狐不從，乃持刺謁華。

　　華見其總角風流，潔白如玉，舉動容止，顧盼生姿，雅重之。於是論及文章，辨校聲實，華未嘗聞。比復商略三史，探賾百家，談老、莊之奧區，披《風》《雅》之絕旨，包十聖，貫三才，箴八儒，五禮，華無不應聲屈滯[1]。乃嘆曰：「天下豈有此少年！若非鬼魅則是狐狸。」

　　乃掃榻延留，留人防護。此生乃曰：「明公當尊賢容眾，嘉善而矜不能，奈何憎人學問？墨子兼愛，其若是耶？」言卒，便求退。華已使人防門，不得出。既而又謂華曰：「公門置甲兵欄騎，當是致疑於僕也。將恐天下之人捲舌而不言，智謀之士望門而不進。深為明公惜之。」華不應，而使人防禦甚嚴。

　　時豐城令雷煥，字孔章，博物士也，來訪華。華以書生白之。孔章曰：「若疑之，何不呼獵犬試之？」乃命犬以試，竟無憚色。狐曰：「我天生才智，反以為妖，以犬試我，遮

莫千試萬慮，其能為患乎？」華聞，益怒，曰：「此必真妖也。聞魖魅忌狗，所別者數百年物耳，千年老精，不能復別；惟得千年枯木照之，則形立見。」孔章曰：「千年神木，何由可得？」華曰：「世傳燕昭王墓前華表木已經千年。」乃遣人伐華表。

　　使人欲至木所，忽空中有一青衣小兒來，問使曰：「君何來也？」使曰：「張司空有一少年來謁，多才巧辭，疑是妖魅，使我取華表照之。」青衣曰：「老狐不智，不聽我言，今日禍已及我，其可逃乎！」乃發聲而泣，倏然[2]不見。使乃伐其木，血流，便將木歸，燃之以照書生，乃一斑狐。華曰：「此二物不值我，千年不可復得。」乃烹之。

【注釋】

① 屈滯：形容語言艱澀。

② 倏然：突然。

【譯文】

　　晉朝人張華，字茂先，惠帝時任司空。那時，燕昭王的墓地裡住著一隻花色斑駁的狐狸，這隻狐狸修練很久，可以隨意變化。一天，花狐狸變成一個書生，想去拜訪張華。它問燕昭王墓前的華表：「以我現在的相貌和才能，可以去拜訪張司空嗎？」華表回答說：「你能言善辯，沒有什麼是做不到的，但是，張華博學睿智，恐怕不易被矇騙。你這一去，必定會自取其辱，說不定就回不來了。這樣，不僅會失去你已經修練千年的本體，還會連累我遭受禍害。」但這隻花狐狸聽不進華表的勸告，還是拿著名帖拜訪張華去了。

　　張華見來訪的這名少年書生英俊瀟灑，膚色潔白如玉，儀態大方，舉止優雅，就對他十分看重。於是，張華和他探討文章，分析名實之論，張華以前從未聽到過這樣精闢高深的見解。隨後，少年書生品評前朝歷史，談論諸子百家的精義，分析老莊學說的深意，揭示《風》

《雅》的精妙意旨，歸納古代聖賢之道，貫通天文地理人事，歸結儒家各派學說，指責各種禮法。對此，張華總是無詞應對，張口結舌。於是，張華喟然長嘆，說：「天下怎麼可能有這樣的少年，如果他不是鬼怪，就一定是狐狸。」

張華於是打掃臥榻，請少年書生留下來，同時派人對他嚴加防守。少年書生對張華說：「您應該尊重人才，廣納賢士，嘉獎德者，扶持弱者。怎麼能忌恨有學問的人呢？墨子主張的兼愛，難道是這樣的嗎？」說完，便向張華告辭，但門口有人把守，少年書生無法出去。過了一會兒，他又對張華說：「您讓士兵帶著武器守在門口，一定是對我產生了懷疑。我擔心天下的人將捲起舌頭不說話，有才能的儒士望著您的大門而不敢走近。我對您深感惋惜。」但張華不為所動，只是讓人對他加緊看管。

這時，豐城縣令雷煥，字孔章，是一個知識淵博的人，來拜訪張華。張華把少年書生的事告訴他，雷煥說：「如果對他有疑心，為什麼不用獵犬來測試呢？」張華就派人把獵犬率來測試，狐狸竟毫無懼色。狐狸說：「我天生有才，你卻懷疑我是妖怪，居然還用獵犬來對我進行試探，哪怕你試千遍萬遍，也不能對我造成絲毫的傷害！」聽狐狸這樣說，張華更加生氣，說：「這肯定是鬼怪，人們說鬼怪懼怕狗，但狗只能辨識成精幾百年的怪物，千年的老怪物狗就無法識別。但只要用千年以上的枯木點燃照它，就會立刻原形畢露。」雷煥問：「哪裡可以找到千年的神木呢？」張華說：「世人傳言，燕昭王墓前的華表木，就是千年的神木。」於是，張華立即派士兵到燕昭王的墓地去砍華表。

派去的士兵即將到達墓地的時候，忽然，一個青衣小孩從天而降，他向士兵問道：「你來這裡幹什麼？」士兵說：「張司空那裡有一個能言善辯的少年，疑心他是妖怪，就派我砍了華表木去照他。」青衣小孩說：「這個老狐狸太不明智了，不聽我的勸告，禍殃及我，哪裡還能逃掉呢？」說完，青衣小孩放聲大哭，過了一會兒，青衣小孩便消失了。士兵砍伐華表木時，華表木裡流出許多血來。華表木取回來後，張華把它點燃照書生，書生立即現出原形，原來是一隻花斑狐狸。張華說：「這兩個畜生如果不是遇上我，千年之內都難以捕獲。」於是，張華烹殺了這隻狐狸。

吳興老狐

【原文】

　　晉時，吳興一人有二男，田中作，時嘗見父來罵詈趕打之。童以告母，母問其父。父大驚，知是鬼魅，便令兒斫之。鬼便寂不復往。父憂，恐兒為鬼所困，便自往看。兒謂是鬼，便殺而埋之。鬼便遂歸，作其父形，且語其家，二兒已殺妖矣。兒暮歸，共相慶賀，積年不覺。後有一法師過其家，語二兒云：「君尊候有大邪氣。」兒以白父，父大怒。兒出以語師，令速去。師遂作聲入，父即成大老狸，入床下，遂擒殺之。向所殺者，乃真父也。改殯治服。一兒遂自殺，一兒忿懊，亦死。

【譯文】

　　晉朝時，吳興郡一個人有兩個兒子，他們在田裡幹活時，經常被父親大罵並追打。兒子們把這事告訴了母親。母親問他們的父親，父親非常吃驚，知道是鬼魅作怪，便吩咐兒子們把它砍死。鬼怪便安靜下來不再去了。父親擔心兒子被鬼怪困擾，就想親自去看看。兒子們以為他是鬼，就把父親殺死埋了。那鬼就馬上回家，變成了他們父親的模樣，並且對他家裡的人說：「兩個兒子已經殺死了妖怪。」兒子們傍晚回家，全家人都向他們祝賀，過了好幾年都沒發覺異樣。後來有一位法師來拜訪他們家，對兩個兒子說：「你們的父親有很重的邪氣。」兒子們把這事告訴父親，父親十分惱怒。兒子們出來，把父親惱火的事又告訴了法師，叫他快走。法師卻唸唸有詞地走進屋，父親立即變成了一隻大狐狸，鑽到床底下，法師於是把它捉住殺了。這下子大家才知道，之前殺掉的，竟是真的父親。於是家裡就重新為父親安葬服喪。一個兒子因此自殺，另一個兒子又氣憤又悔恨，也死了。

句容狐婢

【原文】

　　句容縣糜村民黃審於田中耕，有一婦人過其田。自塍①上度，從東適下而復還。審初謂是人。日日如此，意甚怪之。審因問曰：「婦數從何來也？」婦人少住，但笑而不言，便去。審愈疑之。預以長鎌伺其還，未敢斫婦，但斫所隨婢。婦化為狸，走去。視婢，乃狸尾耳。審追之，不及。後人有見此狸出坑頭，掘之，無復尾焉。

【注釋】

①塍（音乘）：田間的土埂子。

【譯文】

　　句容縣糜村的村民黃審在田裡犁耕，有一個婦人從他的田埂子上經過。這個婦人在田梗上剛從東邊走過去，立即又從西邊原路返回來。剛開始，黃審以為她是人，後來見她天天如此就感到很奇怪。於是，黃審問她：「夫人每次都從哪裡來？」婦人停下腳步，只是望著黃審微笑並不說話，然後就走開了。黃審對她更加懷疑，就在身邊準備了一把長鎌刀，等到婦人走回來時，他不敢砍婦人，就去砍跟隨在婦人身後的婢女。婦人大驚，變成狐狸逃跑了，再回頭看那婢女，原來是一條狐狸尾巴。黃審追趕這隻狐狸，但沒追上。後來，有人看見這隻狐狸在一個坑洞出沒，就去挖掘，挖出一隻沒有尾巴的狐狸。

劉伯祖與狐神

【原文】

博陵劉伯祖為河東太守，所止承塵上有神，能語，常呼伯祖與語。及京師詔書詣下消息，輒預告伯祖。伯祖問其所食啖，欲得羊肝。乃買羊肝於前切之，臠隨刀不見，盡兩羊肝。忽有一老狸，眇眇在案前。持刀者欲舉刀斫之，伯祖呵止。自著承塵上，須臾大笑曰：「向者啖羊肝，醉忽失形，與府君相見，大慚愧。」

後伯祖當為司隸，神復先語伯祖曰：「某月某日，詔書當到。」至期，如言。及入司隸府，神隨遂在承塵上，輒言省內事。伯祖大恐怖，謂神曰：「今職在刺舉，若左右貴人聞神在此，因以相害。」神答曰：「誠如府君所慮。當相捨去。」遂即無聲。

【譯文】

博陵縣劉伯祖任河東郡太守，他所住房屋的天花板上有一個神，會說話，常常叫劉伯祖來和他聊天。每當京城有詔書文誥傳送消息，他總會預先告訴劉伯祖。有一次劉伯祖問他喜歡吃什麼，他說要吃羊肝。劉伯祖於是買來了羊肝，叫人在自己面前切碎，隨著刀切下，一塊塊羊肝就不見了，這樣一直吃完了兩個羊肝。忽然有一隻老狐狸，模模糊糊地出現在劉伯祖的桌案前。拿刀的人想舉刀砍狐狸，劉伯祖喝止了。狐狸便自己爬上了天花板，過了一會兒，它大笑著說：「剛才我吃羊肝，太得意了，忽然現出了原形，給你看見，十分慚愧。」

後來劉伯祖要當司隸校尉，狐仙又預先告知劉伯祖說：「某月某日，詔書就該送到了。」到時候果然像他所說的那樣送來了詔書。等到劉伯祖進了司隸府時，狐仙也跟隨著他進來，住在天花板上，還總是告訴他一些皇宮禁地的事情。劉伯祖十分害怕，對狐仙說：「我現在的職

責是察舉百官。如果皇帝身邊的親信權貴們聽說有神在我這裡，就會來加害我。」狐仙回答說：「確實像您所憂慮的那樣，那麼我應該離開你了。」從此就沒有了聲息。

山魅阿紫

【原文】

後漢建安中，沛國郡陳羨為西海都尉。其部曲王靈孝無故逃去，羨欲殺之。居無何[1]，孝復逃走。羨久不見，囚其婦，婦以實對。羨曰：「是必魅將[2]去，當求之。」因將步騎數十，領獵犬，周旋於城外求索，果見孝於空冢中。聞人犬聲，怪遂避去。羨使人扶孝以歸，其形頗像狐矣，略不復與人相應，但啼呼「阿紫。」阿紫，狐字也。後十餘日，乃稍稍了悟，云：「狐始來時，於屋曲角雞棲間，作好婦形，自稱『阿紫』，招我。如此非一，忽然便隨去。即為妻，暮輒與共還其家。遇狗不覺。」云樂無比也。道士云：「此山魅也。」《名山記》曰：「狐者，先古之淫婦也，其名曰『阿紫』，化而為狐。故其怪多自稱『阿紫』。」

【注釋】

①居無何：過了沒多久。

②將：攜帶。這裡指抓走。

【譯文】

東漢建安年間，沛國郡人陳羨任西海都尉。他的部下王靈孝無緣無故逃跑了，陳羨抓他回來想要殺了他。過了沒多久，王靈孝又逃跑了。陳羨很長時間不見他回隊，就把他的妻子關了起來，這婦人把實情告訴

了他。陳羨說：「這肯定是妖怪把他帶走了，應該去找找他。」因此陳羨率領幾十個步兵騎兵，帶著獵犬，在城外來回尋找，果然看到王靈孝在一個空墓穴中。聽見外面人和狗的聲音，那妖怪就躲起來了。陳羨讓人攙扶著王靈孝回家，他的形狀已經很像狐狸了，一點也不會和人說話，只呼喚「阿紫。」阿紫，是那狐狸的名字。過了十多天，他才漸漸醒悟了，說：「狐狸剛來時，在房屋拐角處雞棚那裡，變成了美女的樣子，自稱『阿紫』，揮手招我過去。像這樣不止一次地來引誘我，忽然有天我就跟著她去了。她就做了我的妻子，晚上就和她一起回到她的家裡。遇到狗我也沒有醒悟。」他說在那裡快樂得不得了。道士說：「這是山裡的精怪。」《名山記》中說：「狐狸，是上古的淫婦，她的名字叫『阿紫』，死後變成了狐狸。所以狐狸精大多自稱『阿紫』。」

宋大賢殺狐

【原文】

南陽西郊有一亭，人不可止，止則有禍。邑人宋大賢以正道自處，嘗宿亭樓，夜坐鼓琴，不設兵仗。至夜半時，忽有鬼來登梯，與大賢語。眐目磋齒，形貌可惡。大賢鼓琴如故。鬼乃去，於市中取死人頭來，還語大賢曰：「寧可少睡耶？」因以死人頭投大賢前。大賢曰：「甚佳！我暮臥無枕，正欲得此。」鬼復去，良久乃還，曰：「寧可共手搏耶？」大賢曰：「善！」語未竟，鬼在前，大賢便逆捉其腰。鬼但急言死，大賢遂殺之。明日視之，乃老狐也。自是亭舍更無妖怪。

【譯文】

南陽郡西郊有一個亭子，人不能在那裡停留，一旦在這個亭子裡過夜就會遭遇災禍。當地有個人叫宋大賢，以正道立身處事，不信鬼神。

有一天，宋大賢來到這個亭子的樓上住宿，晚上，他坐在亭樓上彈琴，也沒有準備防身的武器。到半夜時分，忽然有一個鬼登上樓來同宋大賢說話，鬼青面獠牙，瞪著眼睛，磨著牙齒，樣子十分猙獰可怕。宋大賢照樣彈琴，於是鬼悻悻離開了。鬼到街市上拿來一個死人的頭，回來對宋大賢說：「你可以稍微睡一會兒嗎？」說完，就把死人的頭扔到宋大賢面前。宋大賢說：「很好，我晚上睡覺差一個枕頭，正想要這個呢。」鬼又悻悻離去，過了很久，鬼又回來對宋大賢說：「我們兩個可以進行一次搏鬥嗎？」宋大賢說：「可以。」話還沒說完，鬼就衝上前來，宋大賢迎上去伸手抓住它的腰，鬼急忙大喊：「死。」宋大賢於是就把鬼殺死了。第二天起來一看，死的居然是一隻老狐狸。此後，這個亭子就再也沒有妖怪了。

郅伯夷擊魅

【原文】

　　北部督郵西平郅伯夷，年三十許，大有才決，長沙太守郅君章孫也。日晡①時，到亭，敕前導入且止。錄事掾曰：「今尚早，可至前亭。」曰：「欲作文書。」便留。吏卒惶怖，言當解去。傳云：「督郵欲於樓上觀望，亟掃除。」須臾，便上。未暝，樓鐙階下復有火。敕云：「我思道，不可見火，滅去。」吏知必有變，當用赴照，但藏置壺中。

　　日既暝，整服坐，誦《六甲》《孝經》《易》本訖，臥。有頃，更轉東首，以帢巾結兩足幘冠之，密拔劍解帶。夜時，有正黑者四五尺，稍高，走至柱屋，因覆伯夷。伯夷持被掩之，足跣②脫，幾失，再三。以劍帶擊魅腳，呼下火上照。視之，老狐，正赤，略無衣毛，持下燒殺。

　　明旦，發樓屋，得所髡人髻百餘。因此遂絕。

【注釋】

① 晡：申時，下午三點至五點。

② 跣：光著腳，沒穿鞋襪。

【譯文】

　　北部督郵西平郡人郅伯夷，年約三十歲，他能力出眾，處事果斷，是長沙太守郅若章的孫子。一天黃昏，郅伯夷來到一個亭子前，他下令前行的儀仗人員在亭中駐紮下來。錄事掾向他稟告說：「現在天色尚早，可以繼續前行，到前面一個亭子再住宿。」郅伯夷說：「我想現在寫文書。」隊伍便駐紮下來。吏卒感到十分害怕，提議說應當去祈禱消災。這時，郅伯夷派人傳下話來，說：「督郵想上樓去看看，趕快上去打掃一下。」一會兒，郅伯夷就上來了。這時候，天還沒黑，樓上樓下都有燈火照明。郅伯夷下令：「我要思考道學問題，不能看見燈火，快把燈火都滅掉。」吏卒知道，這其中肯定有變故，一會可能要用燈火來照明，於是把燈火藏在了壺中。

　　天完全黑了，郅伯夷將衣服整理好後坐下來讀書，把《六甲》《孝經》《易》都通讀了一遍後，郅伯夷開始睡覺。過了一會兒，郅伯夷改換到床東頭，他用長布巾把自己的兩隻腳包起來，戴上頭巾和帽子，然後，悄悄拔出寶劍，解開腰帶。夜裡，屋中出現了一個高四五尺的黑影，還能漸漸長高，它走到正屋，就向郅伯夷撲去，郅伯夷用被子把它矇住，然後與它搏鬥，搏鬥中，郅伯夷包腳的布巾脫落，郅伯夷就光著腳同鬼怪搏鬥，有幾次還差一點讓鬼怪逃掉。郅伯夷用寶劍、腰帶去擊打鬼怪的腳，並呼喊下面的人點著燈火上樓照看。用燈火一照，原來是一隻紅色的老狐狸，全身上下沒有一點毛，郅伯夷叫人把這隻狐狸拿下去燒死了。

　　第二天一早，郅伯夷下令依次打開樓上房間搜查，結果找到了被鬼怪剃掉的一百多個人的髮髻。從此之後，這裡就沒有鬼怪了。

狐博士

【原文】

　　吳中有一書生，皓首①，稱胡博士，教授諸生。忽復不見。九月初九日，士人相與登山遊觀，聞講書聲；命僕尋之，見空冢中群狐羅列，見人即走，老狐獨不去，乃是皓首書生。

【注釋】

①皓首：白頭，代指老年。

【譯文】

　　吳國地區有一個白髮書生，自稱胡博士，他收徒教書。忽然一天，學生就找不到他了。九月初九重陽節這一天，一群讀書人相約一起登山遊覽，忽然聽到胡博士講學的聲音，這些讀書人忙叫僕人去尋找他。結果發現，一座空墓裡聚集著一群狐狸，見有人來，狐狸四下奔逃，唯獨一隻老狐狸站著不動，正是那個白髮書生胡博士。

謝鯤擒鹿怪

【原文】

　　陳郡謝鯤，謝病去職，避地於豫章，嘗行經空亭中，夜宿。此亭，舊每殺人。夜四更，有一黃衣人呼鯤字云：「幼輿！可開戶？」鯤澹然①無懼色，令申臂於窗中。於是授腕，鯤即極力而牽之，其臂遂脫，乃還去。明日看，乃鹿臂也。尋血取獲。爾後此亭無復妖怪。

【注釋】

①澹然：神態安閒的樣子。

【譯文】

　　陳郡人謝鯤，為避災禍稱病辭去職務，來到豫章郡隱居。一天，他路過一個空亭，夜裡就住在了亭子裡。這個亭子，以前晚上經常有人在此被殺。到了半夜四更時分，有一個穿著黃衣服的人在亭子的窗外喊謝鯤的字說：「幼輿，可以開一下門嗎？」謝鯤神色自若，一點也不害怕，他叫那黃衣人先把手臂從窗戶外伸進來。於是，黃衣人依言把手腕伸了進來，謝鯤立刻用力死死抓住他的手臂，黃衣人竭力掙扎，直到手臂被拉脫了才得以逃走。第二天一看，拉脫的手臂竟然是一隻鹿臂。謝鯤順著血跡尋找，最終把這頭鹿捕獲。此後，這座亭子就再也沒有鬼怪出現了。

豬臂金鈴

【原文】

　　晉有一士人姓王，家在吳郡。還至曲阿，日暮，引船上當大埭。見埭①上有一女子，年十七八，便呼之，留宿。至曉，解金鈴繫其臂，使人隨至家，都無女人。因逼豬欄中，見母豬臂有金鈴。

【注釋】

①埭（音逮）：堵水的土壩。

【譯文】

　　晉朝有一個姓王的讀書人，家住在吳郡。一天，他乘船回家的途中路經曲阿縣，天黑時，將船停靠在大堤上。這時，他看見大堤上有一個

女子，年方十七八歲，便招呼她，讓她在船上留宿。天亮的時候，他解下一隻金鈴繫在這名女子的手臂上。然後派人尾隨她回家，但是到她家一看，一個女人也沒有。於是，找至豬欄邊，發現一隻母豬的臂上繫著金鈴。

高山君

【原文】

　　漢齊人梁文好道，其家有神祠，建室三四間，座上施皂帳①。常在其中，積十數年。後因祀事，帳中忽有人語，自呼「高山君」。大能飲食，治病有驗。文奉事甚肅②。積數年，得進其帳中。神醉，文乃乞得奉見顏色。謂文曰：「授手來！」文納手，得持其頤③，髯鬚甚長。文漸繞手，卒然引之，而聞作羊聲。座中驚起，助文引之，乃袁公路家羊也。失之七八年，不知所在。殺之，乃絕。

【注釋】

① 皂帳：黑色粗質的帷帳。
② 肅：恭敬。
③ 頤：下巴。

【譯文】

　　漢朝齊地人梁文愛好神仙方術，他家裡有一座神祠，造了三四間房屋，神座上掛著黑色的帷帳。他常常待在這神祠中，一直過了十多年。後來因為祭祀的事，帷帳中忽然有人說話，自稱叫「高山君」。這人很能吃東西，治病也很靈驗。梁文侍奉他非常恭敬。過了幾年，梁文被准許進入他的帷帳中。那神人醉了，梁文才求得可以見一下他的面容。那神人對梁文說：「把手伸過來！」梁文把手伸過去，可以摸到他的下

巴，發現鬍鬚很長。梁文漸漸把這鬍鬚繞在手上，突然用力一拉，卻聽見他發出羊的叫聲。在座的人都吃驚地站起來，幫梁文一起拉，竟然是袁術家的一隻羊。這隻羊丟了七八年，一直不知道它在哪裡。大家把羊殺了，神人就不見了。

田琰殺狗魅

【原文】

　　北平田琰居母喪，恆處廬①。向一期②，夜忽入婦室。密怪之，曰：「君在毀滅之地③，幸可不甘④。」琰不聽而合。後琰暫入，不與婦語，婦怪無言，並以前事責之。琰知鬼魅，臨暮竟⑤不眠，衰服⑥掛廬。須臾，見一白狗，攫⑦廬銜衰服，因變為人，著而入。琰隨後逐之，見犬將升婦床，便打殺之。婦羞愧而死。

【注釋】

①廬：古人為守喪而構築在墓旁的小屋。
②向一期：已經快滿一年了。向：臨近。
③毀滅之地：指居喪悲傷異常而毀損其身。
④幸可不甘：希望您別再作樂了。幸：希望。
⑤竟：一直。
⑥衰服：即喪服。
⑦攫：用爪迅速抓取。

【譯文】

　　北平郡人田琰為母親守喪，一直住在墳邊的小屋裡。已經快滿一年了，有天晚上卻忽然走進了妻子的房間。妻子悄悄地責備他，說：「您還在為母親守喪，希望您別再作樂了。」田琰沒有聽從，而和妻子交

合。後來田琰有事暫時回家了一次，沒有和妻子說話，妻子奇怪他不說話，又拿上次的事情責備他。田琰知道是精怪，當天晚上一直不睡覺，把喪服掛在墳邊的小屋裡。過了一會兒，他看見一隻白狗，用爪子抓起小屋裡的喪服，拿嘴巴叼著，就變成了人，穿上後進入了他妻子的房間。田琰跟在它後面追著，看見這條狗將要爬上妻子的床，就把它打死了。他妻子羞愧得自殺了。

酒家老狗妖

【原文】

司空南陽來季德，停喪在殯[1]，忽然見形，坐祭床[2]上，顏色服飾聲氣，熟是也。孫兒婦女，以次教戒，事有條貫。鞭撲奴婢，皆得其過。飲食既絕，辭訣而去。家人大小，哀割斷絕。如是數年，家益厭苦。其後飲酒過多，醉而形露，但得老狗，便共打殺。因推問之，則里中沽酒家狗也。

【注釋】

①停喪在殯：指人死後，入殮完停放在家等著下葬。
②祭床：指祭祀時放供品的桌子。

【譯文】

司空南陽郡人來季德，已經入棺等著下葬了，忽然又現形，坐在祭桌上，臉色、服裝、聲音，都是熟悉的那樣。對兒孫媳婦，他依次教導告誡，囑咐事情有條有理。他鞭打奴婢，也都跟他們的罪過相當。吃喝完畢，就告別離開了。全家老少，都不再悲痛了。像這樣過了幾年，家裡人漸漸覺得很厭煩。後來他喝酒喝得太多了，醉了以後露出了原形，只是一條老狗，大家就一起把它打死了。接著大家去查問這條狗的來歷，原來就是村中賣酒人家的狗。

白衣吏

【原文】

　　山陽王瑚，字孟璉，為東海蘭陵尉。夜半時，輒有黑幘白單衣吏，詣縣叩閣，迎之則忽然不見。如是數年。後伺①之，見一老狗，黑頭白軀猶故，至閣便為人。以白②孟璉，殺之，乃絕。

【注釋】

① 伺：候望，探察。
② 白：稟告，報告。

【譯文】

　　山陽郡人王瑚，字孟璉，任東海郡蘭陵縣尉。半夜時，總有戴著黑頭巾、穿著白單衣的小吏，到縣府敲門，有人去開門迎接，他就忽然不見了。像這樣過了好幾年。後來王瑚派人去查探，只見一條老狗，黑的頭、白的身體，仍像過去那人的樣子，一到縣府門口就變成人。看到的人把這個情況報告給王瑚，王瑚就把老狗殺了，於是敲門的事就絕跡了。

李叔堅見怪不怪

【原文】

　　桂陽太守李叔堅，為從事。家有犬，人行①，家人言當殺之。叔堅曰：「犬馬喻君子。犬見人行，效之，何傷？」頃之，狗戴叔堅冠走，家大驚。叔堅云：「誤觸冠，纓②掛之耳。」狗又於灶前畜火③，家益怔營④。叔堅復云：「兒婢皆

在田中，狗助畜火，幸可不煩鄰里。此有何惡？」數日，狗自暴死，卒無纖芥⑤之異。

【注釋】

① 人行：像人一樣走路。

② 纓：帽帶。

③ 畜火：生火。

④ 忴營：惶恐不安。

⑤ 纖芥：細微。

【譯文】

　　桂陽太守李叔堅，曾任從事。他家裡有條狗，像人一樣走路，家人說應該殺了它。李叔堅說：「犬馬常常用來比喻君子。狗看見人走路，就效仿，有什麼關係呢？」過了不久，狗戴了李叔堅的帽子亂跑，家裡人感到很驚訝。李叔堅卻說：「它不小心碰到了帽子，帽帶掛在它頭上罷了。」後來，狗又在灶前生火，家人更加驚恐不安了。李叔堅又說：「兒子奴婢們都在田裡幹活，狗幫著生火，正好可以不再麻煩鄰居。這有什麼壞處？」過了幾天，這條狗突然自己死了，李家始終沒有發生一點災異。

蒼獺鬼物

【原文】

　　吳郡無錫有上湖大陂①，陂吏丁初，天每大雨，輒循②堤防。春盛雨，初出行塘。日暮回，顧有一婦人，上下青衣，戴青傘，追後呼：「初掾③待我。」初時悵然④，意欲留俟之。復疑本不見此，今忽有婦人冒陰雨行，恐必鬼物。初便疾走，顧視婦人，追之亦急。初因急行，走之轉遠，顧視婦

人，乃自投陂中，泛然作聲，衣蓋飛散。視之，是大蒼獺，衣傘皆荷葉也。此獺化為人形，數媚年少者也。

【注釋】

① 陂：池塘，湖泊。

② 循：通「巡」，巡視。

③ 掾：分曹治事的屬吏，官府裡的辦事員。

④ 悵然：失意。這裡指不知道怎麼回事。

【譯文】

　　吳郡無錫縣上湖有個大池塘，主管池塘的小吏丁初，每次天下大雨，就去巡視堤岸。這年春天下大雨，他出去巡視湖堤。黃昏時回家，回頭看見有個婦女，全身上下都穿著青色的衣服，撐著青色的傘，在後面追著喊：「丁初長官等等我。」丁初當時不知道怎麼回事，心裡想停下來等她。後又起疑心，本來沒有見到人，現在忽然有個女人冒著大雨趕路，恐怕一定是精怪。丁初就快步跑起來，回頭看那女人，也追得很急。丁初於是加快腳步走，跑得距離遠了，回頭看那女人，竟然自己跳進湖中，發出很響的聲音，衣服和傘都飛散開來。仔細一看，原來是只青色的水獺，衣服和傘都是荷葉變的。這隻水獺曾變成人的形狀，多次用美色去誘惑年輕人。

王周南克鼠怪

【原文】

　　魏齊王芳正始中，中山王周南，為襄邑長。忽有鼠從穴出，在廳事上語曰：「王周南！爾以某月某日當死。」周南急往，不應。鼠還穴。後至期，復出，更冠幘皂衣而語曰：「周南！爾日中當死。」亦不應。鼠復入穴。須臾復出，出

復入，轉行數語如前。日適中，鼠復曰：「周南！爾不應，我復何道！」言訖，顛蹶①而死。即失衣冠所在。就視之，與常鼠無異。

【注釋】
① 顛蹶：跌落。

【譯文】
　　魏齊王曹芳正始年間，中山郡人王周南任襄邑縣令。一天，一隻老鼠忽然從洞穴中鑽出來，它跑到公堂上對王周南說：「王周南！你將在某月某日死去。」王周南不說話，急忙走過去，老鼠一轉身又鑽回洞穴去了。到了這一天，老鼠又來了，改穿一身黑色的衣服，頭上戴著頭巾，它對王周南說道：「王周南！你今天中午就會死去。」王周南依然不說話，老鼠又鑽入洞穴中。一會兒，老鼠又鑽出來，就這樣，老鼠鑽進鑽出地轉了好幾回，每次都說著同樣的話。到了中午，老鼠又說：「王周南！你既然不答應，我還能說什麼呢？」話剛說完，老鼠就撲在地上死了，老鼠身上的衣帽也不翼而飛。王周南走近一看，它同普通的老鼠並沒有什麼不同。

安陽亭三怪

【原文】
　　安陽城南有一亭，夜不可宿，宿輒殺人。書生明術數，乃過宿之，亭民曰：「此不可宿，前後宿此，未有活者。」書生曰：「無苦也，吾自能諧。」遂住廡舍①。乃端坐誦書，良久乃休。夜半後，有一人，著皂單衣，來，往戶外，呼「亭主」，亭主應諾。「見亭中有人耶？」答曰：「向者有一書生在此讀書，適休，似未寢。」乃喑嗟而去。須臾，復有

一人，冠赤幘者，呼亭主，問答如前。復暗嗟而去。既去，寂然。書生知無來者，即起，詣向者呼處，效呼「亭主」。亭主亦應諾。復云：「亭中有人耶？」亭主答如前。乃問曰：「向黑衣來者誰？」曰：「北舍母豬也。」又曰：「冠赤幘來者誰？」曰：「西舍老雄雞父也。」曰：「汝復誰耶？」曰：「我是老蠍也。」於是書生密便誦書至明，不敢寐。

　　天明，亭民來視，驚曰：「君何得獨活？」書生曰：「促索劍來，吾與卿取魅。」乃握劍至昨夜應處，果得老蠍，大如琵琶，毒長數尺。西捨得老雄雞父，北捨得老母豬。凡殺三物，亭毒遂靜，永無災橫。

【注釋】

① 廨舍：廨署。

【譯文】

　　安陽縣城南邊有一座亭子，晚上人們不能在亭子裡住宿，住宿就會被殺死。有一個書生通曉術數，一次路過亭子便住了下來，亭邊的村民對他說：「這裡不能住，以前在此住宿的人沒有一個活下來的。」書生回答說：「不要緊，我自己能應付。」於是，書生便住進亭中的客房裡，然後端坐讀書，讀了很久才休息。半夜以後，一個身穿黑色單衣的人在門外呼喚「亭主」，亭主應聲答應了。黑衣人問：「你看見亭中有人嗎？」亭主回答說：「之前有一個書生在這裡讀書，剛剛才休息，可能還沒睡著。」於是門外的人輕聲嘆了口氣便走了。過了一會兒，又有一個戴紅頭巾的人前來呼喚「亭主」，問話也與先前那人相同。隨後，也是嘆息著離開了。這之後，亭中靜寂下來。書生知道不會再來人了，於是立即起身來到剛才呼喚的地方，模仿著呼喚：「亭主」，亭主也應聲答應了。書生問：「亭中有人嗎？」亭主的回答與先前一樣。書生又問：「剛才那個穿黑衣的是誰？」亭主回答說：「那是北屋的老母豬。」書生問：「那個戴紅頭巾的是誰？」亭主回答：「那是西屋的老

公雞。」書生問：「你又是什麼？」亭主說：「我是老蠍子。」於是，書生不敢睡覺，暗自誦書直至天明。

天亮後，亭邊的村民來看，看見書生後很吃驚，說：「怎麼唯獨你能活下來？」書生說：「趕快去找把劍來，我和你們一起去捉鬼怪。」於是書生手裡握著劍，來到昨晚問話的地方尋找，果然找到一隻蠍子，足有琵琶那麼大，毒刺長幾尺。然後，又在西屋找到了老公雞，在北屋找到了老母豬。書生把三個鬼怪都殺了。從此，這個亭子的毒害被根絕，不再有災禍發生了。

湯應誅二怪

【原文】

吳時，廬陵郡都亭重屋中常有鬼魅，宿者輒死。自後使官，莫敢入亭止宿。時丹陽人湯應者，大有膽武，使至廬陵，便止亭宿。吏啟不可，應不聽。迸從者還外，惟持一大刀，獨處亭中。

至三更，竟，忽聞有叩閣者。應遙問「是誰」？答云：「部郡相聞。」應使進。致詞而去。頃間，復有叩閣者如前，曰：「府君相聞。」應復使進。身著皂衣。去後，應謂是人，了無疑也。旋又有叩閣者，云：「部郡府君相詣。」應乃疑曰：「此夜非時，又部郡府君不應同行。」知是鬼魅。因持刀迎之。見二人皆盛衣服，俱進，坐畢，府君者便與應談。談未竟，而部郡忽起至應背後，應乃回顧，以刀逆擊，中之。府君下坐走出。應急追至亭後牆下，及之，斫傷數下，應乃還臥。

達曙，將人往尋，見有血跡，皆得之云。稱府君者，是一老豨也；部郡者，是一老狸也。自是遂絕。

【譯文】

三國時期，東吳廬陵郡所的亭樓裡經常鬧鬼，在此住宿的人都平白死去了。此後，凡到廬陵的官吏使者，沒有一個敢在亭樓裡留宿。丹陽郡人湯應，武藝出眾，膽量驚人。一天，湯應出使廬陵，便在亭樓裡住了下來。亭吏告訴他這裡不能住宿，但湯應不聽。他叫隨行人員退到亭外去，只拿了一把大刀，一個人獨自住進亭樓裡。

夜過三更，忽然傳來敲門聲。湯應遠遠地問道：「誰在敲門？」門外有人回答：「部郡前來問候。」湯應把他請進屋，部郡寒暄了一陣就離開了。不一會兒，又傳來敲門聲，來人自我介紹說：「郡守前來問候。」湯應又把他讓進屋。來人身穿一身黑衣服。郡守走後，湯應認為前兩個應該都是人，沒有產生一點懷疑。沒過多久，門外又傳來敲門聲，來人說道：「部郡、郡守前來拜訪。」此時，湯應開始產生懷疑，心想：「這深更半夜的，也不是拜訪的時候，況且，部郡和郡守也不應該一起來。」湯應知道，來的必定是鬼怪，於是就帶著刀出去迎接他們。開門之後，兩個衣著華麗的人一同走了進來。坐下之後，那個自稱是郡守的人就同湯應談話，談話間，部郡忽然起身轉到湯應的身後，湯應立即回頭，提著刀就砍殺下去，一刀砍中了部郡。郡守一看，起身就逃，湯應提刀急忙追趕，追至亭樓的後牆根下，砍了他數下，湯應便回屋繼續睡覺去了。

天亮後，湯應帶著人順著血跡去尋找，找到了兩個被殺的怪物。原來，那個自稱郡守的，是一頭老豬；而那個所謂的部郡，則是一隻老狐狸。至此，亭樓的鬼怪也就沒有了。

卷十九

李寄斬蛇

【原文】

東越閩中有庸嶺，高數十里。其西北隰①中有大蛇，長七八丈，大十餘圍，土俗常病。東冶都尉及屬城長吏，多有死者。祭以牛羊，故不得福。或與人夢，或下諭巫祝，欲得啖童女年十二三者。都尉令長並共患之，然氣厲不息，共請求人家生婢子，兼有罪家女養之。至八月朝祭，送蛇穴口，蛇出吞齧之。累年如此，已用九女。

爾時預復募索，未得其女。將樂縣李誕家有六女，無男，其小女名寄，應募欲行，父母不聽。寄曰：「父母無相，惟生六女，無有一男，雖有如無。女無緹縈濟父母之功，既不能供養，徒費衣食，生無所益，不如早死。賣寄之身，可得少錢，以供父母，豈不善耶？」父母慈憐，終不聽去。寄自潛行，不可禁止。

寄乃告請好劍及咋蛇犬。至八月朝，便詣廟中坐，懷劍，將犬。先將數石米餈②，用蜜③灌之，以置穴口。蛇便出，頭大如囷，目如二尺鏡，聞餈香氣，先啖食之。寄便放犬，犬就齧咋，寄從後斫得數創，瘡痛急，蛇因踴出，至庭而死。寄入視穴，得其九女髑髏④，悉舉出，咤言曰：「汝曹怯弱，為蛇所食，甚可哀愍⑤。」於是寄女緩步而歸。

越王聞之，聘寄女為后，拜其父為將樂令，母及姊皆有賞賜。自是東冶無復妖邪之物。其歌謠至今存焉。

【注釋】

① 隰：低窪潮濕的地方。

② 餈（音慈）：一種用江米（糯米）做成的食品。

③蜜：用熟米粉或麥粉與蜜糖和制的食品。

④髑髏：死人的頭骨。

⑤哀愍：憐惜，同情。

【譯文】

　　東越閩中地區有一座庸嶺，高幾十里。在它西北低窪潮濕的地方有一條大蛇，長七八丈，粗十多圍，當地的老百姓深受其害。東冶都尉和東冶管轄下的縣屬長官，也有被蛇咬死的。人們拿牛羊去祭它，仍然得不到福佑。有時，大蛇給人託夢，或者吩咐巫祝，說它要吃十二三歲的女孩。都尉和縣令都認為這是大患，但是大蛇帶來的災疫沒有停息，人們只好征尋大戶人家奴婢生的女兒和罪犯的女兒，把她們收養起來。到八月初一祭祀的時候，再把女孩送到大蛇的洞口，大蛇出來，便把女孩吞食了。連年這樣，已經用了九個女孩。

　　這一年，人們又預先招募尋求合適的女孩，始終沒有找到。將樂縣李誕的家中，生有六個女兒，沒有男孩，最小的女兒叫李寄，想去應募，父母不同意。李寄說：「父母沒有福相，只生了六個女兒，沒有兒子，即使有子女也跟沒有差不多。女兒我沒有緹縈救父母那樣的功德，既然不能供養父母，白白耗費衣服食物，活著也沒有什麼用處，還不如早死算了。賣掉我後，還可以得些錢，用來供養父母，這難道不好嗎？」父母憐愛她，始終不同意她去。李寄就自己悄悄地走了，父母終究沒能阻止她。

　　李寄稟告官府請求得到上好的劍和擅咬蛇的狗。到八月初，她在廟中坐著，揣著劍，帶著狗。她先把餈和蜜糖面拌和好，然後放在蛇的洞口。蛇就出來了，它的頭大得像穀倉，眼睛像直徑兩尺的鏡子。它聞到餈糕的香味，先去吃餈糕。李寄放出狗，狗就撲上去撕咬，李寄從後面砍了蛇好幾下。蛇受創，痛得厲害，翻滾著竄出來，爬到廟中的院子裡便死了。李寄進入蛇洞察看，發現了那九個女孩的頭骨，便都拿了出來，痛惜地說：「你們這些人太膽小軟弱，被蛇吃了，也是可憐。」於是李寄便慢慢地走回家去。

　　越王聽說了這件事，聘李寄姑娘為王后，任命她的父親為將樂縣縣令，母親和姐姐們也都得到了封賞。從此東冶縣不再有怪異邪惡的東

西。讚頌李寄的歌謠至今還在那裡流傳。

司徒府大蛇

【原文】

晉武帝咸寧中，魏舒為司徒。府中有二大蛇，長十許丈。居廳事平上，止之數年，而人不知，但怪府中數失小兒及雞犬之屬。後有一蛇夜出，經柱側傷於刃，病不能登，於是覺之。發徒數百，攻擊移時，然後殺之。視所居，骨骸盈宇之間。於是毀府舍更立之。

【譯文】

晉武帝咸寧年間，魏舒任司徒時，他的府邸裡藏著兩條長十餘丈的大蛇。這兩條大蛇躲藏在公堂的屋椽上，躲了好幾年，人們一直都不知道，只是奇怪府中經常發生丟失小孩和雞狗之類的事情。後來，有一條蛇晚上出來，經過堂屋柱子時被刀刃劃傷，由於傷勢較重不能爬回屋椽上去，人們這才發現官府中有蛇。於是，魏舒調集了幾百個人，打鬥了很長一段時間才把蛇殺死。到蛇藏匿的地方去看，只見屋椽上堆滿了死人的骨頭。於是，魏舒拆掉了府邸重新建造。

揚州蛇翁

【原文】

漢武帝時，張寬為揚州刺史。先是，有二老翁爭山地，詣州，訟疆界，連年不決。寬視事[1]，復來。寬窺二翁形狀非人，令卒持杖戟將入，問：「汝等何精？」翁走，寬呵格之，化為二蛇。

【注釋】

①視事：指官吏到職辦公。

【譯文】

　　漢武帝在位時，張寬任揚州刺史。在他任職之前，有兩個老翁爭奪山地，到州府為邊界糾紛打官司，好幾年都沒能解決。張寬任職辦公後，他們又來打官司了。張寬看這兩個老翁的形狀不像人，就命令士兵拿著木棍矛戟把他們押進來，問道：「你們是什麼妖怪？」這兩個老翁馬上逃跑，張寬喝令士兵痛打他們，他們就變成了兩條蛇。

野水䍌婦

【原文】

　　滎陽人張福船行，還野水邊。夜有一女子，容色甚美，自乘小船來投福，云：「日暮，畏虎，不敢夜行。」福曰：「汝何姓？作此輕行。無笠①，雨駛，可入船就避雨。」因共相調，遂入就福船寢。以所乘小舟，繫福船邊。

　　三更許，雨晴月照，福視婦人，乃是一大䍌②枕臂而臥。福驚起，欲執之，遽走入水。向小舟是一枯槎段，長丈餘。

【注釋】

①笠：用竹篾或棕皮編制的遮陽擋雨的帽子。

②䍌（音駝）：水鱉一類。

【譯文】

　　滎陽郡人張福，沿著野水河划船回家。晚上，看見一個容色美豔的婦人，乘著一艘小木船來投靠張福，她對張福說：「天色太晚了，我害

怕老虎，不敢在黑夜裡一個人行走。」張福說：「你叫什麼名字？怎麼做事這麼輕率，也不戴斗笠，冒雨行船。你趕緊上船來避避雨吧。」上船後，婦人同張福打情罵俏，晚些，婦人就睡在了張福的船上，而她自己乘坐的小船則繫在張福的船旁邊。

三更時分，雨停月出，藉著月光，張福仔細端詳那個婦人，發現那婦人竟然是一隻大黿，正枕著自己的胳膊睡覺。張福大驚，立即起身來捉黿，黿一下子鑽進水裡逃走了。再看婦人先前乘坐的小船，原來是一根一丈多長的枯樹段。

謝非除廟妖

【原文】

　　丹陽道士謝非，往石城買冶釜還，日暮不及至家。山中廟舍於溪水上，入中宿。大聲語曰：「吾是天帝使者，停此宿。」猶畏人劫奪其釜，意苦搔搔不安。

　　二更中，有來至廟門者，呼曰：「何銅。」銅應喏。曰：「廟中有人氣，是誰？」銅云：「有人，言是天帝使者。」少頃便還。須臾，又有來者呼銅，問之如前，銅答如故，復嘆息而去。非驚擾不得眠。遂起，呼銅問之：「先來者誰？」答言：「是水邊穴中白黿。」「汝是何等物？」答言：「是廟北岩嵌中龜也。」非皆陰識之。

　　天明，便告居人言：「此廟中無神，但是龜黿之輩，徒費酒食祀之。急具鍤來，共往伐之。」諸人亦頗疑之，於是並會伐掘，皆殺之，遂壞廟，絕祀。自後安靜。

【譯文】

　　丹陽郡的道士謝非，去石城買冶煉仙丹的鍋。返回時，天色已晚，

來不及趕到家。他見山中溪水邊有座廟宇，便到裡面留宿。他大聲說道：「我是天帝的使者，要留在這裡住宿。」他還怕別人搶他的鍋，心裡一直惶惶不安。

夜裡二更時分，有人在廟門口叫道：「何銅。」何銅在裡面答應了一聲。外面的人說：「廟裡有人的氣味，是誰？」何銅說：「確實有一個人，自稱是天帝的使者。」過了一會兒那人便回去了。一會兒後，又有聲音喊何銅，問的和先前一樣，何銅也像剛才那樣作了回答，那人嘆息著又走了。謝非被驚擾後睡不著，就起了床，也叫何銅，然後問他：「剛才來的是誰？」何銅回答說：「是溪水邊洞穴中的白鼉。」謝非又問：「你是什麼東西？」何銅回答說：「是廟北岩縫裡的烏龜。」謝非都暗暗記住了。

天亮後，他便告訴住在附近的人們，說：「這廟裡沒有神靈，只是龜鼉之類的，白白浪費酒食祭祀它們。趕快拿鐵鍬來，我們一起去除掉它們。」大家也有點懷疑這廟裡的神靈，於是一起去挖掘，把烏龜、鼉都殺了，然後摧毀廟宇，停止祭祀。此後安靜沒有怪事。

孔子論五酉

【原文】

孔子厄於陳，絃歌於館中。夜有一人長九尺餘，著皂衣，高冠，大吒，聲動左右。子貢進問：「何人耶？」便提子貢而挾之。子路引出，與戰於庭。有頃，未勝。孔子察之，見其甲車間時時開如掌，孔子曰：「何不探其甲車，引而奮登？」子路引之，沒手仆於地。乃是大鯷魚也，長九尺餘。孔子曰：「此物也，何為來哉？吾聞物老則群精依之，因衰而至此。其來也，豈以吾遇厄絕糧，從者病乎？夫六畜之物，及龜蛇魚鱉草木之屬，久者神皆憑依，能為妖怪，故謂之『五酉』。『五酉』者，五行之方，皆有其物。酉者，老

也，物老則為怪，殺之則已，夫何患焉？或者天之未喪斯文，以是繫予之命乎！不然，何為至於斯也？」絃歌不輟。子路烹之，其味滋。病者興，明日遂行。

【譯文】

　　孔子在陳國絕糧被困的時候，在旅館中彈琴唱歌。夜裡忽然有一個身長九尺多的人，穿著皂黑色的衣服，戴著高帽子，大聲叱喝，聲音驚動了孔子身邊的人。子貢進來問：「你是什麼人？」這人抓住子貢挾持了他。子路引他出去，和他在院子中打了起來。打了一會兒，子路沒有取勝。孔子仔細觀察，只見他的鎧甲和腮幫子之間不時地張開來，那口子有手掌那麼大。孔子對子路說：「你怎麼不抓他的鎧甲與腮幫中間，使勁往上拉？」於是子路伸手去拉它，手一伸進去，那人便倒在地上，竟是一條長九尺多的大鯷（音提）魚。孔子說：「這個怪物，為什麼來這裡呢？我聽說：事物老了，那麼各種精怪就來依附它，人敗落的時候就來了。這鯷魚精的來臨，難道是因為我斷絕了糧食、隨從生病，正遭困厄嗎？那牛、馬、羊、雞、狗、豬六種家畜，以及龜、蛇、魚、鱉、野草、樹木之類，生長時間長了，神靈都會依附它們，讓它們變成怪物，所以稱之為『五酉』。五酉（音有），是指東南西北中五方都有的相應的怪物。酉，就是老的意思，事物老了就會變成妖怪，殺了就完了，還有什麼可擔心的呢？或者是老天不喪失古代的禮樂制度，拿這個來維持我的生命吧！否則，為什麼它會到這裡來呢？」孔子繼續彈唱不止。子路煮了這條鯷魚，它的味道很鮮美，病人吃了都能站起來了。第二天，大家便又行路了。

鼠　婦

【原文】

　　豫章有一家，婢在灶下，忽有人長數寸，來灶間壁，婢

誤以履踐之，殺一人。須臾，遂有數百人，著衰麻^①服，持棺迎喪，凶儀皆備。出東門，入園中覆船下。就視之，皆是鼠婦。婢作湯灌殺，遂絕。

【注釋】
① 衰麻：喪服。

【譯文】
　　豫章郡有一戶人家，他家的婢女正在灶房裡忙著，忽然，有幾個幾寸長的小人走到灶壁下面。婢女一不當心抬腳踩到他們，其中一人被踩死了。不一會兒，就有幾百個穿著衰麻喪服的小人抬著棺材出來，辦理喪事的禮儀非常齊備。這些小人走出東門後，徑直來到園中一艘倒扣著的船下面。婢女走過去看，原來全是些潮蟲。婢女到灶房燒了一桶開水，然後將開水灌進去，潮蟲全都被燙死了，從此，妖怪也絕跡了。

狄希千日酒

【原文】
　　狄希，中山人也。能造「千日酒」，飲之千日醉。時有州人，姓劉，名玄石，好飲酒，往求之。希曰：「我酒發來未定，不敢飲君。」石曰：「縱未熟，且與一杯，得否？」希聞此語，不免飲之。復索，曰：「美哉！可更與之？」希曰：「且歸。別日當來。只此一杯，可眠千日也。」石別，似有怍色。至家，醉死。家人不之疑，哭而葬之。

　　經三年，希曰：「玄石必應酒醒，宜往問之。」既往石家，語曰：「石在家否？」家人皆怪之曰：「玄石亡來，服以闋矣。」希驚曰：「酒之美矣，而致醉眠千日，今合醒矣。」

乃命其家人鑿冢，破棺看之。冢上汗氣徹天，遂命發冢。方見開目張口，引聲而言曰：「快哉醉我也！」因問希曰：「爾作何物也，令我一杯大醉，今日方醒？日高幾許？」墓上人皆笑之，被石酒氣衝入鼻中，亦各醉臥三月。

【譯文】

　　狄希，是中山人。他會釀造一種「千日酒」，喝了這種酒就會醉上千日。當時他的同鄉，姓劉，名玄石，非常喜歡喝酒，便去狄希那兒討酒喝。狄希說：「我的酒發酵了，但酒性不夠穩定，不敢給您喝。」劉玄石說：「即使還沒有成熟，姑且也先給我一杯，可以嗎？」狄希聽了這話，不得已給了他一杯。劉玄石喝完後又要求說：「妙啊！能再給我一杯嗎？」狄希說：「你暫且回去吧，請改日再來，就這一杯，足以讓你睡上一千天了。」劉玄石告別，似乎因為遭到拒絕還面有慚色。他回到家中，便醉死過去了。家裡人對他的死未加懷疑，哭著將他埋葬了。

　　過了三年之後，狄希尋思著：「劉玄石的酒一定醒了，應該去問候他。」到了劉玄石家，狄希說道：「玄石在家嗎？」劉家的人都對這話感到奇怪，便說：「玄石早死了，三年喪期已滿喪服都卸除了。」狄希驚訝地說：「那酒美極了，以致於使他沉醉睡了千日，今天理當醒了。」於是他就叫劉家的人挖墳開棺查看。只見墳上汗氣衝天，就叫人挖開墳。正好看見劉玄石睜開眼睛，他張著嘴巴，拖長了聲音說：「醉得我好痛快啊！」於是問狄希：「你造的是什麼酒，我才喝了一杯就酩酊大醉，到今天才醒？太陽多高了？」墳邊的人都笑他，卻不小心被他的酒氣衝入鼻中，結果都醉睡了三個月。

陳仲舉相命

【原文】

　　陳仲舉微[1]時，常宿黃申家。申婦方產，有扣申門者，

家人咸不知。久之，方聞屋裡有人言：「賓堂下有人，不可進。」扣門者相告曰：「今當從後門往。」其人便往。有頃還，留者問之：「是何等？名為何？當與幾歲？」往者曰：「男也，名為奴，當與十五歲。」「後應以何死？」答曰：「應以兵死。」仲舉告其家曰：「吾能相，此兒當以兵死。」父母驚之，寸刃不使得執也。至年十五，有置鑿於樑上者，其末出，奴以為木也，自下鉤之，鑿從樑落，陷腦而死。後仲舉為豫章太守，故遣吏往餉②之申家，並問奴所在。其家以此具告。仲舉聞之，嘆曰：「此謂命也。」

【注釋】

① 微：卑賤。

② 餉：贈送。

【譯文】

　　陳仲舉貧賤時，常常寄宿在黃申家。黃申的妻子正在生產時，有人來敲黃申家的門，家裡的人都沒聽見。過了很久，敲門人才聽見屋裡有人說：「客堂下有人，不能進來。」敲門的人互相商量說：「現在得從後門進去。」其中一人就去了。過了一會兒回來了，留在大門口的人問他：「生下來的是個什麼樣的人？叫什麼名字？該給他幾歲？」去的人說：「生的是男孩，名叫奴，應該給他十五歲。」留下的人又問他：「以後應該怎樣死去？」去的人回答說：「應該因為兵器而死。」陳仲舉對黃家的人說：「我會看相，這孩子要因為兵器而死。」孩子的父母親非常驚恐，連小刀都不讓兒子拿。這孩子長到十五歲，有個人把鑿子放在樑上，鑿子的末端露了出來，黃奴以為是根木頭，就在下面用手鉤它，鑿子從樑上落下來，砸進了他的腦袋，他就死了。後來陳仲舉任了豫章郡太守，所以派小吏到黃申家贈送禮物，並詢問黃奴在哪裡。黃家把情況都告訴了他。陳仲舉聽了，嘆息地說：「這就是命啊。」

卷
二
十

病龍求醫

【原文】

晉魏郡亢陽，農夫禱於龍洞，得雨，將祭謝之。孫登見曰：「此病龍雨，安能蘇禾稼乎？如弗信，請嗅之。」水果腥穢。

龍時背生大疽，聞登言，變為一翁，求治，曰：「疾瘳，當有報。」不數日，果大雨。見大石中裂開一井，其水湛然①，龍蓋穿此井以報也。

【注釋】

①湛然：清澈明淨的樣子。

【譯文】

晉朝時魏郡大旱，農夫們在龍洞中祈禱，祈得了雨，他們備好祭祀物品準備去感謝那條龍。孫登看見了說：「這是病龍降下來的雨，哪能救活莊稼？要是不相信，就聞聞這雨水。」大家一聞，雨水果然非常腥臭骯髒。

這條龍當時背上生了大毒瘡，聽見孫登的話後，就變成一個老頭，求他為自己治療，說：「如果我的病痊癒了，必有報答。」沒過幾天，果然下起了大雨。人們還看見一塊大石從中間裂開，湧出一口井，井裡的水十分清澈。那條龍大概是打了這口井來作為謝禮的吧。

蘇易為虎接生

【原文】

蘇易者，廬陵婦人，善看產。夜忽為虎所取，行六七

里，至大壙①，厝②易置地，蹲而守。見有牝虎當產，不得解，匍匐欲死，輒仰視。易怪之，乃為探出之，有三子。生畢，牝虎負易還，再三送野肉於門內。

【注釋】

① 壙：墓穴。
② 厝：安置。

【譯文】

　　蘇易是廬陵郡的一個村婦，擅長給人接生。一天夜晚，她忽然被老虎抓走，老虎帶她走了六七里路後，來到一個大墓中。老虎把蘇易丟在地上，蹲在一邊看守著。這時，蘇易看見旁邊一隻母虎正在產仔，一直不能生下來，母虎趴在地上痛得幾乎要死去，但它的眼睛卻總是向上看著。蘇易覺得很奇怪，於是走到母虎身邊，從母虎的肚腹裡一共掏出三隻虎仔。生完虎仔後，母老虎就把蘇易馱著送回了家。後來，這隻母虎還幾次送野獸的肉到蘇易的家門口。

玄鶴報恩

【原文】

　　噲參，養母至孝。曾有玄鶴，為弋人所射，窮而歸參。參收養，療治其瘡，愈而放之。後鶴夜到門外，參執燭視之，見鶴雌雄雙至，各銜明珠以報參焉。

【譯文】

　　噲參，奉養母親非常孝順。曾有一隻玄鶴，被射鳥的人射傷後不能飛行，就來向噲參請求搭治。噲參收留了它，並精心為它治療傷處，等玄鶴痊癒後就把它放走了。後來，在一個夜晚，玄鶴又飛回到噲參的家

門外，噲參拿著燭火去看，只見雌雄兩隻玄鶴雙雙站在門邊，口中各含著一顆明珠。原來，玄鶴是用明珠來報答噲參的救命之恩來了。

黃雀報恩

【原文】

　　漢時弘農楊寶，年九歲時，至華陰山北，見一黃雀為鴟梟所搏，墜於樹下，為螻蟻所困。寶見，愍之，取歸置巾箱①中，食以黃花。百餘日，毛羽成，朝去，暮還。

　　一夕三更，寶讀書未臥，有黃衣童子，向寶再拜曰：「我西王母使者，使蓬萊，不慎為鴟梟所搏。君仁愛見拯，實感盛德。」乃以白環四枚與寶曰：「令君子孫潔白，位登三事，當如此環。」

【注釋】

① 巾箱：古時放置頭巾、書卷、文件等的小箱子。

【譯文】

　　漢代弘農郡人楊寶，九歲的時候，在華陰山的北邊，看見一隻黃雀被鴟梟擊傷後墜落在樹下，又被一群螞蟻圍困著。楊寶憐憫這只黃雀，就把它放在小木箱裡帶回家，每天用菊花餵養它。過了一百多天，黃雀的傷養好了，羽毛也長全了，它每天早上飛出去，晚上又飛回來。

　　有一天夜裡三更時分，楊寶還在讀書尚未睡覺，一個穿著黃衣服的少年來向楊寶拜了兩拜，說：「我是西天王母娘娘的使者，奉命出使蓬萊仙山，不小心被鴟梟擊傷。承蒙您的憐愛得到您的救助，非常感謝您的大恩大德。」說完，黃衣少年送給楊寶四枚白玉環，並說：「讓您的子孫後代像這白玉一樣品行高潔，官居三公。」

隋侯珠

【原文】

隋縣水側，有斷蛇丘。隋侯出行，見大蛇被傷，中斷。疑其靈異，使人以藥封之，蛇乃能走。因號其處斷蛇丘。歲餘，蛇銜明珠以報之。珠盈徑寸，純白，而夜有光，明如月之照，可以燭室。故謂之「隋侯珠」，亦曰「靈蛇珠」，又曰「明月珠」。丘南有隋季良大夫池。

【譯文】

隋縣溠水旁，有個地方名叫斷蛇丘。隋國國君隋侯出宮巡遊，看見一條大蛇被砍傷，從中間斷成了兩截。隋侯疑心這條蛇靈異，就叫人用藥給它包紮好，經過醫治，蛇又能行走了。於是，人們就把這個地方叫作「斷蛇丘」。一年以後，大蛇銜著一顆明珠來答謝隋侯。這顆明珠的直徑超過一寸，通體純白，夜晚有光，光像月光一樣明亮，可以照亮屋子。因此，這顆明珠就叫「隋侯珠」，也叫「靈蛇珠」或「明月珠」。在斷蛇丘的南邊，有隋國大夫季梁的一個水池。

孔愉放龜

【原文】

孔愉字敬康，會稽山陰人，元帝時以討華軼功封侯。愉少時嘗經行餘不亭，見籠龜於路者，愉買之，放於餘不溪中。龜中流左顧者數過。及後，以功封餘不亭侯，鑄印，而龜鈕左顧，三鑄，如初。印工以聞，愉乃悟其為龜之報，遂取佩焉。累遷尚書左僕射，贈車騎將軍。

【譯文】

孔愉,字敬康,是會稽郡山陰縣人。晉元帝時期,孔愉討伐華軼有功被封為侯。孔愉年少時,曾經途經餘不亭,看見有人把烏龜裝在籠子裡在賣,孔愉買下了烏龜,然後將烏龜放生到餘不溪中,烏龜在溪水中從左邊回頭向孔愉看了好幾次。後來,孔愉因功被封為餘不亭侯,鑄官印時,印鈕就是烏龜從左邊回頭看的形狀,經過三次改鑄,印鈕還是保持著最初的樣子。鑄印的工匠將這事向孔愉作了匯報,此時,孔愉才明白,這是烏龜對他的答謝。於是,孔愉就將龜形印鈕帶在身上。後來,孔愉的官職連續陞遷,一直升到尚書左僕射。孔愉死後,還被追封為車騎將軍。

古巢老姥

【原文】

古巢①,一日江水暴漲,尋復故道。港②有巨魚,重萬斤,三日乃死。合郡皆食之,一老姥獨不食。忽有老叟曰:「此吾子也,不幸罹③此禍。汝獨不食,吾厚報汝。若東門石龜目赤,城當陷。」姥日往視。有稚子訝之,姥以實告。稚子欺之,以朱傅④龜目。姥見,急出城。有青衣童子曰:「吾龍之子。」乃引姥登山,而城陷為湖。

【注釋】

① 古巢:指古代的巢國。在今安徽巢湖市。
② 港:江河的支流。
③ 罹:遭遇。
④ 傅:塗。

【譯文】

在古代的巢國，有一天長江水突然猛漲，不久又退回到原來的河道中去了。支流中留有一條大魚，重達萬斤，過了三天才死去。整個郡的人都分吃了這條魚，只有一個老太太沒有吃。忽然有個老頭出現說：「這是我的兒子，不幸遭到這災難。你獨自一個人不吃它的肉，我要重重地報答你。如果東門口的石龜眼睛變紅，巢城就要陷落了。」於是這老太太每天都去看石龜。有個小孩覺得很奇怪，老太太就把實情告訴了他。這小孩欺騙老太太，用硃砂塗在紅石龜的眼睛。老太太看見了，急忙出城。有個穿青衣的小孩對她說：「我是龍的兒子。」說完就帶著老太太登上了山，而這座城就下陷成了湖泊。

蟻王報恩

【原文】

吳富陽縣董昭之，嘗乘船過錢塘江，中央，見有一蟻，著一短蘆，走一頭，回覆向一頭，甚惶遽。昭之曰：「此畏死也。」欲取著船。船中人罵：「此是毒螫物，不可長，我當殺①之。」昭意甚憐此蟻，因以繩繫蘆著船，船至岸，蟻得出。其夜夢一人，烏衣，從百許人來謝云：「僕是蟻中之王。不慎，墮江，慚君濟活。若有急難，當見告語。」

歷十餘年，時所在劫盜，昭之被橫錄為劫主，繫獄餘杭。昭之忽思蟻王夢，緩急當告，今何處告之？結念之際，同被禁者問之，昭之具以實告。其人曰：「但取兩三蟻著掌中，語之。」昭之如其言。夜果夢烏衣人云：「可急投餘杭山中，天下既亂，赦令不久也。」於是便覺，蟻囓械已盡，因得出獄，過江，投餘杭山。旋遇赦，得免。

【注釋】

①蹂殺：踏殺。蹂：通「蹋」，踐踩。

【譯文】

　　董昭之是吳國富陽縣人，有一次，董昭之乘船過錢塘江，船行到江中央的時候，董昭之看見江中有一截短蘆葦，上面爬著一隻螞蟻，螞蟻從蘆葦的一頭爬到另一頭，又從另一頭爬這頭來，不斷爬來爬去，樣子十分驚慌。董昭之說：「這是害怕被淹死。」於是，董昭之就想把螞蟻救上船來，但船上有人罵道：「螞蟻有毒會蜇人，不能救它，你把它弄上船的話，我就要踩死它。」但董昭之憐憫這隻螞蟻，於是用繩子將蘆葦繫在船邊，船靠岸後，螞蟻也得以爬上岸。當天夜裡，董昭之夢見一個穿黑衣服的人，帶著一百多人前來向他致謝。黑衣人說：「我是蟻王，由於不小心墜入江中，感謝你把我從江中救出來。以後，你如果遇到什麼危機難事，也可以告訴我。」

　　十多年後，董昭之所住的地區有盜賊，他遭人誣陷被判定為盜賊首領，關押在餘杭縣。此時，董昭之忽然想起蟻王托的夢，說今後遇到什麼危機難事，可以告訴它，但現在到哪裡去告訴他呢？董昭之念叨這事時，關押在同一個牢房的人就上前詢問他，董昭之就把實情全都告訴了他。那個人對董昭之說：「你只需找到兩三隻螞蟻，放在手掌上對它們說一說就行了。」董昭之按他說的做了，夜裡董昭之果然又在夢中見到了黑衣人，黑衣人對他說：「你趕快逃到餘杭山裡去，現在天下已經亂了，過不了多久，朝廷就會發佈赦令。」董昭之醒來，螞蟻已將枷鎖咬斷，董昭之於是從牢房逃了出去，渡過江一直逃進餘杭山，不久，朝廷大赦天下，董昭之也得以免罪。

義犬墓

【原文】

　　孫權時李信純，襄陽紀南人也。家養一狗，字曰「黑

龍」，愛之尤甚，行坐相隨，飲饌之間，皆分與食。

忽一日，於城外飲酒大醉，歸家不及，臥於草中。遇太守鄭瑕出獵，見田草深，遣人縱火之。信純臥處，恰當順風。犬見火來，乃以口拽純衣，純亦不動。臥處比有一溪，相去三五十步，犬即奔往入水，濕身走來臥處，周回以身灑之，獲免主人大難。犬運水睏乏，致斃於側。

俄爾信純醒來，見犬已死，遍身毛濕，甚訝其事。睹火蹤跡，因爾慟哭。聞於太守，太守憫之曰：「犬之報恩甚於人，人不知恩，豈如犬乎！」即命具棺槨衣衾葬之。今紀南有義犬冢，高十餘丈。

【譯文】

三國東吳孫權當政時，襄陽紀南城中有叫李信純的人，他家養了一條狗，取名「黑龍」。李信純特別喜歡它，走路停歇都要帶著它，吃飯、喝酒時也都要分些給它。

忽然有一天，李信純在城外喝酒喝得酩酊大醉，不能趕回家，就睡倒在郊外的草叢裡。這天，剛好碰上太守鄭瑕出城打獵，鄭瑕見郊外的荒草長得太高了，就派人放火燒荒草。李信純睡的地方正是順風方向，狗看見大火燒過來，就用嘴去扯李信純的衣服，但李信純連動都沒動一下。李信純睡的地方，有一條小溪，相距有三五十步遠。狗見李信純不動，就立即跑到小溪，跳進水裡打濕身子，然後又跑到李信純睡覺的地方，來回將自己身上的水灑在主人的周圍，使主人免遭於難。狗來回運水極其睏乏，最後累死在了主人身邊。

一會兒李信純醒來，看見狗已經死了，李信純見狗全身的毛都是濕的，覺得非常奇怪。他看到周圍有大火燃燒的痕跡後，明白了是怎麼回事，於是，李信純放聲痛哭。後來，這件事傳到太守耳中，太守很憐憫這條狗，說：「狗的報恩超過了人，人不知道報恩，怎麼能比得上狗！」於是，太守叫人給狗準備棺材衣服，把狗埋葬了。如今，紀南城外依然有一座高達十餘丈的義犬墓。

華隆家犬

【原文】

　　太興中，吳民華隆養一快犬，號「的尾」，常將自隨。隆後至江邊伐荻[1]，為大蛇盤繞，犬奮咋[2]蛇，蛇死。隆僵仆[3]無知，犬徬徨[4]涕泣，走還舟，復反草中。徒伴怪之，隨往，見隆悶絕，將歸家。犬為不食，比[5]隆復甦，始食。隆愈愛惜，同於親戚。

【注釋】

① 荻：多年生草本植物，生在水邊，葉子長形，似蘆葦，秋天開紫花。
② 咋：啃咬。
③ 僵仆：仆倒，倒下。
④ 徬徨：徘徊，走來走去。
⑤ 比：及，等。

【譯文】

　　太興年間，吳郡百姓華隆養了一條跑得很快的狗，名叫「的尾」，經常讓它跟著自己。華隆後來到江邊去割荻草，被大蛇盤住了，那條狗奮力撕咬大蛇，蛇被咬死了。華隆倒在地上，失去了知覺，狗圍著他哭泣，跑回船上，又返回草叢中。華隆的同伴覺得它很奇怪，就跟著去了，發現華隆暈倒在那裡，就把他抬回家去。狗為此不吃東西，直到華隆甦醒過來，它才進食。華隆更加愛惜它，像親人一樣對待它。

螻蛄神

【原文】

　　廬陵太守太原龐企，字子及，自言其遠祖不知幾何世也，坐事繫獄，而非其罪，不堪拷掠，自誣服之。及獄將上，有螻蛄蟲行其左右，乃謂之曰：「使爾有神，能活我死，不當善乎？」因投飯與之。螻蛄食飯盡，去，頃復來，形體稍大。意每異之，乃復與食。如此去來，至數十日間，其大如豚。

　　及竟報，當行刑，螻蛄夜掘壁根為大孔，乃破械，從之出，去，久時遇赦，得活。於是龐氏世世常以四節祠祀之於都衢處。

　　後世稍怠，不能復特為饌，乃投祭祀之餘以祀之，至今猶然。

【譯文】

　　廬陵太守太原人龐企，字子及，自稱自己的遠祖，不知道是哪一世，因為牽扯進一樁案子而被抓進牢獄。但那並非是他的罪過，只是他受不了嚴刑拷打，屈打成招，等他的罪案準備上報時，有只螻蛄蟲在他身邊爬行，他就對它說：「假使你有神通能讓我免去一死，這不是一件善事嗎？」於是他把飯給螻蛄蟲吃，螻蛄蟲吃完就走了，不久它又回來了，它的體型稍微大了一些。他的祖先想想覺得驚奇，就又拿飯給它吃。就這樣來來去去，幾十天後，螻蛄蟲已經有小豬那樣大了。

　　等到最後判決的批文下來，要行刑的時候。螻蛄蟲晚上在監獄的牆根上挖了個大洞，於是他祖先打破枷鎖，跟著螻蛄蟲逃走了。逃出去很久後，遇到大赦，得以活了下來。於是龐家祖先在都衢處立祠世代祭祀螻蛄蟲。

　　後來，子孫有些怠慢了，不再專門祭祀螻蛄蟲，只拿祭祀祖廟剩下

的東西來祭祀螻蛄蟲，至今也還是這樣。

猿母哀子

【原文】

　　臨川東興有人入山，得猿子，便將歸，猿母自後逐至家。此人縛猿子於庭中樹上以示之。其母便搏頰向人，若乞哀狀，直是口不能言耳。此人既不能放，竟擊殺之。猿母悲喚，自擲而死。此人破腸視之，寸寸斷裂。未半年，其家疫死，滅門。

【譯文】

　　臨川郡東興縣有一個人進山時，捕獲了一隻小猿仔，這人就把小猿仔帶回了家，母猿也隨之追到了他家。這個人把小猿仔捆綁在院中的樹上讓母猿看。母猿就對著他自打耳光，好像是在向他哀求的樣子，只是苦於口裡不能說出來罷了。但是，這個人不僅沒有放了猿仔，反而當著母猿的面把小猿仔打死了。母猿悲痛地大聲呼叫，自己跳起來撞地死了。這個人剖開母猿的肚子，看見母猿的腸子一寸一寸地斷了。不到半年，他家遭遇瘟疫，所有人都死光了。

虞蕩射塵①

【原文】

　　馮乘虞蕩夜獵，見一大塵，射之。塵便云：「虞蕩！汝射殺我耶？」明晨，得一塵而入，即時蕩死。

【注釋】

① 塵：古書上指鹿一類的動物。

【譯文】

　　虞蕩是馮乘縣人，一天夜裡，虞蕩發現一隻大塵，於是用箭去射它。這隻大塵就向虞蕩喊道：「虞蕩，你要射殺我嗎？」第二天早晨，虞蕩把獵獲的這隻大塵帶回家，隨即虞蕩就死了。

華亭大蛇

【原文】

　　吳郡海鹽縣北鄉亭裡有士人陳甲，本下邳人。晉元帝時寓居華亭，獵於東野大藪①，見大蛇，長六七丈，形如百斛船，玄黃五色，臥岡下。陳即射殺之，不敢說。

　　三年，與鄉人共獵，至故見蛇處，語同行曰：「昔在此殺大蛇。」其夜夢見一人，烏衣，黑幘，來至其家，問曰：「我昔昏醉，汝無狀殺我。我昔醉，不識汝面，故三年不相知。今日來就死。」其人即驚覺。明日，腹痛而卒。

【注釋】

① 藪（音守）：生長著很多草的湖澤。

【譯文】

　　吳郡海鹽縣北鄉亭中，有一個士人叫陳甲。他本來是下邳人，晉元帝時，他客居在華亭。一天，他在華亭東邊的荒野中打獵，忽然看見大沼澤中有一條六七丈長的大蛇，形狀像一艘能裝百斛糧食的大船，這條蛇身上有黑黃五色的花紋，安靜地趴伏在土岡下面。陳甲立即射死了它，由於害怕，陳甲一直不敢跟人說。

三年後，陳甲和同鄉一起去打獵，到了原先打死蛇的地方，他對同伴說：「以前，我在這裡曾殺死過一條大蛇。」當天晚上，陳甲夢見一個身穿黑衣服的人，戴著黑頭巾，這人來到陳甲家，問他：「我那天酣醉不醒，你無緣無故地殺了我。當時我醉了，沒能認清你的面目，因此，三年來，一直不知道是你，今天，你是來找死了。」陳甲被嚇醒了。第二天，陳甲腹痛難忍，很快就死了。

邛都老姥

【原文】

　　邛都①縣下有一老姥，家貧，孤獨，每食，輒有小蛇，頭上戴角，在床間。姥憐而飴之食。後稍長大，遂長丈餘。令有駿馬，蛇遂吸殺之。令因大忿恨，責姥出蛇。姥云在床下。令即掘地，愈深愈大，而無所見。令又遷怒，殺姥。

　　蛇乃感人以靈言，瞋②令：「何殺我母？當為母報仇。」此後每夜輒聞若雷若風，四十許日。百姓相見，咸驚語：「汝頭那忽戴魚？」是夜，方四十里與城一時俱陷為湖。土人謂之為「陷湖」。唯姥宅無恙，至今猶存。漁人采捕，必依止宿。每有風浪，輒居宅側，恬靜③無他。風靜水清，見城郭樓櫓④宛然。今水淺時，彼土人沒水，取得舊木，堅貞光黑如漆。今好事人以為枕，相贈。

【注釋】

①邛（音瓊）都：古縣名。治所在今四川西昌東南。

②瞋：通「嗔」，責怪的意思。

③恬靜：平靜。

④樓櫓：古代軍中用於瞭望、攻守的高台。

【譯文】

邛都縣中有一個孤老婆子，家裡非常窮困。她孤身一人，每次吃飯時，床邊總會出現一條頭上長著角的小蛇，老婆婆可憐它，就把自己的食物分給它吃。後來，這條蛇漸漸長大，足足有一丈多長。邛都縣的縣令有一匹駿馬，後來被這條蛇給吞食了。縣令非常憤恨，責令老婆婆交出蛇來，老婆婆說蛇就住在床下，縣令就立即派人挖地。洞越挖越深，卻什麼也沒發現。縣令因而遷怒於老婆婆，就把老婆婆殺了。

這條蛇於是用神靈附在人身上，憤怒地對縣令說：「你為什麼要殺我的母親？我一定要為我的母親報仇！」此後，每天晚上總是能聽到打雷刮風的聲音，一連四十多天都是這樣。老百姓見面，都驚奇地互相問：「你怎麼頭上頂著魚？」當天晚上，方圓四十多里的地方和整個縣城一下子都陷落成了湖。當地人稱它為「陷湖」。可奇怪的是，只有老婆婆原來的屋子平安無損，至今還留存在水面上。漁夫們采捕魚，也一定會到那裡留宿。每當湖上捲起風浪，只要把船停靠在老婆婆的屋旁，就會風平浪靜沒有危險。而在風靜水清的時候，還可以清楚地看見水中的城牆和樓台。在水淺的地方，一些當地人潛入水中，從水下可以取出一些舊房的木料，這些木料質地堅硬，黑得發亮得像漆一樣。現在，一些好事的人把這些木料做成枕頭相互贈送。

建業城婦人

【原文】

建業有婦人背生一瘤，大如數斗囊，中有物，如繭栗，甚眾，行即有聲。恆乞於市。自言：「村婦也，常與姊妯輩分養蠶，己獨頻年損耗，因竊其妯一囊繭焚之，頃之，背患此瘡，漸成此瘤。以衣覆之，即氣閉悶；常露之，乃可，而重如負囊。」

【譯文】

　　建業城有一個婦人，背上長了一個瘤，大得像放了幾斗米的袋子，瘤子中長了很多像繭栗般的東西，一走路就發出聲音。她常年在街市上乞討，自稱：「我是個農村婦女，曾經和姊妹嫂子們分著養蠶，唯獨我連年虧損，因此就偷了姊妹嫂子們一袋蠶繭給燒了。頃刻之間，我的背上就生了這毒瘡，漸漸長成了瘤，用衣服遮蓋住它，就會覺得氣悶憋得慌，讓它一直露在外面，才覺得好受一些，但就是重得像背了個大袋子那樣。」

國家圖書館出版品預行編目資料

搜神記／干寶著，陳勇譯注，初版 --
新北市：新潮社，2020.12
　　　面；　　公分
　　　ISBN 978-986-316-779-2（平裝）

857.23　　　　　　　　　　　　109014783

搜神記

干　寶／著

陳　勇／譯注

【策　劃】周向潮、林郁

【制　作】天蠍座文創

【出　版】新潮社文化事業有限公司
　　　　　電話：(02) 8666-5711
　　　　　傳真：(02) 8666-5833
　　　　　E-mail：service@xcsbook.com.tw

【總經銷】創智文化有限公司
　　　　　新北市土城區忠承路 89 號 6F（永寧科技園區）
　　　　　電話：(02) 2268-3489
　　　　　傳真：(02) 2269-6560

印前作業　菩薩蠻、東豪印刷事業有限公司

初　　版　2021 年 3 月